马晓坤 著

中古文学散论

浙江大学出版社

ZHEJIANG UNIVERSITY PRESS

· 杭州

目　录

思想心态篇

文学与文学理论篇

民俗文化篇

思想心态篇

《世说新语》中魏晋士人关于理想人格的建构实现及其对文学的影响

内容提要：魏晋时期，才性、情理、性情等命题是玄学清谈的重要内容。而关于这些问题的讨论也影响了魏晋士人关于理想人格的建构。《世说新语》作为名士教科书，记录了大量事例，本文以此为基本材料，从三个方面分析了魏晋士人理想人格的内涵：第一，重才智，轻性行；第二，肯定"情之所钟，正在我辈"；第三，情感表达的最高境界不是任情恣性，而是"性其情"，即抑情顺理，以理遣情。虽然个体不可能完全实现理想人格，但通过不断的自我完善可以无限接近这一境界。这种追求也使他们的诗文呈现出以理入诗文、冲淡自然的风貌。

关键词：魏晋士人　理想人格　才性　五情　以理遣情

《世说新语》上承东汉桓灵之世，下讫南朝刘宋之初，通过一个个故事片段再现了魏晋士人鲜活生动的生活场景，塑造出栩栩如生的士人群体形象。他们张扬个性，恃才使气，以体认玄虚，遗落世情为高，相对于注重社会价值的前辈们，他们更关注于个体精神的逍遥抱一，风流得意。本文选取"理想人格"的角度,在精读文本的基础上,联系当时思想背景来解析他们关于理想人格的建构与实现,希望由此更深入地探究其精神生活与心理特征。

人格指人在一定的社会制度与传统文化中形成的、旨在调整人与自然,人与社会,人与人(包括与自身)之间关系的行为准则,以及在实际行为中所凸现出来的精神素质。① 而理想人格则是人们最为推崇的人格范型,它体现了这一时期文化的基本特征与价值标准。魏晋时期,社会动荡,思想界也呈现玄、佛、道多元发展的兴盛状态,作为载体与传播者,魏晋士人的思想也呈现出丰富多彩的面貌。那么,他们在现实生活中推崇与实践的理想人格如何呢?

一、才性之辨——重才智,轻性行

汉魏之时,才性之辨是名理学家探讨的重要命题。才指个体才学智慧;而性谓本性或天性。何晏注"夫子之言性与天道不可得而闻也"时说:"性者,人之所受以生也。"认为性秉之于天道自然,合于天理。嵇康也认为人的真性在于其本之自然之性,郭象在《庄子注》中提出"物各有性,性各有极"②,"性分各自为者,皆在至理中来,故不可免也"③的观点,认为性理相通。魏晋之世,"才性"问题由社会伦理发展到宇宙本体问题的讨论,涉及才性、性情,性理等问题。这种讨论实际影响到时人关于理想人格

---

① 朱义禄《儒家理想人格与中国文化》,上海:复旦大学出版社 2006 年版,第 7 页。

② [清]郭庆藩《庄子集释》卷一《逍遥游》,北京:中华书局 1961 年版,第 11 页。

③ [清]郭庆藩《庄子集释》卷七《达生》,北京:中华书局 1961 年版,第 631 页。

内涵的探讨与实现。

汉代以来推举人才的察举与征辟之制强调才性统一。魏时品鉴人物专著《人物志》便依据秉性不同而把人分成"圣人"、"兼材"、"偏材"三等，因性别才，又分为十二种人才。"性言其质，才名其用"①的观点被时人所接受。就理论而言，"性"因天而成，无好恶之分，但实际品评中常赋予先天之性以仁孝道德等内容，如《世说新语·方正》篇"卢志于众坐问陆士衡"条刘注引《魏志》"父植，……选举，先性行而后言才"②，性行表示德行置于才能之上。魏九品官人制的中正品状，品美其性，状显其才，常有性美而才庸或才俊而性鄙者，性才不符是普遍的情形，《世说新语·轻诋》篇"褚太傅南下"条便说时人鄙薄孙绰"才而性鄙"。才与性是当时品评推荐人物常用标准之一。而才性四本③也是魏晋玄学清谈的重要命题。因为资料缺失，才性四本的具体内容已不可确知，但由以上材料可知，这个命题在当时既有现实品评标准的实践意义，也有探讨宇宙本体的理论意义。在这种风气的影响之下，"才"成为品评人物的标准，也成为理想人格的重要内涵。《世说新语》中处处体现对个人才智的推崇与赞颂。如《品藻》：

> 庾道季云："廉颇、蔺相如虽千载上死人，懔懔恒如有生气。曹蜍、李志虽见在，厌厌如九泉下人。人皆如此，便可

---

① ［魏］袁准《才性论》，［清］严可均辑《全上古三代秦汉三国六朝文》之《全晋文》卷五十四，北京：中华书局 1958 年版，第 1769 页。

② 余嘉锡《世说新语笺疏·方正》篇，上海：上海古籍出版社 1993 年版，第 299 页。下文引文皆出自本书，不复一一注明。

③ 《世说新语·文学篇》"钟会撰四本论"刘注引魏志曰："会论才性同异，传于世。四本者：言才性同，才性异，才性合，才性离也。"余嘉锡《世说新语笺疏·方正》篇，上海：上海古籍出版社 1993 年版，第 195 页。

结绳而治,但恐狐狸猯猳啖尽。

推崇有才智胸襟的古人如廉颇、蔺相如虽死如生,虎虎有生气;曹蜍、李志虽为当世高官,权重一时,却因庸庸碌碌、缺少才智而被贬为"厌厌如九泉下人"。不禁令人想起《三国志》中孔融劝刘备任徐州牧时称拥有重兵,而且四世三公的袁绍为冢中枯骨,而曹操也曾对刘备说:"今天下英雄,唯使君与操耳。本初之徒,不足数也。"①相对于个人的谋略与才智而言,家族出身、权势重兵,甚至生死都不再重要。于是在彼时,才华横溢、机敏过人成为品评人物高低优劣的重要标准。《言语》、《政事》、《文学》、《方正》、《贤媛》、《排调》等篇章记录了一个个精彩生动的小故事,体现了时人推崇的各种才能:通达机警、文思敏捷、贤德良吏、玄理颖悟甚至诙谐幽默。

《世说新语》处处可见对文学上超拔俊逸之才的称颂赞誉。《文学》篇中多记知识分子间的清谈应对和探讨文艺片段。曹植七步成诗,才思迅捷,时人称善;阮籍宿醉扶起,草成《劝进文》"时人以为神笔"。袁宏机对辩速、文章绝美,曾受到谢尚、桓温和谢安等名士权臣的称赏赞颂,而在玄学清谈时对义理别有所见,卓然新发者更受到敬重与嘉许。支遁援佛入道,解《庄》能够标新立异,时论以此高之。于法开、竺法深、康僧渊、竺法汰等僧人也以个人才辨思理立足于权贵士林。

在当时风气中,"才智"作为理想人格的重要内涵,不仅男性品评以此为标准,女子亦复如是。在这样的社会氛围之中,为了表现个人才情智力,甚至出现了挑战禁忌有违纲常伦理的言行。

---

① [晋]陈寿撰,[宋]裴松之注《三国志》卷三十二《蜀志·先主传》,北京:中华书局1995年版,第875页。

六朝之时,最重避讳,触犯家讳便被理解成一种公然的挑衅行为,如《方正》篇"卢志于众坐"条。然而《排调》篇中却有两则为了考校才智而故意触犯家讳的嘲戏之语:"晋文帝与二陈共车"与"庾园客诣孙监",这些都是朋友之间的玩笑之语。在严格避讳的风习之下如何会出现这样的现象呢?其实,对文人来讲,这类应对酬答更像是智力游戏,在游戏中通过挑战日常生活须时时遵守的纲常伦理禁忌展现自己的才智,从而获得心理满足。

从以上所述可见,"才智"是当时理想人格的重要内涵,而前代评价人物的核心标准"品德"却有意无意地被忽略。《德行》和《方正》,所嘉许推崇的道德观念涉及仁、忠、孝、义、礼、信等传统道德观,然而,在《世说新语》中这些品德已不再是评判人格的决定因素。当才德之间有冲突时,则取才舍德:

> 然日磾之贤,尽于仁孝忠诚、德言纯至,非为明达足论。
> 高座心造峰极,交俊以神,风领朗越,过之远矣。①

王珉拿金日磾与帛尸梨密多罗对比,一言其德,一言其才,才已凌驾德之上。详而言之,才德虽然都是个人品性,德行伦理体现的是群体的价值判断,关注个体对群体与社会各种规范的服从程度;而才却是完全属于"自我"的品质。重才轻德之风实肇始于东汉末年。余嘉锡先生在《任诞》篇首按语中说道:"自曹操求不仁不孝之人,而节义衰。"②曹操提出的"唯才是举"观念对时代风气的影响显而易见。继之的司马氏虽以孝立国,但其政失其的的统治策略却直接导致了社会道德观念的混淆。元康时期文

---

① [梁]释慧皎撰,汤用彤点校《高僧传》卷一·《译经》,北京:中华书局1996年版,第31页。

② 余嘉锡《世说新语笺疏》,上海:上海古籍出版社1993年版,第725页。

人无行，重利轻德便是这种情形的直接后果①。

要而言之，魏晋士人对才性问题多有辨析，一方面探讨其蕴含关于宇宙本体的理论内涵，同时也将其作为人物品评的重要标准。才智成为理想人格的重要内涵之一，文人名士多以才自矜，恃才使气，重才智，轻性行成为普遍的社会风气。

二、情之所衷，正在我辈——"情"的表现与表达

魏晋时期，玄佛道多元并兴的思想状况使士人们可以脱略束缚，重新审视自我。个体的感性世界苏醒了，活泼生动的情感也纷纷呈现出来，喜怒哀乐怨，亲情、爱情、友情和对山水人物等一切美好事物的赏爱之情，都通过不同的方式表达出来。"有情"被认为是士人先天人格修养的重要内容。"情之所钟，正在我辈"的观念（《伤逝》"王戎丧儿万子"条）已被时人接受。魏晋士人的精神世界是鲜活生动的，他们的情感是敏锐深挚的。

日常生活中的亲情最为自然朴素，也易为人忽略，魏晋士人对亲情的捕捉与感受却极为细腻生动：

> 谢太傅语王右军曰："中年伤于哀乐，与亲友别，辄作数日恶。"王曰："年在桑榆，自然至此，正赖丝竹陶写。恒恐儿辈觉，损欣乐之趣。（《言语篇》）

魏晋时最重门第阀阅，家族的权势和地位决定了个体发展之路，东晋后陈郡谢氏家族逐渐成为声势显赫的甲等士族，谢安因其才识地位，当仁不让地担当起培养教导后辈子侄的责任，他

---

① 罗宗强《魏晋南北朝文学思想史》，北京：中华书局 1996 年版，第 78—80 页。

在不伤害子侄自尊的情形之下委婉地烧掉谢玄的紫罗香袋,又纠正谢朗无意中触父亲之讳事,还常常聚子侄一起探讨文义,清谈玄理,培养子侄的才学见识与家族责任感和荣誉感,而后辈也颇能理解他"芝兰玉树,欲使其生于阶庭耳"(《言语篇》"谢太傅问诸子侄")的良苦用心。谢安与他们的感情可想而知,临别而生伤感之情也理所当然。谢安喜好伎乐常受时人非难,但深谙情理的王羲之解读时甚至把长辈惜别又不愿影响儿孙辈心情这样幽渺微妙的情绪传达出来。王羲之的理解建立在他和谢安有相似的情感体验:"顷东游还,修植桑果,今盛敷荣,率诸子,抱弱孙,游观其间,有一味之甘,割而分之,以娱目前"[①],天伦之乐带给他心理愉悦,流连山水使他发出"卒当乐死"的感慨。与谢安为遣离情而"丝竹陶写"之举不同,王羲之通过寄情山水,散发林阿来遣难解之情,方式不同但有情为一,遣情为同。

亲情之外,朋友之情、两性之爱,甚至感时伤逝的种种微妙思绪都进入他们的情感领域。《伤逝》篇中多有生死离别之情的感受与描述,真挚而深厚的情感甚至超越了生死的界限。"支道林丧法虔之后"记支遁在知己竺法虔去世后感到精神空虚寂寞,不禁感叹"冥契既逝,发言莫赏,中心蕴结,余其亡矣!"后在不到一年的时间里郁郁而亡。而现实中伤时悲逝、感念人生之情更是比比皆是。桓伊"一往有深情",(《任诞》),王廞自叹"终当为情死"(《任诞》);桓温北征,见先前手植之柳时"攀枝执条,泫然流泪"。凡此种种,可见魏晋士人已开始审视自我的情感世界,没有把这种"感物而动"的情感一笔抹煞。

---

① [唐]房玄龄等《晋书》卷八十《王羲之传》,北京:中华书局1974年版,第2102页。

　　魏晋士人在生活中从不讳言对美丽事物的赏爱之情，人物山水都进入了他们的审美感受领域。《文学》篇中"王子敬云：'从山阴道上行'"、"顾长康从会稽还"等以简洁传神的语言传达了个体面对山水美景时内心的情绪。以后者为例："人问山川之美，顾云："千岩竞秀，万壑争流，草木蒙笼其上，若云兴霞蔚。"山水景物已不是纯粹客观描写，"竞"、"争"直以自我之情感贯注于无生命之山树瀑流之上，使其充满了灵动的魅力。魏晋之时，文人雅士徜徉流连山水之中，不仅在于山水美景的娱情之效，更重要的是通过山水以遣情悟理（详见第三部分）。当自然山水作为审美对象进入主体感受领域时，山水文学随之产生了。

　　这种深沉真挚的情感在表达时很难遵循"礼"的规范。"礼"本是效法自然，顺应人情而定："凡礼之大体，体天地，法四时，则阴阳，顺人情，故谓之礼。"①然而，礼制却限制了情感的自由发挥。在尊重个性，重视自我的时代氛围下，常可见任情越礼现象。《任诞》篇"阮籍遭母丧"最有代表性。丧礼仪式繁复严谨，《礼记》数篇都涉及丧礼的规制，阮籍所为违背丧制，而他的行为却渊源有自。《世说新语·德行》篇"王戎、和峤同时遭大丧"条余嘉锡先生笺疏提到《后汉书·逸民传》中的戴良丧母事，究其根源，戴良之辩或出于《论语·八佾》中孔子之言："丧与其易也，宁戚。"言严格遵循礼仪规章不如有哀痛惨怛之实。阮籍在何曾的攻击之下依旧淡然处之，想来其心中所思当与戴良同，只是不屑反驳而已。戴良虽有辩论，当时的舆论清议却对他的行为颇不以为然；阮籍虽没有反驳，但时风所趋，居丧无礼竟成为大家效法的对象。《世说新语·德行》篇"王戎、和峤同时遭大丧"条，

---

　　① 陈澧《礼记集说》《丧服四制第四十九》，上海：上海古籍出版社第 339 页。

和峤丧不备礼，却因哀毁骨立而为世人所贵。而《言语》篇又记："简文崩，孝武年十余岁立，至暝不临。左右启'依常应临'帝曰：'至则哭，何常之有！'"孝武的回答恰肯定个体之情对于外在之"礼"的超越与突破。

西晋以孝治国，而居丧无礼者居然受到嘉许，看似矛盾，实非矛盾。阮籍虽曾傲然宣称"礼岂为我辈设也"（《任诞》），《大人先生传》也对儒家正人君子极尽讽刺之能事，嵇康在《与山巨源绝交书》中大谈七不堪与二甚不可，菲薄汤武，攻击礼教。然细品文意，发现他们所菲薄与反对的并不是礼教本身，而是礼教的外在形式，就其内心而言却是真正笃于礼意者。这一点鲁迅先生在《魏晋风度及文章与药及酒之关系》一文中早已指出。不过，他们的行为客观上带来社会风气的败坏与混乱，倒是阮籍等始料不及的。

丧礼之外，《世说新语》中多处记载魏晋士人日常生活中种种任情越礼之举。《简傲》篇王徽之赏好竹交友，王献之非礼赏名园，《伤逝》篇曹丕和孙子荆学驴鸣悼友，王戎丧子几乎灭性，《任诞》篇阮籍送嫂与别，王徽之与桓伊郊野吹笛，凡此种种，都在尽情展现自己的喜怒哀乐，而对个体情感的放纵恰恰体现了对个性的欣赏与尊重。得意忘言本是当时探讨最多的玄学命题之一，他们这种任情越礼的行为恰是这一理论命题在现实中的实践。礼意已得，属于津梁这一层面的外在规范是否遵循便不再重要了。

三、抑情顺理——情的节制与转移

对魏晋士人而言，情是必要而且值得肯定的。他们以"有

11

情"自许,把"情"看作是理想人格的重要内涵之一,在情感表达上也常常有任情越礼之举。然而,相对于恣情任性、毫无节制的情感表达而言,魏晋士人更欣赏节制与转移情感。表现于外则是处变不惊,临危不乱,喜怒哀乐不形于色,《雅量》篇多有此类记载,这里涉及日常生活中的种种情绪:悲伤、愤怒、羞愧、惊恐、喜悦等,对这些情绪的理性处理体现了个体性格中的包容、镇定与从容,这都是当时备受推崇的人格因素。《德行篇》"王戎云:"与嵇康居二十年,未尝见其喜愠之色"条,刘注引《康别传》曰:"康性含垢藏瑕,爱恶不争于怀,喜怒不寄于颜。……未尝见其疾声朱颜。此亦方中之美范,人伦之胜业也",可见这种评价标准已被士人普遍接受。

《雅量》篇"豫章太守顾邵"条谈到魏晋士人排斥过度放纵情感的原因:顾雍知子之丧,心中固然悲痛万分,但他极力控制哀情,做到"神气不变"。由其自叹之语:"已无延陵之高,岂可有丧明之责?"可知支持他这么做的理论依据在于合礼保明。延陵葬子,处处合于礼仪,子夏哭子丧明,被曾子讥讽劝喻,过度的悲伤或快乐都容易灭性丧明。在相似的境况中,像延陵、曾子和子夏那样才符合理想人格的标准。这便是控制悲痛之情使其表现于外时合乎理,再以理化情,最终遣去悲意,神明朗然。"明"为何意呢?《老子》十六章:"复命曰常,知常曰明",三十三章"知人者智,自知者明",五十二章"见小曰明",可知"明"是指能够洞幽察微、体悟至理的内在智慧。保持神明是体悟玄道至理的基础,而"悟理"则可以遣去世俗之情。何谓"理"?"物无妄然,必由其理"[①],"理"指事物存在的根据,即本体道,天理。以理遣情与当

---

① 王弼《周易略例》,楼宇烈校释《王弼集校释》,中华书局 1980 年版,第 592 页。

时圣人人格的讨论有关。

魏晋时期"老不及圣"是大家的共识,何晏、王弼、向秀和郭象持此观点。而圣人有情与否是魏晋玄学的核心命题。何晏主张"圣人无情",而王弼则主张"圣人有情",认为"圣人茂于人者神明也,同于人者五情也。"①向秀和郭象在《庄子注》中发展了王弼的理论,提出"无情之情"之论。时至东晋,有情之论已被时人普遍所接受。圣人智慧自备,人格完善,能时刻保持"神明"的境界。圣人与凡人一样,天赋五情为自然之性,应对万物时也有喜怒哀乐怨之情,但圣人有感于物却循理而动,于是情役于理,无累于物。"人之性禀诸天理,不妄则全性,故情之发也如循于正,由其理,则率性而动,虽动而不伤静者也。……动而正,则约情使合于理而性能制情。动而邪,则久之必至纵情以物累其生而情乃制性。情制性则人为情的奴隶(为情所累)而放其心,日流于邪僻。性制情,则感物而动,动不违理,故行为一归于正。"②圣人因为能做到性其情,所以感物而动,动不违理。而普通人能不能达到圣人的境界呢?

先秦儒学中,荀子提出只要勤于后天修养,人人皆可以为尧舜。自汉代以迄魏晋,逐渐盛行圣人生知,不可学而至的观点。玄学家也认为圣人体天道至理,而天道盈虚非人力所能达到,主张圣人不可学不可至。但儒家又有见贤思齐的教诲,勉励人们去学习圣道,由《世说新语·言语》"孙齐田、齐庄二人小时"条可知魏晋时人虽然认为圣人不可学不可至,但都不废劝教勉学,鼓

① ［晋］陈寿撰,［宋］裴松之注《三国志》卷二十八《钟会传附王弼传》,北京:中华书局1995年版,第795页。

② 汤用彤《王弼圣人有情论释》,《汤用彤选集》,天津人民出版社1995年版,第257－258页。

励人们以圣者的标准来规范自我之立身行事。谢安所言"贤圣
去人,其间亦迩"。(《言语》)认为凡圣之间并没有不可逾越的鸿
沟,而简文感叹"陶练之功,尚不可诬"。(《文学》)则强调个体为
达到理想人格需要不断努力。

在魏晋士人看来,圣人人格或许难以达到,但在自我理想人
格的设计与实践中却以圣人人格为标准,通过不断的努力接近
圣人理想人格。圣人能够应物而无累于物的根本在于循理而
动,神明则是循理的基础。所以体玄悟理时要心境澄澈,志气专
一,只有如此方能保持"神明"。具体而言,要如嵇康在《养生论》
中所言:"爱憎不栖于情,忧喜不留于意,泊然无感而体气和平
……"因此,魏晋士人虽然肯定五情是人格修养的必要内涵,但
又强调要抑情顺理,以理遣情,保持神明朗彻,认为如此方能如
圣人一样不以情累生。

在完善自我人格修养、以理遣情的实践中,自然山水起到了
重要作用。在玄学家看来,自然万物中蕴含大道至理,随着汉末
希企隐逸之风的进一步盛行,乐山好水成为一代风尚。于是在
魏晋士人的观念中,蕴含自然中的道就集中到山水中,山水成为
道(理)的化身与载体。这样,当主体"方寸湛然,固以玄对山
水"①之时,便可由山水悟道(理),由此遣去胸中世俗之情。王羲
之《兰亭诗》言:"仰望碧天际,俯磐绿水滨。寥朗无崖观,寓目理
自陈",仰望春日湛然清新的天空,俯察曲水流芳碧草清清的河
岸,悠然忘我而与物冥合,胸中玄思与山水所蕴之理遥相呼应,
主体由此而获得精神愉悦,这种愉悦与初对山水之时所感的喜
怒哀乐怨等世俗五情已大不相同。东晋玄言诗人对此多有论

---

① 余嘉锡《世说新语笺疏·容止》篇,上海:上海古籍出版社1993年版,第616页。

述:"谁能无此慨,散之在推理"(王羲之《兰亭诗》),"散怀山水,萧然忘羁"(王徽之《兰亭诗》),等,都强调主体在自然山水中悟理遣情,当悟及"理"在万物中生生不灭的永恒时,便可超脱个体生死困惑的痛苦,得以豁然达观,从而达到遣情散怀的目的。由此可以看出,作为文学创作的主体,士人关于理想人格的追求已经实际影响到他们对理想诗文风格的界定。

四、理想诗文风格之内涵

从《世说新语》中可以看出,这一理想人格的建构与实现已被士族知识分子普遍接受,同时,士人是文学创作的主体,这一学说在彼时的文学理论与文学创作中也有所反映。对于文学理论的影响首先在于宗经征圣的文学要求。因为圣人人格为中庸之极,无所不能;六经体现了圣人情致,为"恒久之至道,不刊之鸿教"[①],平淡中正,无所不容。后世的文体及风格都要遵从于此;其次,在诗文中要以理节情,使情感的表达符合艺术规律。表现于诗文内容中便是:其一,重视天地至道,以理入诗文;其二,诗文中排斥强烈的情感,主张以理节情。这两方面都使诗文风格趋于平淡。这在东晋至宋初诗歌中表现最为明显。

从总体来讲,六朝作家、理论家都重视文学的抒情特征,陆机在《文赋》中提出"诗缘情而绮靡",陆云称赞"流深情至言"之作;钟嵘《诗品》推崇"吟咏性情";萧绎也以"流连哀思"之文为高,这些都体现了重情的审美倾向。但从文学实际发展来看,东

---

① [梁]刘勰著,范文澜校注《文心雕龙注》卷一《宗经》,北京:人民文学出版社1958年版,第21页。

晋至宋初近百年间的创作状况与六朝主体潮流不尽符合，《世说新语·文学》"简文称许掾条"注引檀道鸾《续晋阳秋》曰："正始中，王弼、何晏好庄、老玄胜之谈，而世遂贵焉。至江左李充尤盛。故郭璞五言始会合道家之言而韵之。询及太原孙绰转相祖尚，又加以三世之辞，而《诗》《骚》之体尽矣。询、绰并为一时文宗，自此作者悉体之。至义熙中谢混始改。"这在后世人看来是"理过其辞，淡乎寡味"①的玄言诗歌，在当时却备受推崇，如简文盛赞许询诗歌："玄度五言诗，可谓妙绝时人"②；同时也是时人追求的理想目标。它以老庄思想、佛教理论与一般道理为表现内容，直接叙述玄理或描写自身体悟玄理的过程，风格高远"恬淡"③。其产生固然有多种原因④，但有一点可以肯定，它与士族知识分子追求体道合理的圣人人格密不可分。

玄言诗重在表达诗人对理的体悟。"理"在魏晋哲学中是很重要的范畴，等同于道家所谓的"道"和佛家所言的"法身"，是宇宙本体、天地万物最本质的精神底蕴。它隐含于万物之中，是本质存在又自发起作用的一种力量。魏晋之时，乐山好水成为一代风尚，这个无所不在又触像而寄的理便集中于山水之中，与凡人所具之情处于相对立的地位。玄言诗人都是深于情者，他们痛感生命流逝，人生不再的悲哀，而现实社会中又有种种令人情思郁结之处。在自然山水中，他们悟及"理"在万物中生生不灭的永恒，从而超越了个体生死困惑的痛苦，得以超然达观，这是

---

① 钟嵘《诗品序》见曹旭《诗品集注》，上海：上海古籍出版社 1994 年版，第 24 页。

② 余嘉锡《世说新语笺疏》，上海：上海古籍出版社 1993 年版，第 262 页。

③ 钟嵘《诗品》卷下在评价许询、孙绰的诗歌时说："孙、许弥善恬淡之词"。见曹旭《诗品集注》，上海：上海古籍出版社 1994 年版，第 386 页。

④ 罗宗强《魏晋南北朝文学思想史》第四章《东晋的文学思想》一章认为玄言创作思潮的出现主要有三个原因。可参见中华书局 1996 年版，第 149 页。

玄言诗以理遣情的哲学底蕴。玄言诗人经常提到的"屡借山水，以化其郁结"，"谁能无此慨，散之在推理"[①]等都是以此为基础，与时人在理想人格中以理遣情之意正复相同。早期山水诗与晋宋之际出现的田园诗也有这种平淡的风格。从内容来讲，早期山水诗以体悟玄理、遣情去累为目标；田园诗在表达中亦排斥强烈的情感，风格恬淡，这些都与此有关。

综上所述可知，在魏晋士人看来，禀于自然的先天之性为人品底色，有仁契理，圣人之性为"中和之质"，所以能够总达众材；常人只能是五常之性中偏据一材："或明于见物，或勇于决断，人情贪廉，各有所止。"[②]圣人天赋五情，循理而动，应物而无累于物；凡人任情，喜怒违理，虽然凡不及圣，但常人可以通过陶冶修炼不断完善自我人格修养以期接近圣人境界。正是基于这种认识，从《世说新语》中我们可以看出，有才、有情是时人心目中理想人格的必要内涵，才是先天之性在社会生活中的体现反映，而情为个体心性之源。而情在表达中注意节制，抑情顺理以保持神明朗彻成为接近理想人格的必要方式。正因为如此，魏晋士人在立身行事中时时注意以理智节制自己的情感，以保持神明朗然；这种追求也使他们的诗文呈现出以理入诗文、冲淡自然的风貌。

（原载于《人文杂志》2008 年第 2 期，收录时有修改。）

---

① ［晋］王羲之《兰亭诗》，逯钦立辑《先秦汉魏晋南北朝诗》之《晋诗》卷十三，北京：中华书局 1983 年版，第 895 页。

② ［魏］嵇康《明胆论》，见严可均辑《全上古三代秦汉三国六朝文》之《全三国文》卷五十，北京：中华书局 1958 年版，第 1336 页。

晋宋易代之际士人心态探析

内容提要：晋宋易代之际，门阀士族逐步被排除到权力中枢之外，面对新的政治形势，他们在审时度势后作出了择主而辅的现实选择。刘宋之初，审慎素退以保家门的忧惧心理成为士人的主流心态；而在纵情山水中感悟玄理或寄寓对抗之意者也颇为常见。

关键词：审时度势　择主而辅　审慎素退　忧惧心理　纵情山水

东晋是中国历史上真正的门阀政治时期，其特征是门阀士族和皇族互相依存，共治天下。时至东晋末年，皇权复兴，战乱纷争，门阀士族逐渐被排除到权力中枢之外，"共天下"的均衡局面已经不复存在，他们虽然在经济与文化方面依旧享有优势地位，但失去了领袖百官、把持朝政的政治特权。在当时平定桓玄篡逆和征讨孙恩、卢循起义的战争中，门阀士族有意无意地有重掌兵权以挽回政治优势的努力，但无一例外地都失败了，而以刘裕、刘毅等为代表的次等士族却迅速成长为晋末举足轻重的政治力量。为了家族的整体利益，为了个体的现实发展，门阀士族知识分子必须调整心态以适应新的局势；事实也的确如此，他们在审时度势后做出了各自不同的选择，但在这一过程中，他们的心态是复杂的。本文旨在探讨易代之际士人心态，俾有助于理解本时期诗文风气转变的内在心理因素。

一、东晋末年士人在焦虑无奈中的现实选择

晋安帝司马德宗隆安元年（公元 397 年），皇帝行冠礼，司马道子稽首归政，自此到刘裕代晋立宋的恭帝元熙元年（公元 419 年）的二十余年时间里，皇权式微，天下权柄几经易手。先是桓玄入朝辅政，权倾天下，终于在晋元兴二年（公元 403 年）篡位称楚帝；在平定桓玄的过程中，次等士族刘裕、刘毅逐渐成为东晋后期举足轻重的政治力量，在政治和军事中逐渐失势的高门士族如陈郡谢氏、琅邪王氏、高平郗氏、太原王氏、陈郡殷氏等为了个人及家族的发展，不得不周旋于各派政治军事力量之间，对于门阀士族知识分子来讲，曾经有过的俯仰自得与优游容与在他们心中消失了，代之而起的是无奈、焦虑与矛盾，在纷乱的时局与复杂的内心变化中，他们在审时度势后做出了各自不同的现实选择。这种选择以功利为旨归，以门户私计为终极目的，在选择者心目中完全没有所谓"忠"、"义"的障碍，在这一点上，殷仲文反反复复的一生最具代表性。

（一）反复多变的殷仲文

殷仲文，陈郡长平人，其祖殷融，父殷康，从叔殷浩、殷允、殷康等在东晋一朝都曾历任要职，从兄殷仲堪更是深受孝武帝的信任，最初，仲文经从兄殷仲堪的推荐为会稽王司马道子的参

军,深受司马道子的赏识,但当司马元显夺其父之权后,便转而追随元显;后桓玄得势,又为桓玄所用。在桓玄这里,殷仲文受到非常的礼遇,宠遇隆重,而殷仲文也极尽阿谀奉迎之意,赐桓玄的九锡文,是仲文之辞;桓玄在元兴二年篡逆,也是在殷仲文、卞范之等共同催促之下进行的;而当桓玄篡位入宫之际,"其床忽陷,群下失色,仲文曰:'将由圣德深厚,地不能载。'玄大悦。"①但是,当桓玄在刘裕等的步步紧逼之下走向覆灭的最后关头,殷仲文却见风使舵,弃之而依附于平定桓玄之乱的刘裕,表示效忠于朝廷;义熙三年又背叛朝廷,图谋拥戴桓玄之侄桓胤为嗣,终被刘裕所杀。

综观殷仲文一生行为,不忠不义,反复多变,缺乏起码的道德准则。究其数次反复之际,并无特别复杂之心理斗争,完全是因为利益驱动,而且其心中对此并无任何惭愧内疚之意。在《罪衅解尚书表》中他为自己投靠桓玄寻找理由:"臣闻洪波振壑,川无恬鳞。惊飙拂野,林无静柯。何者?势弱则受制于巨力,质微则无以自保。"②认为自己是因势而动,不得不然,这里虽然有"至如微臣,罪实深矣,进不能见危授命,亡身殉国。退不能辞粟首阳,拂衣高谢"等自责之语,但只是场面套语,其内心并没有真正以为自己应该辞官归隐,相反,他心中倒常常有志不得伸的郁郁之意,认为朝廷本应该更重用自己,后来被徙为东阳太守后,心中更觉得不平。而当时社会舆论似乎也未因其反复多变而有谴责之辞,可见时代风气自是如此,殷仲文所作所为并非孤立的现

---

① [唐]房玄龄等《晋书》卷九十九《桓玄传》,北京:中华书局 1974 年版,第 2604 页。

② 严可均辑《全上古三代秦汉三国六朝文》之《全晋文》卷一百二十九,北京:中华书局 1958 年版,第 2204 页。

象。而殷仲文之失在于目光短浅,对时局缺乏全面、长远的把握。

与殷仲文同时或稍后的士家大族的知识分子,其心理与殷仲文并无二致,但在具体选择上则更为慎重,他们往往以家族为依托,考虑到政治发展的各种可能性,以维护家族在政治、经济、文化等各方面的优势地位,陈郡谢氏家族在晋宋之际的选择最具代表性。

(二)陈郡谢氏家族的多重选择

陈郡谢氏家族在谢安执政之时达到了权力的顶峰,时至晋末,他们同其他门阀士族一样,已被排除出权力中枢之外,为了家族的进一步发展,他们必须对复杂多变的政局进行全面权衡,以便做出正确的选择。他们的策略是预测政局发展的各种可能性,从而为家族发展提供更广阔的空间。历史上颇负盛名的"乌衣之游"[1]便是这种选择的准备阶段。

据史书所载,"乌衣之游"发生在义熙初年,此时的谢氏家族已经走过了煊烈赫奕的鼎盛时期,从隆安元年到义熙元年短短数年之间,因为孙恩、卢循起义,谢家竟然有六人被杀,[2]这一前所未有的血淋淋的惨痛事实在谢氏其他子弟心中引起的震动是

---

① 《宋书》卷五八《谢弘微传》:"(谢)混风格高峻,少所交纳,唯与族子灵运、瞻、曜、弘微并以文义赏会。尝共宴处,居在乌衣巷,故谓之乌衣之游"《宋书》卷五十八《谢弘微传》,北京:中华书局1974年版,第1590—1591页。

② 隆安元年,孙恩领导五斗米道道民在东土诸郡起义,谢氏家族多在会稽、吴兴诸郡修建庄园郡舍,所以不仅在经济上遭受到了极大的冲击,家族内部子弟也多有伤亡。谢方明是谢安的族孙,他的父亲谢冲与长兄谢明慧以及作为吴兴太守的伯父谢邈在战乱中全部被杀害,几乎是阖门遇祸;隆安三年,尚是北府军将领的谢琰在平定孙恩起义的战争中阵亡,他的两个儿子谢肇、谢峻也同时被害。

不言而喻的。他们不仅由此嗅到了战乱的血腥，更感受到了家族命运将在风雨中飘摇的迹象。在建康乌衣巷谢安故宅中饮酒清谈，以文义赏会的谢氏子弟里，以谢混较为年长且辈分最高，他对当前的形势与家族命运有比较清醒的认识，于是自觉地承担了引导少不更事、没有充分认识到人世政局险恶的谢氏家族下一代的职责。

在这里，谢混首先培养和加强谢氏子弟的家族自豪感，将游赏宴乐限制在家族范围之内，在相对封闭的环境中自高门户，强化子侄的家族意识；其次裁抑个人性格的不完善之处，使其更加适应现实的社会局势；再次，也是最主要的，他将振兴家族的希望寄托到他们身上："数子勉之哉，风流由尔振。"

参与"乌衣之游"的谢家子弟已没有了谢安隐逸东山、子侄聚族而居时那种从容自由的心境，时时浮现心头的是家族命运与个人前途的忧虑；他们的生活也并非闭门塞听，在饮酒赋诗里悠游度日，而是在密切地关注着时局的动态与变化，分析预测着政局未来的发展方向，一旦条件成熟便纷纷走出乌衣巷，步入仕途。但他们却选择了不同的投靠对象，这既与个性趣味有关，又是审时度势的结果。谢家子弟自觉不自觉地交叉选择为家族的未来留下了多种发展的可能性：谢混、谢灵运和谢石的孙子谢纯都投靠了刘毅；而谢晦及谢混的族兄谢裕、谢述等选择了刘裕；谢曜、谢弘微兄弟及谢混的族兄谢澹则在朝廷任职，没有倾向于哪一派地方势力。在未来的日子里，谢氏子弟把家族的利益置于个人政治前途之上，即使辅佐的对象处于对立地位，他们也没有因此而反目成仇，而是一直保持较为密切的联系。因为延续家门、重振风流是他们思想深处内在的契合点。

（三）谢方明、蔡廓拜访刘穆之的象征意味

谢氏家族各成员择主而辅的情形到义熙八年基本结束，这一年，与刘裕争权的刘毅兵败被杀，朝廷中已没有能与刘裕争锋之人，军政大权尽归刘裕一人。政治局势逐渐明朗以后，散于各派的各家子弟也纷纷转投刘裕，如谢灵运，在刘毅死后转任刘裕太尉参军，而谢方明的转变在谢氏子侄中最具代表性。

从思想上来看，谢方明受玄学的影响较少，更多地接受了儒家思想，他为人方正，讲究礼仪，在从兄谢景仁的推荐下较早地在刘裕帐下供事，虽然以严谨恭肃而受到刘裕的夸赞，但一直未受重用，事情富有戏剧性的转折发生在他拜访刘穆之以后：

> 丹阳尹刘穆之权重当时，朝野辐辏，不与穆之相识者，唯有混、方明、郗僧施、蔡廓四人而已，穆之甚以为恨。方明、廓后往造之，大悦，白高祖曰："谢方明可谓名家驹。直置便自是台鼎人，无论复有才用。"顷之，转从事中郎，仍为左将军道怜长史，高祖命府内众事，皆咨决之。随府转中军长史。寻更加晋陵太守，复为骠骑长史、南郡相，委任如初。①

谢方明、蔡廓的这次拜访在当时具有象征意义。从刘穆之的身世来看，他虽然托为汉王后代，其实是出身于社会的下层，他说自己家本贫贱，赡生多阙，但和刘裕同居京口，二人相知甚深，跟随刘裕起事以来，忠心耿耿，深得其信任。刘裕势倾天下，总揽大权之时，刘穆之也内总朝政，外供军旅，达到了权势的顶峰。

---

① ［梁］沈约《宋书》卷五十三《谢方明传》，北京：中华书局 1974 年版，第 1552 页。

重视门第阀阅的东晋士人为了谋求自身发展，只好打破了一向坚守的士庶之别，纷纷与其交往，于是"宾客辐辏，求诉百端，内外咨禀，盈阶满室"，而谢方明、蔡廓因其性格之故①，当是更严于门第之分，所以一直拒绝与其交往。但当谢混被诛杀之后，迫于情势，不得不屈尊俯就而去拜访穆之。这意味着昔日高高在上的门阀士族终于接受了庶族掌权的事实，接受了自己正逐渐走向衰败的命运。

除谢氏家族之外，其余的士家大族如琅邪王氏、太原王氏、长平郗氏等也经历了大致相似的选择过程，他们在义熙中期后纷纷依附于刘裕集团，入宋后，理所当然地成为刘宋朝臣，在这一历史变迁中他们敏锐地感受到寒族力量的崛起和皇权的振兴。他们不得不在依旧显赫尊崇的外表下面对着日益衰败的现实，于是无论愿意与否，退出社会权力的中心成为他们必须承受的命运。士族知识分子清醒地意识到，自己所能做的不再是掌握天下权柄，而是素退以保家门。

二、士人在皇权压力下审慎素退 以保家门的忧惧心理

东晋中后期以后，皇权伸张，士族在从属于皇权的基础之上依旧握有一定实权；入宋以后，情况有所变化，开国之君刘裕本身出身寒微，起自军旅，他们手下掌握实权的将帅也大都非士族出身，如檀道济、朱龄石、沈田子、到彦之、沈庆之等，这时的士族

---

① 据史书所载，蔡廓性情刚直，不容邪枉，为御史中丞之时"多所纠奏，百僚震肃"。

知识分子虽然居令、仆三司，享有高位虚荣，但失去了左右局势的实权。从整个社会的权力结构来看，士族正在一步步走向衰落。在这种情形之下，他们也渐渐感受到皇权的压力、庶族的威胁，于是，他们的愿望不再是拥有中枢实权，兴朝佐命，而是审慎素退，自保家门。

以陈郡谢氏为例，东晋中期，谢安曾经高卧东山，渔弋山水，多次辞却朝廷和权臣的征召，这一处世谦退的表面隐含着伺机而出的从容与主动；淝水之战前夕，孝武帝以其弟司马道子"录尚书六条事"，以此分谢安之权；淝水之战后，谢氏家族到达权力的顶峰，但同时也面临功高震主的猜忌。孝武帝以相权辅佐皇权，极力想削弱谢安的权势，面对皇权的扩张的压力，谢安采取隐忍退让之势。在此时皇室与士族交锋的过程中，虽然士族采取的是谦让素退之姿态，但因为实权在握，所以即使是退让，却拥有很强主动性，不会有生命之忧，不会给家族带来任何负面的影响。王羲之在东晋中期"敦厚退让"之举意味与此近似。但时至晋宋之际士族的退让则有了明显的无奈和忧惧之意。

（一）谢混与谢晦的教训

义熙末年谢安之孙谢混曾官至尚书仆射，由于在刘裕和刘毅之争中党附刘毅而被刘裕所杀。当其显赫之时，族中有识之士就曾对其表示过忧虑，如谢方明便从不与他来往，只是在过年时拜见一下。从兄谢澹见谢混与刘毅亲昵，常以为忧，不仅与他逐渐疏远，而且担心他的行为会给家族带来灭顶之灾。谢氏家族的教训除了谢混之外，还有谢晦。谢晦在义熙年间依附刘裕，总统宿卫，对其忠心不贰；刘裕死后，又为顾命大臣，受托辅佐少帝，官至中书令，后来又掌握重兵，镇守荆州，但由于卷入刘宋王室内部权力之争,终于被杀。在被杀之前,他曾集合荆州的三万精兵,想与朝廷决一死战,最终战败被俘,身死国除。

在谢晦权力的鼎盛时期,其兄谢瞻就曾多次劝其审慎素退以保家门:"弟晦时为宋台右卫,权遇已重,于彭城还都迎家,宾客辐辏,门巷填咽。时瞻在家,惊骇谓晦曰:'汝名位未多,而人归趣乃尔。吾家以素退为业,不愿干豫时事,交游不过亲朋,而汝遂势倾朝野,此岂门户之福邪?'乃篱隔门庭,曰:'吾不忍见此'。后来又前后数次请求刘裕降黜谢晦,在请求未果的情形之下,经常谏诫谢晦处事谨慎,尽量不授人以柄,在豫章郡生病时,谢晦千里问疾,谢瞻担心授人以柄,急忙说:"汝为国大臣,又总戎重,万里远出,必生疑谤。"事实证明他的顾虑是有根据的,当时便有传言说谢晦反叛。谢瞻临终时又一次谆谆告诫:"吾得启体幸全,归骨山足,亦何所多恨。弟思自勉厉,为国为家。"

谢瞻一再劝弟审慎素退,不过多地干预时事,乃是因为忧惧之心,终其一生,随着谢晦位望日隆,他担忧恐惧之意也越来越浓,以至有以死为幸之语。这些事例表明士族已经意识到时势变迁,今非昔比,在缺乏实权与主动权的情形下不应该再卷入朝廷的权力争斗之中,不然会有身死族灭之祸。谢晦以个体生命和家族命运为代价,也终于认识到这一点,在临终诗中发出"功遂侔昔人,保退无智力"的悔恨之辞。其实不仅谢氏家族如此,在晋宋之际以"轻躁昧进"[①]而知名的琅邪王氏家族在新形势下也意识到必须谦退以保家门。

---

① [梁]沈约《宋书》卷五十六《谢晦传》,北京:中华书局 1974 年版,第 1350 页。

（二）王氏家族的生存策略

晋宋易代之际，在繁琐的禅代仪式上，寒素出身的刘氏集团需要借重门阀士族的声望、地位和社会影响，这里，琅邪王氏家族扮演了极为重要的角色。王弘与王昙首兄弟是宋初政坛上王氏家族的代表，身居高位，深受宋文帝信任，但王氏兄弟虽然官位显赫，内心却常怀止足诚惧之意时，王弘在当政之时曾多次上表逊位，王昙首也坚辞因平定谢晦之功的封赏，他们在当时颇为注意尊崇皇权，交好皇室，在处理和彭城王义康的关系之时最能体现这一心理。

据本传所载，王弘初为执政之时，彭城王义康为荆州刺史，镇守江陵，王弘在范泰和平陆令河南成粲的劝说之下招刘义康入朝辅政[1]，于是刘义康在王弘的极力推荐之下以宗室之亲与王弘共辅朝政。但当时"弘录尚书事，又为扬州刺史。昙首为上所亲委，任兼两宫。彭城王义康与弘并录，意常快快，又欲得扬州。以昙首居中分其权任，愈不悦。昙首固乞吴郡，文帝曰：'岂有欲建大厦而遗其栋梁？贤兄比屡称疾，固辞州任，将来若相申许，此处非卿而谁？'后来又在弟王昙首的劝说下减一半府兵以配义康，而且，王弘经常称病不理朝事，内外行政大权，基本上让给了刘义康。

从义康与王氏兄弟争权这件事可以看出，门阀士族在皇权的压力之下已经失去了左右政坛和时局的能力，他们即使受到皇帝的暂时信任也不敢率性而为，范泰劝告王弘之语最能代表

---

[1]　可参见［梁］沈约《宋书》卷六十的《范泰传》和卷四十二的《王弘传》。

其心态:"天下务广,而权要难居,卿兄弟盛满,当深存降挹。"①所以,他们以谦让素退的姿态出现在政坛之上,目的不再是拥有中枢实权,而是自保家门。正如赵翼在《廿二史札记》卷十二中所云:"次则如王弘、王昙首、褚渊、王俭等,与时推迁,为兴朝佐命,以自保其家世,虽朝市易革,而我之门弟如故,以是为世家大族,迥异于庶姓而已。"这时的世家大族引以自傲是高贵的门第和优良的文化传统,在政治上,虽然表面依旧位尊望重,但失去了至关重要的实权,对此,门阀士族不仅已经意识到,而且也接受了这一事实。

《南史·谢晦传》记载,谢灵运与谢晦、谢瞻一起商校人物,论及潘岳、陆机和贾充优劣之时,谢瞻推崇贾充,因为他能处贵而遗权,不生是非,得以明哲保身之故②,处贵遗权以明哲保身正是当时处于政治旋涡中的门阀士族共同的心态。除此之外,晋宋之际还有一些士人由于种种原因与政治疏离,他们在山水自然中安置了自己的精神家园。

三、于山水田园中游乐悟理的闲适心态

身处高位者常怀忧惧之心,游离于政权之外者则往往在山水田园中寄情托意。晋宋之际,士人既有如上所述汲汲于功名,常怀忧惧之心在权力中心浮沉者,也有栖息于田园,游乐于山水

---

① [梁]沈约《宋书》卷六十《范泰传》,北京:中华书局1974年版,第1622页。

② 后因宴集,灵运问晦:"潘、陆与贾充优劣?"晦曰:"安仁谄于权门,士衡邀竞无已,并不能保身,自求多福。公闲勋名佐世,不得为并。"灵运曰:"安仁、士衡才为一时之冠,方之公闲,本自辽绝。"瞻敛容曰:"若处贵而能遗权,斯则是非不得而生,倾危无因而至。君子以明哲保身,其在此乎。"常以裁止晦如此。见《南史》卷十九《谢晦传》,北京:中华书局1975年版,第525页。

中者。这些人有的绝意仕进,一心追求山水之美,并在美的欣赏中体玄悟理者;也有仕而复隐者,满足于淳朴的生活所带来的心灵的平和和精神的愉悦;还有的虽渴望在现实中有所作为,但不被执政者信任,只好寄情山水。这几种人虽然都是在山水田园中游乐悟理,但其感受和心态却颇有不同。

(一)主动追求、欣赏山水之美的隐者

由现存资料来看,山水自然在东晋时已走入士人的生活,但其态度是以"玄对山水",借山水而化解心中的郁闷情绪,化解的手段是借山水悟理,这个"理"本来存在于各人心中,在山水自然的触发之下而闪现,山水本身则不是他们所关注的对象。在这种态度的影响之下,山水在东晋文人的笔下是泛化而缺乏个性的,东晋末年,这种情形有所改变。虽然悟理依旧是许多人的最终追求,但在悟理的过程中欣赏山水之美也给他们带来难以言传的愉悦之情,从庐山诸道人《游石门诗序》中可以清楚地感受这一微妙的心理变化。

在序文开头他们便明确声称自己这次大规模游山[①]的目的是一睹倾岩玄映、悬瀑险峻的石门奇观,在经历了"乘危履石","援木寻葛"的艰难攀登后终于"拥胜倚岩,详观其下":

> 始知七岭之美蕴奇于此,双阙对峙其前,重岩映带其后。峦阜周回以为障,崇岩四营而开宇。其中则有石台石池,宫馆之象,触类之形,致可乐也。清泉分流而合注,渌渊

---

① 序文中有"释法师以隆安四年仲春之月,因咏山水,遂仗锡而游,于时交徒同趣者三十余人,咸拂衣晨征,怅然增兴"。之语,可见当时参加这次游山活动的有三十多人,场面很壮观。

镜于天池，文石发彩，焕若披面。栖松芳草，蔚然光目，其为神丽，亦已备矣。①

对于石门之景从前后左右多个方位进行了详细而客观的描述，这种观物方式已经具有一定的审美意味，自然山水在这一段里是作为客观的欣赏对象而存在。自然山水之美给欣赏者带来"众情奔悦，瞩览无厌"的审美享受，但诗序并未在"娱情"中结束，而是继之以悟理："俄而太阳告夕，所存已往，乃悟幽人之玄览，达恒物之大情，其为神趣，岂山水而已哉。"

事实上，详研文本，可以感觉到当以情对山水结束后，文意已经完足，但因为固有的要在山水自然中悟理的观念，所以才有"当其冲豫自得，信有味焉"之语。这里的"味"当是"理"之意，但这个理却"未易言也"，于是众人展开讨论，"犹昧然未尽"。尽管如此，但终于可以总结游览的收获并不止于美景怡情，更重要的是感受到了蕴含于山水中不易言说的大自然灵异之理。这里对山水美景的观照方式与东晋时期以玄对山水已有所不同，玄对山水是把自然山水仅看作是胸中玄思的象征，而这种观物方式则比较注重自然山水本身千姿百态的物象变化，带有明显的审美意味。

（二）在淳朴的田园生活中感受心灵平和与精神愉悦的隐者

晋宋之际的隐士，有的不仅有条件游历名山胜水，而且有条件把山水之美引入园林，这样的隐逸不再是岩居穴处，不需要耕

①　庐山诸道人《游石门诗序》，见逯钦立《先秦汉魏晋南北朝诗》《晋诗》卷二十，北京：中华书局 1983 年版，第 1086 页。

而后食,可以在从容的心态下领略山水之美,但并不是所有的隐者都是如此。易代之际,一些人选择了隐于田园,他们不仅把田园作为现实的居留地,更是理想世界载体,他们并不刻意地去追求山水之美,而是实实在在生活于完全自然的环境中,在淳朴的田园生活中感受心灵的平和与精神的愉悦。陶渊明是这种生活方式的代表人物。

他的隐居与第一部分所说的隐士有所不同,后者主动追求山水之美,沉浸于其中游乐悟理,得到美的享受和心灵的满足。在他们的心灵世界中,自然山水是外化的存在,是被欣赏的对象。而陶渊明不是自然的旁观者,他与周围的田园环境融为一体,所以他没有主动去追求自然之美,但对于自然美的体验却时时在他的笔下流淌。《归去来兮辞》是描写辞官初归时所感受到束缚乍除后自由与愉悦之情:在晨曦初露时分回到久违的田园,远远地看到了自家的茅屋与园林,不禁载欣载奔。僮仆们围了上来,孩子们也早已在门口引颈眺望,合家团聚,其乐融融,平日里有亲情慰怀,浊酒盈樽。可以"登东皋以舒啸,临清流而赋诗";也可以"策扶老以流憩,时矫首而遐观",自己便如同无心出岫的云与倦飞知还的鸟儿一样,充分享受合于自然的自由自在情趣,感受到的是悠长会心的欣悦。《归园田居》、《和郭主簿》、《读山海经十三首》、《归鸟》组诗等皆是抒写田园环境之美与幽居自得之乐的作品。绕屋树木扶疏,鸟儿鸣声清脆,诗人在这样美好的环境心灵与自然万物交通,达到主客交融、物我泯一的境界。这里,他并没汲汲于自然美的追求,但自然美却实在地存在于他的生活中。

陶渊明这种隐居于真实的田园,耕而后食的情形在当时并不少见,如浔阳翟氏家族、南安朱冲、武昌郭翻等。这些隐居不仕的人都没有遁迹山泽,遗世独立,而是隐居田园,耕而后食。在他们看来,这是一种合乎自然,不违本性且值得称颂的生活方式。在这种生活方式下,自然之美便不需要去外界追寻,因为它就存在于他们的生活之中。

(三)在游山玩水中寄寓对现实的不满与反抗者

以谢灵运为代表的这类士人自矜阀阅,自许甚高,但入宋之后新的政治环境并没有给他们太多的发展空间,于是他们由希望转而失望,进而走向愤懑与对抗,纵情山水有时便成为他们消极反抗的一种形式。他们虽然生活在优美的山水自然之中,但心却游离于山水之外,因为对他们而言走向山水是无奈之举,也是暂时的选择,他们依旧希望能够在现实政治中有所作为。这一心态决定他们的观物方式与第一类隐者有相同之处:山水对他们来讲都是外在的欣赏对象,但在欣赏方式上二者却大不一样。

如庐山诸道人虽也曾三十余人一起游赏石门,但这些人是志同道合的山水之美的爱好者,都希望领略石门奇景,他们怀着一种敬畏的、欣赏的心情去观照寓目之景,山水是以其本来的面貌呈现在他们的眼前;而以谢灵运为代表的这一类人欣赏自然山水的主要方式则是在山水中剪榛开径,肆意游度,一定要使自然之美呈现在"我"的眼前,对自然山水抱着明显的征服态度。如《南史》所记谢灵运隐居始宁后,凿山浚湖,功役无已,经常寻山陟岭,必造幽峻,每次都带有大量的门生与随从,有一次从始宁伐木开径,直到临海,甚至被临海太守王琇误认为是山贼。这种大规模地游山玩水,所在意的未必是山水本身美的意蕴,从表面看,这种肆情山水的做法带有明显的挑衅与反抗的味道,从心理因素来讲,他们是把对现实的不满与反抗自觉不自觉地通过这种方式发泄出来,将现实中受到压抑的征服欲、成就感等能量释放到自然山水之中。然而,虽然他们是带着审视与征服的目的接近山水,事实上,自然之美往往以其幽美之姿与广蕴之理将他们征服。

总之,尽管这几种人的人生观念、对自然美的感受以及对山水田园的态度不尽相同,但有一点是相同的:山水田园是他们生活的一部分,自然美是他们欣赏的对象,美的欣赏与感悟给他们带来了精神的愉悦。

总之,晋宋朝代更替之时也是皇权逐步加强之时,时势变迁,门阀士族不仅失去了昔日的政治特权,也失去了东晋一朝曾经拥有的从容心态。面对复杂的时局,他们在焦虑和无奈中审时度势,择主而辅;入宋后,面对逐渐强大的皇权和新兴的庶族,他们虽然保持了表层的尊严与荣耀,但触觉内敛了,他们不再有握中枢实权以兴朝佐命的使命感,而是审慎素退以保家门。而这一时期游离于政权之外的士人在自然山水中找到了精神家园,他们对待山水自然态度由东晋时的"以玄对山水"向以情对山水的转化,开始追求以情之所需所好来摹山范水,这种转变直接触发了山水田园诗的出现与发展。正是在这种复杂的心态影响之下,此时的士人在现实人生中感觉到与东晋玄虚之境颇为不同的复杂的情感体验与人生感慨,这是元嘉文学重抒情特质的根源。

(原载于《浙江工业大学学报(社会科学版)》,2006年第1期)

东晋南朝陈郡谢氏政治行为探析

内容提要:本文以东晋南朝陈郡阳夏谢氏家族子侄的政治行为为研究对象,结合《晋书》《宋书》《南齐书》《梁书》《陈书》《南史》《资治通鉴》等史书及出土文献资料统计这一历史时期谢氏家族各代成员的官职品位分析谢氏家族政治地位的升降;其次,分类解析各代谢氏子弟的政治行为,阐释其与谢氏家族社会地位升降互为因果;最后阐释谢氏子弟种种政治行为表现源于社会风尚、家族文化传统及个体性格的重重影响。

关键词:东晋南朝 谢氏家族 政治行为 社会风尚 家族文化传统

谢氏起源有炎帝与黄帝之说,其祖先一般认为是周宣王之时的申伯,谢氏子孙自周朝以后便向四处迁徙,陈郡阳夏谢氏为其中一个支脉。西晋之末,陈郡阳夏谢氏家族还只是普通士族,但自谢鲲率族人随晋室南迁后,谢氏家族却因为种种机缘而跃居侨姓士族之首。一个家族社会地位的转变与提升是一个长期的历史过程,离不开数代人在政治权势、经济基础和家族文化传统方面的积累与传承。对照毛汉光先生在《两晋南北朝士族政治之研究》中提到的士族形成的三个途径,可知谢氏家族当由第二条途径即文化途径,由于经传法律等学问之精通入仕并数代为官而完成士族的转化。

西晋的谢衡与其子谢鲲是这种转化的奠基者。谢衡父谢缵或曾为曹魏长安典农中郎将①,其子谢衡却"以儒素显,仕至国子祭酒"②。他渊博多识,精于礼制,而且对经义史传都很熟悉。子谢鲲出儒入玄,为中朝名士的代表,他虽有谈玄论理、纵情任诞的名士风度,但并非疏狂放达,完全寄情物外,而是瞩目现实,对朝廷怀有忠心。王敦叛乱时谢鲲被迫同行,但并未与之同流合污,这一点也为当时当政者所认可,以良臣贤吏目之③。这种行为为谢氏子孙出入权力中心留下契机。谢鲲外示玄风,内怀儒情的行事特点,当与其家族的经学传统有关,亦不排除在乱世中韬光养晦、全身远害之意。自此之后,以经学传承为中心,广习文史玄学成为谢氏家族世代传承的文化因子。

然而,家族地位的提升除文化方面的因素之外,尚赖于现实政治权势(包括中枢政治地位及军事力量)的获得与积累。谢氏家族的发展契机何在? 从下表中我们可以初窥端倪。

---

① 罗振玉校录的《芒洛冢墓遗文四编补遗》中有魏《谢君神道碑》:"魏故长安典农中郎将谢府君之神道。"对此说明是"高二尺二寸二分,广二尺五寸,五行,行三字,篆书阳刻"。未记墓主之名,但姓氏、大致时间与官职与谢缵,若为谢缵神道碑,则可知他曾作过长安郡的典农中郎将。《先秦秦汉魏晋南北朝石刻文献全编》,北京图书馆出版社 2003 年版,第 417 页)

② [唐]房玄龄等《晋书》卷四十七《谢鲲传》,北京:中华书局 1974 年版,第 1377 页。

③ 王廙作荆州刺史亡故之后,晋明帝曾写信经温峤,叹息痛失良臣,把王廙与谢鲲对举:"痛谢鲲未绝于口,世将复至于此。并盛年隽才,不遂其志,痛切于心。廙明古多通,鲲远有识致。其言虽未足令人改听,然味之不倦,近未易有也。坐相视尽,如何!"(《晋书·王廙传》)

一、两晋南朝谢氏家族政治地位的盛衰变化

陈郡阳夏谢氏两晋南朝各代官品统计表①

代	人数								
	一品	二品	三品	四品	五品	六品	七品	八品	九品
第一代	1					1			
第二代	1		1						
第三代	3			1		1			
第四代	8	1	3	1		1			
第五代	21		2	2		6			
第六代	25	1		4	1	2	2	1	
第七代	29		1	3		4	1		
第八代	10			1		2		1	
第九代	8	1		3		2	1		
第十代	10		2	3		2			
第十一代	8			1	2				
第十二代	5			1	4				
合计	129	3	8	22	8	21	4	2	

① 　关于此表有三点要说明:第一,这里各代总人数的统计资料有三类,一是《晋书》《宋书》《南齐书》《梁书》《陈书》《南史》有传者,分单传、合传与附传数种;二是无传,只是在正史行文中提到之人;三是后世出土的墓志碑铭中提到。第二,统计的官职品位也仅限于现有之资料;第三,谢氏家族第十三代子孙仅有谢贞之子谢靖见于史书,但据《陈书》谢贞传所载,谢贞去世时谢靖才六岁,谢贞将其托付于友人吏部尚书姚察,史书未载其以后之命运,姑置不论。

上表为陈郡阳夏谢氏家族见于史籍及出土文献资料的各代人数及在两晋南朝的官职品位表,资料所见谢氏子侄在两晋南朝共有 197 人,其中一品 129 人,二品 3 人,三品 8 人,四、五品合计 30 人。在当时,一品与二品官职更像是一种荣誉,三品则为掌握实权的中枢官职,由此可以看出谢氏家族在两晋南朝政治地位的升降变化。从表中可知谢氏家族在其第二代和三代时期开始起步,进入朝中逐渐成为官僚阶层,第二代谢衡官列散骑常侍,已是三品朝官,其子谢裒则官至吏部尚书,在东晋属于三品之官,谢鲲虽官位不显,但他出儒入玄的文化选择提升了家族的文化地位。谢氏家族第四代虽然人数不多,但多官至一、二品高位,在东晋社会上层权势真空时期因时就势,正式进入东晋王朝政治权势的中枢阶层。另,家族的兴盛与发展除了中枢政治地位与权力外,尚需要军事力量的支撑,谢氏家族正是从这一代开始掌控军权,与中枢政治权力遥相呼应,共同推动了家族社会地位的提升,开启这一历史进程的人物是谢鲲之子谢尚。谢尚最初任文职,后舍文职而出就军旅,由此掌握军权,名列方镇,开启了家族发展的新契机。谢尚去世后其堂弟谢奕继任豫州刺史,谢奕第二年去世后由其弟谢万继任,直到 359 年(升平三年)谢万兵败被废黜,豫州一直是谢氏家族得以发展的经济、政治基础。谢安在谢万被废黜后出仕,奠定谢安朝野声望及政治地位的历史事件是简文帝驾崩后与其他士族联手成功阻止了桓温篡位移鼎的企图。自此后,谢安位望日隆,谢氏子侄人才辈出。晋孝武太元八年(383)的淝水之战使谢氏家族一门四封,家族势力达到了顶峰。

相较于处于上升通道的充满活力、激情四溢的第四代前辈们,第五代谢氏子侄更像是高潮过后的余波,留名于青史 21 人中大部分都是五品左右的中低官职,仅有的两个二品高官谢玄与谢琰也多与前代的政治军事成就有关。自谢琰在隆安四年(340)平定孙恩之乱战死后,谢氏家族的发展不复有军事力量的凭借。

第六代和第七代谢氏子侄多达 54 人,接近全部统计人数的二分之一,是东晋南朝谢氏家族人物盛美之时,也是谢氏家族的社会地位达到顶峰的历史时期。谢氏家族在这两代中虽不乏身处高位者,但不再握有中枢权柄,也没有强有力的军事力量来支撑家族的延续与发展,所任官职以地方官或军府文职居多,即使在朝中为官者如谢澹官至一品,但史籍所载其在历史上几乎没有任何建树,一品高官只是时势造就,帝王禅代需要有华奕高门捧场,他便充当了家族的代表,其实只是职高权轻的闲散中枢官员。

第八代谢氏子侄留名史籍的人数锐减(10 人),官职品位也只有谢庄一人进入中枢权力的决策阶层,官至三品的吏部尚书,其余都是五品官职,甚至出现了七品县令,谢氏子侄虽然此前也有七品入仕者,但所作之官职都是著作佐郎,太子舍人等清贵之职,县令之职一般士族子弟不愿为之,由此也可看出谢氏家族地位的微妙变化。第九代谢氏子侄单纯从官职品位看似乎不低,但如果从世系分析会发现八人中有四个支系,真正在政治权力中心占有一席之地的只有谢庄一系了。一个家族的繁荣昌盛、兴旺发达离不开各房各支脉人才辈出,在社会与政治生活中遥相呼应,时至此时,谢氏家族仅一系政治权势的延续已掩不去门单势孤、家族衰败的萧飒境况了。

经过梁代的平稳发展,第十代基本延续了第九代的情形,家族中的强势者依旧是谢庄一系。谢朏之子谢谖,谢谳和谢瀹之子谢览、谢举，都是掌握实权的二、三、四品高官。第十一代掌握中枢政权的是谢朏之孙谢哲和谢瀹之孙谢嘏，二人入陈后都官至三品。这里特别指出一个人物是谢蔺，他仕任梁散骑常侍，官至四品，但并非以家族荫蔽而得官，而是以儒学孝行显名于世。谢氏第十二代史书有传的只余其子谢贞，亦入《陈书·孝行传》，不禁令人想起以"以儒素显"的谢氏祖先谢衡。

统观上表我们可以看出来，谢氏家族的政治权势在第四代的谢安时期已经步入中枢权力的核心地位，与谢玄、谢琰等掌控的军事力量相呼应，达到政治权势的顶峰，第五代、第六代和第七代是谢氏家族在政治上最为活跃的时期，自第八代后，虽然依旧代有高官，保持了华奕高门的政治地位，但也仅是个别支族的荣耀，就整个家族而言已经逐渐没落了。

二、谢氏子侄政治类型分析

以上对两晋南朝谢氏家族政治地位的盛衰变化做了描述，在这个历史进程中，谢氏子侄在政治生活中的行为表现又与其有互为因果的关系。具体分析他们在现实政治生活中的作为与表现，可以分为积极有为型、勤政爱民型、顺其自然因循谨慎型和狂狷型。在家族发展过程中，随着历史的发展和外部社会政治环境的变化，各代政治行为类型的侧重点亦有所不同，列表示意如下。

政治行为类型	一代代表人物	二代代表人物	三代代表人物	四代代表人物	五代代表人物	六代代表人物	七代代表人物	八代代表人物	九代代表人物	十代代表人物	十一代代表人物	十二代代表人物
积极有为型		谢衡		谢尚谢安	谢玄谢琰	谢裕谢述谢混	谢晦	谢庄				
勤政爱民型				谢尚		谢方明	谢晦		谢濂	谢览谢举		
顺其自然谨慎因循型			谢鲲	谢石		谢澹	谢瞻谢曒谢弘微	谢朓	谢胐谢潾谢颢	谢览谢举	谢哲谢嘏	谢贞
狂狷型				谢奕谢万			谢灵运		谢胐谢超宗	谢几卿		

从上表可以看出，积极有为与顺其自然谨慎因循型是谢氏子侄的主要政治行为，而勤政爱民型的行为往往和这两类政治行为有人物上的交叉，狂狷型的政治行为在谢氏家族中极为个别，除谢奕与谢万外，其余基本属于谢灵运这一支脉。另外值得注意的是谢氏家族自第七、八代后便不再有积极有为型的政治家，也正是从这时开始，顺其自然谨慎因循型的政治行为成为家族成员的主导政治行为。而且，自第七代后的代表人物，除第八代的谢朓和第十二代的谢贞外，全部都是谢弘微这一支族。下面我们结合各代代表人物来探究谢氏子侄各种类型政治行为的具体内涵。

积极有为型这一类型代表人物是谢尚、谢安和谢晦。谢尚舍文职而出就军旅是自己的主动选择，机缘巧合，由此开启了家族发展的新契机，谢尚在东晋中央朝廷与方镇军事势力的博弈中于永和二年（346）做了豫州刺史，"自此，谢氏遂得列为方镇，并且成为屏藩东晋朝廷的一支非常重要的力量"①。据史籍所载,谢尚性情颇有旷达超脱的名士风范②,但是他并非空疏虚妄之徒,而是具有与士卒同甘共苦的实干精神,除军事上的成就之外,他精通礼仪,对家传的儒家学说多所承继,并在以镇西将军驻守寿阳之时"采拾乐人,并制石磬,以备太乐"③,于是"江表有钟石之乐,自尚始也"④。

　　谢尚积极有为的政治行为开创了谢氏家族在政治之路上的新局面,谢安则把家族的政治地位带到了功高震主的巅峰地位,"镇以和靖,御以长算"是谢安的为政策略,他不汲汲于政治行为细节的专注与勤勉,却具有从容应对政治风波的胸怀与智慧。他在政治上的成就主要体现在两个方面,一是联合其他士族,成功地阻止了桓温代晋自立的企图,二是指授将帅,各当其任,取得淝水之战的胜利,战后,他又使各地方镇的势力处于相对均衡的状态,并且积极筹备北伐,希望乘虚而入,混一文轨,这种努力在大战后被主相猜忌的政治环境中难以实现。当他意识到这一点后,马上考虑长久隐退之事。也正是从谢安开始,面对来自皇权的裁抑与压制时,谢氏子侄多采取退让而全身保家的策略。

　　谢晦是积极有为的另一类型。他在东晋末年的政治风云中选择了刘裕作为辅佐对象,他最重要的政治行为是与徐羡之、傅亮、檀道济三人废帝另立,自己也因此一门八人被杀,兄弟子侄

---

　　①　此段关于东晋政治局势的论述参见田余庆先生《东晋门阀政治》,北京大学出版社 1989 年版,第 205 页。

　　②　见《世说新语》"王长史、谢仁祖同为王公掾"和""王、刘共在杭南"条。

　　③　[唐]房玄龄等撰《晋书》卷七十九《谢尚传》,北京:中华书局 1974 年版,第 2071 页。

　　④　[唐]房玄龄等撰《晋书》卷七十九《谢尚传》,北京:中华书局 1974 年版,第 2071 页。

几乎凋零殆尽。谢晦虽以叛逆之名被诛,事实上他对刘宋王朝忠心耿耿,即使反叛时还曾数次上书,希望文帝体查实情,赦免自己。但张扬的皇权要维护自己的尊严,决不能再出现前代臣子凌驾皇权之上的先例。而谢晦是在被槛送京师的路上才意识到这个事实,他做了著名的《悲人道》,反思自己为家族带来的灾难,终于明白:"我闻之于昔诰,功弥高而身蹙。霍芒刺而幸免,卒倾宗而灭族。周叹贵于狱吏,终下蕃而靡鞠。虽明德之大贤,亦不免于残戮。怀今惮而忍人,忘向惠而莫复。绩无赏而震主,将何方以自牧。①"留下的只有因为不能安亲扬名,保全终孝的遗憾。

同属第七代的谢瞻和谢弘微是顺其自然,谨慎因循的典型。谢瞻为谢晦之兄,在入宋之前看到谢晦势倾朝野,宾客辐凑的盛况时便极力劝谏他以素退为业,以保门户。谢弘微更是谨言慎行,处贵遗权,其言传身教对子孙产生了很大的影响,从上表中我们可以看出第八代后这一类型的谢氏子侄除谢贞外全是弘微子孙,事实上,在谢氏各支族纷纷衰败的南朝后期,是谢弘微这一支族维持了陈郡阳夏谢氏华奕高门的社会地位。

顺其自然谨慎因循型的政治行为在谢弘微孙辈体现更为明显。谢朓在早年颇有张扬狂狷之意,在萧齐代宋的过程中不但不肯任佐命之臣,而且在受禅日还当面给萧道成难堪。入齐后,他的政治行为由狂狷一变而为谨慎,尽量远离政治旋涡,谋求外任,谢绝齐明帝征为侍中、中书令诏令,隐居吴兴,但又遣诸子还京师以示忠心。入梁后面对梁武帝的强力征召,他也顺其自然,轻舟赴阙,做了梁尚书令。

---

① [梁]沈约《宋书》卷四十四《谢晦传》,北京:中华书局 1974 年版,第 1360 页。

谢朏由前期的狂狷一变而为后期的顺其自然,尽量不参与任何派系的政治斗争,这是见多了残酷的斗争与身死家灭的政治悲剧,以一种相对稳健的态势求得家族的延续与发展的政治智慧。他还如此教导弟弟。"弟,时为吏部尚书。朏至郡,致数斛酒,遗书曰:"可力饮此,勿豫人事。①"而谢瀹也颇能体会兄长的良苦用心,在改朝换代或废帝另立的历史闹剧中都采取置身事外的态度,"专以长酣为事"。但他在早年任地方官吏之时却能够勤政爱民,主持公道,甚至因此而召来责罚,"在郡称为美绩"。其子谢览和谢举都颇有父风,不邀功竞取,为政时惠于一方,为吏民所思。

狂狷型的政治行为在谢氏家族子侄中可谓特例。狂狷型政治行为共同的特点第一是率性而为,敢于挑战权威,(谢超宗)"为人仗才使酒,多所陵忽。在直省常醉,上召见,语及北方事,超宗曰:"虏动来二十年矣,佛出亦无如何!②"第二是不屑或不擅长处理政务。如谢奕迁为吏部尚书这一权力部门后,"铨叙不允"③谢万北征之时只是以清谈啸咏为业,不知抚慰将帅。谢灵运出任郡守,"肆意游遨,遍历诸县,动逾旬朔,民间听讼,不复关怀"④。第三点是纵酒任诞,仗才使气。"遂因酒,转无朝夕礼。桓舍入内,奕辄复随去。⑤谢几卿"预乐游苑宴,不得醉而还,因诣道边酒垆,停车褰幔,与车前三驺对饮,时观者如堵"⑥

---

① 姚思廉《梁书》卷十五《谢朏传》,北京:中华书局1973年版,第262页。
② 萧子显《南齐书》卷三十六《谢超宗传》,北京:中华书局1972年版,第636页。
③ [唐]房玄龄等《晋书》卷八十三《江逌传附从弟灌传》,北京:中华书局1974年版,第2176页。
④ [梁]沈约《宋书》卷六十七《谢灵运》,北京:中华书局1974年版,第1754页。
⑤ 余嘉锡《世说新语笺疏·简傲》篇,上海:上海古籍出版社1993年版,第772页。
⑥ 姚思廉《梁书》卷五十《谢几卿传》,北京:中华书局1973年版,第708页。

谢奕和谢万的狂狷型政治行为有其特定的历史氛围，当时正是门阀士族地位高涨，甚至凌驾于皇权之上的时期，士族知识分子以此来显示遗落世情，精神高远，时论也以此高之。而谢灵运及其孙谢超宗与曾孙谢几卿的时代却已是皇权张扬，门阀士族虽然在社会生活中依旧占有很高的社会地位，但已经没有了与皇权对抗的实力，狂狷型行为基于对家族昔日荣光的矜夸或天生个性使然，历史氛围的转变使他们面临不同的命运。所以谢奕、谢万虽狂狷却能荣耀终身，而后期诸谢的狂狷行为却给自己带来被诛杀或废黜的命运，这里体现了时代政治氛围的变迁。

三、影响其政治行为的诸种因素分析

影响谢氏子侄政治行为的有重重因素，家族文化传统无疑是一个重要原因。钱穆先生在《略论魏晋南北朝学术文化与当时门第之关系》："当时门第传统共同理想所希望于门第中人，上自贤父兄，下至佳子弟，不外两大要目：一则希望其能具孝友之内行，一则希望其能有经籍文史学业之修养，此两种希望，并合成为当时共同之家教。其前一项之表现，则成为家风，后一项之表现，则成为家学。①"谢氏家风在绵延发展的历史过程中逐渐形成的，具有多重内涵，王羲之在写给谢万的信中有："欲教养子孙以敦厚退让，戒以轻薄。庶令举策数马，仿佛万石之风"②之语，当谢晦锐意进取之时，其兄长谢瞻曾劝谏他："吾家以素退为业，

---

① 钱穆《中国学术思想史论丛》，台北：东大图书公司 1977 年版，第 171 页。
② ［唐］房玄龄等《晋书》卷八十《王羲之传》，北京：中华书局 1974 年版，第 2102 页。

不愿干预时事,交游不过亲朋,而汝遂势倾朝野,此岂门户之福邪?"①后来又与谢晦和谢灵运共论潘岳、陆机与贾充优劣之时,谈到"若处贵而能遗权,斯则是非不得而生,倾危无因而至。君子以明哲保身,其在此乎!"②点出谢家门风的核心:审慎素退,处贵遗权。

从第二部分的政治行为表中可以看出,家族子侄的政治行为以积极型与顺其自然谨慎因循型为多,而且第八代以后,顺其自然因循守旧型的行为更是占据主导的地位。这也是谢氏子侄基于其家族传统在不断变迁的政治环境中而自然做出的择决,目的便是全身保家,获得家族的延续和发展,审慎素退以保家门是谢氏家族一以贯之的文化传统。早在谢鲲之时,虽然多次进谏甚至触怒了王敦,但他是"推理安常,时进正言",在既不与王敦同流合污,又要保身存命之间找到了平衡点。谢安、谢玄是谢氏家族积极有为的典型代表,但他们晚年,面对功高震主的权势和来自皇族对政治权势和军事权势的侵夺之时,无一例外地都选择了退让以避其锋芒,由此保身延家。谢安的这一思想或许在高卧东山之时便已经形成,而谢玄无疑是与他心心相印者。③后世的谢氏子侄大都对此奉行不悖,如谢瞻便常常劝导弟弟谢晦要素退保家,处贵遗权,而谢晦却不听劝告,执意进取,最后身死爵除,还给整个家族带来了毁灭性的打击。对于谢氏子侄来讲,以八条鲜活生命为代价的血淋淋的教训是深刻的,谢晦最后"功遂侔昔人,保退无智力"的反思也深深地印在他们的脑海中,

---

① [梁]沈约《宋书》卷五十六《谢瞻传》,北京:中华书局1974年版,第1557页。
② [唐]李延寿《南史》卷十九《谢晦传》,北京:中华书局1975年版,第526页。
③ 可参阅田余庆先生《东晋门阀政治》,北京大学出版社1989年版,第211—212页。

在日趋险恶的政治环境中,如何"保退"存家成为他们政治行为的基本指导思想。家族本身正反两方面的例子都指向了明哲保身以延续家族的命脉,后世的谢氏子侄基本上都吸取了教训,遵循了这样的方向,从上表我们也可以看出,正是从第七代开始,谢氏家族中顺其自然,谨慎因循的行为成为后代子侄政治行为的主流。

然而,除家族文化传统的影响之外,社会形势的转变与个体性格亦是决定政治行为的一个重要因素,东晋末年与刘宋之初,门阀士族已经失去了政治权柄和军事力量,实权掌握在行伍出身的下层寒庶和次等士族的手中,如刘裕、刘毅等,士族在当时的社会形势之下想要谋求生存与发展必须要择主而栖,东晋以来皇权与士族之间的权力均衡在东晋末年已经被打破,在此基础之上刘宋建立之后必然带来对士族权势的压制和皇权的张扬。门阀士族业已意识到这一现实,宋书卷五十三《谢方明》传中所记载的谢方明、蔡廓联袂拜访穆之的记载颇具代表性:

> 丹阳尹刘穆之权重当时,朝野辐辏,不与穆之相识者,唯有混、方明、郗僧施、蔡廓四人而已,穆之甚以为恨。方明、廓后往造之,大悦,白高祖曰:"谢方明可谓名家驹。直置便自是台鼎人,无论复有才用。"顷之,转从事中郎,仍为左将军道怜长史,高祖命府内众事,皆咨决之。[1]

刘穆之为刘裕亲信,他虽然托为汉王后代,其实只是家本贫贱,赡生多阙的社会下层人物,但追随刘裕,忠心耿耿,刘裕势倾天下,总揽大权之时,刘穆之也内总朝政,外供军旅,达到了权势

---

① [梁]沈约《宋书》卷五十三《谢方明传》,北京:中华书局 1974 年版,第 1552 页。

的顶峰。重视门第阀阅的东晋士人为了谋求自身发展,只好打破了一向坚守的士庶之别,纷纷与其交往,而谢方明、蔡廓因其性格之故,当是更严于门第之分,但当谢混被诛杀之后,迫于情势,不得不屈尊俯就而去拜访穆之。这意味着昔日高高在上的门阀士族终于接受了庶族掌权的事实,除谢氏家族之外,其余的士家大族如琅邪王氏、太原王氏、长平郗氏等也经历了大致相似的选择过程,他们在义熙中期后纷纷依附于刘裕集团,入宋后,理所当然地成为刘宋朝臣。权臣废帝另立,起兵对抗朝廷在东晋屡有发生,发生在刘宋初年的傅亮、徐羡之、谢晦和檀道济废少帝诛庐陵王而立文帝事件中,宋文帝其实是实际得利者,但已经张扬的皇权不允许有大臣来决定皇帝废立、皇子生死,宋文帝当时实力还不足以一举除去这些重量级的大臣,于是他采取了内部分化的策略,把手握重兵又非首倡其议的大将檀道济先争取过来,以他来对付同样手握兵权的谢晦,而自己则在朝中诛除两个文官,十年后又逼死檀道济,此时才算彻底解决了这件事情。在这一系列的事件中,门阀士族敏锐地感觉到寒族力量的崛起和皇权的振兴,并在这种政治环境之中面对自己依旧显赫尊崇的外表和日益衰败的现实,审慎素退,明哲保家成为他们的必然选择,体现在政治行为之上便是顺其自然谨慎因循型的政治行为逐代增多。

　　而狂狷型的政治行为既有时代因素的影响,亦与个体性格有关。如谢灵运的政治行为便有多方面的原因,他曾经历了家族最鼎盛的时期,参与过历史上颇负盛名的"乌衣之游"[①],具有

---

　　① ［梁］沈约《宋书》卷五八《谢弘微传》:"(谢)混风格高峻,少所交纳,唯与族子灵运、瞻、曜、弘微并以文义赏会。尝共宴处,居在乌衣巷,故谓之乌衣之游。"《宋书》卷五十八《谢弘微传》,北京:中华书局 1974 年版,第 1590－1591 页。

强烈的家族自豪感及、荣誉感及对责任感,这些对谢灵运狂狷型的政治行为形成有很大的影响。谢灵运的心中充满了对家族昔日荣耀的回忆,"万邦咸震慑,横流赖君子。拯溺由道情,龛暴资神理"①他是怀抱着重振家族风流的愿望和理想步入仕途,选择辅佐依靠的对象是意气相投的刘毅。入宋后结识刘裕次子庐陵王刘义真,倾意交往,是来往过密的赏心之友。这两次政治选择基本决定了谢灵运一生的政治命运。他心高气傲,以个体理政能力、文学才华和出身门第自矜,骨子里瞧不起军功起家的刘裕,这种精神上的优越感总是不由自主地流露出来,又因为曾是刘毅的幕僚,所以不得刘裕宠信,颇有悒悒不舒之意。"高祖受命,降公爵为侯,食邑五百户……朝廷唯以文义处之,不以应实相许。②"入宋后结交的刘义真,与其一样为空疏无行之人,在继承人博弈之战中被杀,最后即位的是宋文帝刘义隆,刘外示宽宏,内实隘薄,因谢灵运的性格及政治背景也不可能重用他,"太祖登祚,……日夕引见,赏遇甚厚。……唯以文义见接,每侍上宴,谈赏而已。"③而谢灵运感觉在这种被忽略被边缘化的情形之下,重振家声的理想已无从谈起,这对心高气傲的他是个很大的打击。"自谓才能宜参权要,既不见知,常怀愤愤。"④谢灵运在刘宋一朝常常肆情遨游,不理政务,甚至做朝官时也常常称疾不朝,并以此忤怒帝王,皆是政治情怀郁结不舒,索性以此表达反抗不满之意,政治生活中种种狂狷行径亦根源于此。他忽略了门阀

---

① 《述祖德诗》其二黄节《谢康乐诗注》,北京:人民文学出版社 1958 年版,第21 页。

② [梁]沈约《宋书》卷六十七《谢灵运传》,北京:中华书局 1974 年版,第 1753 页。

③ [梁]沈约《宋书》卷六十七《谢灵运传》,北京:中华书局 1974 年版,第 1772 页。

④ [梁]沈约《宋书》卷六十七《谢灵运传》,北京:中华书局 1974 年版,第 1753 页。

士族已经取得共识的观念:即政治环境与前代大不相同了,由此带来身死国除的后果。其孙谢超宗及超宗子几卿的政治行为都有谢灵运影响的影子,与个体的性格也密切相关。

绵延十余代以来谢氏子侄的在政治生活中的种种表现,究其原因,既反映了社会政治氛围的变迁,亦有家门风气和个体性格的重重影响。当然,在实际情形之中,这几种原因往往综合起作用,影响了谢氏子侄的政治行为。

(原载于《学术研究》2009 年第 6 期,收录时有修改。)

永初三年出守永嘉后谢灵运心态探讨

内容提要：自然山水在谢灵运出守永嘉后的生活中占有很重要的地位，他所传世的山水诗作，大都是永初三年以后的作品，透过风华清靡的景物描绘，我们常常能感受到深蕴其中的孤独寂寞之意。谢灵运的孤独寂寞具有双重含义，一是现实中的知己不遇的寂寞情怀，一是面对广袤自然时的精神孤单。本文便是从这两方面入手来分析谢灵运后期的思想与心态。

关键词：谢灵运　山水自然　知音不遇　精神孤单

永初三年（422 年），谢灵运以"构扇异同，非毁执政"①的罪名被出为永嘉太守，外任出守，远离京都，离开熟悉的环境与人事，意味着建功立业、安国治邦的政治抱负与重振家族风流的愿望将成为镜花水月，这对于素怀用世之志而又自恃颇高的谢灵运不啻是一次重大打击。此后，他虽然曾一度被刘宋文帝召回朝中为官，但再也没有真正融入高层权力中心。在余生隐居始宁、为官京师、贬任临川的过程中谢灵运度过了希望、失望、再希

---

　　①　沈约《宋书》卷六十七《谢灵运传》，北京：中华书局 1974 年版，第 1753 页。

望、再失望以至最后绝望的生命历程。这一期间，谢灵运表达失望的方式便是纵情山水，肆意遨游。无论是在永嘉亦或是始宁、京都与临川，谢灵运都毫不节制地肆意遨游，从者甚众，以至惊动县邑。从表面来看，这种肆情山水的作法带有某种挑衅反抗的意味，的确，谢灵运最终是以此罪名而被流徙广州；但从深层的心理因素来看，他只是将现实中受到压抑的征服欲、成就感等能量释放到自然丘壑之中。从主观来讲，谢灵运往往带着审视与征服的主观目的剪径开路，寻幽访胜；但事实上自然山水常常以其幽美之姿、广蕴之理给他以美的享受与哲思的启迪。他寓目辄书，将个人在山水自然中所感受到的一切表现于诗中，形成充满奇致逸韵的山水佳作。谢灵运流传下来的近一百首诗歌大都是永初三年以后的作品，透过风华清靡的景物描绘，我们常常能感受到深蕴其中的孤独寂寞之意。元好问在《论诗绝句》中揭示了谢诗的这层意蕴："朱弦一拂遗音在，却是当年寂寞心。"谢灵运的孤独寂寞具有双重含义，一是现实中的知己不遇的寂寞情怀，一是面对广袤自然时的精神孤单。现实中这两种情形又密不可分，诗人往往在欣赏自然山水之美或感受蕴育其中的理趣之时最为渴求能够与知音共享。而他所渴求的赏心之友也是在山水悟赏方面志趣相投者。本文拟对谢灵运永初三年以后的心态加以分析，裨有助于理解其思想及山水诗作。

一、走向山水自然

谢灵运之所以在出守永嘉之后走向了自然山水，其中当有内外两方面原因。出都外任，虽从官职来说尚是握有实权的永嘉郡守，但谢灵运的心中却有挥拂不去的遭受流放的阴影："爱

似庄念昔,久敬曾存故"(《永初三年七月十六之郡初发都》),以
《庄子·徐无鬼》中"越之流人"的典故暗示自己出守外任,实与
流放无异。这种心态与当时的官场习俗有关。在门阀士族占统
治地位的魏晋南北朝时代,官吏有清职与浊职的区分。清职指
职闲禀重、地望清美的官位,如秘书省官属、东宫官属、王国公府
参佐或是文学侍从之臣,这些职位都可以耽于优游宴赏而没有
实际的政治压力与责任;而一些需要直接处理繁杂琐碎政务之
职则为浊官。当时的士族知识分子几乎垄断了所有清职而不屑
于日常之吏事,浊职一般是由门位不显的庶族地主担任。有封
爵的士族子第一般是起家散骑侍郎、秘书郎或著作佐郎等职,以
后一生都历任清要之职。谢灵运在东晋孝武帝之世袭封了祖父
谢玄康乐公的封号,起家散骑侍郎,有晋一世转迁黄门侍郎、宋
国从事中郎、世子左卫率等,都是清显之官位。入宋以后,虽然
降公为侯,但依旧起为散骑常侍,后转为太子左卫率,亦为清职
之列。但这一次出为永嘉郡守,却是世族子弟一般都不屑一顾
的典型浊职,由清流而堕入浊职,这对于具有强烈门弟优越感的
谢灵运来说是极大的精神屈辱。所以他在永嘉郡守以及临川内
史任上,都是"民间听讼,不复关怀"[1],同时又以无为而治自矜,
常常有"海岸常寥寥,空馆盈清思"(《游石门岭》)、"虚馆绝诤讼,
空庭来鸟雀"(《斋中读书》)之语,任职期间,除闲居养病外,便是
日日游山玩水,遍历诸县,试图在山水中消解自己对现实的无奈
与焦虑。这是将浊职当作清职来作,"居官无官官之事,处事无

---

① [梁]沈约《宋书》卷六十七《谢灵运传》,北京:中华书局 1974 年版,第 1754
页。

事事之心"①,这一士族为官之原则在刘宋初年依旧为时论所推崇。谢灵运这样的作法不仅没有遭人非议,还倍受称誉,认为是为郡不为郡务所累,好山水而不溺于山水。这是谢灵运走向山水自然的外在因素。其实谢灵运之所以能够深入地走向山水,更重要的在于他内心深处对于自然的渴望。

在《游名山志》中,谢灵运明确提出"山水,性之所适",认为自己本性热爱山水,而且山林自然的清旷之域远远高于名利之场。自己违志入世,也正是因为有爱物之情与救物之能,所以才屈己济彼。现在的情势之下,正可以在山林自然中溯流枕岩,遂一己之本性。在《过始宁墅》中他对自己过去的生活作了一番总结,认为这一次离都出守是"拙疾相倚薄,还得静者便",黄节在《谢康乐诗注》中认为"静"是用《老子》"归根曰静,是曰复命"之义。谢灵运觉得在尘世官场之中已经心力交瘁,这次回到山水自然之中,正好是回归本性,心迹合并。在《永初三年七月十六日之郡初发都》中也说:"从来渐二纪,始得傍归路","归"字有双重的意味,一是指可以回到久别的故乡始宁,二是指可以亲近自然,回归到自我之本性。由其诗中也可以看出他归于山林、亲近自然的欣喜之意:"久露干禄请,始果远游诺。"(《富春渚》)而且,谢灵运在走向山水风物,沉浸于自然美景的过程中遗尘忘世,脱略形骸,发现了真实的自我,了悟了生活的真谛。同时,他也成为独对自然的唯一个体,有时不能与自然之精神相融合,会感受到精神上的孤单,这时候他或者渴望与人交流共享,或者一个人品味发自内心深处的寂寞与孤独;但有时境与意会,自然在他眼

---

① 〔唐〕房玄龄等《晋书》卷七十五《刘惔传》,北京:中华书局1974年版,第1992页。

中会成为灵意灌注的世界，这里万象万物气韵生动、天机溢荡、欣赏其美、感受其理并形诸表述，以诗的形式向世人宣告自我之发现时令诗人胸襟开阔，兴致勃发，不禁以山水之知己自许，自得之趣，溢于言表。然而，赴任之初，谢灵运感受最为深切的却不是山水自得之趣，而是知音不遇的寂寞情怀。

二、知音不遇的寂寞情怀

入宋后，谢灵运与庐陵王义真、颜延之、慧琳等宴游谈赏，过从甚密，虽然不排除有一定的政治投机性目的，但谢灵运对他们却怀着一份知己悟赏的真挚情谊。赴任永嘉，不仅远离了政治中心，而且也离开了这些可以相对悟赏朝夕相处的知己好友。离别之际，谢灵运心中并没有多少回归自然山水的喜悦，更多地则是充溢着"永绝赏心悟"（《永初三年七月十六日之郡初发都》）的失落与悲伤。"赏心"一词曾数次出现在谢灵运的山水诗文中。它具有两种含义，一是欣赏自然山水而从中抒情悟理，这一点体现了他的山水诗作的基本结构；另一种含义便是"赏心之友"，即可以理解自己的政治追求与志向抱负，能够与自我之精神深相契合的友人。康乐诗文中，"赏心"一词曾出现了七次，除此之外，尚有"赏"、"玩"等二十余处，其用意大致不出这两种范围。这两种含义尽管所指的对象不同（一是山水自然，一是良朋知己），但共同之处都是透过表象而悟及实质，或是山水之理蕴，或是对方的精神内涵。在这些诗文中常常流露出渴求知音而不遇的无奈之情。

这种心情在初贬永嘉之时表现最为明显。赴任永嘉之后，谢灵运或许一直身体欠佳，独卧静思之际，对于刚刚分离的知交

好友常常思念不已。《晚出西射堂》)描述诗人在傍晚时分步出
西城之门,观赏暮春之景,或许本是为了排解心中的郁闷,但面
对时候迁移、飞鸟投林之外象不禁触景生情:"羁雌恋旧侣,迷鸟
怀故林。含情尚劳爱,如何离赏心";《登池上楼》是在病中偶尔
看到庭园中春光明媚之景,也不禁感叹"索居易永久,离群难处
心"。这里能够感觉到诗人对于友人的渴望带有一种具体指向,
当是指义真、慧琳等昔日共同游赏的知己同伴。在隐居始宁之
时也常常有渴求知音的诗句,但多以"美人"、"佳人"喻知音而表
达候人不至的惆怅:"美人游不还,佳期何由敦"(《石门新营所住
四面高山,回溪石濑,茂林修竹》)、"圆景早已满,佳人犹未适"
(《南楼中望所迟客》)、"美人竟不来,阳阿徒晞发"(《石门岩上
宿》)等,这时似乎是一种象征而非实指。因为此时,义真被害、
谢晦遭杀,谢灵运对宋文帝的幻想也已经在现实中破灭,自认为
在政治上东山再起的希望已经消解。隐居始宁,虽然山水清晖
也能常常带来心灵的抚慰,但处世不遇的寂寞常常使谢灵运心
生怅然。他不禁时时在诗中发出渴求知音的慨叹。但或许有意
无意地已经认识到,这只能是希望而已。"风雨非攸恡,拥志谁
与宣? 倘有同枝条,此日即千年"(《发归濑三瀑布望两溪》)"惜
无同怀客,共登青云梯"(《登石门最高顶》)。而在被迫赴任临川
之时,谢灵运这种渴求知音的希望更消弥在日益严峻的现实中,
只留下无尽的孤独寂寞。

当怀念友人而不遇之时,谢灵运往往主动地以理遣情。"非
必丝与竹,山水有清音"①,在山水美景理的感悟中忘却世俗情

---

① 左思《招隐诗》,逯钦立辑《先秦汉魏晋南北朝诗》之《晋诗》卷七,北京:中华
书局 1983 年版,第 731 页。

感,但在谢灵运后期诗作中常常理不胜情,时时涌上心头的孤独寂寞难以通过以山水之理的感悟而解郁散怀,这时他往往借丝竹鸣琴的方式暂时排解。春秋时伯牙与钟子期高山流水话知音的故事使琴本身便是知音的象征,琴声最能体现一个人的精神境界与心智高低,谢灵运将内心的复杂意绪通过这一方式表达出来。"幽独赖鸣琴"(《晚出西射堂》),一个"赖"字传达出诗人孤独寂寞之时的无助、无奈,只好借一种有形的声音来填充无边的空洞与寂寞。但琴声也只是一种暂时转移而非彻底消解的手段。细检康乐诗集,会发现他多用琴声排遣忧愁与寂寞情怀之时主要有两个时期,一是初贬永嘉之时,如前所举之《晚出西射堂》;一是晚年再次外任为临川内史之时,这时以琴消忧之处触目皆是:"凄凄明月吹,恻恻广陵散。殷勤诉危柱,慷慨命促管"(《道路忆山中》)、"徒作千里曲,弦绝念弥敦"(《入彭蠡湖口》)。上文已经分析,这两个时期在谢灵运的人生旅程中都比较重要,前者是诗人现实政治生活的转折点;后者是诗人已经隐隐地预感到将要面临着生命终结的命运之时,已经不具备欣赏山水、感悟其理的平和心境,所以这些时候山水清音不能够抚慰诗人凄恻绝望的心灵,他只好借助有形的声音来填充这无边的空白,暂时排遣纷杂郁闷孤独的心绪。

三、面对广袤自然时的精神孤单

赴任之初,谢灵运难以忘却被贬失意的实际状况,侘傺不遇、忧虑怅然之情常常溢于言表,"旅人心长久,忧忧自相接"(《登上戍石鼓山》),这时他将山林自然当作遣情散怀的场所。这一点与玄学自然观极为接近。如《郡东山望溟海》说:"荡志将愉乐,瞰海庶忘忧。"新春之际,出郭郊游,目的便是要在自然之中散怀舒意,消融愁绪;《行田登海口盘屿山》也有同样的意思:"年迫愿岂申,游远心能通",时光流逝、年命岁迁,郁郁不得志的苦闷却没有消失,于是借巡视农田之机登盘屿山观海,希望能在宏阔的自然景物的观照之下心胸畅达,化解掉满腹忧愁。但在某些情境之下欣赏山水自然并没有达到散怀忘忧的目的。《郡东山望溟海》在描绘了寓目之景后却触景生情:"非徒不弭忘,览物情弥遒";《登上戍石鼓山》也在游览了石鼓山之后依旧感到"摘芳芳靡谖,愉乐乐不燮"的苦闷。

在更多的时候,优美的自然风景还是以其独特的方式抚慰了诗人痛苦疲惫的身心,这种方式便是以理遣情。在寻访幽胜、追求自然风华的过程中逐渐忘却了现实的挫折与苦闷,沉浸于灵气流动的山水美景,忽然境与意会,深深地感悟到蕴含其中的理趣。这样,世俗的不良情绪被荡涤一空,留下的只是发自内心的愉悦之情。如《富春渚》,这首诗作于赴任永嘉途中,这时诗人的心情本来极其黯淡,但沉浸于富春江沿途秀丽壮观的自然景观之中,谢灵运不禁有"宿心渐伸写,万事俱零落"的胸怀昭旷之感;最为典型的是《登江中孤屿》,诗人在江南江北寻找新奇幽峻的景色,忽然"乱流趋正绝,孤屿媚中川。云日相辉映,空水共澄鲜",在江水分流,浪花飞溅之处,孤屿山散发着迷人的魅力呈现于诗人视野,面对如此美景,诗人真正忘怀了现实生活中的一切得失荣辱,将生命本身放到了最重要的地位:"始信安期术,得尽养生年。"而且,这首诗中还有一份淡淡的孤独:"表灵物莫赏,蕴真谁为传",千百年来没有人能够欣赏孤屿山的美景,更没有人能够领略深蕴其中的灵气真意,言外之意直到今天,只有我才发现了它的美,才传达出它的理趣,异世无同调者,同世无同游共享者,诗中流露着一丝知己不遇的怅然,又有一丝独发奥理的自得。《过白岸亭》、《登永嘉绿嶂山》、《游赤石进帆海》、《富春渚》等都是如此。

正是在山水之美之理的陶冶启迪之下,谢灵运才开始思考有关现实人生的一些形而上问题。在此基础之上,他提出了"达生"的生活理想,从一些诗文中我们可以理解"达生"之意。谢灵运在《斋中读书》里第一次提到"达生":"万事难并欢,达生幸可托。"这首诗是谢灵运卧疾永嘉之时对现实生活状况的总结。他认为世间万事总是有利有弊,而现在心迹合并、遗尘弃世的生活便可以称为"达生"。其义出自《庄子》之《达生》篇:"达生之情者,不务生之所无以为"①,意为人生应该顺其自然,无所作为而不作非分的追求功名利禄之想;《初去郡》也有"彭薛裁知耻,贡公未遗荣。或可优贪竞,岂足称达生"之语,以为西汉的彭宣、薛广德、贡禹等都曾在仕途顺遂之时主动辞官不做,他们优于那些贪婪地追求功名利禄的人,但不能称作"达生",因为他们都没有能够超越世俗名利。《述祖德诗二首》其一"达人贵自我,高情属天云。兼抱济物性,而不缨垢氛"中称谢玄为"达人",当是指达生之人。所谓"贵自我",便是指注重个人的自然本性,不屈己事人,胸怀济物之志但又没有沾染世俗之气。从这些内容可以看出,谢灵运所谓"达生"便是指不慕名利、顺其自然的生活态度。与诗人所向往的"寂寞"之境界相同。《郡东山望溟海》中他曾说过:"萱苏始无慰,寂寞终可求。"据顾绍柏先生在《谢灵运集校注》中所说,"寂寞"同"寂漠",出于《庄子·天道》:"夫虚静恬淡,寂漠无为者,万物之本也。"《吕氏春秋·审分》中也说:"若此,则

---

① [清]郭庆藩《庄子集释》卷七《达生》,北京:中华书局1961年版,第630页。

能顺其天,意气得游乎寂寞之宇矣,形性得安乎自然之所矣。"
"寂寞"则是虚静恬淡,顺乎自然之意。在谢灵运的许多诗作中
虽没有拈出"达生"一词,但其中所表现的理语内容却与此相同。
如《富春渚》之"怀抱既昭旷,外物徒龙蠖"、《游石门岭》之"人生
谁云乐,贵不屈所志"等。谢灵运在赴任之初本来打算三年任职
期满以后归隐故乡园林:"挥手告乡曲,三载期归旋。"(《过始宁
墅》)但实际上他却只在永嘉郡仅仅一年便挂冠离职,究其原因,
当与他这种思想上的变化有关系。

　　隐居始宁是谢灵运思想上的成熟期,前一时期谢灵运主动
追求的"寂寞"与"达生"境界,在这一时期的诗作中得到充分的
体现。如在《晚出西射堂》(永嘉时作)中有:"安排徒空言,幽独
赖鸣琴"之语。"安排"出于《庄子·大宗师》:"安排而去化,乃入
于寥天一。"[1]晋郭象注:"安于推移而与化俱去,故乃入于寥寥而
与天为一也。"[2]意即听任大化迁移而与外物融为一体之境界。
永嘉时期,诗人更多地流连于现实境遇,而认为"安排"乃是一句
空言,在隐居始宁时期,随着思想的成熟,他终于体认了"居常以
待终,处顺故安排"(《登石门最高顶》)之理。正是在这一时期,
谢灵运的山水诗风格也趋于成熟,而且取得了极大的成就。他
的诗作在山林自然中消融了前期的焦虑与无奈,有的只是审视
自然欣赏其外象之美或感悟清晖证得其所蕴之理时淡淡的愉
悦,最为典型是《石壁精舍还湖中作》,这时的诗人从石壁精舍中
修禅析空而归,在他的眼中,现实中的美丽山水笼罩上一层灵性
的光辉,在云霞夕壑的光影变化以及芰荷映蔚、薄稗相依的现实

---

① ［清］郭庆藩《庄子集释》卷七《大宗师》,北京:中华书局1961年版,第275页。
② ［清］郭庆藩《庄子集释》卷七《大宗师》,北京:中华书局1961年版,第278页。

景物中悟出世事无常。理蕴的感知令诗人心中充溢着一份难以言传的感动与愉悦："披拂趋南径,愉悦偃东扉。"虽然他曾因此而感受到了精神上无所依靠的孤独,但字里行间充溢的却是品味这份孤独的自得之趣。这时的诗人是以哲人与智者自居,向世人宣告他在山水自然中的感悟。"寄言摄生客,试用此道推"(《石壁精舍还湖中作》),将自我从自然所体悟到的"理"向世人解释;《于南山往北山经湖中瞻眺》末尾也说:"孤游非情叹,赏废理谁通"以及"妙物莫为赏,芳醑谁为伐"(《石门岩上宿》)等更是以山水之知音自居,与上文已经谈到的《登江中孤屿》之"妙物莫为赏,蕴真谁为传"同意,亦是不甘寂寞的自矜之辞。这时的谢灵运身边不可谓没有同游者,但诗中他之所以总是在叹息个人的孤栖,或是因为谢灵运本来便自恃颇高,以慧业哲人自居,他认为同游者中并没有精神同样出尘脱俗、思想同样高妙深邃的志同道合之知音的缘故。

诗人在元嘉八年赴任临川之后的诗歌中却常常有理不胜情的表现,他依旧感到孤独,却不复有品味孤独、独发奥理的自得之趣。被迫离开家乡、远任临川内史,谢灵运或许已经预感到前途叵测的命运,"苕苕万里帆,茫茫终何之"(《初发石首城》),他的心中充满了对于未来命运难以把握的茫然,但有一点可以肯定,自己的命运完全操纵在别人的手中。尽管赴任途中同样游山玩水,在临川也是"在郡游放,不异永嘉"[①],但诗人心中的凄楚愁怨绝望之意却常常在自觉不自觉中流露出来:"寸心若不亮,微命察如丝"(《初发石首城》)、"凄凄《明月吹》,恻恻《广陵散》"

---

① [梁]沈约《宋书》卷六十七《谢灵运传》,北京:中华书局 1974 年版,第 1777 页。

(《道路忆山中》),这种凄厉绝望的风格在谢灵运以前的作品中从未出现过。临川美丽的自然风光只是在偶一发见的刹那间使诗人暂时忘怀了现实的痛苦,但这只是在玩景适情的瞬间而已,并不能如在永嘉与始宁一样在山水之理的感悟中获得心灵的愉悦与平和。而且,这时的诗人也不再渴求现实中的知己,只是在面对自然山水之时倍感精神的孤单,如《入华子冈是麻源第三谷》:"……险径无测度,天路非术阡。遂登群峰首,邈若升云烟。羽人绝仿佛,丹丘徒空筌。图牒复摩灭,碑版谁闻传?莫辩百世后,安知千载前。且申独往意,乘月弄潺湲。恒充俄顷用,岂为古今然",这首诗作于元嘉九年在临川任上,诗人远离世尘,登上险峻的山峰之顶,面对亘古未变的山水景物,将孑然一身的个体置于不可把握的无限时空中,胸中涌现的是难以名状又刻骨铭心的孤独之感。在前一年所作的《入彭蠡湖口》中也表现了同样的意思。这是谢灵运后期思想与心态的真实反映。

(原载于《辽宁大学学报》2002 年第 6 期)

陶渊明蓄"无弦琴"之意辨析

内容提要：历代陶传都曾记载陶渊明性不解音却蓄"无弦琴"的轶事，本文详细辨析了"无弦琴"故事的实质，认为这正是玄学得意忘言，寄言出意的体现，陶渊明与大部分魏晋士人一样，将得意忘言这一方法运用到自己生活的方方面面，在读书会意、立身行事以及诗文创作中都有所体现。

关键词：陶渊明　无弦琴　得意忘言

陶渊明性不解音却蓄无弦琴之轶事，不仅见于历代陶传中，而且屡被后世诗人所称咏。庾信《卧疾穷愁诗》云"野老时相访，山僧或见录。有菊翻无酒，无弦则无琴"；李白《戏赠邓溧阳》亦说"素琴本无弦，漉酒用葛巾。清风北窗下，自谓羲皇人"；《赠临县令皓北诗》说"陶令去彭泽，茫然元古心。大音自成曲，但奏无弦琴"；白居易也说"不慕琴无弦，慕君遗荣利"。宋代黄庭坚、苏轼等也曾吟咏此事，都认为这件事体现了陶潜之潇洒风神与高情远致。现代学者对无弦琴之故事也倍加关注，有论者以为这是魏晋玄学引发的一种生活态度[1];有的与李白之观点相同,认为是老子"大音希声"思想的具体体现[2];还有人认为与魏晋佛教的禅观之学有直接关系[3]。笔者以为,一、二两种观点实有内在相通之处。陶渊明抚无弦琴而寄意这则轶事所体现的正是魏晋玄学"得意忘言"(寄言出意)之方式,是陶渊明修身应世之方法。但所谓"意"又与"大音希声"所喻之"道"相通。

一、"无弦琴"故事之实质

"无弦琴"故事最早著录于《宋书·隐逸·陶渊明传》:"潜不解音声,而畜素琴一张,无弦,每有酒适,辄抚弄以寄其意。"萧统《陶渊明传》明显取意于此,只是字句稍加变化,而《南史》则照录《宋书》原文。《晋书·隐逸·陶渊明传》显然别有所本,记载稍有变化:"(渊明)性不解音,畜素琴一张,弦徽不具,每酒朋之会,则抚而叩之,曰:'但识琴中趣,何劳弦上声。'"佚名《莲社高贤传》之陶传与《晋书》所载基本相同。细味其意,《晋书》中的叙述虽比较生动,但似乎还是《宋书》系统更接近事实原貌。理由有二:其一,"但识琴中趣,何劳弦上声"或许正是陶渊明在抚无弦琴时所思所感,但一旦说出,则带有几分张扬与狂诞气息,这是陶渊明的性格中所不明显的;其二,《宋书》系统说陶渊明是在"酒适"之后抚而寄意,注重微醺时进入情天两忘之境界,领会内

---

① 孙静《谈陶渊明田园诗的浪漫主义》,《陶渊明的心灵世界与艺术天地》,北京:大象出版社1997年版。
② 蒋孔阳《评老子"大音希声"的音乐美学思想》,《中国古代美学史研究》,上海:复旦大学出版社1983年版。
③ 丁永忠《"达摩未西来,渊明早会禅"——无弦琴故事与陶诗中之禅趣试析》,《陶诗佛音辨》,成都:四川大学出版社1997年版。

心与宇宙自然息息相关之乐趣;《晋书》系统则言"每酒朋之会"则会抚而叩之。似乎只在于领略琴中之趣,并未言入内心深处别有所悟。另外,《宋书》系统只言无弦,而《晋书》中言弦与徽皆无,徽无的话很难言其为琴,似乎进一步发展夸张之语。其三,《宋书》成文距陶渊明的生活时代最近,所言当更为有据。要而言之,《宋书》这一系统的记载当是比较接近事实,也更能体现陶潜之个性。那么,陶渊明是否果真"不解音声"? 他在"酒适"之时所会之"意"的内涵如何? 此"意"与其思想又有何关系?

这几种记载都明示陶渊明不解音声,但果真如此吗? 验之陶渊明的诗文作品,则知此语非实。《与子俨等疏》中有云:"少学琴书,偶爱闲静",说自己从少年之时便开始修习琴艺,学习六经;《始作镇军参军经曲阿作》也说"弱龄寄事外,委怀在琴书";《归去来兮辞》亦有"悦亲戚之情话,乐琴书以消忧"之语,《答庞参军》云"衡门之下,有琴有书,载弹载咏,爰得我娱,岂无他好,乐是幽居",也明白表示隐居之时,经常载弹载咏以自娱,而且往往借琴声排遣忧愁,陶集之中于此反复致意之处尚多。若然真的不懂音律,又何出此语呢? 从另一方面来说,儒家一向重视礼乐的政治教化作用,《礼记·乐记》中说"审声以知音,审音以知乐,审乐以知政,而治道备矣"[1];《史记·乐书》亦云"观乐者,审一以定和,节奏以成文,所以合和父子君臣,附亲万民也,是先王立乐之方也"。[2] 音乐已经成为以儒道传家的门阀世族知识分子必修之技能,成为他们表情达意,寄托志向的重要方式:"处穷独

---

① [汉]郑玄注、[唐]孔颖达疏《礼记正义》卷三十七,见《十三经注疏》,北京:中华书局 1980 年版,总第 1528 页。

② [汉]司马迁《史记》卷二十四《乐书》,北京:中华书局 1995 年版,第 1220 页。

而不闷者,莫近于音声也"①;而琴,一方面因为制作取材清雅,同时也因为伯牙、钟子期高山流水话知音的优美故事,早已成为最被士人欣赏重视的一种乐器。他们盛赞琴德:"八音广博,琴德最优"②、"昔师旷三奏而神物下降,玄鹤二八,轩舞于庭,何琴德之深哉"③、"众器之中,琴德最优"④,所以陶渊明少习琴艺,并以此自娱遣情,也是时代风气之影响。

那么,陶渊明"酒适"为何种境界,此时抚弦所寄之意的具体内涵又是什么呢?老子曾云:"大音希声,大象无形"⑤,以为真正完美的声音是五音所无法表达的,只有个体心灵与宇宙自然的精神息息相通,领略"道"的幽微无形,才能体味到美妙绝伦的"大音",也就是庄子所说的"天籁",它"听之不闻其声,视之不见其形,充满天地,苞裹六极"⑥,成玄英疏注称之为"至乐":"是故体兹至乐,理趣幽微,心无分别,事同愚惑也"⑦;《天地》篇中称颂体道之人时也说:"视乎冥冥,听乎无声。冥冥之中,独见晓焉;无声之中,独闻和焉"⑧。体道之人,心神冥乎天理,能体会天地至和之气;于无声之处,领会到自然最为和谐美好的声音。在这

---

① [魏]嵇康《琴赋》,严可均辑《全上古三代秦汉三国六朝文》之《全三国文》卷四十七,北京:中华书局1958年版,第1319页。

② [东汉]桓谭《新论》之《琴道》,严可均辑《全上古三代秦汉三国六朝文》之《全后汉文》卷十五,北京:中华书局1958年版,第552页。

③ [东汉]马融《琴赋》,严可均辑《全上古三代秦汉三国六朝文》之《全后汉文》卷十八,北京:中华书局1958年版,第565页。

④ [魏]嵇康《琴赋》,严可均辑《全上古三代秦汉三国六朝文》之《全三国文》卷四十七,北京:中华书局1958年版,第1319页。

⑤ 朱谦之《老子校释》第四十一章,北京:中华书局1984年版,第171页。

⑥ [清]郭庆藩《庄子集释》卷五《天运》,北京:中华书局1961年版,第508页。

⑦ [清]郭庆藩《庄子集释》卷五《天运》,北京:中华书局1961年版,第510页。

⑧ [清]郭庆藩《庄子集释》卷五《天地》,北京:中华书局1961年版,第411页。

种精神的指导之下,后世文人一般都认为音乐是自然之和。阮籍《乐论》云:"夫乐者,天地之体,万物之性也。合其体,得其性,则和;离其体,失其性,则乖。"①所以欣赏音乐,便要"聚精会神地领略声音的本体"②,这个本体则是宇宙自然之本性,即"道"。他在《清思赋》中又说:"余以为形之可见,非色之美,音之可闻,非声之善……是以微妙无形,寂寞无听,然后乃可以睹窈窕之淑清。"③认为实际生活中的形声音色都是不完美的,只有与空漠无边的宇宙本质相融合,才能在想象中领略到最完美的形象和声音。这些都是强调不拘五音繁弦的外在形式而直接与"道"冥合。既然能从繁弦促节中领略平常的声音,又何妨于无声处体会天籁之妙音。陶渊明抚无弦琴所寄之"意"正是他在"酒适"之境中体察到的自然真趣。

酒在陶渊明的生活与诗文中都占重要地位。他往往在酒的轻微麻醉中脱离了现实生活,而进入到理想的精神境界中,如《连雨独饮》:

> 运生会归尽,终古谓之然。世间有松乔,于今定何间。
> 故老赠余酒,乃言饮得仙;试酌百情远,重觞忽忘天。
> 天岂去我哉,任真无所先。云鹤有奇翼,八表须臾还;
> 自我抱兹独,僶俛四十年。形骸久已化,心在复何言。

"酒适"当是指"试酌百情远,重觞忽忘天"的物我两忘境界。这时,他已经脱略了世俗社会加于身体与心灵的一切束缚,个人的

---

① [魏]阮籍《乐论》见严可均辑《全上古三代秦汉三国六朝文》之《全三国文》卷四十六,北京:中华书局 1958 年版,第 1313 页。

② 钱锺书《管锥编》,北京:中华书局 1979 年版,第 1087 页。

③ [魏]阮籍《清思赋》见严可均辑《全上古三代秦汉三国六朝文》之《全三国文》卷四十四,北京:中华书局 1958 年版,第 1304 页。

喜怒哀乐与现实生活中功名利禄都不复萦心,恍惚间不知身处何方,似乎与宇宙自然融为一体,与天地至道冥合。不禁发而为言:"天岂去我哉,任真无所先",自我完全与万物自然融而合一,体会到"任真"的道理。陶渊明这里所说的"真"与"自然"、"运"、"化"同意,都是指不可更易的大道至理。此处"任真"即是"任自然"与"委运任化"之意,也就是随顺自然,复真还淳。如此,可知陶渊明抚无弦琴所寄之意便是"任真"。既然是以随顺自然,得任真之意为鹄的,所以并不待于五音,更不在意琴弦之有无,只是在抚琴的过程中寄托所感所悟。这一行为实质正是玄学得意忘言,寄言出意之体现。

汤用彤先生在《言意之辨》①中详为分析了玄学得意忘言这一方法及其在魏晋士人中的影响,它不仅使魏晋玄学系统得以建立,而且时人也用它来解经典、证玄理,并用之为生活准则及文学创作。陶渊明亦不例外。自觉不自觉中,他将得意忘言这一方法运用到自己生活的方方面面,在读书会意、立身行事及诗文创作中都有所体现。

二、陶渊明生活中"得意忘言"方法之体现

从陶渊明的诗文中可以看出他对言意关系的认识。首先,他深刻地意识到言难以尽意。《赠羊长史》中说:"拥怀累代下,言尽意不舒。"上古三代一向是陶渊明衷心倾慕的理想之境,但自己却身处乱世之中,所以以隐逸丛林之商山四皓为楷模。友人羊松龄衔史秦川,正要经过黄虞旧地及商山四皓隐居之所,这

---

① 汤用彤《言意之辨》,《汤用彤选集》,天津人民出版社1995年版,第281页。

不禁使他感慨万分,殷殷嘱托中蕴含着对现实的无奈及对理想之境的向往。然而,心中幽深之意却难以通过语言清楚地表达出来;《饮酒》其五中,诗人在傍晚时分悠悠闲闲地步出庭院,伫足于东篱菊丛里,手撷花瓣,偶尔抬头时,正看到秀丽的南山群峰笼罩于薄薄的暮蔼之中,山气氤氲,一轮夕阳渐渐隐没于层峦叠嶂的群山背后,暮色里飞鸟和鸣,相与而还。诗人陶醉于美景中,心与物遇,进入物我两忘的境界,领会到了自然之真趣:鸟日出而出,日落而返,完全委运任化,随顺自然,人生岂不也应该如飞鸟一样纵浪大化,任真自得。然而,这份对境与意会中所感受到的宇宙自然的和谐真意却难以在作品之中完全准确地表达出来:"此中有真意,欲辨已忘言。"这些地方虽有言不尽意的遗憾,却也为诗作增添了道说不尽的含蓄蕴藉之美。

其次,注重言外之意的领悟。《癸卯岁十二月中作与弟敬远》一诗叙述自己对于先贤遗烈固穷守节情操的倾慕之情,隐含之义即是说自己寝迹衡门,栖迟田园也正是用意于此,所以诗的末尾说"寄意一言外,兹契谁能别",希望从弟能够明白自己的言外之意;又"裸葬何足恶,君当解意表",认为虽然裸葬不合礼俗,但应该从不合礼的语言表层透及薄敛节葬,有利国民与社会风气返淳复真之意。言不尽意,所以必须领会言外之意,以得意为目的,这样便可以在得意后而忘言。陶渊明在诗作中有多处都用了象征与隐喻的手法,如漂泊无依的孤云、遗世独立的孤松、傲霜凌雪的芳菊、日暮而还的飞鸟等,这些都是陶渊明高洁人格的象征,这种手法也是充分利用了外在的形象而表现象外之意。陶诗最终呈现出平淡自然、外枯而实腴的风貌特征与他在创作中充分利用了言不尽意、得意忘言的方法颇有关系。

"好读书而不求甚解"体现了陶渊明在读书解经时也运用了

得意忘言之方法。《五柳先生传》中尝说："好读书,不求甚解,每有会意,欣然忘食。"关于"不求甚解"之意,古今学人训释已多,最具代表性的是明杨慎所言："自两汉来,训诂甚行,说五字之文,至于二三万言,陶心知厌之,故超然真见,独契古今;而晚废训诂,俗士不达,便谓其不求甚解矣。"①颇为知言。陶渊明在读书时不注重字字句句的训诂,而重在意义的领悟与把握,所会之意不一定是书中原来之意或训释之人所领会之意,而可以是自我独创之见。《与子俨等书》也说："少学琴书,偶爱闲静,开卷有得,便欣然忘食。""开卷有得"与"每有会意"含义相同,谓在泛观流览之时,忽略外在言辞之注释而注重文意的把握。当书中所讲之义理与古人的行为事迹与自己的思想观念正好契合时,诗人便会感到发自内心的愉悦。这种方式并非渊明独创,玄学兴起之后,魏晋人士多以这种方法来解读经籍,学术风气也趋于通达,以至时人认为南方学问之特征是"清通简要"。自西晋时起,知识分子对经书的理解已不象汉代儒生那样汲汲于章句的阐发注释,而重视会通文意而不以辞害意。如王弼作《论语释疑》,大致是取文义难通者为之疏解,所以《论语》原书有十卷但其释义只有三卷。其后晋人注疏多用这种方法,要言不烦,自抒其义。时论也颇以这种方法为妙。如向秀读书便鄙视章句;支遁"标举会宗而不留心象喻,解释章句或有所漏"②,但被谢安誉为如"九方皋之相马也,略其玄黄而取其隽逸"③,都归宗于得意而忘

----

① ［明］杨慎《涵海》卷一之《丹铅杂录》,《丛书集成》本。
② 余嘉锡《世说新语笺疏·轻诋》篇,上海:上海古籍出版社 1993 年版,第 843 页。
③ 余嘉锡《世说新语笺疏·轻诋》篇,上海:上海古籍出版社 1993 年版,第 843 页。

言①。陶渊明读书不求甚解而只重融通经意,领略大旨,取旨也与此相同。

汤用彤先生在《言意之辨》一文中曾说:"言意之辨,不惟与玄理有关,而于名士之立身行事亦有影响。"②魏晋名士宅心玄远,重内在的精神气蕴而忽略外在之事迹形骸,行为虽然各人有异,但得意忘言之逸致则每每相同。陶渊明重意之人生意趣便很符合这种名士风范。前文已述,他读书不汲汲于字辞章句,而注重篇章大意的领略以及与自身思想之契合;弹琴不待于五音繁会,而于无声处感受"大音"的美妙;又从其时仕时隐的经历来看,虽然终其一生,陶渊明心中一直没有消弥追求事功、兼济天下的政治理想,但从理性的角度,他还是认为归隐田园,躬耕陇亩的生活最符合任真之理。那么他对于自己的出仕又持怎样的态度呢?首先,他为自己规定了一条理想的为官之路:功成身退。出仕之初便把田园作为最终的归宿;在他心目中理想的官场是"居官无官官之事,处事无事事之心",可以心神超然,无累于物。虽然形迹拘于官场,但"真想"却始终萦绕心头。既然精神与心灵已经超越,便可以不在意形迹。而一旦归隐,则重在自然之性的舒伸,委运任化,复真还淳,这才是隐的真意。并非一定要在山泽丛林中过着与世隔绝的生活,所以他归于田园而非遁迹山泽。这其实也是得忘言之方法在实际生活中的应用。

在日常生活中,陶渊明也是真率自然。据《宋书》隐逸传所

---

① 这一部分内容可参见汤用彤先生《言意之辨》一文,收入《汤用彤选集》,天津:天津人民出版社 1995 年版。

② 汤用彤《言意之辨》,《汤用彤选集》,天津:天津人民出版社 1995 年版,第283 页。

载,他经常设酒待客,若先醉,"辄云:'我醉欲眠,卿可去'"①,若非心无间然,只重意而轻乎外在之形迹,必不能出语如此真率;又尝以头上所戴之葛巾漉酒,用完之后,还复着之;还曾自言"夏日虚闲,高卧北牖之下,清风飒至,自谓羲皇上人"(《与子俨等书》)。种种行事,以常人之标准衡量则匪夷所思,但联系其忽略外在形骸而重在得意之生活态度方觉是情理之中。

综上所述,可见陶渊明抚"无弦琴"所寄之意是他在洒适境界中所体会到的自然真趣,其行为的实质正是玄学得意忘言之旨,而得意忘言这一方式也体现在诗人修身应世和读书为文的方方面面,只有把握了这一点,才能真正地理解陶渊明其人其诗。

(原载于《九江师专学报》2002 年第 2 期)

---

① ［梁］沈约《宋书》卷九十三《隐逸传·陶潜传》,中华书局 1974 年版,第 2288 页。

陶渊明对于理想境界的追求与回归

内容提要：理想之境是个人追求的终极境界，仕宦期间，陶渊明将田园生活作为追求的最高理想境界；回归之初，陶渊明的确是将现实的田园家居生活作为理想的人生境界来描绘体验，但随着他在农村中生活日久，现实的田园生活失去了作为理想之境的载体功能，于是诗人便在艺术的想象中建构了自己的精神家园：《桃花源记并诗》。

关键词：陶渊明　理想之境　桃花源

29岁之前，陶渊明一直隐居田园，颐情养志，在他心目中，不仅田园是理想的生活场所，官场也是一个相对美好的所在。太元十八年（393），陶渊明起自州祭酒，首次步入仕途。此后的十余年间，他一直徘徊在仕隐之际，对官场的美好憧憬早已在现实的丑恶与动荡中消弥于无形，田园家居生活在他的想象中已经成为可以舒展自由之性的理想境界。他终于在义熙元年（405）彻底结束了时仕时隐的生活。陶渊明从官场回到田园并不仅仅是两种环境的改变，而是代表了诗人在人生价值取向上的转变。以前心处两端是社会中尚有实现抱负的可能，于是才违己出仕；

一旦认识到这种希望的现实可行性彻底消除了,心中倒有了毋须再矛盾痛苦的解脱感。陶渊明彻底放弃了在现实生活中实践兼济天下的雄心而真正地走向了"独善"。在这种选择中,他没有一般士人在相同境况中常有的沮丧,有的只是如羁鸟出笼、池鱼投渊一般脱略束缚的愉快与大梦初觉的醒悟之感。他终于回到了梦寐以求的理想之境:田园。

一、现实田园作为理想之境的追求

理想之境是个人追求的终极境界,多具有宗教意味,如道教之仙府、佛国之净土、基督教之伊甸园等,它们都具有共同的特色:优越的物质条件、超越自然规律的生命永恒、不受束缚的自由心境。其意义在于"提升人格使之有明确的目标,使人们在追求的过程中领悟到生存的意义"[①]。理想境界的永恒魅力在于它具有不可实现性。陶渊明所追求的理想之境并没有过多的物质需求,只要"营己良有极,过足非所钦"(《和郭主簿二首》),能够"足腹"便可以了;而且他一向认为人生而必死,以委运任化的态度来对待生命本身,并不希企长生不死,所以他所说的理想之境更偏重于精神的恬淡自由。陶渊明将田园生活作为个人追求的理想境界始于仕宦期间。

陶渊明自太元十八年初次入仕到义熙元年彭泽令去职的十三年间一直处于时仕时隐状态。这一期间,陶渊明闲居衡茅、躬耕陇亩也有七八年的时间,但此时他身在田园而心依旧存济世

---

① 葛兆光《从出世间到入世间:中国宗教与文学中理想世界主题的演变》,《中国宗教论集》,北京:清华大学出版社 1998 年版,第 160 页。

之意,其心态只是"聊为陇亩民"(《和郭主簿二首》),并没有将田园山林作为心灵与精神永久的栖息之所。他所关心的主要是不坠先师遗训,建立功业。这时田园对于他恰如山水对玄言诗人一样,只是暂时的散怀避世之所,也是与黑暗现实、险恶仕途相对立的理想之境。这里宁静和谐,精神自由舒展,是一个真正遗落荣利、忘怀得失的境界。从本期的诗作中可以看出,陶渊明是将这一田园生活作为理想境界来描绘歌颂,并于其中寄寓了个人无限的向往与追求。以《辛丑岁七月赴假还江陵夜行涂口》为例,诗作在前四句回忆了出仕前不交世事,读书怡情的田园家居生活:"闲居三十载,遂与尘事冥。诗书敦夙好,园林无世情",接着说"如何舍此去,遥遥至西荆"、"怀役不遑寐,中宵尚孤征",对自己奔波于仕途充满辛劳与不自由的现实生活表示强烈的不满;末几句对理想中的宁静和谐的田园生活境界表示了无限向往之情:"商歌非吾事,依依在耦耕。投冠旋旧墟,不为好爵萦;养真衡茅下,庶以善自名";《庚子岁五月中从都还阻风于规林二首》其二中也有"静念园林好,人间良可辞"之语,有感于行役辛劳,旅途孤苦,于是无限怀念田园美好生活。在这些诗作中,田园生活已经成为与现实相对立的理想境界,成为陶渊明在险恶仕途中支撑自我的重要的精神支柱。

虽然将田园生活作为理想之境而向往,但这一时期陶渊明却多次出仕,每一次离开田园后,这种对田园自由理想之境的向往之情就会多一分。他似乎为自己屡次出仕感到惭愧,于是常常以"真想初在襟,谁谓形迹拘。聊且凭化迁,终返班生庐"(《始作镇军参军经曲阿作》)等来安慰自己,以为自己虽身在仕途而心中实存田园,与田园的分离只是暂时的,一旦功成名就会马上弃职而归。陶渊明认为现实中自我是心迹分离,心永远是向往园林自由之心;而追逐功名,实现抱负,只是形迹而已。这种心态与当时"大隐隐朝市"之理论有异曲同源之处,都源于郭象"自然与名教"统一之论,以为圣人可以身在庙堂而心存山林,这是在崇尚自然风气之下知识分子既不舍高官厚禄又欲自命精神清高的理论依据。陶渊明生活于彼时彼境,其思想不可避免地受时风熏染,这也是情理之中。但更多的时候陶渊明还是高唱"一形似有制,素襟不可易"(《乙巳岁三月为建威参军使都经钱溪》)、"园田日梦想,安得久离析。终怀在归舟,谅哉宜霜柏"(《乙巳岁三月为建威参军使都经钱溪》),表达自己欲合心迹为一而永归田园理想境界的渴望。

回归之初,陶渊明的确是将现实的田园家居生活作为理想的人生境界来描绘体验,他的心中常常有理想之境界得以实现的欣悦。《归去来兮辞》便是描绘束缚乍除后的自由与愉悦:在晨曦初露时分回到久违的田园,远远地看到了自家的茅屋与园林,不禁载欣载奔。僮仆们围了上来,孩子们也早已在门口引颈眺望,合家团聚,其乐融融,平日里有亲情慰怀,浊酒盈樽。可以"登东皋以舒啸,临清流而赋诗";也可以"策扶老以流憩,时矫首而遐观",自己便如同无心出岫的云与倦飞知还的鸟儿一样,充分享受合于自然自由自在的情趣。"眄庭柯以怡颜"的细节最具表现力:在园中把酒独酌之时,悠闲地斜睨庭中树干。如此神情动作非有十二分的闲适不可做出。

平静下来之后,诗人这种满怀激动的愉快化为了悠长会心的欣悦。《归园田居》、《和郭主簿》与《读山海经十二首》等皆是抒写田园环境之美与幽居自得之乐的作品。这里没有世俗应酬之累,只有发自内心的欣豫自得。绕屋树木扶疏,鸟儿鸣声清脆,诗人便在这样美好的环境中生活,心中满是愉悦与满足:"孟

75

夏草木长,绕居树扶疏。众鸟欣有托,吾亦爱吾庐";"方宅十余亩,草屋八九间,榆柳荫后檐,桃李罗堂前。暖暖远人村,依依墟里烟"(《归园田居》其一)。诗人便是在这现实的生活情境中体会着理想之境的美好感受。在《归鸟》组诗中,陶渊明则以归鸟自喻,反复抒写回归田园的喜悦:"翼翼归鸟,相林徘徊;岂思天路,欣及旧栖。虽无昔侣,众声每谐。日夕气清,悠然其怀。"田园之中精神自由,人际关系也变得亲切自然:"虽无昔侣,众声每谐"、"时复墟曲中,披草共来往"(《归园田居》其三)。这时,田园对于陶渊明来说已经由原来暂时寄居之处变而为永久停留之所,他全身心地融入其中,体会田园自然内在的韵律。

　　这时还值得提及的是陶渊明对于农业生产的态度变化。在此之前,陶渊明也有田园诗作,但从中可以看出诗人虽重视农业生产,并亲身参加了劳作,但只是将其作为一种生活体验,而不注重结果,所以其诗中更多地表现了一个士大夫对于农村生活的态度,如《劝农》一诗便带有强烈的说教语气;对于耕作也是"虽未量岁功,即事多所欣"(《和郭主薄二首》其二),只重躬耕这一实践的事实而不计较秋后的收成,这是典型的士大夫心理。而只有本时期,当他真正地以田园为生活场所后,这种心态也随之发生了变化。《归园田居》其二中反复致意:"常恐霜霰至,零落同草莽"、"衣沾不足惜,但使愿无违"(其三)所有的忧虑与祈愿都指向一个目标:希望有好的收成。这种心态更接近于真实的农民的心态,这种变化也与此时他生活来源减少,需依靠农田收入以维持家计有关。从其诗歌中我们可以看到,越到晚年,陶渊明的这种心情表现得愈加明显,如"开春理常业,岁功聊可观"(《庚戌岁九月中于西田获早稻》)等。但也正是因为这种心态的作用,现实的田园生活才失去了作为理想之境的载体功能。

　　总之,从这一时期的作品来看,陶渊明现实生存的田园在他心目中的确是一个理想境界。这里有赏心悦目的田园景物,宁静平和的生活环境,充足优裕的物质条件,诗人自然之本性得以充分舒展。然而,事实上据史书所载,陶渊明生活的江州地处军事要冲,这一时期经历了桓玄叛乱及卢循为寇的战争后,已经林园凋弊,民不聊生。此时,陶渊明沉浸在夙愿已偿的喜悦中来观照周围的一切,为真实的田园场景蒙上了一层理想化的色彩。然而,随着时间的推移,陶渊明在乡村中生活日久,他开始逐渐了解到农村的实际状况;尤其当无情的六月大火将他仅有的家产一扫而光时,生活变得愈加严酷,他必须同一般农人一样将农业生产作为唯一的生计来源。于是出现在陶渊明笔下的田园生活便具有了更多的现实意义,呈现出与前期不同的风貌:"贫居乏人工,灌木荒余宅"(《饮酒》十五)、"弊庐交悲风,荒草没前庭"(《饮酒》十六),没有了孟夏清荫,草木扶疏的环境,也没有了群鸟和鸣,相偕而归的欣悦,有的只是一片贫苦的生活与荒凉的场景。"南圃无遗秀,枯条盈北园。倾壶绝余沥,窥灶不见烟。"(《咏贫士》其二)才是当时农村真实的生活,也是陶渊明真实的家居生活。所谓境由心造,前期优美的田园诗作与这一时期的荒芜之景都是大致相同的物质自然,但有截然不同的风貌,这一变化来源于陶渊明心境的改变,此时,他"值欢无复娱,每每多忧虑"(《杂诗》其五),前期的愉悦心境只是偶尔一现于境与意会的刹那间:"采菊东篱下,悠然见南山。"(《饮酒》其五)而且不再是现实场景所引发的欣悦,而是洞达了世运变迁之后在境与意会的刹那间获得了片刻的心境澄明空彻。这时,现实的田园真真正正地变成了实实在在的生活场所,而不再是诗人寄寓了无限美好希望的理想之境。那么他的理想境界又在何处呢? 陶渊明将他心目中理想境界置于永远无法企及的诗国的想象中,这便是《桃花源诗并记》。

二、将理想之境置于不可企及的诗国想象中

陶渊明在《桃花源诗并记》中以形象化的语言描绘了一个环境优美,生活安闲,人际关系和谐自然的理想世界。这里没有现实社会中的虚伪机诈、压迫剥削;四时运行,自动成岁,人们日出而作,日落而息,一切都是依顺自然的规律进行,生活本身就是自然的一部分。生活于其中的人民,童孺纵歌,斑白欢游,精神与物质都丰裕充实,人人怡然自乐。这是一个令人无限神往的桃源仙境,是陶渊明寄寓了最高希望的理想天地。其内容与风神意趣与陶渊明仕宦与归隐前期的田园诗作都极为相近。自唐宋时起,人们就很关注陶渊明所创立的这一桃源境界,但关于其解读,历来便有许多种说法①。但大致说来,不出写实与寓意两种。

唐代文人大都以仙境洞府来看待它,如王维《桃源行》便说:"春来遍是桃花水,不辨仙源何处寻。"刘禹锡同名诗作亦云:"仙家一去寻无踪,至今水流山重重。"而宋人多认为桃源居者是入深山而避徭役和战乱的普通民众,王安石《桃源行》诗云:"避时不独商山翁,亦有桃源种桃者。"苏轼《和桃源诗序》有言:"世传

---

① 可参见刘明华《理想性、神秘性、历史真实——对〈桃花源诗并记〉的多重解读》,《文学遗产》1999 年第 1 期,第 93—97 页。

桃源事,多过其实。考渊明所记,止言先世避秦乱来此,则渔人所见,似是其子孙,非秦人不死者也。……尝意天壤之间若此者甚众,不独桃源。"苏轼的观点平实可信,得到后世许多人的赞同,陈寅恪先生便说:"古今论桃源者,以苏氏之言最有通识。"[1]但现代研究者一般认为《桃花源诗并记》是在记实的基础之上别有寓意。陈寅恪先生也认为《桃花源诗并记》是"寓意之文,亦纪实之文"[2],他在《桃花源记旁证》中从史传及地志中钩沉索微,找出多条当时民众屯聚坞堡、抗敌避害的史料。如庾衮及其同族庶姓保于翟阳禹山、苏峻纠合百姓千家结垒于掖县、郗鉴与乡人千余家避难于鲁国峄山;并由陶渊明《赠羊长史》一诗推断陶公与"征西将佐本有雅故,疑其间接或直接得知戴延之等从刘裕入关途中所闻见"[3],这才对西北民众避秦乱而入山屯居的情况有所了解,于是取材于此再加以想象而成文。陈先生并因此断定桃花源的原址是在北方的弘农或上洛而非南方的武陵;并且认为《桃花源诗并记》的寓意部分乃"牵连混合刘骥之入衡山采药

① 陈寅恪《桃花源记旁证》见《金明馆丛稿二编》,上海:上海古籍出版社 1980年版,第 177 页。

② 陈寅恪《桃花源记旁证》见《金明馆丛稿二编》,上海:上海古籍出版社 1980年版,第 168 页。

③ 陈寅恪《桃花源记旁证》见《金明馆丛稿二编》,上海:上海古籍出版社 1980年版,第 173 页

故事①，并点缀以'不知有汉，无论魏晋'等语所作成"②。寅恪先生的研究论证对于我们了解《桃花源诗并记》产生的历史背景大有裨益，但他将桃花源地理位置坐实的结论却不够通达。早在宋代之时苏轼便曾说"尝意天壤之间若此者甚众，不独桃源"；唐长孺先生在《读〈桃花源记旁证〉质疑》一文中通过对刘敬叔《异苑》卷一、《太平御览》卷五十四、《云笈七签》卷一百十二及《太平寰宇记》卷七十三中所记述的类似故事的比较分析后得出结论："《桃花源记》和《异苑》所述故事是根据武陵蛮族的传说，这种传说恰好反映了蛮族人民的要求"③，认为这个故事先在荆、湘一带传播，后来又流入蜀地，不断发展演化而成。这一观点，陈寅恪

---

① 题名陶潜的《搜神后记》卷一第五条即是桃源故事，第六条即是刘骥之入衡山采药而见到两个大石囷，返家后听说石囷内藏有仙方灵药，于是想回头寻找，却失路难觅。陈寅恪先生认为陶渊明的《桃花源记》是将这里桃源故事与刘骥之入衡山采药的传闻糅合加工而成。

又，《搜神后记》旧题名陶潜作，但因为其中夹杂着陶渊明去世后的元嘉四年的事，所以一般认为是伪托之作，但笔者很同意陈寅恪先生在《桃花源记旁证》中所云："其书为随事杂记之体，非有固定之系统。中有后人增入之文，亦为极自然之事，但不能据此遽断全书为伪托。即使全书为伪托，要必出于六朝人之手，由钞辑昔人旧篇而成者，则可决言。寅恪于与渊明之家世信仰及其个人思想皆别有所见，疑其与《搜神后记》一书实有关联。"因为从当时的社会状况而言，文人记录一些奇怪的传闻是很正常的事，现存的干宝的《搜神记》、刘敬叔的《异苑》、吴均的《续齐谐记》、刘义庆的《宣验记》、王琰的《冥祥记》等都属此类，他们写作的态度正如鲁迅先生在《中国小说史略》中所说："文人之作，虽非如释道二家，意在自神其教，然亦非有意为小说，盖当时以为幽明虽殊途，而人鬼乃皆实有，故其叙述异事，与记载人间常事，自视固无诚妄之别矣。"陶渊明家世奉道，而且心好异书，对《穆天子传》、《山海经》等道教秘籍详熟于心，于是记录耳闻之奇异之事而成《搜神后记》当属情理之中，但现在没有文献资料可供考证，不能骤下断语。

② 陈寅恪《桃花源记旁证》，《金明馆丛稿二编》，上海：上海古籍出版社1980年版，第178页。

③ 唐长孺《魏晋南北朝史论丛续编》，生活·读书·新知三联书店1959年版，第170页。

先生似乎也有所表露，在《魏书司马叡传江东民族条释证及推论》中曾说"桃花源记本属根据实事，加以理想化之作"，是"一篇溪族的记实文字"①。现代多有学者从地理学与民族学的研究出发，以为这是对某些未开发的少数民族生活状况的真实记录。笔者以为，无论陶渊明在写作之时受到何种启发，或是听到过关于坞堡的传闻，或是对本民族的历史传说有所了解，总之，《桃花源诗并记》这一诗意建构寄托了陶渊明的最高社会理想，这里，诗人融合了现实传闻与想象构造双重因素，在虚实涵浑的基础上表达了他对理想境界的追求与回归。正如汤因比对《伊里亚特》的评价一样："如果你拿它当历史来读，你会发现其中充满了虚构，如果你拿它当虚构的故事来读，你又会发现其中充满了历史。"②

《桃花源诗并记》中再现了理想的生活图景，它的形成还具有一定的思想渊源。在儒家的《论语》、《孟子》与《礼记》等经典以及《老子》、《鹖冠子》等道家典籍中都有对上古时代没有尔虞我诈，人人安居乐业的理想社会的描述。《老子》中说"小国寡人，使有什佰之器而不用，使人重死而不远徙。虽有舟舆，无所乘之，虽有甲兵，无所陈之。使民复结绳而用之，甘其食，美其服，安其居，乐其俗。邻国相望，鸡犬之声相闻，民至老死，不相往来"③，便是向往一个朴素平安、单纯恬静的社会。《鹖冠子·备知》篇中也有类似的表述。它不仅强调人与人之间的和谐，也很强调人与自然的平等和谐："乌鹊之巢可俯而窥也，麋鹿群居

---

①　陈寅恪《魏书司马叡传江东民族条释证及推论》，《金明馆丛稿二编》，上海：上海古籍出版社1980年版，第81页。

②　汤因比《历史研究》(上)，上海：上海人民出版社1987年版，第55页。

③　朱谦之《老子校释》，北京：中华书局1984年版，第307—309页。

可从而系也。"在《礼记·礼运》篇中这个世界又被称作了大同世界："天下为公,选贤与能,讲信修睦……老有所终,壮有所用,幼有所长,矜寡孤独废疾者,皆有所养。"而《孟子》中,又提出了使这个世界的人民能够安居乐业的具体方案："五亩之宅,树之以桑"、"鸡豚狗彘之畜,无失其时"、"百亩之田,勿夺其时",而且要注重人民的教育:"谨庠序之教,申以孝悌之义。"这样,人们的精神与物质生活都会丰富充实。相比较而言,儒家的主张注重个人的道德修养,关注人与社会的和谐;而道家的主张注重心境的淡泊,关注人与自然的融合。但都表示了对百姓耕有其田,安居乐业的美好社会的憧憬与展望[①]。陶渊明对桃源境界的设计,一定受到这些思想因素的影响。但是,这些描述全部是用叙述性的语言来设计一种理论,提出一种可行的方法,而《桃花源诗并记》却以形象化的语言描绘了一种符合自然的理想生活状态。

陶渊明的一生都贯穿着对理想世界的思考与追求,他将理想之境定位为现实的田园生活,当发现其在现实中并不可能存在时,便将它作为永恒追求的对象表述于诗中,但其内涵依旧是田园家居的世俗生活。正是在不断的思考与追求中,陶渊明才吸取各种思想因素而建构了桃源之境这一令后人无限神往的理想世界模式。

仕隐期间,陶渊明将宁静和谐的现实田园家居生活当作理想之境来追求;归隐之初,他将真实的田园作为理想之境来感受体验;最终,他终于回归到理想的精神家园。在理想境界的追求

---

① 这一部分的写作曾参阅葛兆光先生《从出世间到世间:中国宗教与文学中理想世界主题的演变》,《中国宗教与文学论集》,北京:清华大学出版社 1998 年版。

与回归中,陶渊明的思想经历了矛盾冲突之后又达到了平静和谐,达到了真正遗落荣利、忘怀得失的境界,这是一个清贫寂寞但充满精神乐趣的理想境界。

(原载于《九江师专学报》2000 年第 3 期)

柳宗元贬谪后内心世界探析

  柳宗元一生遗诗一百六十四首,其中绝大多数是贬谪永柳时期的作品,对这些诗歌的具体分析可以探究柳宗元后期的心理世界。柳宗元 47 岁而卒,一生短暂,经历简单,但他短暂的人生旅途中却曲折坎坷,波谲云诡。贞元九年(793),年仅 20 岁的柳宗元中博学宏词科进士,授集贤殿正字。在唐德宗与顺宗易代之际,他仕途顺遂,沿着知识分子所钦羡的进士及第出身授校书、正字,然后任畿县尉,再登台、省作郎官的道路步入朝廷。怀着辅时及物、利安元元的政治理想,以青年朝官特有的朝气与锐气投身于当时的"永贞革新",成为王叔文政治集团的核心人物,在革新派当政时升为礼部员外郎。时隔不久,支持革新的多病顺宗皇帝被迫逊位,革新失败,参与改革的二王八司马被刚刚即位的唐宪宗李纯贬黜,柳宗元亦列其中,时年三十二岁。自此后直到元和十四年(819)客死南荒,柳宗元都没有能够重新回到高层政治权力中心,而是在外任贬所度过了余生的漫漫岁月。贬谪永柳是柳宗元一生中思想的成熟期、文学的创收期,探析这一时期诗人内心世界,对于把握柳宗元后期的思想发展轨迹、了解其诗歌风格的成因将大有裨益。本文拟就此问题加以讨论。

一、初次贬谪期心态

贬谪相对于有理想有抱负的知识分子来说是所有刑罚中最为残酷的一种。因为此时有意识的生命主体并未消灭,他依旧执着于昔日的理想与追求,而事实上,他已经从以前舒适、安稳、可以大展宏图的生活中被抛掷出来,处于陌生的、往往是远离政治中心的环境之中。陌生对于他们则意味着对抗与危机,彼时彼地,理想与现实之间亦有了不可逾越的鸿沟。这不仅是肉体上的折磨,更是一种长期缓慢的精神摧残。柳宗元便经历了这一切。

永贞革新失败后,柳宗元作为改革集团的核心人物受到无情打击。初始之时,他被贬为韶州刺史,但在赴任途中又被追贬为永州司马。如果说初贬尚可忍受的话,追贬则更显现出政治斗争的残酷与无情。面对这突如其来的重大的变故,柳宗元最初的反映不是痛苦,而是空白。从京城到永州遥遥三千里的水陆旅程,诗人竟无诗作流传,可见他在初受重创之下所感受到的一切只是郁结于心中,用心去体验一切,而不能发诸笔端,形于笔墨。

初至永州之时,柳宗元心中依旧充满了对刚刚过去的政治风暴的惊悸,从他这一时期所写的《笼鹰词》、《跛乌词》等几首寓言诗以及《行路难》、《感遇》等述怀诗中可以明显地感受到这种惊悸交加的心情。以《笼鹰词》为例:

> 凄风淅沥飞严霜,苍鹰上击翻曙光。云披雾裂虹蜺断。霹雳掣电捎平冈。砉然劲翮剪荆棘,下攫狐兔腾苍茫。爪毛吻血百鸟逝,独立四顾时激昂。炎风溽暑忽然至,羽翼脱

　　落自摧藏。草中狸鼠足为患，一夕十顾惊且伤。但愿清商
　　复为假，拔去万累云间翔。

诗歌前半部分以在恶劣的环境中依旧搏击长空、英勇奋进的苍鹰形象自喻，寄托诗人高远的胸怀与抱负，气势高昂雄壮，但下文却笔锋陡转：苍鹰羽翼脱落，跌入草丛之中，于是普通狸鼠也成为威胁它生存的对象。"一夕十顾惊且伤"形象地描绘出落难苍鹰时刻担心危险来临的惴惴不安心情。"还顾泥堘备蝼蚁，仰看栋梁防燕雀"（《跂乌词》），"回风旦夕至，零叶委陈荄，所栖不足恃，鹰隼纵横来"。（《感遇》其二）等都流露出对于不可测知的外界危险的恐惧。这正是柳宗元初至永州之时的心情。

　　然而，痛定思痛，当柳宗元终于从这沉重的打击中清醒过来，开始冷静地思考这一切时，他便觉得自己并没有做错什么，自己的理想与抱负是有利于国计民生，是积极正确的，错的是现实的舛误，是圣君不圣、贤臣不贤，才使自己遭受了如此不公正的待遇。惴惴不安的心情消失了，他依旧坚持自己的理想与信念。从这一时期的作品来看，柳宗元有愤懑，有不平，但他并没有忘怀现实政治生活中的一切，没有屈服于敌对势力的压力，而是充满了高昂的斗争精神："吾足蹈坎井，头抵木石，冲冒榛莽，僵仆虺蜴，而不知忧惕。"（《愚溪对》）这正是柳宗元不屈反抗的自我精神写照。在一些吊友、赠友与山水诗中，他将这种精神化为对当政者与现实的不满而表现出来。

　　《哭连州凌员外司马》作于元和三年，凌员外司马即凌准，他也是永贞革新的中坚人物，在元和元年与柳宗元一起被贬出朝，于元和三年死于任上。全诗感情真挚，动人至深，开头："废逐人所弃，遂为鬼神欺"一句，先声夺人，泄出满腔幽愤之情；"抗声促遗诏，定命由陈辞"，肯定了凌准的作用，正是凌准的坚持，才使

李诵顺利即位,改革也才能在他的支持下顺利实行。这一句也曲折地表露了诗人对于参与革新毫无悔意,依旧认为是有利于国计民生的正确之举。"我歌诚自恸,非独为君悲"乃全诗情感之源泉,哭凌准亦是自悲身世,悲叹这黑暗的时代,悲叹自身不遇的命运。《零陵赠李卿元侍御简吴武陵》作于元和四年,诗歌用生活中的萧飒秋景"铩羽集枯木,低昂互鸣悲。朔云吐风寒,寂历穷秋时"来比喻现实的政治环境。"理世固轻士,弃捐湘之湄"把一种极不合理的现象以一种极其自然平和的语气道出,于对比中更见不平之意,突出自己空怀为国为民的一腔热情,却被贬南荒,与时俱没。

在此期间,柳宗元有许多山水诗,看似恬淡,但自有一股抑郁不平之气跳荡其中。如《游南亭夜还叙志》是元和三年的一个秋夜,诗人游赏南亭附近的山水,还而有感所作。此诗在表面上平静的抒怀与看似恬淡的景物描绘中蕴藏着难言的精神苦闷。"投迹山水地,放情咏离骚",委婉含蓄之语中明白地流露出自己徜徉山水,看似轻松而潇洒,但实际上是以屈原遭谗而放逐自喻之意,其吟咏山水之作也是在抒写满腔幽愤之情。这是一条感情的线索,循迹而去便可以理解为何柳诗忽而欢快明丽忽而冷峭阴郁。《潮口馆潇湘二水所会》一诗中前段文字再现出如画境一般的闲旷之景:"兹辰始澄霁,纤云尽褰开。天秋日正中,水碧无尘埃",但下段却有"杳杳渔父吟,叫叫羁鸿哀"之语,本想在自然美景中忘却现实中的一切烦恼,但忧愁悲愤之意却无处不在,百挥不去。《南涧中题》也是诗人陶醉于自然山水之作,恬雅清新的风景描写中暗蕴孤愤沉郁的失路之哀。"秋气集南涧,独游亭午时。回风一萧瑟,林影久参差。始至若有得,稍深遂忘疲",似乎了无牵挂,只乐眼前清新之景,但笔锋陡转处却继以"羁禽响幽谷,寒藻舞沦漪",羁禽寒藻动人去国之思,孤生单处,亦有知音难觅之叹。恰如《载酒园诗话》所云:"《南涧》诗从乐而说至忧,《觉衰》诗从忧说至乐,其胸中郁结一也"。那么,柳宗元胸中郁结之意又为何呢?

在《永州法华寺新作西亭记》中柳宗元说:"余谪为州司马,官外乎常员,而心得无事。"可见司马是有职而无实权的闲散人员。从一个颇具政治实力与发展前途的朝官一变而为有名无实的闲职人员,其差距无异天壤。实际上,"俟罪非真吏"(《韦使君黄溪祈雨见召从行至祠下口号》)的诗句透露了柳宗元对自己的心理定位,所以其诗作中常常可见"羁禽"、"缧囚"之类的字眼。其诗或喜或忧或忧而至喜或喜而至忧,都寓有无限悲愤不平之意,正如其《对贺者》中所言:"嘻笑之怒,至于裂眦;长歌之哀,过于恸哭。"尽管如此,谪居永州的十年间,柳宗元时时以前人自勉:"贾生斥逐,复召宣室……董仲舒、刘向下狱当诛,为汉宗儒"(《寄许京兆孟容书》),他对于重返京都,在仕途上大展宏图依旧抱有殷切的希望,在《游南亭夜还叙志》中他委婉含蓄地表示了自己希望有人援手举荐:"知骖怀褚中,范叔恋绨袍";而《冉溪》中却明白地表示了东山再起的雄心和希望:"却学寿张樊敬侯,种漆南园待成器。"这种信念正是柳宗元在永州生活十年的精神支柱,也是他在漫长的贬谪岁月中能够保持乐观高昂状态的原因所在。元和十年正月,柳宗元终于迎来了奉诏进京的这一天。

二、精神支柱动摇

接到赶赴京都的诏书时,柳宗元的心情极其复杂。永州十年间,他没有放弃希望,希望有人援手举荐,希望能够东山再起,

在政界施展抱负。诏书似乎意味着生活中的重大转机,意味着
人生旅程中崭新的一页,面对这一切,他怎能不欣喜若狂?然
而,毕竟已经过去了漫漫十年岁月,回想这十年来的羁臣缧囚一
般的生活,心中又不禁充溢着无限酸楚。《朗州窦员外寄刘二十
八诗见促行骑走笔见赠》便表现了这种悲喜交加的心情:

> 投荒垂一纪,新诏下荆扉。疑比庄周梦,情如苏武归。
>
> 赐环遛逸响,五马助征骖。不羡衡阳燕,春来前后飞。

全诗气韵流畅,节奏明快,读者既能够从中感受到诗中洋溢
的喜悦之气,同时又有回顾往昔的悲叹。然而,逆境苦难毕竟已
成过去,喜悦之情最终占了上风,光明远大的前程已经在诗人心
中铺展开来,同期所作的《诏追赴都二月至灞亭上》表现了相同
的心绪:"十一年前南渡客,四千里外北归人。诏书许逐阳和至,
驿路梨花处处新。"以情观物,连大路两旁的鲜花也似乎充满了
与平时不同的生机与活力。

这时柳宗元的胸中是一片明朗的天空,没有任何阴翳,前途
与未来似乎都在向他微笑。然而,这仅仅是他的个人感觉而已,
现实的政治斗争比他想象的要严酷得多。在长安,他并未能如
愿以偿地在政治活动中心大展宏图,而是又被贬南荒——任柳
州刺史。无限希望变成了巨大的失望,一首六言诗:"一生判却
休归,谓著南冠到头。治长虽解缧绁,无由得见东周。"以不整的
结构,急促的语气,表达了诗人梦醒后的愤懑与无奈。为什么会
这样?他想寻求答案。在赠别刘禹锡的《衡阳与梦得分路赠别》
集中表现了诗人复杂的心情:

> 十年憔悴到秦京,谁料翻为岭外行。
>
> 伏波故道风烟在,翁仲遗墟草树平。

　　直以慵疏招物议,休将文字占时名。

　　今朝不用临河别,垂泪千行便濯缨。

　　失望、无奈、愤懑、不屈,千般思绪,万种情感,一时都涌上心头,面对知己好友都想倾吐出来。他把政治上的失败归因于自身行为的不拘和诗文出名而遭妒。前程是风烟迷茫的伏波故道,将要身受的是凄凉的异地宦情。这时,他的理想与人生信念在悄悄地转变:"信书成自误,经事渐知非。"(《三赠刘员外》)书本中的一切与现实是截然不同的,现实斗争说明了实现理想之路行不通,诗人致力于仕宦之心也渐趋平静:"皇恩若许归田去,晚岁当为邻舍翁。"(《垂别梦得》)面对政治生活中的一再打击,诗人归隐之意,油然升起。

　　为什么在永州十年柳宗元能够坚持其人生信念,而思想转折恰恰发生在此时——追诏赴京又遭贬斥的时期呢?因为作为官僚世家子弟,尤其是基于自身的从政经验,柳宗元虽然了解政治斗争的残酷性,但他更了解政治斗争的投机性。他认为朝廷内部力量的消长变化可能会给个人的生活带来转机。所以贬永十年,虽然官无实权,居无定所,但他依旧能够心意不改,充满希望地熬过漫漫贬谪岁月。当接到了遇赦的诏书之时,他以为时刻期待的转机已经来临,却没有料到等待他的却是更为遥远的黜斥。永州十年磨平了他的锐气,但并未瓦解他的雄心与意志,再贬柳州则彻底摧垮了他,大希望后的大失望使他几乎不能承受。时光在无情地流逝,消除了他再一次等待的可能性。对他来说,这一次的贬谪不仅是行为主体的贬谪,更是一种精神的流放。柳宗元终于由充满活力的改革家变成了封建社会的"循吏"。在柳州,他虽然也曾流惠一方,但不是出于伟大的抱负,而是出于一个知识分子正直的本能。这一时期,他的思想进一步发展,诗文风格也更加成熟,而他的精神,虽然从未颓废绝望,但时时有消极悲观之意。

《寄韦珩》尽述诗人初至柳州之时所感到的本地的人文与地理环境:"阴森野葛交蔽日,悬蛇结虺如蒲萄。到官数宿贼满野,缚壮杀老啼且号。"这里毒蛇遍地,疾病猖獗。人民生活无有着落,于是往往铤而走险。处在这样的环境之中,诗人本不舒畅的心情更加郁闷,加之昼夜操劳,所以连续患病,痛苦异常:"奇疮钉骨状如箭,鬼手脱命争纤毫。今年噬毒得霍疾,支心搅腹戟与刀。"凄凄惨惨,苦不堪言,在病痛的连续折磨之下,他虽在壮年,却已经须发苍然:"迩来气少筋骨露,苍白濒泪盈颠毛。"诗中感受不到些许的生机与活力。柳宗元在这一时期的作品中时时流露出愁闷悲苦之意,如《登柳州城楼寄漳汀封连四州》、《初别舍弟宗一》、《与浩初上人同看山寄京华亲故》等。与永州时期的诗作相比便可以看出他心情的变化。在永州他曾患足疾,甚至不能走路,却很乐观地种植草药用以疗病,这在《种仙灵毗》、《植灵寿木》等诗作中皆有反映,从这些诗中不仅能够看到诗人乐观的心境,也能感受到其中蕴育着作者不屈的豪情。诗歌中情感的这种变化来源于柳宗元思想的改变。

前文已经提到,柳宗元思想的变化始于赴柳州途中。这时,扶危济世、利安元元的政治理想作为其精神支柱开始动摇。失去了内在的支撑点,人的精神往往会趋于颓废,会失去积极向上的动力而注重眼前的现实,所能体验到的也是现实中实实在在的苦难与痛苦。在这种苦难的压迫之下,人有可能通过宗教或别的途径而获得解脱。这里,需要对柳宗元与佛教的关系加以辨析。

三、儒佛矛盾

汤用彤先生在《汉魏两晋南北朝佛教史》中曾将佛法在中土的流传分为"教"与"理"两种方式:"言教则生死事大,笃信为上,最重净行、皈依;理则通于玄学。"认为中国人士一是把佛法作为宗教信仰而接受,一是作为理论的一种而研究并受其影响。柳宗元一生与佛教渊源甚深。他在元和六年所作的《送巽上人赴中丞叔父召序》中言:"吾自幼好佛,求其道,积三十年。"此时他刚刚三十九岁,上推三十年,可知柳宗元至迟在十岁左右便已经接触佛法。生活于奉佛之风极其浓厚的社会环境与家庭氛围之中,童年与少年时期的柳宗元当对于佛教便有一定的了解。

当柳宗元入朝为官之时,正是唐德宗李适在朝堂上大搞"三教讲论"之时,柳宗元也多与佛教界人士如文畅、灵澈等交游唱和,来往频繁。元和元年贬谪永州之初,柳宗元寄寓于永州龙兴寺,并与主持和尚重巽(重巽是湛然的再传弟子)关系密切,以至天台宗传法体系中将他列为重巽的俗家弟子;又在十岁的女儿和娘生病时允许她更名佛婢,后又在她病重之时许她削发为尼,法号初心;任柳州刺史不久便重修了损毁已久的柳州大云寺;而且,柳宗元一生所写碑文并不多,但是这些有限的篇章绝大多数都是释教碑文,其中包括禅宗六祖慧能的《曹溪大鉴禅师碑》,如此种种,不一而足。然而翻检《柳河东集》,又能看出柳宗元明显的抑佛之意。如贞元十五年他尚为朝官之时为同族先人柳浑写了《柳常侍行状》,对于柳浑小时候不肯听从巫师与父兄之言而拒不出家为僧之事大加赞赏,认为他虽是童幼,但"不惑于怪谲矣",并以"拒疑独断,明识也"相推许;这种观点至死未变,如元和十四年当他临终之时又应邀而写《故处士裴君墓志》,将这位裴君的父亲裴伯言"摧佞抑释"的事迹写进了裴君墓志之中。这种行为又似乎与他崇佛相矛盾。其实,联系上文引用的汤用彤先生的分析则不难看出,柳宗元崇佛的实质是嗜好佛理,他并没有将佛法作为思想上信仰的宗教。这一点从柳宗元流传下来的诗文作品中也可以看出。

《柳河东集》中现存六百多篇作品,其中涉及佛教的内容大概有诗与文各二十余篇。这些作品散见于其生活的各个阶段,从中可以知道他对于当时盛行的天台宗、律宗、净土宗和禅宗等均有所了解。然而,正如他对待各派学说采取"伸其所长,黜其奇邪"的方法一样,他对于佛教诸种流派也是在批判的基础之上搜择检讨、广采博收。苏轼在《柳河东集·大鉴禅师碑题解》中有云:"子厚南迁,始究佛法。"一"究"字概括了柳宗元对于佛教的基本态度,说明柳宗元是在研究佛理而非信佞佛教。事实上,柳宗元在永州十年间几乎写出了一生中所有重要的哲学论著,如《贞符》、《非国语》、《天说》、《天对》等来阐释无神论与唯物的元气论。这是他对待佛教的基本态度。具体而言之主要有以下几方面的内容。

首先,在哲学思想上柳宗元吸收了佛教中有无统一、虚实相即的中道辩证法因素,他的诗文之中多出现"大中"、"中"、"中道"之语,并以此对当前禅宗"妄取空语而脱略方便,颠倒真实"的重空之弊予以批判,认为"言至虚之极,则荡而失守"。从佛教史来看,自鸠摩罗什以后,般若学在中土的流传主要分为两派,一是崇尚空无的禅宗,一是重视中道的天台宗。中道学说认为一切事物都是因缘和合而成,本无自性,故是空,但空是虚幻不实的,又是假有,这样,万事万物又是有无空假的统一。但就柳宗元的思想体系来讲,他一向以元气论、唯物论为基础。所以他的中道学说中认为"空"是一种无形的希微的物质。在这一点上,刘禹锡与柳宗元的观点相同。刘在《天论》中曾说:"若所谓无形者,非空乎?空者,形之希微者也。"柳宗元在《答刘禹锡天论书》中表示完全同意他的看法:"独所谓无形为无常形者甚善",由此可知他对于"空"的理解带有"有"的性质,与佛教天台宗的看法并不完全相同。这种思想在他的其他作品中如《天对》《龙安禅师碑》中都有所反映。柳宗元是以此作为一种思维方式来分析一切问题。

终其一生,柳宗元始终坚持济世救物、利安元元的人生理想,在思想上始终坚持儒家学说。他在《与杨诲之第二书》中曾表示:"至永州七年矣,蚤夜惶惶,追思咎过,往来甚熟,讲尧舜孔子之道亦熟",儒家思想始终在他的思想中占主导地位。他是站在儒家思想的立场之上援释入儒,"统会儒释,宣涤凝滞"(《送文畅上人序》)是他思想的一个重要特色。在他看来,佛教在理论上与儒家学说有相合之处:"浮图诚有不可斥者,往往与《易》、《论语》合。诚乐之,其于性情奭然,不与孔子异道。"(《送僧浩初序》)

于是在现实社会中,柳宗元对于因佛教盛行而引起的政治经济问题表示反对,他推广佛教的目的似乎是在于其教化作用。如他虽然在理论上批判禅宗"言禅最病",但也肯定"其教人,始以性善,终以性善"(《曹溪第六祖大鉴禅师碑》)。他之所以在任柳州刺史期间重修大云寺,也是因为"越人信祥而易杀,傲化而侮仁"(《柳州复大云寺记》),但"董之以礼则顽,束之以刑则逃"(同上),唯一的方法是"唯浮图事神而语大,可因而入焉。有以佐教化"。(同上)。这与他主张修庙而教人知礼乐出于同样的目的。同时，在伦理道德观方面，他也注重发现儒家与佛教的契合点，认为释教也是主性善、倡仁教的，只有不知道者才会"去孝以为达，遗情以贵虚"（《送僧浩初序》）。这种观点与慧远在《沙门不敬王者论》中所云"内乖天属之重而不违其孝，外阙奉主之恭而不失其敬"的说法几乎相同，这种说法比较符合中国僧俗对于佛教伦理观念的理解。

由此可以看出，从柳宗元的思想实际而言，他更多的是汲取佛学义理来充实自己的思想，并没有将其作为一种可以寄托精神的宗教信仰。然而，这是基于理性的考虑，从感情上来说，佛教在柳宗元的贬谪生活中占有一定的地位，在某些时候还是为他饱受苦难、充满孤寂的心灵带来了些许慰藉。

（原载于《宝鸡文理学院学报》1996 年第 6 期）

文学与文学理论篇

《文心雕龙》折衷思想及其理论渊源

内容提要:《文心雕龙》中折衷不仅是一种研究方法,亦是贯穿全篇与其理论探讨相始终的基本思想。在通变、文质、文术与自然、心与物、体性与风格等重要理论问题中都有明显表现。它以刘勰杂文学观念即"依经立论"与肯定"文的自觉"的折衷为基础。其理论特点是既注重微观分析又重视宏观把握。其思想渊源主要是大乘中观派理论。

关键词:折衷 通变 情采 文术与自然 般若 中道

作为一部体大思精的文学理论著作,《文心雕龙》具有严密的思想体系。作者在《序志》篇谈到建构这一体系时所采用的研究方法:

> 夫铨序一文为易,弥纶群言为难,虽复轻采毛发,深极骨髓,或有曲意密源,似近而远。辞所不载,亦不胜数矣。及品列成文,有同乎旧谈者,非雷同也,势自不可异也。有异乎前论者,非苟异也,理自不可同也。同之与异,不屑古

今，擘肌分理，唯务折衷。[1]

这里，他明确提出自己是将"擘肌分理，唯务折衷"作为一以贯之的方法，以此来研讨术理，评判作品，并通过弥纶群言，论文叙笔，达到振叶寻根，观澜索源的目的。其实，在《文心雕龙》一书中，折衷并不仅仅是研究方法，亦是贯穿全篇与其理论探讨相始终的基本思想，本文拟对此略加分析，以就正于方家学人。

一、刘勰的杂文学观念

刘勰撰文的齐梁时期，文学已沿着自觉发展的道路走了很久，重抒情形象，重辞采技巧，重声律音韵，文学所应具备的基本特质在人们心目中已显得越来越清晰。于是便有了文笔观念之分，试图将当时充分发展了的美文与学术区分开来，以求得文学作品的独立地位。刘勰在这个问题上的观点却有明显的复古倾向，《文心雕龙·总术》中云："今之常言，有文有笔，以为无韵者笔也，有韵者文也。夫文以足言，理兼诗书，别目两名，自近代耳。……予以为发口为言，属笔曰翰，常道曰经，述经曰传。经传之体，出言入笔。笔为言使，可强可弱。"可见他并不严守文笔之辨，认为经典本身未尝无文，反对将经典列出文外。所以在论述时常常"文""笔"并举，认为笔也可以有文采，并不厚此薄彼。这种说法实与古代文笔不加区分的观念颇为相似。然而刘勰在阐释具体问题时，却又事实上接受了文学与非文学的区分。如他在《神思》后诸篇论及文术时，谈到神思体性、风骨事义和丽辞

---

① 《文心雕龙》卷10，范文澜注，人民文学出版社1998年版（余下引文皆出自此书，不复赘注）。

熔裁，章句炼字等一系列为文之方法，认为这些都是文学作品所要考虑讲究的技巧，与非文学作品如典诰谱籍、律令符契了无关涉。由此可见，他这种文笔不分的杂文学观其实又有了许多在当时已经获得了发展的文学观念的印迹，与初始"文"的观念亦有所不同。这里体现了一种折衷思想，"是古代'文'的观念加上已经发展了的文学观念的折衷"。①

正是基于这种折衷，刘勰才能于《文心雕龙》一书的"枢纽"部分将《正纬》、《辨骚》与《宗经》、《征圣》相提并论。他一方面高举宗经大旗，强调"道因圣而垂文，圣因文而明道"。(《征圣》)六经为"恒久之至道，不刊之鸿教"，"极文章之骨髓"(《宗经》)；另一方面又充分肯定了文学作品本身的特质，对于虽荒诞谲诡但"辞富膏腴，事丰奇伟"(《正纬》)而有益文章的纬书有所肯定；对于楚辞的"诡异之辞""谲怪之谈""狷狭之态""荒淫之意"等不合经典处亦未一笔抹煞，依旧肯定其"取融经意，自铸伟辞"(《辨骚》)的开创之功，并尊之为后世辞赋的典范。尽管他在理论上标举宗经，但在实践中又未尝不注重文学的本质与特征，对浓烈的感情、华艳的辞藻颇为赞赏。这种主观上"依经立论"与客观上对"文的自觉"的肯定，决定了《文心雕龙》在阐释讨论一系列理论问题如通变关系，文质关系，文术与自然，心物关系，体性与风格等时都有明显的折衷色彩。

---

① 周勋初先生在《刘勰的主要研究方法—"折中"说》一文中对此有所论述，可参考。

二、折衷思想在《文心雕龙》重要理论
问题中的体现

　　刘宋以降的诗文直承西晋余绪，一改东晋中期的玄虚之风，向体物写貌，抒情言志的方向发展。至齐梁时期，文学在题材内容，形式技巧等方面都有了极大的发展。在总结创作经验，进而指导文学发展方向的文学理论领域，对于如何处理继承与新变的关系，有几派不同意见。刘勰在《通变》篇明确表达了自己的观点："夫设文之体有常，变文之数无方，何以明其然耶？凡诗赋书记，名理相应，此有常之体也；文辞乏力，通变则久，此无方之数也，名理有常，体必资于故实；通变无方，数必酌于新声。"指出有可变者，有常而不可变者。对于不可变之名理，须"资于故实"；而可变之术，则"酌于新声"。强调"资故实"与"酌新声"的辩证统一，使刘勰在梁初的几个文艺理论派别中既不同于萧绎等主张的"若无新变，不能代雄"（《南齐书·文学传》），亦不同于裴子野等一味复古，否定文学自身特质。这种折衷，并非无原则的调和，而是通过深入分析理论问题后得出的较中肯结论，据此而采取了尊重客观实际的立场。

　　刘勰的通变理论兼顾继承与创新，以"望今制奇，参古定法"（《通变》）为原则，使作品呈现文质彬彬，不雅不俗的理想风貌。前文已述，刘勰在《文心雕龙》中将《宗经》与《辨骚》并提，骚体文学虽有不合经典之处，但他依旧给了它很高的评价，这是因为它合于通变法则的缘故。合于经典处为不可更易之名理；而与经典体貌相异处，也能够"酌奇而不失其贞，玩华而不坠其实"（《辨骚》），于奇正、华实之间取其中道。《文心雕龙》在分体文学的论述中，对于诗歌辞赋、碑诔书记等各类文体在历代所呈现的不同风貌并未简单地肯定或否定，而是以是否符合通变原则来决定去取。如《明诗》篇对自唐虞之世到宋初文坛诗歌所表现的不同意趣并无褒意或贬意，只是"铺观列代"，察其"情变之数"，认为"义归无邪"的根本是一以贯之的。《颂赞》篇认为："美盛德而述形容"是颂赞体文的根本要求，对于后世颂文中的变体，如班固《北征颂》，傅毅的《西征颂》，将颂"变为序引"；马融之《广成颂》"颂而似赋"，崔瑗《文学颂》"致美于序，简约乎篇"；陆机《功臣颂》"褒贬杂居"，他认为都是颂流变的谬体、讹体，是于名理处未"资于故实"所致。所以，刘勰主张各类文体在词藻风格方面可以因时代的不同而有所变化，但于名理故实处却须一以贯之。通中有变，变中又通，才是客观的态度。

自然与文术关系的论述亦贯穿《文心雕龙》始终。刘勰可以说处处强调自然。开篇《原道》即说："云霞雕色，有逾画工之妙；草木贲华，无待锦匠之奇。"纪昀评道："齐梁文藻，日竞雕华，标自然以为宗，是彦和吃紧为人处。"刘永济也说："舍人论文，首重自然。"《原道》以"心生而言立，言立而文明，自然之道也"来说明文的产生是自然而然的；《明诗》以"人禀七情，应物斯感，感物吟志，莫非自然"来强调文学创作是作家思想感情的自然流露；《隐秀》篇"故自然会妙，譬卉木之耀英华"，则说明篇章秀句是作家情思与外境的自然融合；《定势》篇所云"譬激水不漪，槁木无阴，自然之事也"，旨在明确文章风格是由于作家的陶染模拟自然而形成。另外，《物色》、《神思》、《养气》等篇章虽无"自然"一词，却有明显的崇尚自然的倾向。可见刘勰确是以自然为宗来阐释理论，评价诗文的。然而，《文心雕龙》又的确极为推崇与自然相对立的专事雕琢的方法和技巧：文术。不仅于文中独列《总术》一篇,而且自《神思》以下,《体性》、《风骨》、《通变》、《定势》、《情采》、《熔裁》、《声律》、《章句》、《丽辞》、《比兴》、《夸饰》、《事类》、《练字》、《隐秀》、《指瑕》、《养气》、《附会》等诸篇都是探讨文术的内容,从立意构思,谋篇布局,到锻辞炼句,音律修辞,有关为文作诗的基本方法几乎包罗无遗。如此重视文术是否与他所主张的纯任自然相矛盾?范文澜先生回答了这个问题:"彦和所为术者,乃用心造文之正轨,必循此始为有规则之自然。"①此语道出了刘勰评价文学的最高美学规范:有规则之自然。

自然在这里主要有两层含义:一是大地山川、花鸟虫鱼等自然存在物;一是未经人工雕饰的自在状态。刘勰虽注重自然美,但他更注重有规则之自然中所包含的主体的创造性。《序志》中云:"拔萃出类,智术而已。"赞中亦云:"生也有涯,无涯唯智。"极力肯定主体智慧。其传世之言中凝聚的是他的智术,而他所总结的文学技巧,则是历代文人智术的结晶。能在赋诗作文中运用"文术"则体现了主体的能动性与创造性。所以刘勰对文术的肯定,与这一时期个体意识的觉醒密不可分。而刘勰所谓"术"的含义在《总术》篇多有论及:"凡精虑造文,各竞新丽,多欲练辞,莫肯研术",练辞指锤炼字句,修饰辞藻,与"研术"对举,是部分而对整体。可见其"术"之意乃是从整体范围而讲,自《神思》篇以下,"割情析采,笼圈条贯,摛神性,图风势,苞会通,阅声字"等都是术的内容。既包括整体的谋篇布局,体势风格,亦有局部之章句声字,典故修辞。刘勰认为晓术是文章成功的关键所在,文中出现的芜繁、浅露、诡典、声悴、理拙的弊病,都是不研讨文术之过。若能执术驭篇,则可以动不失正,从而"控引情源,制胜文苑"(《总术》),使文章辞采斑斓,声律和谐,事义丰腴,情志芬芳,达到诗文的理想境界。

刘勰重文术在于顺应自然之理,而并非强调穿凿修饰。"夫才有天资,学慎始习……故宜摹体以定习,因性以练才。"(《体性》)便是主张要根据自然生成之气来决定后天的陶染、摹习,不能违反天性。《丽辞》亦重在说明骈体化的形式,即对偶等也是符合自然神理:"造化赋形,支体必双,神理为用,事不孤立。"而刘勰所谓"有规则之自然"亦要求有文术的成分存在。《定势》篇言势无定格,各因其宜,就如同"机发矢直,涧曲湍回"一样是"自然之趣"。但后面又强调"势实须泽"。"泽"即修饰之意。因情立体,即体成势,是顺乎自然;但抒情写景、描绘声貌之时,有时仅凭听其自然,不能表达得很贴切,所以依旧要注意修饰。《隐秀》篇所谓"思合自逢,非研虑之所求"的篇章秀句,貌似灵感突至、妙手偶得,其实这种灵感突发时刻须经过运术谋思,殚精竭虑后才会产生。谢灵运之"池塘生春草,园柳变鸣禽"句便是明例。所以善于运用文术者,要"因时顺机,动不失正"(《总术》),这样才能发语天然,如同胸臆中流出一般。

总之,刘勰主张的"有规则之自然",是文术与自然的和谐统一。其基本含义在于顺应自然之理而又雕琢之,包含文术而又消弥斧凿的痕迹,在文术与自然之间行于中道。

当时,随着文学的发展,文人们企盼更多地在诗文中表现自我的感情,"诗缘情而绮靡"的观念深入人心,而且诗文在表现技巧和形式方面亦获得了极大的丰富和发展。所以刘勰常以"情"来代表文章的内容,即质;以"采"来代表形式方面的特征,即文。在《情采》篇中,他对此做了集中探讨:"夫水性虚而沦漪结,本体实而花萼振,文附质也。虎豹无文,则鞟同犬羊;犀兕有皮,而色资丹漆,质待文也。"说明文质密不可分,互相依存。但他又指明情采之间的主从关系:"故情者,文之经;辞者,理之纬,经正而后纬成,理定而后辞畅。"指明情采之间,应以情为主。文采的修饰与运用,是为了更好地表达内容服务。刘勰反复强调以情为本,采为末,主要是针对着当时文坛奢谈文藻,言隐荣华的现实弊端而言,并非不注重辞采的繁富华美。

而同时,他又主张辞采华丽雕饰要适中而不过分。在评价具体修辞手法时,如对于夸饰在传写难言之意,描摹难传之状,传达言外之情方面的作用予以充分肯定,但又指出"饰穷其要""夸过其理"会"心声锋起","名实两乖",所以要"夸而有节,饰而不诬"。去两端而行中道。《声律》篇中,他肯定新的声律论,主张有意识地运用声律:"凡声有飞沉,响有双叠,双声隔字而每舛,叠韵离句而必睽;沈则响发而断,飞则声扬而还:并辘轳交往,逆鳞相比。"提出运用声律的法则。(前者相当于四声八病中的旁纽,后者相当于小韵)并说明恰当和谐地运用可使文章读来"玲玲如振玉","累累如贯珠"。但他反对"割弃支离",讲究繁琐的八病。《熔裁》篇指出作文中命意修辞之时的基本原则是"酌中以立体,循实以敷文"(黄侃语),这样才能"隐括情理,矫揉文采"。《章句》篇对于"两句辄易韵"或"百句不转韵"的问题亦主张要"折之中和,庶保无咎",认为以四句一转韵为佳。对于这些理论问题,他重在从内部的深入探讨中客观地评价其得失,从而提出折以中和的标准。

除此之外,心物关系也是文学理论中的重要方面,刘勰不偏执于心或物的单向影响,既提出心"随物婉转",又强调"物与心徘徊"(《物色》);体性论中提出性有才、气、学、习四种,前二者为先天禀性而生,后二者须后天学习陶染。既要根据先天之才气而学习,又可以通过学与习来弥补才气的不足,二者不可偏废。这些理论都体现了兼及两端的折衷思想。

从这些分析可以看出，《文心雕龙》所阐释的一些重要理论问题都带有明显的的折衷色彩，这种折衷又并非无原则地调和矛盾或堆砌各种观点，而是从整体出发，全面深入地把握问题的实质，其主要有以下特点：

其一，在论述某一理论问题时，深入剖析矛盾对立面双方各自的内涵和特点，揭示其内在的区别与联系，从中把握理论的关键所在。如他在阐述具体问题时，提出一系列对立统一的理论范畴，如通与变、情与采、华与实、奇与正、雅与俗、才与学、一与万等，这些都是一个问题的两个方面，须由这些不同角度的对立双方和谐统一，构成文学作品。这一对对范畴既互相矛盾，又互相联系依存。文附质而生，质须待文而行，文质彬彬是最高理想；"变则其久，通则不乏"，二者不可或缺；要善于抓住关键环节，"举要制繁，乘一总万"(《总术》)才能正确把握一与万的关系；隐寓秀中，秀又含隐；同时执正驭奇，衔华佩实，"隐括雅俗之际"。行之中道才能弃两端之短而用其长。这一点，前文论之已详，不复赘述。

其二，不仅注重兼及，亦强调圆鉴，圆照，善识大体，注重从历史的发展中寻根探源，从而在整体宏观的方面，圆融无碍的境界中去理解把握理论的实质。这一特点与前一特点虽然着眼点不同，但有密切关联。前者洞烛入微，注重事物内部的微观分析；后者则是在此基础上，高瞻远瞩，于整体流变中宏观把握。这样所得的认识以全面观照为前提，不会流于偏解，最接近于客观真实。

刘勰在《序志》篇批评了先贤前达论文的失误，认为他们"各照隅隙，鲜观衢路"，"醒酲于偏解，矜激乎一致"，得到的认识并不全面。此处"一致"之"一"与"乘一总万"之"一"意义截然不同,前者是片面狭隘的认识;后者是要与本,是万事万物所共同的本质规律,所以可以"总万"。有鉴于此,刘勰主张论文要"务先大体,鉴必穷源"(《总术》),即对事物的来龙去脉认识清楚,从总体上把握观照。刘勰在阐释具体理论时处处贯彻这一原则,这使他所发挥的义理充满探本求源的意味。

如《序志》中说明在上篇论述每一种类型的文学作品时,第一步总是"原始以表末",将各类文体的起源与发展交代清楚,其次"释名以章义",再次"选文以定篇",最后"敷理以举统",往往在前三部分论述的基础上探讨理论问题;《总术》是自《神思》以下各篇之总序,亦明确自己是在"圆鉴区域,大判条例"的基础上,通过对各种文体的具体分析评判来总结这些为文之术,得出带有规律性的认识;处理通变问题,也要"规略文统,宜宏大体",从全篇体系出发,在整体把握中"总纲纪而摄契"(《通变》);《定势》篇强调不流于一端的兼解及总体把握:"然渊乎文者,并总群势,奇正虽反,必兼解以俱通。"而且其文中多用"弥纶"一词,"文体多术,共相弥纶","弥纶群言",等等,此词最早见于《周易》,有全面包融,消化利用之意。与此相类似,"圆"字,如圆通、圆照等词也频频出现。圆字为佛学惯用语。刘勰多次运用此语,并不仅仅是借用一个词汇,而是有其一定的思想理论联系。这就涉及《文心雕龙》折衷思想的理论渊源。

三、《文心雕龙》折衷思想的理论渊源

基于刘勰宗经征圣的主张,其"折衷"极易使人想到儒家的折中。自司马迁在《史记·孔子世家》中提出:"自天子王侯,中国言六艺者折衷于夫子。"以孔子学说作为折中群言的最高准则

后，后世儒者于此不断加以申述。《汉书·贡禹传》曰："四海之内，天下之君，微孔子言亡所折中。"《盐铁论·相刺》："[孔子]退而修王道，作《春秋》，垂之万载之后，天下折中焉。"于是后世提到"折中"时，常寓有以孔子之言或圣贤之道为准则的意思。于刘勰《文心雕龙》关系甚深的《论衡》在《自纪》篇云："上自黄、唐，下臻秦、汉而来，折衷以圣道，析理于通材，如衡之平，如鉴之开。"便是把"折衷以圣道"作为著述的基本原则。①

然而，昧彦和之意，他的"折衷"标准显然在于客观道理方面。他谈到自己的观点与古人相同时，说："势自不可异也"；与古人相异时又说"理自不可同也"。"势"、"理"二词是刘勰多次使用的概念。据《定势》篇所言："因情立体，即体成势。""势者，乘利而为制。如机发矢直，涧曲湍回，自然之趣也。"势乃随体而定，没有固定之规范。而"理"一词在文中除了有"神理"之意外，有时与"道"同意，为客观之理："心生而言立，言立而文明，自然之道（理）也。"（《原道》）可见"势"、"理"都是指不以人的意志为转移的客观事物的内在规律。由此可推知刘勰"折衷"的标准与夫子之言似不相同，其着重点是客观道理。虽然《文心雕龙》有以圣人之言教为折衷标准处，如《史传》中强调依《春秋》立论，将《左传》作为史书折衷之度；《奏启》篇又针对当今奏启"竞于诋诃，吹毛取瑕，次骨为戾，复似善骂"而失去折衷态度的弊端，提出要以礼义为奏启行文的准则。这是因为圣道与经书在此方面体现了客观规律之故。

如此可知《文心雕龙》所体现的折衷思想与儒家所谓"折中于六艺"说并不相同。但儒家一直强调"中"却是事实。《论语》

① 罗宗强《魏晋南北朝文学思想史》，北京中华书局 1996 年版，第 266 页。

中便有一些片言只语的相关论述。《子罕》："我叩其两端而竭焉。"《先进》："子曰：'过犹不及'。"虽未言及"中"，但综其语意，则含有舍"过"与"不及"之两端而行之中道之义。传言为子思所作的《礼记·中庸》进一步发挥了关于中的说法。郑玄在题解下注云："以其记中和之为用也。"开首即言："中也者，天下之大本也，和也者，天下之达道也。致中和，天地位焉，万物育焉。"似乎是将"中和"提到哲学的高度。认为它是天地间万物因此而生之至道。然而，在具体论述时却又仅在伦理道德与政治范畴的层面展开。如："仲尼曰：'君子中庸。'"郑注："君子用中为常道也。"即君子修身行事以常道"中"为标准。又"子曰：'舜好问而好察迩言，隐恶而扬善，执其两端，用其中于民'"，则指"中"在政治生活中的运用。可见魏晋前，儒家并没有关于"中"的系统理论。刘勰折衷思想的形成或许不能完全排除儒家"折中"论的启发，但前文已论，折衷不仅是《文心雕龙》一书的研究方法，更是贯穿始终的基本思想。所以，据常理推测，它应该是受到某种系统理论的影响。

考察这一点，不能脱离作者身处之社会环境。刘勰所生活的齐梁时代，虽然朝代频迭，但思想界一直非常活跃。正统儒家思想在外来佛学思想与民间新起道教理论的冲击下，呈现出兼容的形态。时风所及，一般士人思想多融合儒、释、玄、道各种成分。但在不同时期不同人的心目中，这几种思想的比重是不同的。佛学作为外来文化，借中印民间僧侣与客商的频繁交往而自东汉时传入中国，经过数百年的酝酿发展，及数代人的译经传教，其教派义理逐渐被中土人士接受。因为几个世纪来佛教在印度本土的蓬勃发展，源盈而流盛，同时统治者因个人喜好或统治需要而大力提倡，佛教在中土亦呈欣欣向荣之势，法会盛集，讲唱频仍。这一时期流传的大乘空宗的般若涅槃理论，几乎影响了每一个士人的思想。刘勰撰写《文心雕龙》的齐末，上承宋元嘉时期弘佛余绪，处于齐永明年间与梁武兴法两次高潮之间，佛教思想风行社会。刘勰青年时便入佛寺，精通内典。撰写了许多高僧大德的碑传及佛学论文，且总理群经，校定目录，于佛学有极深的造诣，佛教思想理论对他的影响是不言而喻的。据现代学者考定，《文心雕龙》是他在齐末未出仕之前所写。虽然其中流露出明显的儒家思想，而且在行文中尽量不杂佛语，但其受佛学影响的痕迹却隐隐可见。

上文已言及其文中多用"圆"字，在他之前的文人作品中，圆字多是指具体的形状，如圆井、圆扇等。当然，在《庄子》《周易》中，偶尔有超越了具体形态而具有形而上意味。这也是佛经翻译借用玄学古语的基础。这一点，兴膳宏先生在《刘勰与出三藏记集》中曾有所论述。圆字在佛学中为惯用语，在意义上有极致、完善之意。如将全知全能的观音称为圆通大士，而将能显示一切事物现象的智慧称为"大圆通智"或"大圆照智"。而唯识三性中，于遍计所执性、依他起性而对立的是"圆成实性"。这是认识的最高境界即真如境界，至此则把握了事物的实相，达到了圆满成就的认识。而唐代佛陀多罗译《圆觉经》："生死涅槃，同于起灭，妙觉圆照，离于华翳。"可见与圆联系的圆通、圆照等语汇为全面不偏之义，在佛学中具有形而上的意义。刘勰在文中用"圆通"、"圆照"、"圆备"、"圆鉴"、"圆览"等词多同于此意，是指以圆融无碍的智慧从整体观照事物的本质。可见刘勰对于般若（智慧）的重视，《论说》篇中有"般若"一词："然滞有者，全系于形用；贵无者，专守于寂寥，徒锐偏解，莫诣正理；动极神源，其般若之绝境乎！"

　　这是其理论所贯彻的折衷思想纲要。这里，他对于"滞有"与"贵无"两种认识都作了批判，认为偏执于任何一方都不能客观真实地把握事物的本质。要行于有无之间，才能追究到事物的本源。这里所表现的是明显的中观派的根本正观思想，"偏解"一词，也是中观学派常用来指斥外道及别派理论的语汇。

　　中观派是大乘空宗的早期思想派别。他以"中道"作为理论体系的核心。当然，重视中道并非中观派首倡，原始佛学便具有浓厚的中和色彩。释伽学说对待事物自始至终都采取分析的态度，在两个极端间加以抉择，行之中道。然而这个中道比较注重实际行动方面。如释伽既反对当时纵欲享乐的观点，亦反对严酷摧残自我的苦行，认为都不合理，只有"中道"才对。后来这一观点发展成为不着一边，不作一往之谈的理论。但原始佛学时，并非所有的观点都以中道为原则。中道观念在部派佛学和小乘佛学中都有所发展，但只是在大乘般若类经典出现后，关于"中道"理论才有了质的飞跃，先是《小品宝积经》在方法论上提出中道正观，离去"空观""实有"二边，而以般若的智慧去观察一切。在此及基础上，以龙树提婆为创始的中观派发展了"中道"思想。他们的整个理论体系都是以"中道"为核心，任何一个理论问题如空观，无分别观，实相涅槃都贯穿着中道思想。龙树在《中论》《十二门论》中对"中道"理论有系统论述，其"空"观最能体现"中道"的含义："众因缘生法，我说即是空，亦为是假名，亦是中道义。"空为无为、性空，假名为幻有，空为无，假名为有，但有无都不能走极端，乃是性空幻有的结合，这样才不片面。这是中道思想的根本含义。贯穿了中道思想的中观派理论问题，主要有以下两个特色：

　　其一，对各种相关（或相对对立）或包含相关（相对立）成分的概念系列采取中道的态度。如《中论》归敬颂中言及：“不生亦不灭，不常亦不断，不一亦不异，不来亦不去。能说是因缘，善灭诸戏论，我稽首礼佛，诸说中第一。”他直接论证的目的就是要表明肯定每一概念如生灭、常断、一异、来去等都不能成立，以这些概念分别事物或对事物的性质本质进行判断都是错误的。反对一个观念并不意味着肯定相反的一个。前文已述，刘勰在论述中亦提出一系列相对立统一相反相成的概念，否定一方并不意味着肯定另一方面。如雅俗、华实、奇正、通变等理论。

其二，对观念本身采取“中道”的态度，而不是绝对化，往往注重兼解，不落边见。如在论述实相涅槃时，《中论》：“一切法空故，何有边何无边，亦边亦无边，非有非无边，何者为一异，何有常无常，亦常亦无常，非常非无常，诸法不可得，灭一切戏论，无人亦无处，佛亦无所说。”认为若肯定一边，则落于边见而成为“戏论”，对于真俗二谛的认识，亦如是。从言意关系来讲，言为俗谛，意为真谛。虽然它否定一般的概念或观念能把握事物的“实相”，但肯定在宣传或阐释时依旧要借助一般概念和观念。也就是于否认的同时亦承认俗谛的功用。恰《百论》所言：“是二皆实，非妄语也。”刘勰关于言意关系的认识亦同于此。

总之，中观派的理论核心“离二边而行中道”的思想，是在遮诠表达中不落边见，以期更准确地把握事物的本质。其理论自姚秦时期，经鸠摩罗什的大量传译讲说而传入中国，在当时便产生了很大的影响。至齐梁时期，这种理论进一步完善，且在社会上非常流行。如比刘勰稍晚的却有密切联系的萧统，作有《会旨解二谛义》《会旨解法身义》等文，都是发挥中论、十二门论、百论的中道观。刘勰受此影响亦是顺理成章之事。

由以上分析可见，《文心雕龙》中贯穿始终的折衷思想是以系统的大乘中观派理论为思想理论渊源。但处于三教调和的社会思潮中,他亦熟读儒家经书,精通外典,包括诸子学说、玄学家的理论和道教的思想。而儒家强调中和;玄学家辨析名理过程中所做的细致分析,具体界定概念的方法;《荀子·解弊》篇中主张不以偏概全,囿于一见的提法,都可能在方法论上予他以启迪。或者说,他是以系统严密的大乘中观派理论为基础,吸收了各家思想理论方法上的长处,形成自己独具折衷色彩的方法与理论,同时亦使折衷成为《文心雕龙》的基本思想。

晋宋时期山水诗产生的思想渊源探析

内容提要:山水诗的产生直接取决于时人对于山水自然的看法。本文分析了晋宋时期最有代表性的玄、佛、道诸家自然观,认为注重实用功利性的道教自然观间接促进了诗文中山水自然描写成分的发展与成熟;而道家自然观注重物我和谐的审美精神在魏晋时期获得了新的发展,佛教自然观在发展中又吸收了道家自然观"道寓山水"的观点,认为法身无形,无所不在,正是在佛道自然观的双重影响下才产生了山水诗画。

关键词:自然观   山水诗   玄佛合流   山水寓道

中国诗歌史上,真正意义上的山水诗出现在晋宋时期,它的产生与时人对山水自然的看法有直接关系,而文人自然观则受到流行于思想界的道、玄、佛诸家理论影响,虽然各种自然观都流露出对自然山水的热爱和欣赏,但从各家义理来看,它们又不尽相同。下面对此略加比较,以探讨晋宋时期山水诗产生的思想渊源。

一、道教自然观

道教在东汉末年产生于民间,魏晋时期以神仙道教的方式开始向上层社会流传。创始之初,道教奉老子为教主并以《道德经》为经常诵习的经典。《老子》中虽没有提到作为自然物的自然,但主张返朴归真的境界。所以道教初始教义如《太平经》中主张对外界自然要顺其所生,不过多地破坏或改造它,禁绝焚烧山林丛木;反对无限制地开采矿产等。魏晋时期神仙道教开始流传后,服食修炼以求长生成为许多士族知识分子追求的目标,与此同时,汉末兴起的山林隐逸之风继续盛行,时论也颇以隐逸为高[①]。这些脱离仕途的知识分子隐居山林后,往往将精力转移到研习长生延年的神仙方术。在道教学者看来,山林隐逸是得道成仙的必经途径:"山林之中非有道也,而为道者必入山林,诚欲远彼腥膻,而即此清静也。"[②]此观点与印度佛教以山林为静修之所的原因正相符合。而且,选择山林也并非随意可行,必须是名山胜水之间。因为据道教观点,各山林都有神灵居守,灵山的主宰神一般是善意且乐于助人者。他时时守护修炼者使其不受恶物侵扰,而且帮助修道者寻到炼丹所需的草木矿石以合成丹药。在《抱朴子》中,葛洪列举了许多适合炼丹修道的名山,自己也最终入罗浮山修道。由此可知,道教的山林自然观功利性很强,修道者接近山林,目的不是欣赏其自然美景,而是直接以长生成仙为目的。

---

① 可参阅王瑶先生《文人与药》及《论希企隐逸之风》,收入《中古文学史论》,北京:北京大学出版社 1998 年版。

② 王明《抱朴子内篇校释》卷十《明本》,北京:中华书局 1980 年版,第 167 页。

　　从实质来讲,这种功利性精神指导下的自然观很难产生优美的山水诗。但事实上,道教徒接近自然山林的生活方式毕竟为山水诗的产生提供了写作素材。而且,这些入山修道者大多是士族知识分子,他们身处思想界佛、道、玄多元并兴的社会环境中,思想也受到多种因素包括佛玄义理的浸润,于是修道于名山胜境时,实用的目的往往与审美欣赏相结合,采药兼游名山成为一种生活方式。如王羲之去官之后,隐居会稽,与“东土人士尽山水之游”①。但同时又“与道士许迈共修服食,采药不远千里”②,他游山玩水,欣赏美景与采药炼丹、服食求仙当是同时进行。支遁也说:“登山采药,集岩水之娱。”③赏玩山水与采药合丹融为一体。东晋庾阐《采药诗》虽写灵芝仙草,却也描述了仙药生长的优美环境,并且表现自我在仙气氤氲的美景中陶醉迷失之情。而保存于道经中的道士诗作,有的是修炼过程中自我体验的描述,有的是对修道环境的描绘。而后者中则多有山水描写成分,有的甚至可以算作是优美的山水诗了。如《真诰》载女仙萼绿华赠羊权诗:“神岳排霄起,飞峰郁千寻。寥笼灵谷虚,琼林蔚萧森。”④描写南山雄伟壮丽的景色,如陈目前;又有杨羲假托右英夫人所作数首诗“松柏生玄岭,郁为寒林桀,繁蕤盛严冰,

---

　　① [唐]房玄龄等《晋书》卷七十九《王羲之传》,北京:中华书局 1974 年版,第2101 页。

　　② [唐]房玄龄等《晋书》卷七十九《王羲之传》,北京:中华书局 1974 年版,第2101 页。

　　③ 支遁《八关斋会诗序》,逯钦立辑《先秦汉魏晋南北朝诗》之《晋诗》卷二十,北京:中华书局 1983 年版,第 1079 页。

　　④ 萼绿华《赠羊》,逯钦立辑《先秦汉魏晋南北朝诗》之《晋诗》卷二十一,北京:中华书局 1983 年版,第 1096 页。

未肯懼白雪"①及"清静顾东山,荫景栖灵穴。愔愔闲庭虚,翳荟青林密"②。所描绘的山林环境清雅秀丽,笼罩于一片仙气氤氲的氛围中。这些作品对于山水描写技法的提高有积极的意义。从这些分析中可以看出,具有实用功利性的道教自然观本身并不是山水作品产生的直接思想渊源,却间接促进了诗文中山水成份的发展与成熟。

二、道家山水自然观

在中国传统文化中,儒家立足于现实社会,力图论证社会秩序存在的合理性,强调主体应该服务于社会,服从社会的要求,而道家则立足于自然,认为人是自然的一部分。主张去伪除饰,回归自然状态。认为理想的生活方式应摒弃外界社会强加于个体的一切束缚,与自然和合为一,所以道家学说对于自然山林的热爱与欣赏是其他学派无可比拟的。《老子》五千言中,虽然没有表示自然景物之意的自然。但他提倡返朴归真的境界实际已经提出超脱社会桎梏,接近自然山林而生活的要求;而《庄子》中的有道之士则大都与山林自然密切相关,他所推崇的理想人格—神人便居住于藐姑射山,许多智者仁人也往往喜欢在山林旷野中倘徉思索,如知北游于玄水,黄帝游赤山、登昆岭,列子在广漠之野御风而行,庄子与惠子游辩于濠梁,他们都在接近自然的

---

① 杨羲《右英作》,逯钦立辑《先秦汉魏晋南北朝诗》之《晋诗》卷二十一,北京:中华书局 1983 年版,第 1113 页。

② 杨羲《右英作》,逯钦立辑《先秦汉魏晋南北朝诗》之《晋诗》卷二十一,北京:中华书局 1983 年版,第 1113 页。

游处中感受到乐趣："山林欤？皋壤欤？使我欣欣然而乐欤"①。

自然一词最早出现于《老子》中："人法地，地法天，天法道，道法自然。"②这个自然虽没有自然风景物之意义，但表示一种本能地存在于事物中起作用的力量与自自然然没有人为影响痕迹的生存状态。生活于社会中的个体已经不具备这种状态，而外界万物的状态则更符合"自然"即"道"。这里"道"与"自然"成为一体，后世阮籍云："道即自然。""道"在道家哲学中是最高的精神实体，它上可推演于形而上学的宇宙论，下可落实为可实践体验的人生哲学，而且它无所不在："东郭子问于庄子曰：'所谓道，恶乎在？'庄子曰：'无所不在。'"③而对于道的把握方式恰如张伯伟先生在《目击道存——《庄子》对道的把握方式》一文中所说，是"以忘我为基础，以物化为途径，以得一（体道，笔者注）为目的。"忘我物化便是庄子《齐物论》的梦蝶境界：融自我于外物之中，毫无间然。如同游于濠梁上观鱼"庄子曰：鰷鱼出游从容，是鱼之乐也。"徐复观先生云："庄子所代表的是以无用为用，忘我物化的艺术精神。……庄子是以恬适的感情和知觉，对鱼作美地观照，因而使鱼成为美地对象。"④庄子以恬淡闲适的心情来观照濠水中的鱼儿，认为其轻松闲逸，内心愉悦。其实这种感觉本是主体内心之情投射于外景之上，内心却以为是因外景而引起，所谓鱼之乐其实是主体之乐，二者已经融合无间，恰如简文入华林曰："会心处不必在远……觉鸟兽禽鱼，自来亲人。"⑤这也是道

---

① ［清］郭庆藩《庄子集释》卷七《知北游》，北京：中华书局 1961 年版，第 765 页。
② 朱谦之《老子校释》第二十五章，北京：中华书局 1984 年版，第 103 页。
③ ［清］郭庆藩《庄子集释》卷七《知北游》，北京：中华书局 1961 年版，第 748 页。
④ 徐复观《中国艺术精神》，沈阳：春风文艺出版社 1987 年版，第 86 页。
⑤ 余嘉锡《世说新语笺疏》，上海：上海古籍出版社 1993 年版，第 121 页。

家自然观的反映。简文帝与鸟兽的会心与庄子体验鱼之乐,异曲同功,都是因为胸无间然,物我一体,并在物我和谐交流中感受到审美的愉悦。

从以上分析中可以看出道家自然观有两方面内容:其一,自然万物中蕴含道;其二,山水自然有怡情之效。这两个方面又互相融贯,通过在物化之境感悟体验到道,并获得审美的愉悦。它的特色是尽力推衍主体之精神而至于自然万物,以我之心而等同于万物之心,从而体会到心中玄理(道)与自然万物中的道是同一的。于是自然万物中所蕴之道便自动呈现,与主体心中玄理相呼应,在物我交融的状态中(境界)感受自然景物美的形态和与道冥合的精神状态带给主体心灵的抚慰。

魏晋时期,玄学流行于社会,道家自然观也随之进一步发展。"自然"成为高于人间世的理想之境,被赋予超尘脱俗的道德色彩。而且,随着汉末希企隐逸之风的进一步盛行,乐山好水成为一代风尚,于是,蕴含于自然中的道就主要集中到山水之中,山水成为道的化身与载体。这种自然观对于文艺理论与文学创作都有影响。在画论方面,宗炳提出"山水以形媚道",认为自然山水中蕴含至道,并通过外在美的形态妩媚地表现出来,而主体通过"澄神观道"便可以体会到。道家自然观影响及于文学,首先是在陆机、左思、郭璞等的招隐诗和游仙诗中将自然描绘成为清旷高洁的理想之境:"隐士托山林,遁世以保真"[①];陆机招隐诗中有关于山中清静鲜洁的景色:"激楚伫兰林,回芳薄秀

---

① 张华《招隐诗》,逯钦立辑《先秦汉魏晋南北朝诗》之《晋诗》卷三,北京:中华书局1983年版,第622页。

木。山溜何泠泠，飞泉漱鸣玉。"①郭璞游仙诗将山林与世俗生活环境对举："京华游侠窟，山林隐遯栖。朱门何足荣，未若托蓬莱"②。在此基础上，玄言诗人则远离尘俗，将自然当作悟及玄理的媒介。如王羲之《兰亭诗》："仰望碧天际，俯磐绿水滨。寥朗无崖观，寓目理自陈。"仰望春日湛然清新的天空，俯察曲水流芳碧草清清的河岸，悠然忘我而与物冥合，胸中玄思与山水所蕴之理遥相呼应，主体由此而获得精神愉悦。这便是孙绰所说"方寸湛然，固以玄对山水"③。另一方面，因为山水的怡情功效，所以它也可以作为转移情感的手段或散怀避世的场所。王徽之云："散怀山水，萧然忘羁"④；王肃之《兰亭诗》亦云："今我斯游，神怡心静。"⑤在优美的自然山水中感受到内心与外物相处和谐的欢乐。孙绰所谓"屡借山水，以化其郁结"，便是说既可以因为山水怡情而忘怀不悦，又可以因为体悟至理而超越俗累。虽然在这里化其郁结的方式主要是理的感悟（即以理遣情）而非因为自然山水外在形态美的欣赏，但不可否认，玄言诗中有关山水形态的描绘为以后山水诗的产生与发展奠定了基础。

总之，道家自然观注重物我和谐的审美精神在魏晋时期获得了新的发展，它在启发玄言诗的景物描写与山水诗产生方面

---

① 陆机《招隐诗》，逯钦立辑《先秦汉魏晋南北朝诗》之《晋诗》卷五，北京：中华书局 1983 年版，第 690 页。

② 郭璞《游仙诗》，逯钦立辑《先秦汉魏晋南北朝诗》之《晋诗》卷十一，北京：中华书局 1983 年版，第 865 页。

③ 余嘉锡《世说新语笺疏》《容止》篇，上海：上海古籍出版社 1993 年版，第 616 页。

④ 王徽之《兰亭诗》见逯钦立辑《先秦汉魏晋南北朝诗》《晋诗》卷十三，北京：中华书局 1983 年版，第 914 页。

⑤ 王徽之《兰亭诗》见逯钦立辑《先秦汉魏晋南北朝诗》《晋诗》卷十三，北京：中华书局 1983 年版，第 914 页。

有不可忽视的作用。

三、佛教自然观

　　佛教自初传时起便与自然有不解之缘。释迦牟尼悟道是在
"山林郁茂,清流盈岸"①的尼连禅河畔的菩提树下,涅槃是在阿
利罗跋提河边娑罗林双树间。佛陀在世时常常教导弟子要"在
无事处,或至树下空安静处。山岩石室,露地穰积,或至林中,或
住土冢间"②,宴坐修炼而达到禅定境界;金刚子启发阿难时亦
云:"山林静思惟,涅槃令人心。瞿昙禅无乱,不久息迹证"③;《大
智度论》载佛说法多住耆阇崛山,耆阇崛山清净鲜洁,受三世佛
及诸菩萨,更无如是处……是中净洁,有福德,闲静故"④。《长老
偈》是佛陀声闻弟子诵出的一部偈子总集,得到阿罗汉果位的高
僧大德在叙述他们修道的过程大同小异:都是听佛说法,生信出
家,林中修观,证得阿罗汉。远离尘嚣,居于山林,在幽静的自然
环境中参禅悟道,这是他们修炼的必经之途。在他们诵出的偈
子中,多有描述修道山林美景之语,并回忆这种赏心悦目之景给
自己带来的心灵平和与愉悦,如大迦叶偈谓:"山水何其清,石岩

---

　　① 〔东晋〕僧伽提婆译《中阿含》卷五十六,见《大正新修大藏经》卷一,台北:财
团法人佛陀教育基金会出版部1990年版,第777页。
　　② 〔东晋〕僧伽提婆译《中阿含》卷三十六,见《大正新修大藏经》卷一,台北:财
团法人佛陀教育基金会出版部1990年版,第657页。
　　③ 〔东晋〕僧伽提婆译《中阿含》卷八,见《大正新修大藏经》卷一,台北:财团法
人佛陀教育基金会出版部1990年版,第474页。
　　④ 龙树作、〔姚秦〕鸠摩罗什译《大智度论》卷五,见《大正新修大藏经》卷二十
五,台北:财团法人佛陀教育基金会出版部1990年版,第79页。

何广平,猴鹿常出没,树花时坠溪。身在此山岗,我心常喜悦。"①
在平和愉悦之境地,心注一境,修炼禅观,从而断诸漏,证涅槃。
从这些资料中我们可以看到印度佛教对待自然的基本态度:
(一)在清净鲜洁,闲静无事的山林中独处静思是修炼禅观、证得
涅槃的必由之路。(二)证得涅槃,断诸漏,心灵的开悟是主体内
心潜心修炼的结果,山林自然只是提供了修行环境,使人心神安
适,性情平和,在这种状态下容易进入涅槃之境,并没有山林载
道喻道之意。这与道家自然观中人与自然和合为一,山水中蕴
含至理的观念迥然有别。(三)山林虽可以使人心神安适,性情
平和,但人只是在静观默察自然的美好,并未与之融为一体。

　　然而,佛教在中土的流播发展过程也是它逐步融入中国文
化的过程。东晋时期,佛玄合流已经成为时代思潮,佛教义理与
玄学思想互相影响,佛教自然观也不可避免地受到了道家自然
观的影响。其中,支遁、释慧远起了重要作用。支遁兼通佛玄,
以佛家般若学理论阐述《庄子》时创新义,又主张"即色游玄",即
不离现象而悟及事物空的本性,这种方式在思路上与玄学将山
水视为"道"的化身颇为一致。释慧远年少时"博综六经,尤善
《庄》《老》"②,后皈依佛门,戒律精严,理论高妙,在晋末僧俗二界
都享有极高的声誉,其"法性论"以为"至极以不变为性,得性以
体极为宗",博得鸠摩罗什的叹赏。在对待自然山水的看法上,
他认为佛的法身是最高精神本体,与道家之"道"一样无所不在:
"法身之运物也,……不物物而兆其端……若乃语其筌迹,则道

---

①　邓殿臣译《长老偈长老尼偈》,中国社会科学出版社1997年版,第193页。
②　[梁]释慧皎《高僧传》卷六《释慧远传》,北京:中华书局1992年版,第211页。

无不在"①,所以"神道无方,触象而寄"②,这样,山河大地,林木丘壑都成为"法身"的呈现。在这种自然观的观照之下,一切外物都笼罩着灵性的光辉,主体可以从中体玄悟道。可见佛教自然观经过东晋一代的发展,已经与道家自然观趋于合流。

佛教自然观在发展中依旧保持了独立于自然之外而静观默察山水外物的特色,这一观物方式与道家自然观"玄对山水"截然不同,它比较注重自然山水本身千姿百态的物象变化,带有审美的意味;而后者仅是把自然山水看作是胸中玄思的象征。这一点在《庐山诸道人诗序》中表现得较为集中明显。在序文中,他们明确声称自己这次大规模游山的目的便是"因咏山水"③,为了一睹悬濑险峻、倾岩玄映的石门奇观。虽然在序文之末尾他们也提到了"众山倒影,开阖之际,状有灵焉"④,但在此之前,怪松芳草,清泉分流的石门美景已经给他们带来"众情奔悦,瞩览无厌"⑤的审美享受,他们是以审美的眼光来关注自然风物,欣赏其本身之美,以自然作为悟理传意的意象来源。这种玄学化的佛教山水自然观对文艺理论的影响集中表现于宗炳的《画山水叙》,所谓"神本无端,栖形感类,理入影迹"是也。如此,这里的山水自然不仅可以作为体玄悟道的对象,其本身也具有了相对

---

① 东晋 释慧远《佛影铭序》收入《广弘明集》卷十五,见《大正新修大藏经》卷五十二,台北:财团法人佛陀教育基金会出版部 1990 年版,第 198 页。

② 东晋 释慧远《佛影铭序》收入《广弘明集》卷十五,见《大正新修大藏经》卷五十二,台北:财团法人佛陀教育基金会出版部 1990 年版,第 198 页。

③ 庐山诸道人《游石门诗序》,逯钦立《先秦汉魏晋南北朝诗》《晋诗》卷二十,北京:中华书局 1983 年版,第 1086 页。

④ 庐山诸道人《游石门诗序》,逯钦立《先秦汉魏晋南北朝诗》《晋诗》卷二十,北京:中华书局 1983 年版,第 1086 页。

⑤ 庐山诸道人《游石门诗序》,逯钦立《先秦汉魏晋南北朝诗》《晋诗》卷二十,北京:中华书局 1983 年版,第 1086 页。

独立的审美价值。这也是晋宋之际山水文学勃兴的重要思想因素，这种自然观在支遁、慧远及庐山诸道人以及谢灵运的山水诗文中都有所体现。

上述几种自然观在晋宋时期皆有发展，而且相互影响。在这里应该补充说明一点，儒家学说在晋宋时期虽然不占主导地位，但它对士人思想的影响也是不容忽视的。它对于自然的看法比较单一，大致不出《论语》中所记载孔子的观点："智者乐水，仁者乐山。"①皇侃《论语集解义疏》解释说："乐山水是明智者之仁性。"可见，儒家认为自然山水之所以能被人所欣赏，并非因为自然本身具有美的形态，而是因为山水蕴含之精神符合了人具有的某种美德，欣赏山水，毋宁说是欣赏个体美好纯懿的品德。这便是孔子所谓的"比德"②，后世文人多有借自然物而寄托自我高贵品质者，如陶渊明田园诗中多有芳菊、孤松之意象，便是受到儒家自然观"比德"思想影响。这里，如果说乐山乐水是审美享受的话，那么这种审美享受主要来源于"观山"、"观水"所引发的道德联想。注重道德精神而不是审美意识，这是儒家自然观的基本特色。

从总体来讲，儒家、道家之自然都具有明显的道德色彩，儒家学说是以人之高贵品德比附于自然外物，而道家以自然境界为高出人间世的清旷之域。自然之精神与人格主体之精神息息相关。但儒家完全以道德精神来观照自然，而道家却具有明显的审美色彩；道教与佛教初传时都将山林作为修炼的场所与必

---

① 程树德《论语集释》卷十二《雍也》，北京：中华书局1990年版，第408页。

② 《荀子·法行篇》引孔子语"夫玉者，君子比德焉"以为君子喜欢玉的原因在于玉的许多特性可以与君子的品格相比附。见杨柳桥《荀子诂译》卷三十《法行》，济南：齐鲁书社1985年版，第845页。

经阶段,人与山林的关系是静观默察而非和合为一。但道教自然观仅止于此,所以具有明显的功利色彩,佛教自然观在发展中又吸收了道家自然观"道寓山水"的观点,认为法身无形,无所不在。于是自然万物便具有了灵性的光辉,这也是东晋时期佛玄合流的时代趋势自然产生的结果。这几种自然观在晋宋时期对于士人的思想都有影响,正是在佛道自然观的双重影响之下晋宋时期才产生了山水诗与山水画。

(原载于《古籍研究》2002 年第 5 期)

六朝琅邪王氏家族文学传统论略

内容提要：文学是六朝门阀士族家学的重要内容，本文重点探讨琅邪王氏家族在六朝时期的文学传统，对王氏子侄在两晋南朝文学创作的情形作了概括性梳理介绍，并阐释其创作在山水文学的发展、诗文声律的探索及推动南北文风融合等方面所起的积极作用。而尚文的社会风气及家族子侄聚而论文的习俗是家族文学传统世代延续的根本原因。

关键词：家学　文学传统　琅邪王氏　尚文之风

钱穆先生在《略论魏晋南北朝学术文化与当时门第之关系》时说："当时门第传统共同理想所希望于门第中人，上自贤父兄，下至佳子弟，不外两大要目：一则希望其能具孝友之内行，一则希望其能有经籍文史学业之修养，此两种希望，并合成为当时共同之家教。其前一项之表现，则成为家风，后一项之表现，则成为家学。①文学传统为门阀士族家学的重要内容。作为六朝士族之首的琅邪王氏亦不例外，自魏晋时期的王祥、王览兄弟始世

---

① 钱穆《中国学术思想史论丛》台北：东大图书公司 1977 年版，第 171 页。

系绵延十一代,文学传统是其家族文化传统的重要内涵。检索
《隋书·经籍志》、《旧唐书·经籍志》和《新唐书·艺文志》所存
目录,王氏家族除第一代、第二代未见文集存目外,其余各代均
有文集传世,越到后世文学作品数量越多,内容也更为丰富,共
计 30 余人近 400 卷作品。本文将重点考查六朝王氏子侄的文
学成就及家族文学传统的形成原因。

一、两晋时期王氏子侄的文学创作

两晋时期的王氏子侄虽然活跃于当时的文化舞台上,但多
以玄学清谈被人推崇,文学成就并不突出,如王祥、王览不以能
文知名,王戎、王衍与王澄除政治上的成就之外,皆以玄谈名士
为世人所知,他们既乏精微深闳之理论建树,亦无抒写性灵之文
学创作。王氏第三代子侄中王旷、王导、王敦、王廙虽皆有别集
传世,但其政治军事上的成就都掩盖了文学上的光芒,只有王廙
除武功外尚以工书画、善音乐与能属文著称,当时有集三十四
卷,但现在仅存诗一残篇,文赋书 9 篇而已,难见其风格。王敦、
王旷及王导皆诗歌无存,王敦文余 9 篇,皆为表、疏之类庙堂之
作,但《上疏言王导》、《上疏罪状刘隗》等疏文却气盛言宜,明白
畅达,非冠冕堂皇、内容空虚的官样文字。王旷仅余书信两残
篇。王导存文 21 篇,主要是疏、表、书之类,《遗王含书》、《与从
子允之书》皆为情真意挚的抒怀之作,动之以情,晓之以理,为了
保身全家对家族子侄谆谆劝导,良苦用心跃然纸上。王廙子王
胡之据《隋志》所记有集十卷,现存文四篇、诗两篇,诗为《赠庾翼
诗》与《答谢安》各八篇,皆为四言。当时五言虽然逐步成熟,但
毕竟还算是新生事物,四言诗以其传统典雅而依旧流行,王羲之

与诸名士在兰亭雅集时规定与会者每人做四言、五言诗各一首，颇能体现时人对诗体的接受程度，王胡之皆以四言诗为应酬赠答之体式，由此可见其文学观念偏于保守。

王彪之为王彬之之子，王彬之虽无集流传，但其能在兰亭雅集中为四言、五言各一首，亦可见其才气。彪之余文 40 篇，"彪之博闻多识，练悉朝仪，自是家世相传，并谙江左旧事，缄之青箱，世人谓之"王氏青箱学"①。文除两三篇抒怀咏物赋作残篇外，表、疏、议、书等基本都是在探讨评论相关朝廷及婚丧礼仪问题。而其诗仅存四残篇，却呈现出不同于当时诗坛玄虚缥缈的风格，《登会稽刻石山诗》基本已是完整形象的山水诗，而《与诸兄弟方山别诗》残篇则能感受到兄弟离别的无奈与难舍。《游仙诗》及《登治城楼诗》残篇则有玄言诗的风味，可见其诗歌风格应当是复杂多变的。这一代王氏子侄中文学成就最高者当推彪之族兄王羲之。王羲之有集十卷，现存诗《兰亭诗》六首及《答许询》二残篇，基本属于玄言诗的风貌，但又比孙、许的玄言诗多了自然景物的描写成分，通过山水自然而悟理也成为当时文人一种思维方式。王羲之文除 12 篇笺、书、序之外，尚有数百条书法杂帖和一篇《兰亭集序》，后者在自然美景的欣赏感受中表达了缠绵悱恻的对生命的无限留恋之意，其笺、书大部分为气势凌人而又逻辑缜密的议论时政文字，如《与会稽王笺》、《又遗殷浩书》、《遗谢安书》等，亦有《与谢万书》一样语言平易、内容闲散之作。而书法杂贴涉及日常生活的方方面面，语言朴实无华，娓娓道来。王羲之在当时是一个很有特色的文学家，但他的文学成

---

① ［南朝宋］沈约《宋书》卷六〇《王淮之传》，中华书局 1974 年版，第 1623—1624 页。

就被其书圣的光华所遮盖。

王献之的文学才华不如其父王羲之,在兰亭雅集中不成诗而被罚三巨觥①,《隋志》注言其有集十卷,现存诗仅《桃叶歌》三首,颇具民歌风情,文除书、表 5 篇外尚有杂贴近百篇,风格与其父相似。王珉与王珣兄弟才气相当,《隋志》记其各有集十卷,十一卷,二人诗歌几乎无存,文仅数残篇,难见其风貌。王谧亦诗歌无存,文仅有 7 篇,其议论文字以佛教信仰为基础,结合儒家理论,没有咄咄逼人的气势,但析情论理,言之有据,且刚柔相济,显示了较高的理论素养,如与桓玄往来辩难的沙门是否应该礼敬王者问题的几篇文章颇能代表其文风。

魏晋时期,王氏家族作为世代传承的文化世族,具有崇高的政治地位与社会地位,但子侄的文学成就却并不彰显。南北朝时期,这种情形有了变化,专注于文学者日多,在当时文坛上的影响力也大大增加。某些特定的支脉,如王昙首、王弘兄弟为王洽后人,兄弟二人在当时是以杰出的政治家而知名,文学才能并不凸显。他们的后裔是琅琊王氏最为贵盛的分支,注重家族的文化传统,在文学成就较大的王氏子侄如王僧达、王融、王僧绰、王俭、王褒、王僧虔、王楫、王筠、王胄等皆属此系。另还有王弘之侄王微,及王微侄王僧祐及僧祐子王籍在当时皆以文学知名。

二、南北朝时期王氏子侄的文学创作

第六代王氏子侄基本跨越晋宋两代。王诞为王导从曾孙,少以才藻知名;王韶之以史知名却也擅长文学创作,王敬弘《隋

---

① ［宋］桑世昌《兰亭考》。

志》言其有集五卷,现诗歌无存,而文仅存六篇,风格内容与王韶之类似。王昙首、王弘兄弟为王洽后人,《隋志》皆记有集传世,但二人诗文所存不多,风貌难辨。王僧达为王弘少子,《隋志》言其有文集十卷,现仅存文7篇,诗5首,文以表、书等应用文章为主,是对仗工整,讲究平仄的骈体文字。其诗风清浅流利,颇异于板滞典重的主流诗风。钟嵘在《诗品》将王僧达与谢混、王微、谢瞻、袁淑相提并论,置于中品,认为他们成就相当,风格近似,"源出于张华,才力苦弱,故务其清浅,殊得风流媚趣。"①在六朝文论与艺术理论中,风流媚趣即"风流萧洒,婉约柔媚"②与筋脉骨力为相对的范畴,而张华"儿女情多,风云气少"的创作即此五人诗风清浅风流之意也。王僧达诗作确有此特色,但王微情形却稍有不同。

王微与僧达同为第七代王氏子侄,他多才多艺,善属文,兼解音律,为文之风格与时风颇有不同之处,"微既为始兴王浚府吏,浚数相存慰,微奉答笺书,辄饰以辞采。微为文古甚,颇抑扬……"王微写给从弟僧绰的信中亦言:"且文词不怨思抑扬,则流澹无味。文好古,贵能连类可悲,一往视之,如似多意。"表明自己的文学观念,认为情感上怨思抑扬可以使文章显得摇曳生姿,趣味横生。存文9篇,大都体现其抑扬顿挫,以情动人之特色。所存五言诗仅五首,难窥全貌,但即使传统游子思妇题材也写得颇为清劲古健,不同流俗,所以钟嵘才会在《诗品中》江淹条言:"筋力于王微。"另外,据《诗品序》可知王微曾撰写过辨析文体的理论著作《鸿宝》,其内容已不可考知,但《文境秘府论·天卷·

---

① 曹旭《诗品集注》,上海:上海古籍出版社1994年版,第277页。
② 曹旭《诗品集注》,上海:上海古籍出版社1994年版,第281页。

四声论》引齐太子舍人李节的《音韵决疑》序言中说"吕静之撰《韵集》，分取无方。王微之制《鸿宝》，咏歌少验。平上去入，出行闾里，沈约取以和声之，律吕相合。"①时人论四声，多以五音配之，王微知音晓律，《鸿宝》当也有关于四声的精微论述，他提出了相关的理论，却没能在创作中践行，所以言"咏歌少验"。王微四声理论的内容已不可考，其族孙王融却是永明声律的代表人物。

王融博涉而有文才，是萧子良政治文学集团的核心人物。他与谢朓、沈约一样在创作中讲究四声与平仄对仗，是永明新体诗的倡导者与实践者。王融依旧以五音比四声，宫商与二仪俱生，认可范晔与谢庄在这方面的理论，时人对其在音韵方面的成就颇为推崇，认为"王元长创其首，谢朓沈约扬其波。三贤咸贵公子孙，幼有文辨，於是士流景慕，务为精密，襞绩细微，专相凌驾。故使文多拘忌，伤其真美。"②《隋志》记王融有集十卷，明张浦辑有《王宁朔集》，现存文 58 篇，多是启、表、疏等应用性文字，《文选》中收录的《三月三日曲水诗序》辞藻华美典雅，名动南北。诗 107 首，其中乐府诗 42 首。王融诗作内容较为丰富，有乐府诗，送别诗、赠答诗、玄言诗、奉和应制诗、咏物诗、游戏诗等。42 首乐府诗中亦有沿用汉乐府旧题者如《三妇艳诗》、《有所思》、《青青河畔草》等，还有即事名篇的乐府新题《法乐辞》《江皋曲》。而送别诗、赠答诗等颇有借景抒怀之意，《杂体报范通直诗》、《萧谘议西上夜集诗》《别王丞僧孺诗》《寒晚敬和何徵君点诗》等皆是此类，这些诗景物描写细腻生动，清新优美，情感也只是一种

---

① 王利器《文镜秘府校注》，北京：中国社会科学出版社 1983 年版，第 104 页。
② 曹旭《诗品集注》，上海：上海古籍出版社 1994 年版，第 337 页、340 页。

淡淡的忧伤。咏物诗虽在内容上无可多言者,但在诗歌的艺术形式方面雕琢刻画,提高了诗歌的艺术表现技巧,呈现一种精致细腻之美。其游戏笔墨最有特色,王融有《游春回文诗》、《后园作回文诗》两首,另有《双声诗》一首,虽为迁就声律诗意有些艰涩牵强,但毕竟是把新兴的音律知识运用到创作中来,与梁武帝的《五字叠韵诗》同样体现了时人在声律方面的探索与实践。钟嵘在《诗品》中虽然肯定其"有盛才,词美英净"①,但依旧将其列为下品。总体而言,王融之诗虽没有宏大开阔的境界,但他在诗歌声律方面的探索具有开风气之先的意义。

王僧祐为王微弟王远之子,《隋志》言有集十卷,但现在诗文不传,其子王籍入《梁书·文学传》,去世后文集行于世,《隋志》失载,或当时已经散佚,现文已不存,诗余两篇,一是《樐歌行》残篇,另一即为《入若邪溪诗》,其中"蝉噪林逾静。鸟鸣山更幽"两句以动写静,以响传寂之方法为唐人所继承,如王维"月出惊山鸟,时鸣春涧中"(《鸟鸣涧》),"竹喧归浣女,莲动下渔舟(《山居秋暝》)"皆是此种表达方式。第七代王僧虔及其子王楫、王寂及出自王僧朗一系的第十代王锡在《隋志》记载中皆有集传世,但现在诗文仅数篇而已,难睹全貌。王锡文仅存一篇,即收入《文选》的《游山寺赋》,写山寺清幽开阔之景,形象生动,极富感染力,颇异于当时的宫体之风,其子王湜虽只有一首诗的残篇,但基本可以看出是宫体风韵:"雨骤行人断,云聚独悲深。傥更逢归雁。——传情心。"(《赠情人诗》)。王僧虔一系中文学成就最高者首推王楫子王筠。

王筠幼而警寤,少年成名,颇受当时文宗沈约的欣赏推重,

---

① 曹旭《诗品集注》,上海:上海古籍出版社 1994 年版,第 454 页。

在世时便有文集上百卷流传，现存文 18 篇，体裁有赋、碑、表、启、杂记等，既有《昭明太子哀册文》、《问善寺碑》等典雅厚重、讲究平仄对仗之作，亦有《自序》、《与诸儿书论家世集》等单行散体，平易自然之文，风格多样。存诗 46 篇，他是当时萧统文学集团的重要人物，同时又与萧纲文学集团关系密切，与萧纲、庾肩吾、江总等都有诗酒唱和之作。萧统文学集团文学观念相对保守，学术活动更为丰富，而萧纲文学集团的"宫体诗"代表了当时诗歌新变的特色：重辞藻音律与平仄对偶。这两个文学集团的文学主张及风格对王筠皆有影响。其诗歌题材丰富，有山水风景、宴乐唱和、友人赠答及游子思妇等。诗风以清新流畅，浅易动人为主。其孙王胄由陈入隋，因文学才能深受隋炀帝的赏识，《隋志》记其有集十卷，现其文仅存一残篇，诗 22 首，特殊的人生经历使他的作品如同王褒一样体现了南北文风合流的趋势。

第十一代的王褒为两晋南朝琅琊王氏家族的文学传统画上了完美的句号。其父王规精通儒学，又长于史学、文学，本传中还记其有文集二十卷流传，现仅存应制诗两首，难见风貌。王褒本为梁臣，后因为金陵沦陷而历仕西魏、北周，倍受礼遇，官至太子少保、小司空，后当陈朝建立后南北朝交互往来，很多流落北地的文人得以返还家乡，只有王褒与庾信因文才卓越而留而不遣。他们在南朝博涉群书的学术修养以及所习齐梁文学重平仄声律、辞采对偶的文学训练与这种永远漂泊的异乡生活成就了独特的文学风格。《隋志》载其有集 21 卷，但后世已散佚，明人辑有《王司空集》，现存诗 48 首（包括残篇），文 26 篇，其文大多是表序碑铭类的应用文字，而沉重的乡关之思与忧生之嗟使其诗歌既有北方文学丰盈贞刚之气，又有南朝诗文婉约精致之美，开启了盛唐诗文文质兼重的先声。

以上对王氏子侄在两晋南朝文学创作的基本情形作了概括性的梳理与介绍，总体而言，他们的诗文创作在玄言诗风的革除、山水文学的发展、诗文声律的探索与运用及推动南北文风融合方面都起到了积极的作用。数十人中，尤以王羲之、王微、王融、王筠与王褒等成就最高。他们在文学史上的意义却各不相同，或体现和推动了主流文风；或不同流俗，形成自己独特的诗文风格；或开风气之先，预示了文学未来的发展方向，如此种种，不一而足。魏晋南北朝时期，这种注重文学创作的家族传统普遍存在于世家大族之中，如陈郡谢氏、兰陵萧氏等，这种文化现象的形成与出现具有多方面的原因。

三、王氏家族文学传统形成的原因

自三国时期开始，传统社会中固有的以帝王诸子为中心而形成文人集团的形式大大发展，如以三曹为核心的文学政治集团、以司马氏为中心的文学政治团体、以权臣贾谧为中心的二十四友和东晋以简文帝为中心的清谈团体，这种集团虽然都带有强烈的政治色彩，但也常常有宴乐奉和一类的应制之作。时至南朝，这种情形更为普遍。如连行伍出身的宋武帝刘裕都经常主持宴乐赋诗的雅集，不仅愿意在这种场合展示自己并不擅长的文艺才能，还对表现出色者奖赏鼓励。《宋书》及《南史》中有多处相关记载。宋明帝刘彧、宋孝武帝刘骏及临川王刘义庆也喜欢通过这样的方式招揽人才，齐梁时期王室成员普遍喜好文艺，以竟陵王萧子良、梁太子萧统及萧纲为首的文人集团对南朝文学的发展起了重要作用。而梁武帝在南齐之时本来为政治兼文学集团"竟陵八友"之一，登帝位后"旁求儒雅，诏采异人，文章之盛,焕乎俱集。每所御幸,辄命群臣赋诗,其文善者,赐以金帛,诣阙庭而献赋颂者,或引见焉"①。来自统治阶层的奖掖鼓励促进了全社会尚文向文之风气。"故词人作者,罔不爱好。今之士俗,斯风炽矣。才能胜衣,甫就小学,必甘心而驰骛。"②《诗品》中的这段话反映当时人们积极参与,以文学创作为荣的社会风气。

流风所及,士人聚而作文、论文也成为一代风尚,进而促进了文学创作与欣赏水平的提高。兰亭雅集是当时士族名流的一次郊野聚会,曲水流觞,当场赋诗是聚会的重要内容。而《世说新语·文学篇》"孙兴公作天台赋成"及"桓宣武命袁彦伯作北征赋"条都描绘了文人聚而作文、论文的情景。这种传统直到南朝还一直保持着,如王筠朗诵沈约之《郊居赋》。文人雅集除奇文共赏析之外,评价前人的作品、讨论文学创作亦是一项重要内容,《世说新语·文学》"孙兴公云:'潘文烂若披锦,无处不善;陆文若排沙简金,往往见宝。'"③,钟嵘在诗品中曾言:"朓极与余论诗,感激顿挫过其文。"④文人所研读的作品不仅包括圣者先贤之作,亦包括同时代人的作品。"孝武尝问颜延之曰:"谢希逸《月赋》何如?"答曰:"美则美矣。但庄始知'隔千里兮共明月'。"帝召庄以延之答语语之,庄应声曰:"延之作《秋胡诗》,始知'生为久离别,没为长不归'。"帝抚掌竟日。"⑤可见谢庄与颜延之对于彼此之作品非常熟悉,才能应对自如。而鲍照对于颜、谢诗文的

---

① [唐]姚思廉《梁书》卷五十《文学传序》,北京:中华书局 1973 年版,第 685 页。

② 曹旭《诗品集注》,上海:上海古籍出版社 1994 年版,第 54 页。

③ 余嘉锡《世说新语笺疏》,上海:上海古籍出版社 1993 年版,第 261 页。

④ 曹旭《诗品集注》,上海:上海古籍出版社 1994 年版,第 305 页。

⑤ [唐]李延寿《南史》卷二十《谢弘微传附子庄传》,北京:中华书局 1975 年版,第 554 页。

精确评价也是建立在熟读作品的基础之上的。

在这种尚文的社会风气之下，王氏家族作为引领风气之先的士族之首自然不能例外。王氏家族第九代①子侄王筠在《与诸儿书论家世集》曾言："史传称安平崔氏及汝南应氏，并累世有文才，所以范蔚宗云崔氏'世擅雕龙'。然不过父子两三世耳；非有七叶之中，名德重光，爵位相继，人人有集，如吾门世者也。沈少傅约语人云：'吾少好百家之言，身为四代之史，自开辟已来，未有爵位蝉联，文才相继，如王氏之盛者也。'汝等仰观堂构，思各努力。"②表现出极大的家族自豪感，这种自豪感除来自七世之中"爵位蝉连"的崇高政治地位之外，还在于"文才相继"、"人人有集"是绵延流长的家族文学传统。六朝时期门阀士族的发展与延续关键在于培养子侄的家族荣誉感与向心力，王筠自言家族的辉煌历史，勉励他们要"仰观堂构，思各努力"。对他们而言，子侄的文学成就是家族崇高的社会地位与悠久文化传统的体现。

在子侄教育与文学才能培养方面，家族内部自有教育与互相切磋学习的机制，《世说新语·文学篇》"谢太傅寒雪日内集，与儿女讲论文义"、"谢公因子弟集聚，问毛诗何句最佳"诸条再现了家族子侄在长者引导下习文的场景。这种现象在王氏家族内部亦常常出现。除此之外，兄弟子侄之间常常诗酒相对，谈文论诗，如王微《悼弟僧谦文》："寻念平生，裁十年中耳。然非公事，无不相对，一字之书，必共咏读；一句之文，无不研赏，浊酒忘

---

① 本文以魏晋时期的王祥王览兄弟为琅邪王氏家族的第一代。

② ［梁］王筠《与诸儿书论家世集》，严可均辑《全上古三代秦汉三国六朝文》之《全梁文》卷六五，北京：中华书局 1958 年版，第 3336 页。

愁,图籍相慰,吾所以穷而不忧,实赖此耳。"①"诞少有才藻,晋孝武帝崩,从叔尚书令珣为哀策文,久而未就,谓诞曰:'犹少序节物一句。'因出本示诞。诞揽笔便益之,接其秋冬代变后云:'霜繁广除,风回高殿。'珣嗟叹清拔,因而用之。"②在这样的氛围中,家族子侄的文学创作能力在潜移默化中得到培养,从事文学创作的热情与兴趣也被调动起来。

门阀士族以世代延续的文学传承自矜门第身份,既是在崇学尚文的社会风尚影响之下而出现的情形,亦从某种程度促进了这种尚文之风的流行,这种互为因果的存在方式正是当时的客观现实。

(原载于《浙江工业大学学报》2011 年第 5 期)

---

① 沈约《宋书》卷六二《王微传》,北京:中华书局 1974 年版,第 1670 页。
② 沈约《宋书》卷五二《王诞传》,北京:中华书局 1974 年版,第 1491 页。

谢灵运山水诗的多重解读

"山林丘壑、烟云泉石之趣,实自灵运发之"[①],作为一代诗风的开创者,谢灵运卓立诗坛,衣被百代词人。他现在流传下来的诗歌有 97 首(存目四首)[②]。就内容而言大致可分几类:(一)酬答唱和之作;(二)直抒胸臆之篇;(三)乐府诗类;(四)山水诗篇。但这几种诗歌在题材内容方面又有交叉融合之处:酬答唱和之时往往会有山川景物描写,山水诗篇中也不乏抒怀感物之语;清丽生动的风景画面时时出现在题目内容多沿袭古意的乐府诗里。总体看来,山水诗作在谢灵运的全部作品中占十之七八[③]。正是这些充满了奇致逸韵的山水诗篇,奠定了谢灵运在中国诗歌史上的不朽地位。本文拟在前人研究的基础之上,从谢诗的基本内涵及特征、内涵形成原因及佛学思想对其诗歌风貌的影响等几个方面来阐释康乐山水诗作的一些基本内涵与意义。

---

① [清]许学夷《诗源辨体》卷七,人民文学出版社 1987 年版,第 110 页。

② 据顾绍柏先生《谢灵运集校注》(中州古籍出版社 1987 年版)的统计。

③ 林文月先生在《中国山水诗的特质》一文的附记里,认为谢灵运现存诗 87 首(笔者注:当是未见《岭表》、《登狐山》、《入篠溪》等几首逸诗),其中 33 首为山水诗。林先生所界定的当是完全排除了赠答、咏怀、乐府类诗歌中景物描写的严格意义上的山水诗。本文所说的谢灵运山水诗则是就比较宽泛的范围而言。

一、康乐山水诗的基本内涵及特征

谢灵运充满奇致逸韵的山水诗中,景物描写与理语陈述相映生辉。其《山居赋》即云:"研精静虑,贞观厥美。怀秋成章,含笑奏理。"所谓"厥美",便是指自然景物之美;而"奏理"意谓在山水审美时悟得人生至理。"赏心"一词曾数次出现于这些山水诗文里,而且它的运用已经超越了具体的语义内涵,体现了谢客山水诗的某些本质意蕴,其间的景物描绘与抒情悟理皆以此为中心而有序地展开,所以可以说"赏心"是理解谢氏山水诗的关键词,古今学人于此有所阐发。本节拟在此基础上对它的含义再略加辨析,并以此为切入点来诠释谢诗的基本结构与内涵。

将"赏"、"心"连缀成一词是谢客首创,古今学者对其含义解说不一:《文选》李善注释为"欣赏之心";五臣注则为"识我心者";近人黄节先生在《谢康乐诗注》中取折衷态度,疏释时兼引两家之注;日人小尾郊一教授于《中国文学中所表现的自然与自然观》一书里又以"鉴赏自然之心"[①]来训释。这些说法是否恰切地表达了诗人原意?对此应作具体分析。谢氏诗文中"赏心"一词凡七见,细绎各篇旨意,它们大致可分为两类:一是指以心相

---

① [日]小尾郊一著、邵毅平译《中国文学中所表现的自然与自然观》,上海:上海古籍出版社 1989 年版,第 107 页。小尾郊一先生在文中指出谢灵运第一次使用"赏心"一词,并认为其含义与自然山水的鉴赏有直接关系:"谢灵运自觉意识到了鉴赏自然之心(即赏心),并进而打开了世人对于赏心的眼界",而且认为"赏心"意识起源于建安时代的宴游诗,"赏心的萌芽不久由于魏晋之间老庄的流行与接触自然山水的频繁而被培植起来,一直发展到谢灵运对于赏心的自觉意识"。他对于"赏心"之意溯源探本,并将其与山水自然的鉴赏相联系,诚为卓识。但对于康乐山水诗中赏心义的具体内涵却语焉不详,本文便是就此问题加探讨。

赏(交)的朋友,特别是在感悟山水方面志趣相投的知音,如"含情尚劳爱,如何离赏心"(《晚出西射堂》)等;二是表示诗人对自然美景的欣赏,"赏心不可忘,妙善冀能同"(《田南树园激流植援》)即为此意。另外需要指出的是,谢氏有时用"心赏"来表达对自然的欣赏(诗集中出现了两次),如"满目皆古事,心赏贵所高"(《入东道诗》)之类。但不管哪种用法,"赏心"都是以山水美的感悟与鉴赏为前提。

其实,以自然山水作为审美对象是魏晋以来"文的自觉"的标志之一。蒋述卓在《佛经传译与中古文学思潮》中总结山水诗的形成原因时也曾说在晋宋时期山水已经作为人类独立的审美对象而进入到文学艺术领域。① 《世说新语》中有许多这样的记载。《言语》篇说:"顾长康从会稽还,人问山川之美,顾云:'千岩竞秀,万壑争流,草木蒙笼其上,若云兴霞蔚'"②;《文学》篇载:"郭景纯诗云:'林无静树,川无停流。'阮孚云。'泓峥萧瑟,实不可言,每读此文,辄觉神形超越。'"③ 由此可见,当时名士已经具有了深入自然并欣赏其美的态度,这是山水诗形成的主观依据。逮至晋宋之际的谢灵运,继往开来,在欣赏自然美景的基础上大量写作山水诗,建立了山水诗创作的某些范式。而"赏心"之义又完整地体现这一范式及其基本内涵。

(一)康乐山水诗的基本结构

林文月先生曾对谢灵运、鲍照、谢朓三家诗集进行了统计排比,认为早期山水诗在内容与结构上"有一种井然的推展次序:

① 蒋述卓《佛经传译与中古文学思潮》,江西人民出版社 1990 年版,第 58 页。
② 余嘉锡《世说新语笺疏》,上海古籍出版社 1993 年版,第 143 页。
③ 余嘉锡《世说新语笺疏》,上海古籍出版社 1993 年版,第 256 页。

记游－写景－兴情－悟理"①，而谢灵运的山水诗作正是这种内容和结构的典型；无独有偶，周勋初先生在《论谢灵运山水文学的创作经验》中也谈到了一种唐诗的程式："先言题、中言景、后言意的写作顺序"②，而这种程式"在谢灵运的创作中得到了充分的表现，自谢灵运起，这种写法比较固定地形成了一种模式。"③所谓"言题"，便是叙述出游的机缘，即诗人是在什么样的心情、什么样的状态之下步入山水自然之中，也是林文月先生所说的"记游"；面对洁净清丽的自然风物，诗人暂时忘怀了固有的情绪，渐渐陶醉其中，以精雕细刻、穷形尽相的笔触在作品中再现寓目之景；接着，诗人在此基础之上直抒胸臆，悟理兴情。记游－写景－悟理或抒情，这是谢诗的基本结构。以《登永嘉绿嶂山》为例：

> 裹粮杖轻策，怀迟上幽室。行源径转远，距陆情未毕。
> 澹潋结寒姿，团栾润霜质。涧委水屡迷，林迥岩逾密。
> 眷西谓初月，顾东疑落日。践夕奄昏曙，蔽翳皆周悉。
> 蛊上贵不事，履二美贞吉。幽人常坦步，高尚邈难匹。
> 颐阿竟何端，寂寂寄抱一。恬如既已交，缮性自此出。

本诗前四句为记游之语。"距陆情未毕"一语透露出诗人意犹未尽，渴望继续搜剔深远的心情。但既已至此，诗人还是停了下来，驻足四望，欣赏周围的景致。这几句交代了作诗之缘起，为下文所绘之景设置了特定的心境与物境。接着八句描写寓目之

---

① 林文月《中国山水诗的特质》见《山水与古典》，台北纯文学出版社 1976 年版，第 50 页。

② 周勋初《魏晋南北朝文学论丛》，江苏古籍出版社 1999 年版，第 78 页。

③ 周勋初《魏晋南北朝文学论丛》，江苏古籍出版社 1999 年版，第 79 页。

情。深山里万籁俱寂,纯是天机,俯察山泉,凝聚着密林层翠的水面虽有重重涟漪荡漾开来,但持续不变的纹理更像是凝结的寒玉,经霜的竹叶也透露出一股清幽之气。目随涧流,山路回转,弯弯曲曲地消失在密树丛林之中。忽然诗人在一片幽暗之景中又摄入了光影的变化:"眷西谓初月,顾东疑落日。"心知已行行至夕,但感觉上昏曙已移,西边的日影仿佛是素月东升,而东面又似乎是红日西沉,所有的世俗情绪都消弥在这样封闭深邃的空间里,只是在山林掩嶂中将山中诸景历览殆尽。后八句便是在此基础之上而抒写心中的感悟。《易》之蛊卦上九是"不事王侯,高尚其事";履卦九二是"履道坦坦,幽人贞吉",正是诗人以幽人自矜,隐居不仕为高尚之意,自然流露出对这样一种生活状态的向往之情,最后又明示自己已经悟到要以恬养智,如此方会心性自明。

《登石室山饭僧》、《登石门最高顶》、《石门岩上宿》、《过白岸亭》、《晚出西射堂》、《七里濑》、《石室山》、《入东道路》、《登江中孤屿》等诗作皆是如此结构,从游览之缘起到细腻生动的景物描写再到感慨议论,每一首诗都叙述了一次完整的游赏过程,这是谢客山水诗的基本结构。

(二)谢诗"赏心"的双重含蕴

前文已述,谢诗中的"赏心"都是以山水美的感悟与鉴赏为前提。赏者,玩也。《管子·霸言》有云:"其所赏者明圣也"[①],尹知章注:"赏谓乐玩也。"这里着重表达的是欣赏主体的内心感受。《晋书·纪瞻传》谓:"立宅于乌衣巷,馆宇崇丽,园池竹木,

---

① 赵守正《管子注释》,南宁:广西人民出版社1987年版,第237页。

有足赏玩焉。"①说的也是这个意思。谢客诗文中"赏"字用例二十余处，大都与此相同。如"情用赏为美，事昧竟谁辨"(《从斤竹涧越岭溪行》)、"妙物莫为赏，芳醑谁为伐"(《石门岩上宿》)及"心契九秋干，目玩三春荑"(《登石门最高顶》)、"弄波不辍手，玩景岂停目"(《初发入南城》)等，其中的"赏"、"玩"可以互用，它们的意义与"赏心"之"赏"相同，表现的都是诗人从自然山水中得到的审美享受。他所提出的自然山水"赏心"说，虽然没有严密的理论论述，但从其诗作中我们可以理解"赏心"的具体含蕴。以《游南亭》为例：

> 时竟夕澄霁，云归日西驰。密林含余清，远峰隐半规。
> 久痗昏垫苦，旅馆眺郊歧。泽兰渐被径，芙蓉始发池。
> 未厌青春好，已睹朱明移。戚戚感物叹，星星白发垂。
> 药饵情所止，衰疾忽在斯。逝将候秋水，息景偃旧崖。
> 我志谁与亮？赏心惟良知。

该诗作于景平元年(423)初夏，这时诗人出任永嘉太守不到一年，诗歌通过描绘傍晚南亭附近的自然美景来抒发人生感受。全诗分为写景与抒情两部分，首句点明了取景赏物的时间是在雨后初晴的傍晚，接下来描绘寓目之景。"云归日西驰"勾勒出一幅彩云舒卷，红日西沉的壮丽画面。"半规"似拙实巧，生动形象地刻画出夕阳西下的图景。当读者随着诗人的描述沉浸在黄昏美景时，下文却笔锋陡转，加入叙述成分，交代了自己游南亭的原因。接着由远景转向近景的描写，"渐"、"始"二字传达出大自然不可阻遏的勃勃生机。"未厌青春好，已睹朱明移"是过渡

---

① ［唐］房玄龄等《晋书》卷六十八《纪瞻传》，中华书局 1974 年版，第 1824 页。

句,既是对上文由春到夏景物变化的总结,又隐含着青春易逝、好景不长的慨叹。

"戚戚感物叹"至"息景偃旧崖"六句细写由此而引发的心理感受:时序推迁,生命消逝,自己又衰疾缠身,为什么不离职归隐,安心养病呢?《宋书》本传中记载谢灵运为官永嘉时,"在郡一周,称疾去职"①。翻检这一时期谢灵运的诗文,也曾多次提到自己身患疾病:"徇禄反穷海,卧疴对空林"(《登池上楼》);"卧病同淮阳,宰邑旷武城"(《命学士讲书》)。可见疾病缠身确是谢灵运去职的动因之一。不过,综而论之,诗人下定决心要弃官归隐,更为主要的原因乃是希望能在自然山水中寻到某种精神的慰藉。

本诗五、六句是在近景和远景的描绘中间插入的叙述之语,表面上破坏了诗意的连贯性与读者的欣赏视角,其实诗人想说明通过自然美景的欣赏和感悟可以抚平心中的痛苦,这里强调的是山水娱人之功能。此点于其他诗作中也有所反映,如"昏旦变气候,山水含清晖。清晖能娱人,游子澹忘归"(《石壁精舍还湖中作》),自然美景蕴含着无限清晖,仿佛专为娱"我"心神而展现,使人沉浸于其中而流连忘返,获得精神的愉悦。所以诗的结尾用一设问句说:"我的归隐之志向谁表白呢?只有自然山水才是我的知己啊。"这里的"赏心"正是指对自然之美的欣赏之心,并且在欣赏中获得精神满足。这是谢灵运"赏心"说的第一层含义。

然而,"赏心"的含义并不局限于此,《登江中孤屿》中所体现的赏心意蕴则是指在欣赏自然美景的基础之上而兴情悟理:

---

① [梁]沈约《宋书》卷六十七《谢灵运传》,中华书局1974年版,第1754页。

江南倦历览，江北旷周旋。怀新道转回，寻异景不延。
乱流趋正绝，孤屿媚中川。云日相辉映，空水共澄鲜。
表灵物莫赏，蕴真谁为传？想像昆山姿，缅邈区中缘。
始信安期术，得尽养生年。

这首诗同样作于景平元年（公元 423 年）初夏，谢灵运因"出守既不得志，遂肆意游遨，遍历诸县"①，故江南江北的风景名胜游览殆尽，但诗人仍不满足，想再去江北寻找新的景致，该诗是重游永嘉江（今瓯江）时所写。从结构来讲，全诗分为两部分。前半部分记游写景，诗人乘船横渡到江北去寻新访异，道路弥远，时光匆匆而逝。突然在浪花飞溅，江水分流处，孤屿山散发着迷人的魅力闯入视野。它挺立于江中，大方而略带羞涩地向蓝天白云、碧江绿水尽展其妍丽之姿。诗人着一"媚"字，形神兼备，传达出山水的无限灵性。"媚"是谢灵运很喜欢用的一个动词，如"绿篠媚清涟"（《过始宁墅》）、"潜虬媚幽姿"（《登池上楼》）、"云日相映媚"（《初往新安至桐庐口》）等，它们与宗炳《画山水叙》中所说的"山水以形媚道"的用法如出一辙，表示诗人要从自然景色美的感悟中得到某种道理。

故诗的后半部分为理语陈述：面对如此澄澈明净的画面，令人在惊喜之余忘怀了旅途的疲倦，不禁沉浸其中，想到孤屿山与周围美景虽蕴涵着自然界的灵秀之气却无人赏识，所含至理更无人传达。言外之意是今日"我"作为知音而与之心神相契，感悟到其间至理。孤屿山的丽姿理蕴使诗人进而把它想象成云雾缭绕、远离世俗尘缘的昆仑仙境，想到若在这里修炼长生之术定能避世远祸，颐养天年。低回叹婉中，淡淡的向往与怅惘之情流

---

① ［梁］沈约《宋书》卷六十七《谢灵运传》，中华书局 1974 年版，第 1753 页。

露于诗中。"表灵物莫赏，蕴真谁为传"为全篇诗眼，"赏"即"赏心"之意，诗歌的主旨就是在妍媚动人的自然美鉴赏中兴情悟理，并获得审美享受。这种享受既是由于自然景色的美丽，也有由景悟理之后"畅神"而发自内心的愉悦。这是谢灵运"赏心"说的第二层含蕴所在。

《于南山往北山经湖中瞻眺》也是谢诗中最能体现"赏心"意蕴的山水名篇之一，诗云：

> 朝旦发阳崖，景落憩阴峰。舍舟眺回渚，停策倚长松。
> 侧径既窈窕，环洲亦玲珑。俯视乔木杪，仰聆大壑淙。
> 石横水分流，林密蹊绝踪。解作竟何感，升长皆丰容。
> 初篁苞绿箨，新蒲含紫茸。海鸥戏春岸，天鸡弄和风。
> 抚化心无厌，览物眷弥重。不惜去人远，但恨莫与同。
> 孤游非情叹，赏废理谁通。

这是诗人于元嘉二年（公元 425 年）从南山住所经巫山返还东山故居时眺望春景而作。前两句交代游程：舍舟登岸后在山脚下倚松而立，回眸瞻眺。这时已是傍晚，丛林掩映的山径显得狭窄深邃，在落日的余辉里，江中洲渚给人以空灵透明的感觉。远山林木葱茏，刚刚过去的几场雷雨催发了它们的无限生机；"戏"、"弄"以拟人化的手法活画出海鸥、天鸡怡然自得之态，为湖光山色平添了几分生命的活力。末六句又是兴情悟理之言：独赏美景，心虽眷恋，胸中却蓦然涌起浓重的孤独之感，古人已逝，知音何在？看来只有强自排解了。

"赏废理谁通"是全篇的中心，意谓赏心若废，山水之美便无人欣赏，其中蕴含的真理也没有人能够传达，山水美景将失去了存在的价值。这里，诗人发现了人与自然的契合点，正是吴淇在

147

《选诗定论》中所说的"山水自关人意,而人自钟情山水"之意。可见诗歌描摹具有视觉美感与生命律动的绝妙图景,是为了在美的观照中抒情悟理。与其他篇章的不同之处在于此处仅点到为止,而没有对理的内涵作具体的辨析,给读者留下了广阔的想象空间,这和陶渊明《饮酒》其五中"此中有真意,欲辨已忘言"的表达方式颇显一致。

从以上几首诗的简单分析可以知道,谢灵运往往带着某种情绪步入山水,在自然景物外在相态美的领略中兴情悟理。这是谢诗的基本结构。他虽一再强调"遗情"悟理,但在细致入微的景物描绘与理语生发过程中,恬静欣悦的情感始终流注其中。他所遗之情当是指障蔽心灵使其不能显露本性的世俗情感。他在诗中一方面注重描绘传达自然山川的外在之美,同时也强调感悟其中所蕴含的精神理蕴,而"赏心"之义则完整地体现了这一基本内涵。它指主体在自然山水的欣赏中获得审美愉悦,在自然美的品鉴中达到精神认识的飞跃,达到"虑澹物自轻,意惬理无违"(《石壁精舍还湖中作》)的境界,这种愉悦感既包括对山水美的追求、领略与欣赏,也包括在此基础上而悟及人生至理。这一思维过程的生发将在下文详细论述。

二、康乐山水诗特征形成原因

林文月先生以为谢诗的基本结构是"记游—写景—兴情—悟理",其实就谢诗的实际状况而言,"兴情"与"悟理"往往不可区分,并不一定是并列结构,有时景中寓理,有时理中含情,不一而足。总之,康乐山水诗巧构形似之言,注重在精雕细刻、穷形尽相的景物描写之后悟理兴情。谢诗这一基本内涵及特征形成的内在因素是什么？这部分内容拟对谢灵运的山水自然观加以分析，以就此问题略陈一己之见。

六朝时期，思想界玄佛道多元并兴，诸家自然观在当时也颇有影响。道家自然观最为典型地体现了中国传统文化中人与自然和合为一、息息相通的精神。它认为体现了宇宙自然本体之"道"无所不在，至魏晋之时，这个无所不在的道已经集中到自然山水之上。于是人可以通过玄对山水的方式使胸中玄思与山水之道相呼应，从而体玄悟理，获得某种审美享受。自然山水与人格主体融而为一是魏晋以来道家自然观的特色。

佛教自然观虽然自初传时便与山林有不解之缘，但自然山水对他们而言只是鲜洁清静的修行场所，他们所悟之理本来就蕴含于主体内心之中，与山林自然无关。但佛教在中土的流播过程也是它融入中国传统文化的过程。佛教自然观经过魏晋时期的发展，与道家自然观呈现出某种程度的融合。慧远"神道无方，触象而寄"①的理论表明当时的佛教自然观便认为山河大地、林木丘壑都可以蕴含佛之法身。但佛教自然观在发展中依旧保持了独立于自然之外而静观默察山水外物的特色，这一观物方式与道家自然观"玄对山水"截然不同，它比较注重自然山水本身千姿百态的物象变化，带有审美的意味。山林自然除了蕴含"道"、"理"之外，尚有外在形态的独立审美价值。

正是在道家自然观与玄学化佛教自然观的双重作用之下，山川林壑、风云月露才逐步进入诗人的审美领域，不仅成为他们体玄悟道的对象，而且它们本身所具有的外在相态之美也成为

---

① [东晋]释慧远《佛影铭序》，《广弘明集》卷十五，见《大正新修大藏经》卷五十二，台北财团法人佛陀教育基金会出版部1990年版，第198页。

时人的欣赏对象,并对当时的诗歌创作与文艺理论都产生了影响,引起了晋宋时期山水文学的勃兴。

谢灵运思想中有佛教、道教、道家等诸种因素。在对山水外物的看法上,他也接受了道家及玄学化佛教自然观的多重影响,与宗炳提出的"山水以形媚道"①理论深相契合。在他的眼中,自然山水不仅具有美好的外在形态,而且蕴含着宇宙人生不移之至理,谢灵运的山水诗便真实地传达了自己面对林川丘壑时的所见所感,由此可以寻绎出他对待自然山水的一些基本看法,其主要有四个方面的内容:

(一)山水是"性分之所适"

谢灵运认为山水是"性分之所适"(《游名山志序》),符合人的自然本性,而沉浮于仕途官场则违反了人的这一本性,所以要"守道顺性,乐兹丘园"(《答中书》)。因此即使在京为官时他也"未尝废丘壑"(《斋中读书》),而是将山林作为高于世俗社会的清旷之域,赋予自然以道德化色彩,明显具有道家思想特色。这一点与陶渊明的自然观极为相似,但这一项内容与本论题无关,姑置不论。

(二)"依然托想"的观物方式

谢灵运采取"依然托想"(《山居赋》)之法,将山川林壑想象为佛教弘法说经的圣地,于是山川大地、风云月露都成为佛影(法身)的化身,理趣蕴于其中。谢灵运的这一观点集中体现在

---

① [宋]宗炳《画山水序》,严可均辑《全上古三代秦汉三国六朝文》之《全宋文》之卷二十中华书局 1958 年版,第 2546 页。

《佛影铭》里。

当时颇具神奇色彩的佛影圣迹传说在社会中广为流行。佛影是佛在世之时在西域那竭国城（今阿富汗境内）南山一个石室中所留的影像，法显西游回国之后，曾叙说这件事："去十余步观之，如佛真形，金色相好，光明炳著。转道转微，仿佛如有。"[①]唐代玄奘和尚在《大唐西域记》中亦载此事："昔有佛影，焕若真容，相好具足，俨然如在。近代已来，人不遍睹，纵有所见，仿佛而已。至诚祈请，有冥感者，乃暂明视，尚不能久。"[②]佛影具有了更多的传奇色彩。这些传说表示佛影可以显现于山石之上，而且只要诚心观想，还可以相应地显现于一切自然外物之中。从某种程度来讲，佛影等同于佛的法身，即至高无上之理。这种思想或者直接启发了慧远神道"触象而寄"之论。庐山慧远法师于义熙九年在庐山立台图佛影，自作《佛影铭》；为了扩大在上层社会中的影响，他又遣弟子请当时远在京都建康的谢灵运作铭，谢灵运应邀作了这篇《佛影铭并序》。

在序文中，谢灵运叙述建台图影之缘起时便说"岂唯象形也笃，故亦传心者极矣"，明示刻绘佛影之意义并非仅取其惟妙惟肖之形似，而在于他可以传达"心"之理蕴；这个理蕴通过佛影和周围的景物而表现出来："观远表相，就近暧景。匪质匪空，莫测莫领。倚岩辉林，傍潭鉴井。借空传翠，激光发囧"，远远看去似乎可以见到佛影之形，但近观细辨之时，佛影似乎又处于若有若无之间，已经化身千亿，融入周围的岩林溪潭之中，只能感觉到一片佛影之光辉；继之又说"由其精洁，能感灵独"，因为这些山

---

① 章巽《法显传校注》，上海：上海古籍出版社 1985 年版，第 47 页。
② 季羡林等《大唐西域校注》，北京：中华书局 1985 年版，第 224 页。

川风物清静鲜洁,所以可从中感悟"灵独"。正是慧远所谓"神道无方,触像而寄"观点的具体演绎。

这种看法在谢灵运其他作品中也有所表现。《山居赋》序中云"选自然之神丽,尽高栖之意得",意谓在优美秀丽的自然山水中俯仰自若,达到神超理得的境地。所以能够如此,是因为他采取"依然托想"之法,将寓目的山山水水想象成为昔日佛陀传经说法的圣地。《石壁立招提精舍》云:"敬拟灵鹫山,尚想祇洹轨。……禅室栖空观,讲析寓妙理。"灵鹫山是古印度摩揭陀国(今印度比哈尔邦南部)都城王舍城东北释迦牟尼生时讲经说法的地方。谢灵运在《山居赋》自注中曾云:"灵鹫山,说《般若》《法华》处。"祇洹即祇园精舍,在古印度侨萨罗国舍卫城南,释迦生时曾在此地驻锡说法二十年之久。在后人心目中,这些佛教圣地已经与佛陀曾经讲述的缘起之道、空观妙理融为一体。这里谢灵运将招提精舍所处之石壁山想象成为灵鹫祇洹,于是寓目的绝溜飞越、高林映窗之景便与特定的理蕴相连了;《过瞿溪山饭僧》也是将瞿溪山想象成为灵鹫圣地,"望领眷灵鹫,延心念净土"。从而悟得"四等观",于是超越三界若海,往生于西方净土世界,谢氏对待山水自然的这一看法体现了玄学化山水自然观的精神底蕴。

(三)理蕴的两种把握方式

由于受佛道自然观的双重影响,谢灵运对山林自然所含之理有两种把握方式:一是道家式的感悟,物我形神融合无间,沉冥其中。在诗中表现为以拟人化手法使山川景物充满了知己的灵性,在物我的心智交流中实现对理的体认。如"清晖能娱人,游子澹忘归"(《石壁精舍还湖中作》),本来是自己徜徉于山水美景而不觉时光之流逝,但却感到周围云霞林壑绚烂多姿的光影变化似乎都是为娱我之心神而呈现。由此,适性轻物之道家思想由此而与诗人彼时彼地之心情深深地契合了。《初往新安至桐庐口》:"景物群夕清,对玩咸可喜",描述在行旅途中忽见江山开旷,云日相映之景时内心难以言喻的欣悦。此时已是夕阳西下时分,澄江丽日更多了几分秋日清爽的气息,面对美景,诗人内心的欣悦之情似乎辐射于山水外物之上,于是感到白云与夕阳似也具有了主体之感觉。"对玩咸可喜"之意,并非仅是指诗人而对江天美景的愉悦,也是江天美景获得了知己而具有之心情。这些景物描写都有强烈的主观色彩;谢灵运这一悟理之契机与玄言诗人以"玄对山水"的心理过程很相似。

二是佛家式的"贞观"。研精静虑、独立于自然之外去观照它,并且在诗中呈现自然风景的本来状态,再在形态各异的外物景色之间的关系变化中悟理兴情。还以《石壁精舍还湖中作》为例,出谷之时天气尚早,但流连于清晖美景,入舟时已是红日西沉。诗人细致地描绘了这一过程中寓目之景的光影变化:"林壑敛暝色,云霞收夕霏。芰荷迭映蔚,蒲稗相因依。"这里只是真实地再现了山水景物的本来状态,夜幕四合时,曾经娱人耳目的清晖美景已经形冥影灭,诗人由此而悟及世间万事万物都是因缘和合而没有永恒存在的自性。另外,《游南亭》《于南山往北山瞻眺》等诗作中景与理的关系皆与此相类似。谢灵运在诗文中对这种悟理方式多有陈述:"遗情舍尘物,贞观丘壑美"(《述祖德诗》),"研精静虑,贞观厥美"(《山居赋》),"超埃尘以贞观,何落落时胸襟"(《入道至人赋》)都是强调独立于自然之外去观察山水形态,这两种不同的观物悟理方式使谢诗呈现出多样化的风貌。

（四）以形写神

刘勰在《文心雕龙·明诗篇》里总结宋初诗歌风貌时说："情必极物以写貌，辞必穷力而追新。"[1]这正好可以概括康乐山水诗在写景状物方面的特色。谢灵运在景物描写之时最重形似："莓莓兰渚急，藐藐苔岭高。石室冠林陬，飞泉发山椒"（《石室山》）、"日末涧增波，云生岭逾迭。白芷竞新苔，绿蘋齐初叶"（《登上戍石鼓山》）等，恰似一幅幅形色俱备的工笔绘画，在潜心雕饰的景物描写中追求形似之美，使这些风景真正成为文学创作中的这一个。所以如此，是因为谢灵运认为只有这样才能传达出山水自然中所蕴含之"神"。这在他的诗文中未见相应的理论阐释，只在《佛影铭》中提到："地势既美，像形亦笃。"接着又说："彩色浮淡，群视沉觉，若灭若无，在摹在学。由其精洁，能感灵独。"强调在外表惟妙惟肖的相似中感受其"灵"，而宗炳在《画山水序》中却对这一点论之甚详。

宗炳对于山水自然之基本观点是"山水以形媚道"[2]，认为世界万物蕴含道、理，他们各自通过本身外在具体相态生动形象地将其显示出来。他的画也是极尽形似之能事，晚年患病以后，宗炳便将平生所游的名山大川图绘于四壁，自言"老病俱至，名山恐难遍游。唯当澄怀观道，卧以游之"[3]，以虚静之心去感受山水自然图景中所传之神。"神本亡端，栖形感类。理入影迹，诚能

---

① 范文澜《文心雕龙注》卷二《明诗》篇，北京：人民文学出版社 1958 年版，第 67 页。

② 宗炳《画山水序》，严可均辑《全上古三代秦汉三国六朝文》之《全宋文》之卷二十，北京：中华书局 1958 年版，第 2546 页。

③ ［南朝宋］宗炳《画山水序》，严可均辑《全上古三代秦汉三国六朝文》之《全宋文》之卷二十，北京：中华书局 1958 年版，第 2546 页。

妙写,亦诚尽矣"①,这里,"神"与"理"同义,这几句话有两重意思,代表了宗炳画论的基本内容。首先,宗炳认为天地万物之"神"②蕴藏于自然山水的不同形态中,这一点明显带有玄学化佛教山水自然观的色彩;其二,主张对自然山水进行惟妙惟肖的传写刻划,这样山水中所寓之理就随之进入画中,欣赏者在澄怀观画之时山水自然本身之"神"、描绘出来的山水之"神"与主体所具有之神便互相感应,由此而体悟山水之道,达到畅神境界。同文中他还提到:"夫理绝世于中古之上者,可意求于千载之下;旨微于言象之外者,可以取于书策之内。况乎身所盘桓,自所绸缪,以形写形,以色貌色也。"③意谓只要能够师事自然,以自然之形写自然之形,以自然之色写自然之色,穷形尽象地描绘寓目之景本来的样子,便可以传达出其中所藏之神蕴。康乐山水诗多巧构形似之言,描绘千姿百态的自然景物,这一现象似可由此而得到解释。

史传资料虽未有谢灵运与宗炳交往的明确记载,但二人都曾受到慧远思想的强烈影响,这已是不争之事实。他们在志趣爱好与艺术主张方面的精神共性也很明显。如都好寻幽探胜,在亲身体验以后,再通过艺术形式(诗或画)再现自然山水的真实风貌;谢灵运"选自然之神丽,尽高栖之意得"(《山居赋序》),注重在自然山水中体道悟理,宗炳也认为"神本无端,栖形感类"

---

① [南朝宋]宗炳《画山水序》,严可均辑《全上古三代秦汉三国六朝文》之《全宋文》之卷二十,中华书局1958年版,第2546页。

② 关于此神的具体内涵学者多有陈述,非本文所论范畴,可参阅日本志村良治先生《谢灵运与宗炳——围绕〈画山水序〉》一文(载于《齐齐哈尔师范学院学报》1988年第2期,第33—40页)。

③ [南朝宋]宗炳《画山水序》,严可均辑《全上古三代秦汉三国六朝文》之《全宋文》之卷二十,中华书局1958年版,第2546页。

（《画山水序》），自然山水中蕴含道理，澄怀对之，便可悟理畅神[1]。由此似可推断，二人在彼时彼地或曾有过一定的心智之交流。谢灵运在山水诗创作中受到宗炳理论的某些影响当也是情理之中。但也应该认识到，宗炳和谢灵运在诗与画中注重形似而传神的理论与实践在当时并非孤立之现象。晋宋之时，在山水美的表现中，存在着写实的倾向。这种写实的思想倾向，是"以再现大自然的美为其目的。……它正是从'以玄对山水'到以审美的眼光对山水的必然产物，正是从玄言诗到山水诗在艺术手段上的必然转变"[2]。

三、康乐山水诗的佛学意蕴

谢灵运一生曾多次与佛教发生因缘。但他真正地潜心于佛理的探讨，当是永初三年出守永嘉与诸道人同游并作《辨宗论》之时，也正是这一时期，他开始在诗歌作品中大力描绘山水自然，两次隐居故乡始宁时，谢灵运将自己的宗教主张付诸生活实践，日日与高僧名流讲析论道、参禅悟理，同时，他营建北山别墅，剪榛开棘，游赏无度，足迹踏遍了故乡的山山水水，并且登高而赋，临水必咏，山水诗的风格趋于成熟，名动京邑。由此可见就谢灵运而言，探讨佛理与大力创作山水诗二者是在同一时期进行。

个体思想会不可避免地影响到他的艺术创作。所以谢灵运的佛教思想与他的山水诗作之间应当有内在的有机联系。近些

---

① 此段论述曾参阅日本志村良治先生《谢灵运与宗炳——围绕〈画山水序〉》一文，见《齐齐哈尔师范学院学报》1988年第2期，第33—40页。

② 罗宗强《魏晋南北朝文学思想史》，中华书局1996年版，第199页。

年来,由此角度入手而研究谢灵运之山水诗的有张国星、李炳海、齐文榜等诸位专家学者①。这一部分内容计划在前贤时哲研究的基础上,就此问题略陈己见。

(一)山水诗累起—伏累—灭累而证理的思绪流程

谢灵运在宗教实践方面提倡通过参禅修定、观想念佛而至顿悟之境,证得般若性空之理体。他的顿悟主张认为佛性当有,但触物生累,主体因此昏昏终日,但经过有意识地自我修炼,可以暂时忘却外累,达到"理暂为用"(《与诸道人辨宗论》)的伏累状态,如此便可以在境意相会的电光石火的刹那间灭累而达到自性光明,证悟理体的顿悟境界。谢灵运的山水诗从表层模式看是记游—写景—抒情悟理这样一种井然的推进次序,但从深层结构来讲却可以说是一个触物起累—伏累—灭累而证悟理体、达到自性光明的思绪流程(这个过程谢灵运在《辨宗论》中有所论述)。以《石壁精舍还湖中作》为例:

> 昏旦变气候,山水含清晖。清晖能娱人,游子憺忘归。
> 出谷日尚早,入舟阳已微。林壑敛暝色,云霞收夕霏。
> 芰荷迭映蔚,蒲稗相因依。披拂趋南径,愉悦偃东扉。
> 虑澹物自轻,意惬理无违。寄言摄生客,试用此道推。

该诗作于诗人第一次隐居始宁时,大致是在元嘉二年左右。石壁精舍是谢灵运归隐后在始宁北山而修建的精舍,是诗人参禅悟理,招致名僧,大开法会讲筵的处所。《山居赋》中描绘众僧

---

① 张国星《佛学与谢灵运的山水诗》,《学术月刊》1986年第11期,第60—67页。齐文榜《佛教与谢灵运及其诗》,《文学遗产》1988年第2期,第49—56页。李炳海《慧远的净土信仰与谢灵运的山水诗》,《学术研究》1996年第2期,第78—82页。

相聚的盛况："远僧有来,近众无阙。法鼓朗响,颂偈清发。散华霏蕤,流香飞越。析旷劫之微言,说像法之遗旨。"地点便是在这里。这首诗当是暮春傍晚时分,诗人在石壁精舍修禅出定之后,步出山谷,乘船回归南山旧居之时于途中之所见所闻所悟感。

从结构来看,这首诗可分为三个层次,前六句为记游之笔;次四句为客观之景语;末六句为抒情悟理之言,明白地陈述诗人所悟之理与悟理后内心的愉悦之情。从另一角度而言,这首诗可以看作是触物生累,以理伏累、灭累顿悟的过程。第一个层次是触物生累。"累"可以理解为因世间俗物而在个体心中引起的修道障碍,即《辨宗论》中所云:"累起因心,心触成累"。傍晚时分,诗人从石壁精舍出谷而还,在宁静恬淡的心境下面对夕阳中山林美景,感觉到林木湖水似乎蕴含着无限清晖,内心不禁生出许多留恋喜悦之意,陶醉于山水美景,且行且盘桓,到达湖边时才发现已经薄暮冥冥。对无常之外物而生喜爱留恋之心,当属佛家三毒之"痴",乃是心触外境而生累。

第二层次的前两句"林壑敛暝色,云霞收夕霏"当是因教为用的伏累阶段,因为"累恒触者心日昏",但"教为用者心日伏",这时诗人尚是"他己异情,空实殊见",理暂时占据了主导地位的时刻。这是诗人在主观中截取的山中景物之光影变化,但主体已经有意识地隐没于景物背后,恰是伏累时"理暂为用"(《辨宗论》)之状;"芰荷迭映蔚,蒲稗相因依"是在最后一缕阳光消逝之时留在诗人脑海中的景象,在物象的客观呈现中他已经彻底忘怀了自我。处于幽暗封闭的外境,诗人心灵深处却因外在客观物象的刺激而灵光迸现,意识到无论是清晖美景亦或是蒲稗、芰荷都是因缘和合而成,无常易变,本不值得留恋,而"我"之喜怒哀乐之情便也不应随之而动。由此可知世事无常,万法皆空,物我本无间然，都是以空为本。

此时，经过"伏累弥久"的阶段后，诗人达到了"物我同忘，有无壹观，出于照"（《辨宗论》）的灭累之体。诗歌至此，伏累、灭累这一思绪流程已经完成，但诗人却又从中走出，转入下一层的描写：首先明确自我体悟此理之后的精神愉悦；意犹未尽处又将山水景物中已经含蕴之理用语言明确地表达出来："虑澹物自轻。"至此已经诗意完足，但谢灵运却又宕开一笔，夫子自道式地劝荐摄生客要用此理排遣忧生之嗟。这是谢灵运特定的述理方式，将在下文论及。

本诗的第一层次与第二层次里皆有景物描写，但二者有很大区别。开头四句所描绘之景物并没有自我独特之表征，而是带有作者明显的主观色彩；而第二层次景语描绘的是特定时间特定地域的特定景物，无论是远景的宏阔观照亦或近景之精雕细刻，都没有加入作者的主观情绪或知性逻辑，而是客观呈现眼前景物最原始的生存状态。在诗中，"情"之流露传达亦有一潜回流转的过程。第一层次中之情表现的是赏爱山水自然、流连美景的世俗情感，这时虽然有"清晖娱人"表现了物与我之间的心智交流，但正处于触物生累之阶段，物我分离，并未融为一体，诗人自不能由此而感悟空理；第二层次中是纯然客观的景物再现，情隐于景，诗人对外象凝神观照中已经消弥了主体我的存在，类似于王国维所谓的"以物观物"状态。诗人在此时脱离了日常生活中种种现实思想的局限，"仿佛具有另一种听觉，另一种视觉"[①]，于是诗中呈现出了山水宇宙万象活泼泼的自由兴发

---

① 叶维廉《中国古典诗中山水美感意识的演变》，《中国诗学》，上海：上海三联书店 1992 年版，第 17 页。

之态。从中领悟到其中之理蕴后，诗人心中体会到难以言传的愉悦之感。这是第三层次中所写之情，已经与第一层次的世俗之情不同。

谢灵运的山水诗作几乎都包括了这一触物生累、以理伏累、顿悟灭累的思绪流程，在诗作的开头，他往往带着某种世俗的情感，或是对外界景物的赏爱，或是现实不遇的愁苦而步入自然山水之中；其次在山水外境中有意识地排解自我情绪而对外界景物凝神观照，将其客观地呈现于诗中，再从自然的原生发状态中顿悟证理，《游南亭》、《登永嘉绿嶂山》、《游岭门山》、《游赤石进帆海》、《登江中孤屿》、《于南山往北山经湖中瞻眺》、《从斤竹涧越岭溪行》、《石门岩上宿》、《登石门最高顶》、《石门新营所住四面高山，回溪石濑，修竹茂林》等诗作莫不如此。那么，谢诗中对于顿悟之理是如何表达的？这些理的内涵又如何呢？

（二）顿悟之理的双重表述

康乐山水诗总是以证得理体为最终旨归，他的山水自然观受玄学化佛教自然观的影响，以山水自然作为思存法身的对象，认为山水自然蕴含天道至理，所以他在诗作中尽量客观地呈现山水万象活泼泼的自然兴发之状态，排除了主体情感与知性的介入，如此，山水自然中所蕴含之至理自会显现其中。

以山水形象作为载体而表现所悟之理，这是康乐山水诗述理的重要方式。这些山水形象在康乐山水诗中大都具有空明澄彻的特征。他最爱使用的意象是日、水、月、露等，而且常常数种并用，交相辉映，突出他们自身之色彩，表现他们在光影变化中的空灵景象。如"云日相辉映，空水共澄鲜"（《登江中孤屿》）、"江山共开旷，云日相照媚"（《初往新安至桐庐江》），丽日映照着朵朵白云,蔚蓝的天空已经融化在清澈的江水中,空水澄鲜,江山开旷,呈现出一派光明澄静的意味。"石浅水潺潺,日落山照曜"(《七里濑》),"亭亭晓月映,泠泠朝露滴"(《夜发石关亭》),"远岩映兰薄,白日丽江皋"(《从游京口北固应诏》)等都是如此,这种习惯当与谢灵运的净土信仰有关。

受这种宗教修持之影响,谢灵运在面对真实的自然景物时,常常借助"依然托想"的方式将外在之景物想象为光明朗彻的佛教圣地,于是在诗作中往往会选择这一类意象,创造这样一个光明澄彻之境界来表现内心之空净明朗。这种境界,正是谢诗在灭累之后所感受到的空旷明朗的心灵状态。

但是,谢诗中所述之"理"并不至此而结束,他往往在山水形象即景语描绘之后,再将其中所蕴之理拈出,以议论性的语言明白地申述一遍,如前文中所举的《石壁精舍还湖中作》一诗中,诗作的末尾又明白地说出"虑澹物自轻"这样的理语。谢诗采用这种表达方式具有一定的历史原因。谢灵运之前,从来没有人像他一样用诗歌的语言与形式客观地再现山水自然之形象,使其成为特定的这一个,并且借助山水之形象而呈现理体。谢灵运首次运用这种方式,不熟练中又有许多不确定性,其本意以传达理旨为依归,他不能确切地肯定仅靠山水之形象是否可以做到这一点,所以往往在诗末尾处明白地将理语陈述一遍,其诗由此而有"玄言尾巴"之讥。其实,应该认识到,这种现象的产生是由于这种借山水形象而传达理旨的表达方式尚处于初创伊始之故,一方面诗人自己运用不熟练,另一方面或许这种方式并没有被当时大多数人认同接受;随着时序推移及山水文学的发展,人们逐渐认识到山水万象之自发兴现足以表现天理,所以从南朝之鲍照、谢朓以至沈约、王融到唐人之诗,其作品中最后的说明性部分越来越少而终趋消失。日人网祐次在《中国中世纪文学研究》曾就山水诗中写景和陈述句子的比例作了一项统计,而归纳出说明议论部分渐次减少之倾向:

作　者	诗	写景行数	陈述行数
谢灵运	于南山往北山经湖中瞻眺	16	6
鲍　照	登庐山	16	4
谢　朓	游东田	8	2
沈　约	游钟山诗第二首	全景	
王　融	江皋曲	全景	
吴　均	山中杂诗	全景①	

　　康乐山水诗中之理大都是这种双重致意的表达方式。但也有个别诗作只是运用形象而没有后面部分的理语陈述。谢灵运在诗中所悟之理的具体内涵是什么呢?

(三)理的具体内涵

　　谢灵运的山水诗作在描摹景物时常闪现着理趣的光辉,这一特征古今共认,如沈德潜评谢诗"山水闲适,时遇理趣"②,黄节先生言"说山水而苞名理"③。但对于"理"的具体内涵为老庄玄思或是佛教哲学,古今学人却仁智不同,众说纷纭。笔者以为,康乐大部分山水诗作中所述之理乃佛老相兼。

　　如《石壁精舍还湖中作》一诗中,诗人在云霞林壑绚烂多姿的光影变化中悟得玄妙之理:内省充足而外物自轻,深意既惬而

---

①　转引自叶维廉《中国诗学》,上海:上海三联书店 1992 年版,第 95—96 页。
②　[清]沈德潜《古诗源》卷十,北京:中华书局 1963 年版年版,第 232 页。
③　黄节《谢康乐诗注序》,《谢康乐诗注》,北京:人民文学出版社 1958 年版,第 2 页。

本性无违，这是适性轻物的道家思想。然而细味诗意，又能感受到深蕴其中的佛学意味，它"在时序流动的描写中已经透露出世事无常的情绪"[①]；而且从"出谷日尚早，入舟阳已微。林壑敛暝色，云霞收夕霏。芰荷迭映蔚，蒲稗相因依"几句中也能够感觉到，曾经娱人耳目的清晖美景已经在夜幕四合时形冥影灭，由此而悟及世间万事万物都是因缘和合而没有永恒存在的自性。

同样，"观此遗物虑，一悟得所遣"(《从斤竹涧越岭溪行》)也兼具佛老之理。通过对外界景物的观照而慷慨遗物，有所自得，悟理后于无心处不仅遣是非，而且遣其所遣，最终无所不遣，是非不存。此语典出自郭注《庄子》，却被诗人注入了大乘空观彻底否定的精神。在同一首诗甚至同一句诗中体现出佛老两种思想，是因为佛学义理与道家思想在某些根本问题，如有无、本末上有相似之处。在时人心目中，尤其在兼通佛老的谢灵运看来，这两种思想有时并非泾渭分明而是可以互相通融。这一点与晋宋时期思想界佛道并兴且互相影响的社会现实密不可分。

但谢氏在某些篇章中所述之理又有重佛理或玄思的不同。"忘怀狎鸥鲦，摄生驯兕虎。望岭眷灵鹫，延心念净土，若乘四等观，永拔三界苦"(《过瞿溪山饭僧》)，全诗通过"依然托想"(《山居赋》)的方式将瞿溪山想象为佛陀传经说法的灵鹫圣地，从而悟得"四等观"，超越三界苦海，往生于西方净土世界。前两句之典出自《庄子·人间世》与《列子·黄帝篇》，以此形容僧人摄神收念，杜绝机心，即慧远所谓"思专想寂，气虚神朗"[②]的心态；《石壁立招提精舍》也是以相同的观物方式将石壁山"敬拟灵鹫山"，

---

① 孙昌武《佛教与中国文学》，上海：上海人民出版社1995年版，第75页。

② ［东晋］释慧远《念佛三昧诗序》，《广弘明集》卷三十，见《大正新修大藏经》卷五十二，台北财团法人佛陀教育基金会出版部1990年版，第351页。

山林中的一切景物都成为佛法身的显现，"禅室栖空观，讲宇析妙理"，在禅室中研讨大乘空观的精妙之理。

另外，谢诗中也有多处表现老庄哲学中适性全生，安于时化之理。"沈冥岂别理，守道自不携。……居常以待终，处顺故安排"（《登石门最高顶》），在这样相对封闭的环境中，世俗的功名利禄都如过眼烟云一般消散，由此感受到深沉玄默的生活至理：守道固穷，不屈已适时；居常待终，安与推移而与化俱去，可入于寂寥与天唯一，外界的显晦都无足轻重。"在宥天下理，吹万群方悦"（《九日从宋公戏马台集送孔令》），强调使世间万物各得其性。"矜名道不足；适己物可忽"（《游赤石进帆海》），恋阙矜名，于道为不足，不如无系于物，任真自适，适性而为，终能谢去夭伐而全生。

谢氏所悟之理既有老庄玄思又有佛教义理，一方面在于佛玄合流互通是时代思潮之所趋，另一方面也在于谢氏思想的复杂性。他幼年寄居于杜氏道馆中，对道教理论，老庄学说经常研习。后归心释氏，对佛学义理多所阐发，所以他的思想是融合佛道的，于此诗中佛玄互陈便不足为奇了。

优秀的艺术作品必然有丰富的含蕴，会为不同时代的不同研究者提供多层次、多侧面解读的可能性，谢灵运的山水诗作便是如此。

（原文最后一部分曾发表于《社会科学战线》2002 年第 4 期，收录时修改幅度较大。）

试析陶诗之理的表现方式

内容提要：陶诗之中，蕴含哲理的篇章有十之七八，以形象寓理趣、在叙事状物的基础之上窃托隰括哲理、直陈理语是陶诗之理的主要表现方式。本文详细分析了陶诗之理的这三种表达方式，指出同是陈述哲理，陶渊明的理语诗与东晋玄言诗却有迥然而异的美学风貌，其原因便在于他对于理的独特表达方式。

关键词：陶渊明　理语诗　理趣

东晋是充满哲理与玄思的时代，在文学创作领域中，"理过其辞，淡乎寡味"[①]的玄言诗流行诗坛近百年。客观而言之，玄言诗以平淡之辞寓精微之理，其很快衰微并屡被后人所诟病并非仅仅因为其谈玄论道的内容，而主要在于它直接以理语议论切入的方式破坏了诗歌以艺术形象为表现手段的本质特征，不符合人们对于诗歌的美感要求，因此缺乏感染人心的艺术效果。陶渊明卓立于东晋中晚期的诗坛之上，时风所及，其诗集中陈述哲理之篇十之七八，但这些诗歌的美学风貌却与玄言诗迥然有

[①]　曹旭《诗品集注》，上海：上海古籍出版社 1994 年版，第 24 页。

别,其原因在于陶诗之理具有独特的表现方式。

　　陶诗理语主要陈述诗人在现实人生中思考感悟的生死祸福之理与宇宙自然之道,这些道理是诗人由现实生活以及自己的情感世界中洞悉彻悟而得,它并非如玄言诗一样直接在诗中复述《老》、《庄》、《易》之名理概念,而是融筑了其中的某些意蕴。所以他的说理诗中总是流动着彻悟世事,洞察人生的哲人达观情思。在表达方式上多以艺术形象为玄思哲理之载体,但也并非完全如此。具体而言之,主要有三种不同类型:一是在引人入胜的形象描写中蕴含着耐人寻味的深邃哲理,使人在感受艺术美的同时,不知不觉地体味到哲思理趣;二是在描述事件物象的基础之上陈述理语;三是直接以理语入诗,叙述诗人对宇宙人生的感悟。本文拟对这几种表达方法稍加辨析,以期全面把握陶诗的内涵与特征。

一、形象寓理趣

　　王夫之曾云:"通人于诗,不言理而理自至,无所枉而已矣。"[①]在这样的诗作中并没有明显具体的理语陈述,但读者能从诗歌意境或艺术形象中体会到道理的存在,并从中获得审美享受。如郭璞"林无静树,川无停流"之诗句便是把对人生的感慨和万物皆变、世事无常的哲理思考通过生动传神的自然形象表现出来。在诗中这种理可称为理趣。陶渊明表现哲理之诗作很多属这一类型。最为典型的是《饮酒》其五:

　　　　结庐在人境,而无车马喧。问君何能尔?心远地自偏。

----

①　[清]王夫之《古诗评选》,北京:文化艺术出版社1997年版,第203页。

> 采菊东篱下,悠然见南山。山气日夕佳,飞鸟相与还。
>
> 此中有真意,欲辨已忘言。

这首诗兴会独绝,所描绘的只是一个场景,一种意境,但通篇流动的却是难以言传的哲理意趣。前四句颇蕴理趣,被王安石评为"有诗人以来无此句也"①,虽然在人群之中结庐而居,但只要心远意静,自可遗去俗累,感觉不到车马喧嚣之声,超越纷扰世事。陶诗中有多处表示此"心远地偏"之意:"泛此忘忧物,远我遗世情"(《饮酒》其七)、"试酌百情远,重觞忽忘天"(《连雨独饮》)"寒草被荒径,地为罕人远"(《癸卯岁始春怀古田舍二首》其一)等。此理与魏晋玄学不执着于外在形迹而重在追求心境超然无累之义隐隐相通;后四句则是在心不滞物的基础上进入物我两忘之境界,在山气日佳,飞鸟相与而还的自然景物中偶有会心,融然得意。诗作最终以"欲辨已忘言"作结,所悟之理则蕴而未发。读者自可体会诗人从鸟儿日出而出,日落而归这一真趣盎然的生活中悟及纵浪大化,委运自然之意。

《饮酒》其七的结构、意趣与表现方法都与此诗相近。"泛此忘忧物,远我遗世情"所表示的也是在物我两忘之境界中心远意静;接着诗人又从"日入群动息,归鸟趋林鸣"这一充满自然之趣的场景中体验到得生之理:"啸傲东轩下,聊复得此生。"苏轼认为这两首诗都是陶渊明谈理之作,知道之言。其《移居二首》其二也极具代表性:

> 春秋多佳日,登高赋新诗。过门更相呼,有酒斟酌之。
>
> 农务各自归,闲暇辄相思。相思则披衣,言笑无厌时。

---

① [宋]范正敏《遯斋闲览》,[宋]祭正孙《诗林广记》卷一引,明经治十年济南张氏刻本。

　　此理将不胜，无为忽去兹。衣食当须纪，力耕不吾欺。

这里记叙诗人移居之后的田园归隐生活。在春景烂漫或秋高气爽之日，可以与志趣相投的素心之人相约临流赏玩、登高赋诗。平时有酒则携而同饮，农忙则各自归去；思念之时则披衣相寻，谈笑无厌。诗人从如此质朴单纯的生活中感悟到生活的真谛，即"此理将不胜"之"理"，但诗中却未对此理作进一步阐释。但读者自可从这种毫不造作的状态中悟及自然而然、合于人事本性的生活实质；又《拟古》其七通篇写赏心乐事，其中并无述理之言，但读者却能够从优美的艺术形象中感受到时光易逝、美好不再的惆怅："日暮天无云，春风扇微和；佳人美清夜，达曙酣且歌。歌竟长太息，持此感人多。皎皎云间月，灼灼叶中花，岂无一时好，不久当如何。"《挽歌三首》则是在情境的想象设置中流露出诗人参透生死的旷达之情。

　　陶诗中有许多这样的诗句，都是情动于中而形于言，并非有意说理，但其中却自有理意。如"一形似有制，真想初在襟"（《乙巳岁三有为建威参军使都经钱溪》）本是感慨自己心存田园流注真意之生活，现实中却还要奔波于仕途，心为形役。但其中所流露之意与郭象玄学身在魏阙而精神超越，心存山林的思想冥然而合；"情通万里外，形迹滞江山"（《答庞参军》）等也是此类。在这些诗作中，陶渊明将自己对于社会人生的种种感悟自然而然地融入诗歌境界之中。但从整体来看，陶渊明表现哲理的方法大多数还是第二种方式，即在叙事状物的基础上窃托檃括哲理。

二、在叙事状物的基础之上窃托檃括哲理

　　由叙事状物而体悟到蕴含其中哲理的方法，在陶渊明以前

的玄言诗人那里就已经出现。玄言诗人除直接以理语入诗外，也常常以山水为介体而感悟玄理。如谢安《兰亭诗》便说："相与欣佳节，率尔同褰裳。薄云罗阳景，微风翼轻航。醇醪陶丹府，兀若游羲唐。万殊浑一理，安觉彭与殇。"在春和景明之佳节，志同道合的友人共同出游，来到这优美的碧天绿水的环境里，丽天白日之中飘浮着如轻纱般的几抹微云，春风过处，时时投下丝丝云影。面对如此佳节美景，诗人倾杯自饮，兀然神游，感悟到"万殊浑一理，安觉彭与殇"之理；王羲之《兰亭诗》也是从"仰望碧天际，俯磐绿水滨"的优美自然景物中悟及"大矣造化功，万殊莫不均"的老庄玄理。但这些诗作叙事状景部分与所抒之理似乎并没有必然联系，而且其理的内容多是直接复述《老》、《庄》、《易》的道理。陶诗的述理之作大多境界浑融，理语陈述与状物写景部分妙合无垠。如《饮酒》其十四：

> 故人赏我趣，挈壶相与至。班荆坐松下，数斟已复醉。
> 父老杂乱言，觞酌失行次。不觉知有我，安知物为贵。
> 悠悠迷所留，酒中有深味。

这首诗描绘了一个现实的田园生活场景：志同道合的友人携酒前来，于是在后园孤松下宴饮盘桓，数斟以后便已颓然而醉，言语无主，酌觞失序。但在这种状态之中，精神却超越了现实，进入物我两忘之境。所谓酒中深味，便是体会这种"不觉知有我，安知物为贵"物我两忘的超越之境。"我"是指自身之寿夭穷达、祸福事运；"物"指外于自身之功名利禄、大化天道。在这种超越的境界里，遗去俗累，深契于自然之理。后四句理语陈述的内容在全诗好似点睛之笔，将诗作境界由现实提升到更高的精神层次，于是神形超远的高微之境便落实到充满现实人情和趣味的实实在在的生活中。《归园田居》其四则是由故旧凋零、物是人非的情景中感悟到人生至理：

> 久去山泽游，浪莽林野娱。试携子侄辈，披榛步荒墟。
>
> 徘徊丘陇间，依依昔人居；井灶有遗处，桑竹残朽株。
>
> 借问采薪者，此人皆焉如？薪者向我言：死没无复馀。
>
> "一世异朝市"，此语真不虚！人生似幻化，终当归空无。

诗歌前十二句是叙述之辞：归隐之初，携带子侄去探访阔别多年的老友。披榛步墟，寓目一派荒凉之景。来到记忆中的故人居处，竟已变为荒田丘陇，只留下隐隐可寻的井灶遗迹、桑竹残株。问人之后才知道，他们早已死去好几年了。此情此景怎能不引起诗人的无限感慨？古语说"一世异朝市"，真得没错呀。人生如幻如化，终当归于空无之境。这四句所悟的人生空幻之理，直接由前面物是人非的情景中而得；《酬刘柴桑》一诗表现陶渊明不愿归隐于与世隔绝的荒山草泽，而喜欢富于乐趣的田园陇亩生活的人生志趣，诗之末尾"去去百年后，身名同翳如"正是由此而发，人生百年之后，不仅身体与泥土化为一体，而且所谓建立功业留于青史之名也会随时间的流逝而烟消云散，言外之意是只有现实的生活、现实的乐趣才是值得珍视的。这一道理又是从前文所说的情景中而得；《挽歌三首》乃是从想象自己死去之后的情境悟及"千秋万岁后，谁知荣与辱"、"死去何足道，托体同山阿"等洞彻世俗名利、人生生死的道理。

　　陶渊明此类作品大都如此，事语、景语、情语、理语融合无间，浑然一体，没有丝毫生硬与勉强。但也有一些作品带有空述哲理的玄学气息，堆砌空言，诗境隔裂。如四言《荣木》诗如其小序云："荣木,念将老也。日月推迁,已复九夏;总角闻道,白首无成。"乃是感念时光流逝,老之将至,但事业无成。全诗是以"荣木"为象征,共有四小节,第一节由荣木晨华夕丧而发出"人生若寄,憔悴有时"之感叹,其中尚有可比之处,不为牵强联附会;但前半部分说荣木"繁华朝起,慨暮不存",后则空述"贞脆由人,祸福无门,匪道曷依,匪善奚敦"的格言,前后语意并无必然联系。从比例来讲,陶集中这类作品很少。

三、直陈理语

除上文两种方式外,陶诗中尚有许多直接以理语入诗的作品。这些诗歌与传统诗歌通过优美鲜明的艺术形象来抒情、言志、明理的方式不尽相同,但又与"机过患生,吉凶相拂。智以利昏,识由情屈"[①]这样"柱下旨归,漆园义疏"[②]的玄言诗也有差别。当然,陶渊明诗中所述之理同样融筑了《老子》、《庄子》、《周易》中的某些意蕴,但这些道理又是陶渊明在自己的人生实践中总结验证、经过自我思想过滤的悟道之言。这些思想处处流露于其作品之中,与他的生活思想经历遥相呼应。在这种情况下,这一类诗歌便有两种不同的风貌,一是在理语的陈述中更见作者洞彻人生的达观情思;二是读来更象是哲学论文而非艺术作品。

---

① 孙绰《答许询诗》见逯钦立辑《先秦汉魏晋南北朝诗》之《晋诗》卷十三,北京:中华书局 1983 年版,第 899 页。

② 范文澜《文心雕龙注》卷九《时序》篇有云:"自中朝贵玄,江左称盛,因谈余气,流成文体。是以世极,而辞意夷泰,诗必柱下之旨归,赋必漆园之义疏。"北京:人民文学出版社 1958 年版,第 675 页。

前者如《连雨独饮》、《五月旦作和戴主薄》等，以后诗为例：

> 虚舟纵逸棹，回复遂无穷。发岁始俯仰，星纪奄将中。
> 南窗罕悴物①，北林荣且丰，神渊写时雨，晨色奏景风；
> 既来孰不去，人理固有终。居常待其尽，曲肱岂伤冲，
> 迁化或夷险，肆志无窊隆。即事如已高，何必升华嵩。

此诗在回复无穷，毫不停驻地生命流逝中明理见志。"南窗罕悴物"四句从表面看来是写景之语，但这种景却不是现实中的某一场景，而是为了说明道理而所述的想象之情境。全诗旨在表达作者对于生命人生之理的体悟：有始必有终，这是不可更易的宇宙定律，所以仙道不足企慕，安时处顺，居常待终才是正确的人生态度。而《连雨独饮》中也有一定的情境描述，如"故老赠余酒，乃言饮得仙；试酌百情远，重觞忽忘天"四句，但绝大部分都是表达诗人对于生活之理的体认。这两首诗虽然大部分都是理语陈述，但诗人委运任化、安贫乐道之意却隐隐浮现于作品中。

后者最为典型的是《形影神》组诗。从思想深度来讲，《形影神》代表了陶渊明哲学见解的最高水平。从表达方式方面来看，它采取了拟人化的手法以形影神三者互相对答辩论的方式明理见道。溯其根源，这种表达方式当是来源于赋体文学主客问答的套路，但在魏晋南北朝时期论辩风气盛行的社会氛围中，这种套路已经被许多议论文字所借用，在这些文章中，借用"或曰"、"客云"等语辞设置了宾主辩难问答的范式，由此而就某一问题

---

① 明焦竑刻本作"明两萃时物"，王瑶先生、龚斌先生皆从之，然语意似有不通。李公焕《笺注陶渊明集》中作"南窗罕悴物"，逯钦立先生《陶渊明集》从之。

进行层层深入地辨析探讨①，陶渊明在这一组诗中也有形赠影、影答形、神辨自然的方法，通过肯定－否定－肯定的不同层面阐述自己对于宇宙人生之理的领悟。这种方法运用于说理议论的文章中，往往有利于将问题层层深入地阐释清楚；运用于诗歌之中也有同样的效果，由此可窥知诗人的思想深度，但是从艺术方面而言，却殊少诗味。

这样的诗作在陶集中还有一些，如《劝农》一诗。陶渊明在诗中极力强调农业生产的重要作用，其中凝聚了诗人尊重劳动的农本主义思想，但表现时却直述其理，说教气息很浓："民生在勤，勤则不匮，宴安自逸，岁暮奚冀?"（《劝农》）认为只有勤于劳作才能免除衣食匮乏之虞，如果流连于声色犬马，悠游度日，一年终了之时便会无所寄托。这种表述方式不适合诗歌这种文学体裁。当然，此类诗歌在陶集中也只占很小的比例。

在陶渊明的诗歌中，哲理通过这几种表达方式传达给读者，这便使陶渊明的理语诗与东晋玄言诗具有了截然不同的美学风貌。

（原载于《九江师专学报》，2001 年第 6 期）

---

① 如《弘明集》、《广弘明集》中所收录的这一时期的议论文章大都是采取了这一方式。

试析陶渊明田园诗作的艺术境界

内容提要：陶渊明的田园诗歌内涵丰美，旨高意远，创造了一种不可字摘句赏的浑融艺术境界，这一境界蕴含了生活境界与精神境界双重层次，其内涵有二：一是现实与理想之境的融合；二是同物之境，本文便是从这两个方面来分析欣赏陶渊明的田园诗作。

关键词：陶渊明　现实与理想之境的融合　同物之境

在晋宋之际的诗坛上，陶渊明凭借自身深厚的思想底蕴和非凡的艺术功力成功地将田园生活题材引入诗歌创作中，成为田园诗派的实际创立者。虽然在他之前，田园题材已经进入了诗文表现领域，但陶渊明是中国诗歌史上第一个大力表现田园生活的诗人，他一生中的大部分时间都在江西浔阳农村里亦耕亦读，怡情养志，乡土田园对他来说并非暂时的居留场所，而是实实在在的生存空间，是精神与肉体永久的栖息地。他已经把自己完全融入了田园生活之中，其田园诗歌便是这种生活的反映。这些作品看似平淡自然，实则内涵丰美，旨高意远，创造了一种不可字摘句赏的浑融艺术境界，这一境界蕴含了生活境界与精神境界双重层次，其内涵有二：一是现实与理想之境的融合；二是同物之境，本文拟通过这两方面的具体分析而进一步了解陶渊明田园诗作。

一、现实与理想之境的融合

陶渊明的田园诗歌描述了他在这个环境中的所见、所闻、所感，是个人真实生活的反映，但并不是当时农村状况的真实记录。因为在陶渊明的心目中，田园是理想的存在，田园生活是合于自然的理想生活境界。所以他的田园诗歌中有田园风物的实际描绘，同时这些物象的选择与陶炼也渗透了个体的审美思想，融入了一定的理想因素，成为他理想生活境界的艺术体现。

对于陶渊明来讲，所谓理想生活境界是以老庄自然主义为核心，协调了儒家之"善"与道家之"真"的一种精神超越、任真自得的生存状态。在这种状态之中，一切都是自然而然，主体与万物各适其所，保持自我之本性，随天机流转，大化运行。这种情况本来只是想象中的理想存在，但诗人却努力在现实田园中体会它。《与子俨等疏》中便说："少学琴书，偶爱闲静，开卷有得，便欣然忘食。见树木交荫，时鸟变声，亦复欢然有喜。尝言五六月中北窗下卧，遇凉风暂至，自谓是羲皇上人。"现实田园生活与远古的理想状态融为一炉，体现的便是陶渊明理想中的生活境界。"藉我田园生活之景，绘我理想生活境界之图"[1]，此语最能概括陶渊明田园诗的基本特点。其诗境也因此多呈现出现实与

---

[1] 孙静《陶渊明的心灵世界与艺术天地》，郑州：大象出版社1997年版，第148页。

理想之境相融合的风貌,这一点可以通过对陶诗的具体分析看出来。

以《和郭主薄二首》其一为例:

> 蔼蔼堂前林,中夏贮清阴;凯风因时来,回飚开我襟。
> 息交游闲业,卧起弄书琴。园蔬有余滋,旧谷犹储今;
> 营己良有极,过足非所钦。春秫作美酒,酒熟吾自斟,
> 弱子戏我侧,学语未成音。此事真复乐,聊用忘华簪。
> 遥遥望白云,怀古一何深。

这首诗大致作于晋安帝元兴元年左右,是时陶渊明三十八岁,因母亲去世而离职赋闲在家乡。这一时期陶渊明依旧怀有建功立业的抱负,他虽然留居于田园,但并没有把它作为永久的归宿。田园生活对于诗人更像一种不可企及的理想象征,他在心理上与田园生活尚有一定距离。而且,这时陶渊明的物质生活条件也相对丰裕,所以诗中流露出的完全是一派轻松悠闲,适性自得的生活情趣,这里,现实田园生活与作者理想之境界融为一体。前四句以富有表现力的语言再现了安恬、宁静的田园景物。仲夏正午之际,草屋堂前的桃李榆柳枝叶繁盛,充满了生机,茂密的浓荫带来了一个清凉的世界。"贮"字凝练传神,利用通感之手法使读者似乎在浓密的树荫里看到了一汪清冽透彻、融化了浓浓绿意的甘泉,感受到了丝丝凉意沁人心神。清爽的南风徐徐拂面而来,衣襟随风飘动。这几句场景描写当是陶渊明某一处居所状况的真实记录。《归园田居》中也说:"方宅十余亩,草屋八九间。榆柳荫后檐,桃李罗堂前。"《读山海经十三首》也有"孟夏草木长,绕屋树扶疏"的诗句。

下面十句描述了诗人悠然自得的家居生活。隐居乡园,不

与当权者相交往来,日日读书弹琴,怡情养志。园有余蔬,旧谷储今,还有新酿成的美酒可以自斟自饮,耳边是稚子学语的呀呀之音,诗人在这种平凡美好的生活中感受到妙合自然之道的愉悦与满足。后两句不禁发出感慨:"此事真复乐,聊用忘华簪。"诗歌至此已经语意完足,但作者却将目光投向幽远深邈的天空,思绪随着悠然飘荡的白云超越了时空界限:"遥遥望白云,怀古一何深。"这两句好似点睛之笔,由此将诗歌境界从纯粹的现实叙述而提升到更高的精神层次。

本诗前面十六句基本上是写实,居所场景为实录,前文已详,而陶渊明对于居守田园,鲜与外人交往的隐居生活的叙述当也并非虚语,因为他在其他诗文里也频频致意于此:"穷巷隔深辙,颇回故人车"(《读〈山海经〉十三首》其一)、"结庐在人境,而无车马喧"(《饮酒》其五)、"园日涉以成趣,门虽设而常关"(《归去来兮辞》)。在日常生活中,陶渊明只是"悦亲戚之情话,乐琴书以消忧"(《归去来兮辞》),与志同道合的亲戚友人相聚谈论,耕作之余,便在琴书中体会生活之真谛。对于物质生活条件,他所求不多,只愿能够有粗布应阳御寒,粳粮饱腹充饥即可,"倾身营一饱"是他最基本的物质生活要求,他所在意的是一种适性自得的理想生活方式。其内涵上文已经详为辨析,它曾经现实地存在于过去的历史中。虽然在本诗中陶渊明对于其所怀之"古"的含义未作阐发,但结合其他篇章,便不难理解在陶渊明的心目中,理想生活方式的载体便是上古社会,这里既有老子小国寡民的理想,又有儒家上古三代的大同世界的影子。《戊申岁六月遇火》中云:"仰想东户时,余粮宿中田。鼓腹无所思,朝起暮归眠。"东户是古代人君的名字。传说在那个时代路不拾遗,耕者的余粮都放在田亩的首端,人民生活幸福安逸。《庄子·马蹄》

篇："夫赫胥氏之时,民居不知何为,行不知所之,含哺而熙,鼓腹而游。"《劝农》其一也说:"悠悠上古,厥初生民,傲然自足,抱朴含真。"陶渊明以为,这样的生活境界正是万物适其性的自然状态,最具"真"、"淳"之意。此种境界也恰好符合人的自然之性,个体在其中能够充分享受精神自由,这便是陶渊明所怀之"古"的含义。由此亦可知陶渊明是将现实的田园生活想象为这样一种理想境界,于是在这首诗的现实描述中传达出的便是这样一种令人悠然神往的理想生活。其所言"真复乐"之"事",并不仅仅指现实中悠然安闲,适性自由的生活所带来的满足与愉悦,还在于这种生活恰恰与他的理想相符合,所以全诗也体现了现实与理想之境的融合。

　　陶渊明的许多诗作中都有这一特色。如《归园田居》其一,这首诗作于陶渊明归隐之初。前八句描写诗人得以脱离污浊、黑暗的官场而回到田园时发自内心的喜悦。接下来的八句则描绘田园风光的安逸与平和,恰似从胸臆中直接流出一般。其中"暧暧远人村,依依墟烟里"两句被后人评为写景之致。这些诗都是对于真实的乡村田园风物之描绘。末两句"久在樊笼中,复得返自然"又使诗境笼罩于理想的氛围之中。陶渊明最重"自然",此处"自然"也并非自然万物之意,而是指一种理想的自然而然的生存状态。"返自然"也并不仅仅是回到田园这一生活空间,而是达到这一理想的境界。明白了这一点,再以此观照诗歌的前半部分描写的农村生活场景,便能够感觉到陶渊明是把它当作理想的生活境界来描写体验的。

　　另如《丙辰岁八月中于下潠田舍获》、《饮酒》其五"结庐在人境"、其七"秋菊有佳色"等皆具此意,诗人在"山气日夕佳,飞鸟相与还"与"日入群动息,归鸟趣林鸣"的情境中悟及自然真趣,于是傲然得生，体会真朴自然之境界。最为典型的是《桃花源诗》。它作于陶渊明的晚年，这时他在现实中感到的只是越来越多的苦难，于是将理想的境界完全地寄寓于想象中的艺术天地，但"相命肆农耕，日入从所憩"、"童孺纵横歌，斑白欢游诣"的田家生活也带着前期现实田园生活的影子。

现实与理想之境融为一体正是陶诗境界超然物表处。究其缘由，当是如钟惺和谭元春在《古诗归》中所云，因为陶渊明"即从作息勤励中，写景观物，讨出一段快乐。高人性情，细民职业，不作二义看"。陶渊明隐居田园，与农民一样躬耕陇亩，以劳动为生，但自有支撑其精神的高情逸趣寄寓其中，形诸于文，便有如此风貌。

二、"同物之境"①

陶渊明的田园诗较少具体景物描写，有的只是一种浑融的境界，一份和谐的情趣。这份情趣很大程度上来自于他所创造的"同物之境"。同物之境便是化除物我之间的区别，"一团和气，普运周流"②，人、我、物在平等自由的层面中交流沟通，徜徉自得。在具体创作中，他运用了移情、拟人、象征等手法来表现这一境界，我们可以通过具体的作品分析来体会这些特点。

移情的功效与王国维所说"以我观物，故物皆着我之色彩"③

---

① 这种提法首见于萧望卿先生《陶渊明批评》之中，上海：开明书店 1947 年版，第 27 页。

② 朱光潜《陶渊明》，《诗论》，合肥：安徽教育出版社 1997 年版，第 241 页。

③ 腾咸惠《人间词话新注》，济南：齐鲁书社 1986 年版，第 36 页。

的"有我之境"①颇为近似。以《癸卯岁始春怀古田舍二首》其一
为例：

> 在昔闻南亩，当年竟未践。屡空既有人，春兴岂自免。
> 夙晨装吾驾，启涂情已缅。鸟弄欢时节，泠风送余善，
> 寒草被荒蹊，地为罕人远；是以植杖翁，悠然不复返。
> 即理愧通识，所保讵乃浅。

这首诗的写作年代与《和郭主簿二首》较为接近，是因母亲去世
而赋闲在家，这一时期他心境较为平和，物质生活相对丰裕，此
时他也曾躬耕于陇亩之间。《癸卯岁始春怀古田舍二首》其一便
是记叙诗人春耕之时于清晨整驾出发去田间劳作的情形，但诗
中并没有真正的劳动场景，有的只是诗人在路中的所闻所见的
田园风貌。在这样一个美好的春日，诗人心中满是轻松愉悦的
感觉，"启涂情已缅"一句透露出他这份良好的心情已经辐射向
客观外物，以至于有生命的鸟儿与无生命的泠风都感染了主体
的情绪："鸟欢弄新节，泠风送余善"；其二中"平畴交远风，良苗
亦怀新"为千古传颂之名句。被沈德潜目为"兴到之语"②，是陶
诗中最佳之句。极目远望，春风滑过起伏的稻田，一直伸展到遥
远的天际，"怀新"本是主体站在春天的田野中所感受到的自然
中蕴含的勃勃生机，但诗中却将这份感觉赋予了青青稻苗，似乎
是它们也喜欢新奇的感觉，随时改变自我，愿意随时以崭新的面
貌表现出来；又《读〈山海经〉十三首》其一描绘在草木丰隆的夏
季，农事已毕，闲居读书的情景。其中有云："众鸟欣有托，吾亦
爱吾庐"，因为我在如此安恬静谧的家居田园生活中感到由衷的

---

① 腾咸惠《人间词话新注》，济南：齐鲁书社 1986 年版，第 36 页。
② ［清］沈德潜《古诗源》卷九，北京：中华书局 1963 年版，第 200 页。

喜悦,于是众鸟儿在树丛中交相啼鸣的声音在我看来便也充满了欣喜之情,本来物情是我情之外化,但在写法上却将我之情感同于物情,似乎是因为鸟喜方有我之喜。这种情况都是主体在观照外物之时,不自觉地将"我"之情感灌注到自然万物之上,于是这些事物便具有了与主体息息相关的情思。

拟人与移情有相通之处。但移情重在主体情感流注于外物,而拟人则是将物赋予人的特性。四言《停云》是在园列初荣的春天,陶渊明于东轩独抚新醪,思念亲戚友人之作。"东园之树,枝条载荣,竞用新好,以招余情",倾杯独饮之时,亲友不至,抬眼望见园中林木的枝条上已经抽出了嫩绿的新芽,生机盎然,似乎是有意识地向我展示自然事物的美好。意象新颖别致,仿佛忘记了那是树,也忘记了人与树的距离,只觉得他们在用新的声音来召唤自己的情感;《拟古九首》其三:"翩翩新来燕,双双入我庐,先巢故尚在,相将还旧居。自从分别来,门庭日荒芜,我心固匪石,君情定何如?"此诗的比喻象征意义有不同说法,但若仅从表现手法来看,却是将主体与新燕置于同一层面之上展开对话,我具体物之心,物有同我之意,物我之间真情流注。

在陶渊明的田园诗作中有许多象征手法,他往往以孤松、秋菊、孤云、归鸟等意象来隐喻自身之高洁品质,在这些作品中,"我"之情思流注于象征之物,笼罩全篇,形成独特的诗境。《咏贫士七首》其一:"万族各有托,孤云独无依;暧暧空中灭,何时见余晖。朝霞开宿雾,众鸟相与飞。迟迟出林翮,未夕复来归。量力守故辙,岂不寒与饥?知音苟不存,已矣何所悲。"这里诗人以无所依托的孤云与迟迟出林的飞鸟自喻,表明自己在易代之世将保持自我独立的人格,决不会趋炎附势,改变气节;《饮酒》其八:"青松在东园,众草没其姿;凝霜殄异类,卓然见高枝。"这株卓然独立,傲迎风霜的孤松正是诗人人格的写照;《和郭主薄二首》其二"芳菊开林耀,青松冠岩列,怀此贞秀姿,卓为霜下杰",也是自我高洁人格的象征。陶渊明的诗作中出现最多的象征意象是"飞鸟"。有时是用来比喻自我之人格,如上文之例;但许多时候他是从鸟儿朝出觅食,暮而归巢这一自然而然的行为中悟及生之真意。逯钦立先生曾说:"鱼鸟之生,为最富自然情趣者。"①所以易从中感受到生活的真谛。四言《归鸟》诗作于归隐之初,便是以归鸟自喻,表达自己由仕而隐,回归到这种深合自然之道的生存方式后内心的欣悦之情。

总之,这几种手法都是赋树木禾苗,孤云飞鸟以人的知觉与情感,心物冥合,形成主客交融、物我泯一之境,这是诗人与宇宙自然息息相通的境界。这种境界在陶渊明以前的诗文作品中很少出现,但在南朝以后却时时可见,这与当时人们的自然观密切相关。佛道自然观在东晋士人中颇有影响,正是在这种自然观的影响之下,诗人与宇宙自然之间往往有一种默契或情感的交流。陶渊明受玄学自然观的影响,认为人与万物均禀气而生,都是自然的一部分,"是生万物,余得为人"(《自祭文》);而且,物我平等不二:"同物既无虑,化去不复悔"(《读〈山海经〉十三首》其十),"善万物之得时,感吾生之将休"(《归去来兮辞》),人理、物理在平等的层面上交互沟通,所以为文作诗之时多以己心而体会万事万物之心,真情流注,心意交通,便形成这种同物之境。恰如朱光潜先生所云:"他把自己的胸襟气韵贯注于外物,使外物的生命更活跃,情趣更丰富;同时也吸收外物的生命与情趣来

① 逯钦立《〈形影神〉诗与东晋之佛教思想》,《汉魏六朝文学论集》,西安:陕西人民出版社 1984 年版,第 241 页。

扩大自己的胸襟气韵。这种物我回响的交流,有如佛家所说的'千灯相照',互映增辉。所以无论是微云孤鸟、时雨景风,或是南皋斜川,新苗秋菊,都到手成文,触目成趣[①]。"

现实与理想之境融为一体和"同物之境"是陶渊明田园诗作艺术境界的主要内涵,它的形成与诗人的社会理想以及审美自然观密切相关,这是一个"超然物表,遇境成趣"[②]、不可字摘句赏的浑融艺术境界。

（原载于《九江师专学报》2001 年第 4 期）

---

① 朱光潜《陶渊明》收入《诗论》,合肥:安徽教育出版社 1997 年版,第 241 页。
② ［明］许学夷《诗源辩体》卷六,北京:人民文学出版社 1987 年版,第 106 页。

陶渊明、谢灵运与晋宋时期诗运之转关

内容提要：晋宋之际是中国诗歌史上的一个转折期，陶渊明和谢灵运是本时期诗坛的代表人物，他们的诗歌风貌虽有迥异之处，但也有内在的契合点，无论相同或相异，其创作都体现了晋宋诗运转关的某些特征。

关键词：陶渊明　谢灵运　晋宋　诗运转关

　　刘勰在《文心雕龙·明诗》中说："宋初文咏，体有因革。庄老告退而山水方滋。"[①]沈德潜也曾云："诗至于宋，性情渐隐，声色大开，诗运一转关也。"[②]都明确指出刘宋初年是"诗运转关"时期。而陶渊明和谢灵运则是这一诗运转关时期的代表人物。陶诗体现了魏晋以来古朴诗歌的基本风貌，谢灵运则开启了南朝诗歌一代新风。本文不拟从伦理价值层面品评陶、谢之优劣，而仅由诗歌文本本身出发，分析陶、谢诗歌境界之同异，冀由此而

---

①　范文澜《文心雕龙注》卷二《明诗》篇，北京：人民文学出版社 1958 年版，第 67 页。

②　［清］沈德潜《说诗晬语》卷上，王夫之等辑《清诗话》，上海：上海古籍出版社 1963 年版，第 532 页。

探讨这一"诗运转关"的具体内涵,俾有助于把握晋宋时期诗歌发展的总体风貌。

一、陶、谢诗作:重寻自我之情思理蕴

晋宋之交的诗坛上活跃着一批重要诗人,如陶渊明、湛方生、庾阐、谢混、殷仲文、谢灵运、颜延之等,他们一变江左玄虚轻淡之诗风,具有回归汉魏西晋诗作重性情及文学本质的特征。最早指出这种变化的是檀道鸾,他在《续晋阳秋》中说谢混在义熙年间改变了江左文学中的玄风①;沈约于《宋书·谢灵运传》中亦言及"仲文始革孙、许之风,叔源大变太元之气。爰逮宋氏,颜、谢腾声。灵运之兴会标举,延年之体裁明密,并方轨前秀,垂范后昆"②。他在谢混之外,又提到殷仲文与谢灵运、颜延之;而萧子显与此稍有不同:"仲文玄气,犹不尽除,谢混清新,得名未盛。颜、谢并起,乃各擅奇,休、鲍后出,咸亦标世。"③认为这种文风之改变主要得力于颜、谢之功。这些论点虽各有相异之处,但都肯定了晋宋间文风变化这一事实,而这一变化的主要内容是诗歌中玄思哲理逐渐减少,诗歌本身言志抒情之特征变得越来越明显。而且,诸论家无一例外地肯定了谢灵运的现实地位与历史影响,却都忽略了陶渊明的历史功绩。客观而言之,陶渊明

---

① 《世说新语》《文学》篇"简文称许掾"条中,刘孝标注引檀道鸾《续晋阳秋》云:"正始中,王弼何晏好《庄》、《老》玄胜之谈,而世遂贵焉。至江左李充尤盛。故郭璞始会合道家之言而韵之。询及太原孙绰转相祖尚,又加以三世之辞,而《诗》、《骚》之体尽矣。询、绰并为一时文宗,自此作者悉体之。至义熙中,谢混始改之。"见余嘉锡《世说新语笺疏》,上海:上海古籍出版社 1993 年版,第 262 页。

② [梁]沈约《宋书》卷六七《谢灵运传论》,中华书局 1974 年版,第 1778 页。

③ [梁]萧子显《南齐书》卷五十三《文学传论》,中华书局 1995 年版,第 908 页。

与谢灵运是晋宋诗坛上最重要的两个作家,他们的诗文创作,尽管在内容风格方面有诸多不同,但都重视自我情感之抒发,集中体现了晋宋时期回归总结汉魏西晋重情性及文学本质特征的诗歌风貌。这部分内容拟对陶、谢诗作的这一特征稍加论述。

(一)陶渊明写意为主的诗歌创作

从陶渊明各个时期的思想状况来看,他并非一个浑身静穆的遗世隐居者,而是时刻关注现实人生,内心充满矛盾冲突的哲人智者。在现实生活中,他利用自己的知识与智慧时时调整心态,努力从理论层面消弥化解这些矛盾。他的诗歌,无论是行役诗、咏怀诗抑或是田园诗,都寄托记录了诗人现实中所遭遇的种种人生矛盾以及试图解决这些矛盾的理性思考。这些作品大都以写意为主,深深地印上诗人强烈的主观色彩。

陶集中行役诗有八九首[1],一般行役诗都是通过路途之间山川风物的客观描写表现游子思归之情。陶渊明的这一类诗作也不例外,其中几乎没有具有独特规定性的客观景物的细节描写,他只是选择了一些可此处可彼处的一般化场景来表现自我倦于行旅宦游而渴望归隐田园的梦想。如《庚子岁五月中从都还阻风于规林》其二:"自古叹行役,我今始知之!山川一何旷,巽坎难与期。崩浪聒天响,长风无息时。久游恋所生,如何淹在兹。静念园林好,人间良可辞;当年讵有几,纵心复何疑。"诗人截取了"崩浪聒天响,长风无息时"这一现实场景,只是为了表现当时的一种感觉。他不仅从这一客观物象中倍感行役之艰辛而思归

---

[1] 除《庚子岁五月中从都还阻风于规林》二首、《始作镇军参经曲阿作》、《辛丑岁七月赴假还江陵夜行涂口》、《乙巳岁三月为建威参军使都经钱溪》等五首外,尚有《杂诗》三首,也是描写行役之内容。

田园,更重要的是对生命本身提出疑问:时光飞逝,人生不再,为什么要继续过这种心为形役的生活呢？真应该纵心为娱,适己忽物。而《始作镇军参军经曲阿作》一诗则几乎没有客观的真实风物描写,有的只是作者对于周围景物的主观感受:"眇眇孤舟逝,绵绵归思纡。我行岂不遥,登降千里余。目倦川涂异,心念山泽居。望云惭高鸟,临水愧游鱼。真想初在襟,谁谓形迹拘。"绵绵思归的孤舟,千里之遥的川途以及飞云高鸟,深水游鱼无一不具有这种写意与象征的意味。另如《乙巳岁三月为建威参军使都经钱溪》、《辛丑岁七月赴假还江陵夜行涂口》、《杂诗》之"遥遥从羁役"、"闲居执荡志"、"我行未云远"等同类诗作中的景物都具有这种浓重的写意色彩,它并不是某时某地的不可更易的特定景物,而是更多地表现了诗人的主观思绪。

与此相类似的是陶渊明的田园诗作。尽管被目为田园诗的开创者,陶渊明的田园诗与后世同类作品还是有所不同。陶诗中所描写的田园家居风物除了具有一定的写实因素外,更具有明显寄托主体人格与情思的象征意味。"飞鸟"是陶渊明田园诗作中出现最多的意象。四言《归鸟》组诗作于诗人归隐之初。其一"翼翼归鸟,晨去于林;远之八表,近憩云岑。和风不洽,翻翮求心;顾俦相鸣,景庇清阴";其三"翼翼归鸟,相林徘徊;岂思天路,欣及旧栖。虽无昔侣,众声每谐。日夕气清,悠然其怀"。飞鸟晨去于林,一旦发现外界"和风不洽"之时,毅然决然地"翻翮求心",回归到旧林之中,"顾俦相鸣"、"众声每谐"、"欣及旧栖"都表现了飞鸟归林后怡然自得之态。飞鸟之形象恰是诗人仕而终归于隐的主体人格的外在显化,飞鸟归林之后的怡然之态也是诗人归隐之初心态的真实反映。诗末尾之"日夕气清,悠然其怀"已经泯灭了物我之界限,直抒同物之怀。《咏贫士》其一也是以"迟迟出林翮，未夕复来归"的飞鸟喻洁身自好之个人品格。《归园田居》其一："羁鸟恋旧林，池鱼思故渊"亦以羁鸟池鱼象征心为形役的仕宦生活。另外，孤松芳菊也是常常出现在陶诗中的意象，具有象征与写实的双重意味："芳菊开林耀，青松冠岩列。怀此贞秀姿，卓为霜下杰"（《和郭主簿》）；"因值孤松，敛翮遥来归"（《饮酒》其四）；"青松在东园，众草没其姿；凝霜殄异类，卓然见高枝"（《饮酒》其八）等。卓然独立的孤松既是东园的现实存在物，又象征了诗人高洁孤傲之人格，因为陶渊明受山水比德的儒家自然观以及物我一如的玄学自然观影响，这些归鸟、青松、芳菊、孤云等客观田园物象都寄寓了诗人的主观情思。同时，陶渊明的田园诗作中常常描写清爽高远澄静的景物，如"白日沦西阿，素月出东岭，遥遥万里辉，荡荡空中景"（《杂诗》其二）；"清气澄余滓，杳然天界高。哀蝉无留响，丛雁鸣云霄"（《己酉岁九月九日》）等，这些风景外物正是诗人明朗清净内心世界的外化，在这些田园物象与生活场景中隐隐凸显着主体的人格形象。

陶渊明的咏怀之作里主观色彩更为明显。《怨诗楚调示庞主簿邓治中》是诗人晚年回忆坎坷经历、感念现实人生之作。首句"天道幽且远，鬼神茫昧然"为全诗抒怀之基础。天道幽远，鬼神茫昧，自己从少年时期始便一心向善，至今已经有五十四年，但"弱冠逢世阻，始室丧其偏"，一生坎坷，苦多乐少，回归田园后尚须时时为现实物质生活而焦虑操劳，这一切当是源于天道幽远，鬼神茫昧。虽然诗人一再致意"在己何愿天，离忧凄目前"，但无限沉痛凄恻感叹天道不公之意还是流露出来："夏日长抱饥，寒夜无被眠；造夕思鸡鸣，及晨愿乌迁。"《杂诗》"代耕本非望"及《饮酒》"积善云有报"等作品皆抒发了这一类情感。另外，在陶渊明的咏怀诗作中，无论是归隐田园后自得其乐的意趣，还是与亲人同守共处的天伦之乐，或与友人赏谈对酌的知音之惬、感念亲旧凋零的悲痛之情，都具有极强的艺术感染力。

（二）康乐山水诗情思与理趣、景语之关系

谢诗就内容而言可分为乐府、应酬、抒怀、山水四类。其中最富于创新精神与新变特色的便是充满奇致逸韵的山水诗篇。古人对于谢客山水诗中情、景、理之关系评价颇多。梁萧子显认为谢诗"典正可采，酷不入情"①，但后世评论家似乎并不赞同这一说法。元代方回便曾云谢诗可观处正在言情，清代黄子云也认为谢诗"舒情缀景，畅达理旨，三者兼长"②。事实上，在谢灵运的山水景物描写中确实充溢着潜回流转的主体情思。

康乐山水诗以悟理为旨归，大都在理的感悟中排遣世俗情思，获得澄明愉悦的心境。沈德潜曾云："陶诗胜人在不排，谢诗胜人正在排。"③当是就此情况而言。谢灵运大量创制山水诗篇是在出守永嘉太守之后，大致可分为三个时期，一是永嘉时期，二是两次隐居始宁期，三是出任临川内史之时。隐居始宁时期的作品大都能做到以理遣情，但这些诗篇中山水物象的选择描绘则传达体现了诗人的情怀、意趣与风韵，透过精雕细刻的客观景物描写读者自可以感受到诗人空灵宁静的自由心境。《石壁精舍还湖中作》是诗人自石壁精舍修禅出定后步出山谷而返回

---

① ［梁］萧子显《南齐书》卷五十三《文学传论》，北京：中华书局1995年版，第908页。

② ［清］黄子云《野鸿诗的》，王夫之等辑《清诗话》，上海：上海古籍出版社1963年版，第862页。

③ ［清］沈德潜《说诗晬语》，王夫之等辑《清诗话》，上海：上海古籍出版社1963年版，第532页。

南山别墅时途中所作。诗歌最终在山水自然的光影变化中证悟得理,排遣了世俗情感。但全诗之中却隐隐可寻绎出诗人潜回流转的情感脉络。开头四句是景物描写:"昏旦变气候,山水含清晖,清晖能娱人,游子憺忘归。"但这种景物又是主观化的景物描写,他表述的重点并不在于再现彼时彼地山水的独特风貌,而在于表现诗人流连山水之心境。的确,这四句景物描写中也流露出诗人赏爱山水,流连美景之情;接着是对山中风物的客观再现:"林壑敛暝色,云霞收夕霏。芰荷迭映蔚,蒲稗相因依",这时主体之情隐于景物描写之后,当再一次出现时,已经变成了一份证悟得理的愉悦:"披拂趋南径,愉悦偃东扉。"在这类诗作中,开头诗人总是带着某种现实情绪步入山水,中间经过以物观物的客观景物描写而证悟得理,但往往又在诗的末尾展现轻松愉悦之情。

与陶诗相类似,在谢灵运山水诗作中,也有许多空明澄静的物象描绘,如"秋岸澄夕阴,火旻团朝露"(《永初三年七年十六日之郡初发都》)、"时竟夕澄霁,云归日西驰"(《游南亭》)、"江山共开旷,云日相照媚"(《初往新安至桐庐口》)、"云日相辉映,空水共澄鲜"(《登江中孤屿》)、"野旷沙岸净,天高秋月明"(《初去郡》)等,这些明亮空灵的外界自然正是诗人澄清净洁心灵世界的外在显化,是谢灵运悟道以后的心灵境界。

在永嘉与临川两个时期,谢灵运的诗作中常有理不胜情之意,这时无论是述怀抑或是山水之作,诗人的情感常常明显地在作品中流露出来。出守永嘉是谢灵运仕途命运的转折点,也是谢灵运大量创制山水诗之始。这一时期的作品中虽然能够看出诗人以理遣情的努力,但结果往往以失败告终。以《游南亭》为例。全诗描绘诗人久病卧床后在一个初夏的傍晚步出郊岐,在南亭眺望风景时所见所感。全诗共分四个层次,第一层次为客观景物描写:"时竟夕澄霁,云归日西驰。密林含余清,远峰隐半规。"情隐于景,所以读者从中没有感到什么情感色彩;第二层次在交代游览起因的基础上又一次描绘寓目之近景:"泽兰渐被径,芙蓉始发池。未厌青春好,已睹朱明移。""渐"、"始"已经展现了时序推移的动态过程,流露出诗人惜时叹逝的惆怅。第四层次为直接抒情之语。一方面感叹"药饵情所止,衰疾忽在斯",衰疾忽至,生意无多,于是蓦然而起归隐山林之心。但是又有"我志谁与亮,赏心惟良知"这样一份知音不遇、素志难宣的寂寞情怀。这首诗的情感有一个隐—显—强烈的变化过程。诗人之本意是能够玄对山水,从而在自然景物中散怀遣情,却不料反而触景生情,引发无限忧思。谢灵运这一时期的许多作品都是如此,诗人在面对山水自然时常常联想到个人遭遇,从而触景生情,根本不能悟理遣情。于是同期诗作中往往随处可见渴求知音的寂寞情怀以及感念时光流逝而自身衰疾并至、哀叹现实不遇之情。如《登池上楼》、《晚出西射堂》《过白岸亭》《登永嘉绿嶂山》等皆属此类。晚年赴任临川时诗人或许已经预感到难以预料的前途命运,所以不再具有欣赏自然、感悟至理的平和心境,诗作中往往流露出难以抑制的凄楚、愁怨与绝望之意,如《初发石首城》、《道路忆山中》《入华子冈是麻源第三谷》等。

由此可知,康乐山水诗精雕细刻的客观景物描写背后隐没着诗人的主观情思,但实质上,读者或许最先感受到的是一幅幅色彩鲜明的山水画卷,但细味诗意时却常常可以领略到作者的风神意趣,体会到主体或平淡和悦或愤激怅惋之情,内在的写意与有我凝聚在外表无我无情的物景形态中,其实谢诗"言情则于往来动止、缥缈有无之中,得灵夔而执之有象;取象则于击目经心丝分缕合之际，貌固有而言之不欺。而且情不虚情，情皆可景；景非滞景，景总含情。神理流于两间，天地供其一目，大无外而细无垠。落笔之先，匠意之始，有不可知者存焉"①，王夫之的这段评注恰可涵括康乐山水诗的情感表达方式。

总之，陶渊明与谢灵运的山水田园与咏怀之作中都流露出主体强烈的情感色彩，这里既有寄托感念现实不遇的惆怅愤激，又有渴求知音的寂寞胸怀，读者能够从中感受到诗人追求人格超脱的努力和达到心灵自由的精神欢畅。同时期的殷仲文、谢混以及颜延之的作品中也具有如此特色。这是晋宋之交这批诗人对于流行江左近百年的玄言诗风的反动，也是对传统意义上诗歌言志与缘情而绮靡这些特征的肯定与回归，此点正是晋宋时期诗运转关的内容之一。

二、陶诗—谢诗：诗歌境界之拓展变化

明代陆时雍曾云："诗至于宋，古之终而律之始也。体制一变，便觉声色俱开。谢康乐鬼斧默运，其梓庆之鐻乎。"②又清代汪师韩曾引何仲默之语曰："古诗之法亡于谢。"都指出谢诗不同于前代作品的新变特色。而陶渊明的诗歌中虽不乏声色之追求，但总体上不失汉魏以来传统诗歌古朴之风貌。陶谢并称始自唐代，在以后历朝论陶评谢的浩瀚文字中，评论家大多对于陶谢诗风之差异有明确认识，但他们是用感悟式、启示性语言来表达这一认识，如严羽在《沧浪诗话》中便认为陶诗"质而自然"而

---

① ［清］王夫之《古诗评选》，北京：文化艺术出版社1997年版，第217页。
② ［明］陆时雍《诗镜总论》，丁福保辑《历代诗话续编》，北京：中华书局1983年版，第146页。

谢诗"精工",古人这一类评语比较注重直观感受而乏于具体分析,现代学人则从题材、艺术手法等诸方面对陶、谢诗作加以比较研究①。将陶谢置于纵向的中国诗歌发展史的动态流程之中,探究谢诗相对于陶诗来讲在诗歌境界方面的拓展变化,而这一变化恰可体现出汉魏晋到南朝诗风嬗递之痕迹。

(一)谢诗突破了"一诗止于一时一事"的局限

王夫之在《薑斋诗话》中曾云:"一诗止于一时一事,自《十九首》至陶谢皆然。"这句话并不完全准确。陶渊明的诗歌的确如古朴的汉魏诗歌一样,一首诗仅止于一时一事抒发个体一己之思绪;谢灵运的部分诗作亦有此特色,但又有部分作品,尤其是后期诗作则超越了这一限制,他善于描绘自然风景的动态流程,将异时异地的情绪景物经过提炼浓缩而集中于一篇诗作之中,诗歌境界也随之呈现出廓大深厚的风蕴。

陶诗往往由眼前景一时事的触动引发而兴寄感怀,《辛丑岁七月赴假还江陵夜行涂口》是一首行役之作。诗人赴假还江陵,赶行夜路经过涂口的时候,面对"凉风起将夕,夜景湛虚明。昭昭天宇阔,晶晶川上平"这一空旷清澈的月下秋景,不禁回忆起昔日闲居田园的轻松愉悦,与眼前中宵孤征的行役奔波之苦相对照,油然而生投冠归隐,养真衡茅之意。他的田园诗作亦是在田园风物与田家生活场景中表现自己得生之趣或思古之幽情。《归园田居》组诗中,其一是再现居所环境与乡村生活的优美安闲,流露出适性养生,复返自然的愉悦之情;其二表现与乡曲邻

---

① 伍方南《陶谢诗歌差异论》,《杭州大学学报》1996 年第三期,第 60—65、72 页。袁行霈《陶谢诗歌艺术的比较》,《陶渊明研究》,北京:北京大学出版社 1998 年版。

里披草往来,共话桑麻的淳朴生活之乐趣;其三是亲身参加劳动后的心理与情景;其四记闲暇之时还昔日住所,发现已是故人凋零,只余井灶遗迹,桑竹残株,心中不禁生出许多物是人非,人生幻化的感叹;其五则是撷取只鸡招友,共饮新酒的一个日常生活场景,陶渊明田园、咏怀诗作从总体而言大致都是如此,由眼前一事一景而引发出内心无限感慨,取景、状情、明理皆以此为基础,这也是汉魏来古诗的基本样式,但陶渊明也有个别诗篇突破了这一限制。如《答庞参军》中:"情通万里外,形迹滞江山。"以同样的思念之情联系了自己与远在万里江山之外的友人,叙述上突破了诗歌限于一地之局限,呈现出一种不同于前代诗歌的新面貌,这种情形在陶诗中只是偶尔一见,但在谢诗中却常常出现。

谢灵运的山水诗作常常随游程之推进而移步换形,在千姿百态的山水景物描绘中兴情悟理。他的游程往往具有一定的时间地域跨度。如《初去郡》:"溯溪终水涉,登岭始山行。"元代方回在《文选颜鲍谢诗评》中评价这两句诗时说:"此于永嘉去郡如画也。永嘉城下沠潮江(今温江)过青田县,抵处州(今浙江丽水),始舍舟登冯公岭,出永康、东阳(今金华市),非尝至其地不知也。"[①]据其所述路线,可知谢灵运在这两句诗中已经尽述数天山行水路之程,这种方式从本身来讲并没有突破一时一事之局限。但在谢灵运创作的后期,诗歌风格趋于成熟,各种技巧运用更为熟练,往往同一首诗中不仅涵盖一段时间的游程,而且寓象征于写实中,诗歌呈现出与前期不同的风貌。如《还旧园作,见

---

① [元]方回《文选颜鲍谢诗评》卷三,《瀛奎律髓汇评》上海:上海古籍出版社1986年版,第1880页。

颜范二中书》作于隐居故乡时受文帝征召而返回京都任职的元嘉三年,诗云:"浮舟千仞壑,总辔万寻巅。流沫不足险,石林岂为艰! 闽中安可处,日夜念归旋。事踬两如直,心惬三避览。托身青云上,栖岩抱飞泉。"数句已经综述自己历年来赴任永嘉、游牧郡中、隐居故乡的生活经历,这里既是写实,又具有抽象概括之成分。尤其前四句,境界廓大,颇有唐诗风味。这种情形在谢灵运前中期的作品中也只是偶尔一见,但在出守临川内史时期的作品中却常常可以看到。

如《入彭蠡湖口》,这首诗已经完全突破了古诗限于一时一事的叙述模式。由诗题可知该诗是谢灵运赴任临川,行至彭蠡湖口时所作,但细味诗意,乃是以高度概括的语言具述出京离都后的一路风尘。这里并没有前期同类诗作中常见的具体地点、路程的交代,而是选择了几个代表性的画面"洲岛骤回合,圻岸屡崩奔",涵盖一路"风潮";"乘月听哀狖,浥露馥芳荪",也是截取途中生活的一个画面,春江明月之时,夜宿舟中,听着山中哀猿声声啼鸣,似乎看到凝结着滴滴晶莹朝露的芳荪,仿佛能闻到其幽幽香气;"春晚绿野秀,岩高白云屯"为千古传颂的境与意会的名句,虽然这里展现出一幅清新秀丽的暮春山水画卷,却不一定是此处的现实场景;"千念集日夜,万感盈朝昏"概括出置身其中的主体这一段时期的心情,无限愁思绝望以及对不可把握的命运的茫然恐惧都凝缩在这千念万感之中,而且这种感觉日夜朝昏萦绕心头,挥拂不去,难以排解。"攀崖照石镜,牵叶入松门"为纪实文字,在此处舍舟登岸,游石镜松门二山。后半部分是发吊古之幽情,恰如吴伯其所云:"舍舟而崖,远入松门,而望三江九派历历矣。灵物羞珍怪而不出。异人秘精魂而不见。金膏之明光已灭,水碧之流温久缀。所谓天地闭、贤人隐之时也。"①末二句"徒作千里曲,弦绝念弥敦",言本拟借琴销愁,不料音绝后却忧思弥笃。全诗虽从诗题来看与以前的作品并无二致,但在表述方法上却有了新的变化,他并没有如以前一样按照时间地点的推移依次述之,而只是选择了一些典型的场景。虽然读者从诗中最先看到的依旧是精工山水画面,但写意性已经很明显,从中能感受到诗人千虑万感难以消解的忧情愁思。这种方式突破了传统的线性结构,创造了浑融扩大的诗歌境界。这一特征被沈约、谢朓等南朝诗人继承而在唐诗中发挥到极致。

(二)从以意写境到借境抒情

陶诗重视写意,具有以意写境的特征。陶诗中出现的山水田园风物并不是诗作的主要表现对象,而只是诗人生活的背景或兴寄的载体,它们往往具有现实与想象的双重存在特征,体现了诗人自由独立的人格。陶诗注重传达浑然天成的境界,这也是诗人与景物融合为一的平和淡然心境的体现。所以这里出现的山川景物往往具有强烈的主观色彩而缺乏田园自然本身的客观形态,在读者眼中印象最为深刻的是诗人的主观情思而非客观物象。以《游斜川》为例,这是陶集中少数几篇游览山水的诗作之一。一般记游诗作总是有诸多的外物场景描写,但陶渊明在此诗之中,虽有"弱湍驰文鲂,闲谷矫鸣鸥"以及"气和天惟澄"的景物描写,但更多地却是表现了自己对于外景的感觉以及由此而生发的惜时叹逝之情。景物描写也颇具主观化色彩,如面对层峦叠嶂的曾城,诗人并没有运用笔墨来再现其景物之细节,

---

①　转引自黄节《谢康乐诗注》,北京:人民文学出版社 1958 年版,第 90 页。

而只是以"虽微九重秀,顾瞻无匹俦"这一主观感受来表现外景之美。这种感受既可以因面对曾城而起,亦可以是面对别的景物而引发的感受。读完全诗之后,欣赏者并没有对斜川周围的风物特色有一明确概念,而只是清楚地感受到诗人"悲日月之遂往,悼吾年之不留"的惆怅之情。其余诗作亦有如此特色,如《饮酒》"结庐在人境"写到"悠然见南山"后并没有对南山之景进一步描绘,而只是传达出诗人面对此景的感受"山气日夕佳",山中风物在黄昏时分变得比平时更加美好,明显具有以意写境的特征。

谢诗中也有以意写境处,如前文曾说"昏旦变气候,山水含清晖,清晖能娱人,游子憺忘归"、"心契九秋干,目玩三春荑"等(《登石门最高顶》),但谢诗中运用最多的却是借境抒情,上文已经分析,谢灵运的诗作之中并非没有情感因素,但是情感是通过客观外物真实的描绘传达中表现出来。读谢诗,最初接触感受到的是一幅幅生机盎然的山水自然画面,其次才是蕴含其中之情。如"林壑敛暝色,云霞收夕霏"(《石壁精舍还湖中作》)在时序的流动中流露出淡淡的感念时光流逝之情;"泽兰始披径,芙蓉始发池"(《游南亭》)也是在景物的动态变化中传达出诗人难以抑制的惜时叹逝之情;"连障叠巘崿,青翠杳深沉。晓霜枫叶丹,夕曛岚气阴"(《晚出西射堂》)同样是描写黄昏时分的远山,谢灵运却绘制出一幅维妙维肖的山水图画,传达出远山丛林层峦叠嶂在夕阳西下时的光影视觉变化;"岩峭岭稠叠,洲萦渚连绵。白云抱幽石,绿筱媚清涟",(《过始宁别墅》)则再现了山中清新的风景画面。这些景物描写都注重色彩对比与构图和谐,但又可以从一幅幅生机盎然的画面中感受到诗人发自内心的喜爱之情,这一点与谢诗注重形似有关。其诗本是以悟理为旨归,但在他的观念中只有维妙维肖地再现山水景物才能呈现出其中之理蕴，所以追求山水风物形似的表述，情只是自觉不自觉地流露出来，诗中主要描写对象仍然是千姿百态的自然山水。

南朝诗人的景物描写从很大程度上继承了谢诗的这种写法，刘勰在总结刘宋初年诗歌风貌时说"文贵形似，窥情风景之上，钻貌草木之中"①，最能代表谢诗景物描写之特色，这也是当时诗歌境界拓展变化的内容之一。

（三）诗歌题目的类型化到具象化

魏晋之前，诗歌题目在诗歌中并不重要。有许多诗作只有内容而没有题目，如《诗经》中的诗歌标题都是后人取首句的前两字而成，文人作品中，除沿用乐府旧题之外，更多的是使用一些类型化的题目。如《咏史》《述怀》、《赠妇》、《赠答》、《公宴》、《咏怀》、《游仙》、《悼亡》、《拟古》、《杂诗》等，有些尚能从题目中看出一些内容的影子，有的如《杂诗》等根本只是一些有诗无题的感怀之作，这样的作品往往采用组诗的形式。直到西晋太康年间才出现了应景纪事而自制诗题者，如陆机有《赴洛道中作》，而陆云的诗题中甚至出现了颇具叙事意味的诗题并序，如《从事中郎张彦明为中护军》，类似的诗题只是到了唐宋时期才大量出现。在彼时自制诗题尚属偶一发见，东晋之时尚频频可见同题制诗者。如凡是在永和三年三月参加流水曲觞的兰亭集会者都以《兰亭诗》为题而作诗，由此可见在时人观念中诗题依旧没有重要的地位。直到晋宋之交，应景即事自制诗题之风才渐渐普

---

① 范文澜《文心雕龙注》卷十《物色》篇，北京：人民文学出版社1958年版，第694页。

及，庾阐便有《观石鼓诗》、《登楚山诗》、《衡山诗》、《江都遇风诗》等，湛方生也有《庐山神仙诗》、《后斋诗》、《帆入南湖诗》、《天晴诗》等。陶集之中部分诗作是应景而作的标题，但亦有近二分之一的诗作都采用了程式的类型化标题。如《杂诗》十二首、《饮酒》二十首、《拟古》九首等，另外，陶诗中亦多用组诗的形式，在同一标题之下而有数首甚至十数首作品，如《归园田居》五首、《咏贫士》七首、《形影神》三首、《读〈山海经〉十三首》、《移居》二首、《挽歌诗》三首、《和郭主簿》二首等。但是谢灵运的九十多首诗歌中除了近二十首乐府诗类外，只有《拟魏太子邺中集八首》为组诗，其余诸作都是经过了精心创制的应景即事之题目。

标题与诗歌内容之间有密切关系。一般说来，题目为诗作提供理解阐释的背景，具有补充解释诗歌内容之作用，也是作者创造诗歌境界的基础。类型化的标题一般只注重表达诗人心绪而难以产生具体独特的场景，如陶渊明的《杂诗》十二首；谢灵运的诗题都是经过精心创制，它们往往具有一定的叙事功能，能够交代原来应该在诗歌正文中陈述的内容，这样使诗作中必须但平板的叙述成分减少，更具有凝练、紧凑的特色。如陶渊明《乙巳岁三月为建威参军使都经钱溪》中在写物描写之前，前四句"我不践斯境，岁月好已积。晨夕看山川，事事悉如昔"，再下才是寓目之景物描写，其实这四句只是表明重过钱溪，山川依旧之意。若在后世诗作中，大可以放在诗题之中作为一个理解的背景，可以说乙巳岁三月为建威参军使都又经钱溪，山川依旧，云云。如此在诗中便可以省略这一部分叙述成分而直接写景抒怀，整首诗的结构会显得紧凑整齐而不散缓。谢灵运的诗作中虽然也不乏记游部分，但并没有散缓之意。他的诗题之中已经包蕴了丰富的内容，诗作直接在此基础上展开。如《还旧园作，见颜范二中书》题目中便交代了此诗的写作背景是返回京都见到颜延之与范泰后所作,所以诗中便省略了这些叙述成分,而直接表明自我之节操与心迹,这样诗歌在结构上显得紧凑精练。

从陶诗到谢诗的这种转变并不是偶然的现象。翻检南朝诗集,会发现他们在诗作题目类型基本与谢灵运相同,除了乐府拟作之外,大多都是即题应景自制之标题。这种形式,使南朝诗歌更趋向于结构紧凑的律诗而进一步减少了散缓的叙述成分,是诗歌境界变化的基础因素之一。

（原载于《江西社会科学》2001 年第 6 期,收录时曾修改。）

论李贺的艺术思维方式及诗歌特质

内容提要：李贺诗歌的独特性是由其艺术思维方式——原始思维决定的，互渗性与神秘性是原始思维最重要的两个特征。其互渗性主要表现在通感手法的运用、移情和时空互渗三个方面；而神秘性则主要体现在神话传说的运用和变形、历史典故和历史人物虚实相间的化用、超现实意象的频频出现等方面。这使他的诗歌从整体上讲具有意象明晰而诗意蒙胧的特点；从结构上讲，突兀性跳跃结构拓展了诗的意境；在语言方面，刻意锤炼，注重修辞设色，具有冷艳的色彩。

关键词：艺术思维方式　原始思维　互渗性　神秘性　意象明晰　诗意蒙胧　跳跃结构

在派别众多、风格各异的中唐诗坛上，长吉诗不傍流俗，独出机抒，呈现出与众不同的艺术风貌，这是他独特的艺术思维方式决定的。一个天才俊逸，超拔群伦的诗人必有其独特的艺术思维方式。就李贺诗歌而论，可以看出他在构思取境时完全超越了客观物象的束缚，真正达到了物我合一。他大多数诗作都非常强调自己的主观感受，注重描写个人的直觉和幻觉，他在感受外物时,不自觉地消融了物我的界限,恍恍然将自己的情绪和感触移至自然万物之上。"自然对象在他身上所激发的那些感受,直接被看成了对象本身的性态。"①花笑露啼,龙啸剑吟杂陈诗中,自然万物无不充满了生命的灵性,在与自然界中实际形态的异质存在中荡漾着浓重的神秘色彩。李贺的诗作就是在这样独特的艺术思维方式的统驭之下产生的。而诸如空间互渗、直觉思维、万物有灵观念,充满神秘意味等特点,都是原始思维的重要特征。从这个意义上来讲,李贺正是以原始思维这一独特的思维方式构筑了自己奇谲瑰丽的诗篇。

诗人运用独特的艺术思维方式,遨游于无限广阔的时空,创作出"离绝远去笔墨畦径间"②的艺术珍品。其艺术特质从整体上讲,具有意象的明晰性却诗意朦胧的特点;从结构上讲,突兀性跳跃结构拓展了诗的意境;而语言上则刻意锤炼,恰如钱钟书先生所说:"长吉诗穿幽入仄,惨淡经营,都在修辞设色。"③本文拟从其艺术思维方式入手分析长吉诗的艺术特质。

一、原始思维的互渗性及其表现

原始思维的本质特征是互渗。互渗是指"在原始人的观念中,不同的或对立的事物性质以及其灵性之间的神秘的相互混合,相互渗入,相互感应和变幻的超自然联系与混同。"④李贺在

---

① 荣震华、李金山译《费尔巴哈哲学著作选集》下卷,北京:商务印书馆1984年版,第458页。

② [唐]杜牧《李长吉歌诗叙》,《李贺诗歌集注》,上海:上海人民出版社1977年版,第3页。

③ 钱锺书《谈艺录》,北京:中华书局1996年版,第46页。

④ 苗启明《原始思维》,上海:上海人民出版社1992年版,第2页。

其独特艺术思维方式统驭下产生的诗歌,互渗的特点贯穿始终。其主要表现为三个方面:通感、移情和时空互渗。

(一)通感

通感是指人们把不同的感觉范畴所得到的印象拿来挪移借用的方法。钱钟书先生在《通感》中指出:"在日常经验里,视觉、听觉、触觉、嗅觉、味觉往往可以彼此打通或交通,眼耳舌鼻身各个官能的领域可以不分界限。"[①]它作为文艺创作中特定的心理现象,来源于作家的直觉和幻觉。而李贺的诗歌大都强调主观感受,注重描写个人的直觉和幻觉。当然,通感并非李贺首创,亦非他的专利。然而,若论通感手法使用频率之高,使用形式之复杂多变,当首推李贺。

李贺诗中打通听觉和视觉的界限,以听觉写视觉,或以视觉形象写声音的方式最为常见。他的几首音乐诗便是贯通听觉和视觉,以视觉形象来描摹乐声的典型。如《听颖师弹琴歌》中:"芙蓉叶落秋鸾离,越王夜起游天姥。暗佩清臣敲水玉,渡海娥眉牵白鹿。"[②]这是声音的描写,用以表现的却是充满神话色彩的视觉形象。这种写法给人的审美感受是朦胧的,读者获得的美感是因为视觉形象而非听觉形象。另外,李贺诗中也有视觉和触觉的通感、嗅觉和视觉的通感,如"杨花扑帐春云热"(《蝴蝶舞》)、"东关酸风射眸子"(《金铜仙人辞汉歌》)等。

然而,李贺诗中通感运用最成功,也是最有独创性的是将数种通感手法交错使用,将触觉、视觉、听觉、嗅觉打成一片,多角

---

① 钱锺书《七缀集·通感》,上海:上海古籍出版社 1995 年版,第 65 页。

② 本文所引作品均出自见《李贺诗歌集注》,上海:上海人民出版社 1977 年版。

度多侧面地对同一事物加以描写和形容。如"云根苔藓山上石，冷红泣露娇啼色"（《南山田中行》）两句写秋天山中的景色，"冷红"二字是触觉与视觉的沟通，传达出秋天衰飒清幽的情味。花瓣上滚动的露珠，又似人之珠泪点点，于是仿佛听到啼哭之声，视觉形象又转化为听觉。而一"娇"字又写出秋花如女子般柔弱又楚楚动人之姿。这两句诗触觉视觉、听觉互相沟通，而且在秋花形象之外似又可见一或候人不至、或见弃于秋风之中暗自垂泪的女子形象，既丰富了诗的形象内涵，又给读者留下强烈的印象。

在某些诗中，诗人在运用通感手法时，并未局限于描写对象，而是抓住其某一特征，巧运心机，虽越走越远，却层层递进，其中自有逻辑可寻。这种逻辑不是现代逻辑，而和原始思维中的原逻辑相类似。原始思维忽视矛盾，不遵从现代逻辑，但自有其内在的联系，可称之为"原逻辑"。如原始人认为鹰是煤的主人之一，而且是陆地动物。这在我们看来是无稽之谈，可是在原始观念中却有其奇特的关联：鹰与闪电联系，闪电与火联系，火与煤联系，煤与土地联系。于是鹰就成了煤的主人之一，因而也成为了一种陆地动物。李贺诗中亦有此例："歌声春草露，门掩杏花丛。"乍看之下，"歌声"与"露珠"风马牛不相及。但若细心追寻，便会豁然开朗：首先，将珠子与歌声相联，古已有之。《礼记·乐记》"故歌者……累累乎端如贯珠"；其次，珠子与露珠的联系亦是辞章套语，白居易《暮江吟》"可怜九月初三夜，露似真珠月似弓"；再次，由珠而想到春草上光洁晶莹的露珠，最后又将这种特性与歌声联系起来。这里诗人借助于联想和通感，将听觉沟通于视觉和触觉，贯通了不同事物之间的内在联系，突出了最能代表事物的本质特征。

（二）移情

互渗性在长吉诗中的另一个表现是移情。立普斯认为所谓"移情"，就是通过主体意识的活动将对象人格化为"自我"。简单地说，移情就是将人的某些感觉、情绪移到事物身上，使事物带有人的感情色彩。李贺诗中移情现象经常出现，多细腻曲折而有新意。有的是诗人的某些感觉情绪转移到事物身上，使事物也带有人的感情色彩："半掩红旗临易水，霜重鼓寒声不起。"（《雁门太守行》），感觉寒冷的是人，作者却转给了鼓，甚至转给了鼓声。好像它因为受寒而凝冻，鼓声才变得那么喑哑低沉；"星低云渚冷，露低盘中圆"（《河南府试十二月乐词·七月》），夏天深夜时分，诗人也许感到了些许的凉意，仰观众星时发现它们在天河里拥挤到一起，于是猜测它们当也是感到凉意才如此的吧？另外，"冷红泣露娇啼色"、"细绿及团红，当路杂啼笑"等都是借物象来表达人的感觉，或说是将人的感觉移注到物象上。另外长吉诗中也有一些借景物拟写人的情绪，如"衰兰送客咸阳道，天若有情天亦老"（《金铜仙人辞汉歌》）、"好花着木末，衰蕙愁空园"（《河南府试十二月乐词》）等，正是"以我观物，故物皆着我之色彩。"[1]

（三）时空互渗

从李贺的诗中可以看出，他时时惊痛于时间的流逝，生命的消亡，渴望超越自然法则，达到生命的永恒。然而，从遥远的历史绵延中，从浩渺的宇宙时空中，从自然界的变化之大和社会人

---

[1] 王国维《人间词话》，济南：齐鲁书社 1993 年版，第 34 页。

事的变化之速中,他体悟到时间的永恒与个体生命的短暂。他用五彩的诗笔向我们展示了他的追求与幻灭,展示了他丰富复杂、瑰丽奇异的想象世界。这个世界打破了自然界中的一切法规和界限,过去和现实呈现在同一平面,想象中的虚幻世界与现实互相融和,在这超自然、超感官的奇思遐想中,体现了诗人艺术思维方式中时空互渗这个方面。

诗人往往选择亘古未变的事物来联系现实和历史,将时空推进遥远的历史隧道中。《官街鼓》在隆隆的鼓声中日月轮转,春秋代序,从不可一世的风云人物到逍遥自在的神仙世界都不能逃脱时间法则的限制,千年永恒的只是"漏声相将无断绝"的时间;《古悠悠行》中千年随风而逝,世间只有"白景"日复一日,年复一年地照耀大地。这些永恒的物象联系了古今,人仿佛在时间的隧道中穿行,目睹千年来世事的变化。

神思俊逸的诗人又驰骋无遮拦的想象,在他的诗中建构了三大超自然境界:神仙、鬼怪和梦幻。而这三大超自然境界又和现实世界在不同程度上以不同方式紧密地融和了。

《天上谣》描写了一派祥和美好的神仙世界,然而这里到处有尘俗人世的影子。"呼龙耕烟种瑶草",正是人间劳动的写照;"王子吹笙鹅管长"是休息的闲情逸趣。这一切都是现实生活在神仙世界的映照。梦幻世界则表明了作者曲折幽深的内心世界。《题梦归》一诗最具代表性,官卑职微的诗人在长安风雨之夜挑灯夜读时,不自觉地朦胧睡去,仿佛回到久久思念的家中:"怡怡中堂笑,小弟裁涧菉。"然而,现实中"望我饱饥腹"的生活压力又使他从梦中悚然惊醒,一切都消失了。他依旧孤独地客居他乡,独对青灯,回想梦境时心中徒增凄然。诗中现实与梦境互相交融,互相渗透。

而在描写幽冥鬼怪的诗歌中,诗人往往以现实世界为起点,于惚兮恍兮中转向幽冥世界,如《感讽·南山何其悲》一诗描写秋雨凄迷中长安城中有几个人死去了,在"低迷黄昏径,袅袅青栎道"上,我们仿佛看到匆匆赶路的鬼魂,这里的情景似实似虚;月上中天,树立无影,漫山是寂静的惨白,这时出现了手拿漆炬欢迎新鬼的鬼魂。然而瞬时即逝,隐入另一个不可知的空间,只有流萤点点,飞舞在这月下山前。这里,现实和幽冥互生互渗,同时存在,只不过现实是在可知可感的空间,而那个世界却在可隐可现的他维空间。《感讽·石根秋水明》,更是历史和现实世界的融和。全诗十二句的前十句写秋夜山中的寂静和幽冷,是现实景物描写。末二句:"下有张仲尉,披书案将朽。"则一下子将原以为很清晰的景色模糊起来。笼千年于一瞬,读者被抛到时空的隧道中,体验现实与历史交接融和的奇异感觉。

从这些作品可以看出,在诗人创造的艺术世界中,现实与历史、实景与幻境都可以任意转换,这里不存在现实中自然法则不可逆转的阻碍,这表明在诗人的心灵世界中,今与古、实与虚都不可分割地融合在一起,都是现实的存在。其思想根源,正是其艺术思维方式的互渗性。

二、原始思维的神秘性及其表现

人生于世,面对宇宙的浩渺无垠,面对时间长河的绵延无尽,总会产生探究一切的欲望和冲动。诗人李贺以其独特的艺术思维方式,构思了奇谲瑰丽的诗篇。这里,他并没有冷静客观地做理性分析和解释,而是凭借自身的敏感,深深地沉浸在对生命的直觉体验中。他以超现实的理想方式和象征方式进行创作,其诗中充满了超现实的物象、非理性的情节以及隐喻和象征,这里隐含着他的探求和答案。正如陶尔夫先生所说:"诗人往往从遥远的历史回声中,从神鬼复现的境界中,超自然地涌现出一种生与死,虚与实的神秘体验和冲动。而且,由于作者对自我,对客观世界的历史的无力主宰,无法把握和不确定性体认,更增加了他心灵深处漾动着的神秘意识。"①这种神秘意识在其作品中主要体现在几个方面:神话传说的运用和变形;历史故事虚实相间的化用;超现实意象的出现。

(一)神话传说的运用和变形

神话传说大都采用超现实的想象方式来呈现荒诞不经的具象世界。神话以其美丽的幻想、优美的环境和超越自然法则的自由散发着永久的魅力,深深地吸引着那些在苦难现实中奋斗、追求、探索的人们。李贺,因其独特的个性和特有的艺术思维方式,更喜欢这个色彩斑斓、充满奇情异彩的世界。其诗有二百四十余首,直接运用神话传说的就有三十多首。这使他的诗歌新奇而瑰丽,充满了超现实的场景和恍惚迷离的神话色彩,弥漫着浓重的神秘气氛。

李贺诗歌中,出现最多的是有关日月的神话传说。然而,他并未照搬这些原有的神话,而是发挥自己"笔补造化天无功"的独创精神,根据自己表达情感的需要,对这些神话传说进行加工变形和创造。这使本已恍惚迷离的诗歌又充满了新奇而怪异的神秘色彩。

在神话传说中,羲和每日驾车载日在空中运行。如《淮南

---

① 陶尔夫《李贺诗歌的童话世界》,《文学评论》,1991 年第 3 期。

子·天文训》说："爰止羲和，瞬息六螭。"注云："日乘车，驾以六龙，羲和御之。"可见羲和只是太阳的驭手而已。然而在李贺诗中，主仆的位置颠倒了。"羲和敲日玻璃声，劫灰飞尽古今平。"羲和成了驭日的主人，以鞭敲日，发出玻璃一样叮当作响的声音。气势雄浑，有声有色，给人留下新奇深刻的印象；《苦昼短》："天东有若木，下置衔烛龙。"《山海经》上记载："西北海外大荒之中，有（涧）灰野之山，上有赤树，青叶赤花，名曰若木。"郭璞注："生昆仑西附西极，其花光赤下照地。"可见若木并不在天的东边；屈原《天问》："日安不到？烛光何照？"王逸注："天之西北有幽冥无日之国，有龙衔烛而留照之。"可见烛龙既不在天的东方，更不在若木之下。但是，诗人为了服务于"斩龙足，食龙肉，使飞光永驻，老者不死，少者不哭"这一思想的表达，便创造性地将这两个神话结合到一起。

对于生活在地球上的人们来说，月亮是神秘的存在，各民族有关月亮的传说都很多。我国最流行的是月亮中有广寒宫，里面有位美丽孤独的嫦娥仙子，终日相伴的是一只玉兔；月宫中另一个居民是"学道有过，谪令伐树"的吴刚，而李贺却运用超现实的艺术想象，创造出更为美丽的月宫生活图："老兔寒蟾泣天色，云楼半开雾斜白。玉轮轧露湿团光，鸾珮相逢桂香陌。"（《梦天》）"玉宫桂树花未落，仙妾采香垂珮缨。"（《天上谣》）；吴刚也得以脱离了艰苦的劳动，"吴刚不眠倚桂树"（《李凭箜篌引》），而在欣赏音乐。这里是诗人创造的另一个神话世界，优美闲逸中透出出人意表的淡淡的神秘。

另外，李贺诗中又化用了许多神话。如"女娲炼石补天处"令人想起"女娲炼石五色以补苍天"（《山海经》）的传说；"江娥啼竹素女愁"令人想起《博物志》"舜之二妃曰湘夫人，舜崩，二妃以涕挥竹,竹尽斑"这样有关湘妃竹的美丽传说。这样大量融筑神话传说既能调动读者自身的知识积淀,在想象中对诗歌进行创造性理解,又大大扩展了诗歌内涵,使读者在美的享受中感到诗中传达的神秘气氛。

除直接运用神话传说外,李贺诗中也经常对历史典故和历史人物进行虚实相间的化用。汉武帝和穆天子都是历史人物,但《汉武故事》和《周穆天子传》所记载的西王母与之交往的故事,则令他们又蒙上一层神秘的色彩,李贺诗中曾多次提到这美丽的传说。《瑶华乐》记叙穆天子与西王母与瑶池上的欢会:

> "穆天子,走龙媒。八骖冬珑逐天迴,五精扫地凝云开
> ……琼锺瑶席甘露文,元霜绛雪何足云?薰梅染柳将赠君,
> 铅华之水洗君骨,与君相对作真质。"

浓墨重彩地渲染了宴会的奢华、愉悦与神奇。据《列子》记载,穆王升昆仑之邱,及观日之所入,与宾于西王母,乃是三事。只是诗人在这里任凭想象驰骋,将三件传说加上自己的离奇想象,杂糅在一起,创造出气氛超常境界迷离的神话世界。

有关西王母和汉武帝交往的故事也频频在长吉诗中出现,《汉武故事》《汉武帝内传》中都记载了王母赠武帝仙桃,以助其长生的故事。而李贺诗中却化用了这些传说故事。如《昆仑使者》:"昆仑使者无消息,茂陵烟树生愁色。金盘玉露自淋漓,元气茫茫收不得。"汉武帝虽交往西王母,得赠仙桃,又铜盘玉露,以求长生,终不免"茂陵烟树生愁色",于一层神秘的色彩中又笼上惆怅的情调。

(二)历史故事虚实相间的化用

李贺艺术思维方式的神秘性还体现在他在诗中建构了一系

列现实的意象,这些意象又在诗中幻化出一派迷离恍惚的神秘氛围。这些意象,或者直接从神话传说中演化而出,如羲和驭日、伶伦采竹、王子吹笙、秦妃卷帘、王母桃花、玉宫桂树、轩辕黄帝、彭祖巫咸、江娥秦女等,或者在神话传说的基础上经过作者自己的加工创造而得来,如神妪、鬼母等。这些意象的含义已经大大超出了其字面的意义。它们已经和那些遥远神秘的神话传说融为一体,在读者心中唤起的是有关神话世界的美妙遐想,在虚无缥缈的不可求证中使人感到在可知可感的现实世界之外的另一个世界的神秘力量。

(三)超现实意象的运用

李贺诗中也有一些超现实的意象,虽然现实生活中并不存在,然而在人们心中却是可知可感的意象。如青凤、凤凰、麒麟、龙等意象。《公无出门》一诗所以充满神秘的气氛,正是因为其诗中用了一系列的此类意象:吞人魂魄以益其心的熊虺,人触其毒气而死的毒虬;龙头,马尾,虎爪以人为食的猰貐等。这一类动物,在世上根本就不存在,世人更无从得见,然而在人们的想象中,却是可感可怖的真实存在。这一类意象中,诗人用得最多的是龙意象。

据《全唐诗索引》中《李贺诗字频统计表》统计,李贺所存二百四十一首诗中,共用龙字八十次。而且,其绝大部分龙意象都和心灵化龙意象不同。所谓心灵化意象,是指"物质世界的'象'一旦根据作家的'意'被反映到一定的语言组合之中并且用书面文字固定下来之后,便成为一种心灵化意象"[①]。在人们的心灵

---

① 陈植锷《诗歌意象论》,北京:中国社会科学出版社 1994 年版,第 15 页。

化意象中，龙居无定所，处无定形，呼风唤雨，来去无踪，超越了自然界和人类社会的一切法则，是自由和权势的象征。然而，在李贺诗中，"龙"仅有两次是在这个意义上使用："君看母笋是龙材"（《昌谷北园新笋四首》之一），"他日不羞蛇作龙"（《高轩过》）。而在其余的诗作中龙却已经失去了主宰者的尊严和气势，变得压抑、屈从。它们或者像牛马一样被驱使，从事繁重的体力劳动："呼龙耕烟种瑶草。"（《天上谣》）或者像奴仆一样于座前秉烛侍立："下置衔烛龙。"（《苦昼短》）或为人驾车："羲氏和氏迁龙辔。"（《河南府试十二月乐词·闰月》）。其地位低下，命运也非自己所能掌握："黄河冰合鱼龙死。"（《北中寒》）"烹龙炮凤玉脂泣。"（《将进酒》）"吾将斩龙足，嚼龙肉"（《苦昼短》）这里龙竟变成席上佳肴。为什么象征着自由和权势的龙意象在其诗中发生了如此变形呢？

从龙两次在心灵化意象的意义上被使用，我们可以看出李贺对龙意象的理解与传统的心灵化龙意象相同。"他日不羞蛇作龙"（《高轩过》）一句，则透露了他内心深处的信息：他有意无意地以龙自喻，渴望能如龙一样超越人世的羁绊，超越自然法则，达到自由的境界，满足对权欲和享乐的追求，实现功业抱负。然而，现实中的困窘和失意使他认识到这希望的渺茫和不可能实现。在诗中，龙的命运正是诗人在现实中命运的变形和投影。所以其诗中龙意象才会和心灵化龙意象错位而变形，但正是这种错位和变形使诗作笼罩上难以言传的神秘气息。

三、艺术特质一：意象明晰而诗意朦胧

中唐诗坛上流派众多，风格各异。李贺因其独特的生活经

历和性格特征,不傍流俗,独树一帜。用诗歌记录了自己不断震荡的心灵轨迹,诗人运用独特的艺术思维方式,遨游于无限广阔的时空,创作出"离绝远去笔墨畦径间"的艺术珍品。后人多评李贺的诗"幽深诡谲"[①],指出其诗意朦胧的特点,但未明确这个特点与"意象明晰"紧密相联。钱锺书先生曾指出:"长吉文心,如短视人之目力,近则细察秋毫,远则大不能睹舆薪。"[②]意象明晰而诗意朦胧是李贺诗歌的主要特点,这是因为诗人在进行创作时,只注重表达自己的主观感受,而不在意诗意的传达。这种感受也许只是景物的局部,事件的片段,或是一刹那间的幻觉。所以有些诗作只是一系列意象的组合,而没有明显的可把握的主题,如《河南府试十二月乐词·四月》:

> 晓凉暮凉树如盖,千山浓绿生云外。依微香雨青氛氲,腻叶蟠花照曲门。金塘闲水摇碧漪,老景沉重无惊飞,堕红残萼暗参差。

这里描述的是初夏的第一个月的景致,前两句是现实中的季节景物描写,我们随着诗人的描述移目于山和云的风光之间,第三句中又忽然被细雨所笼罩,雨珠轻微细小几乎在不能察觉中渗透于花香之中。这里,景物的形状和界限都消失了,雨和树和绿色交融在一片"青氛氲"里。而在这一片混沌的背景之上,又出现了鲜明的景色:被肥厚的绿叶,艳丽的红花攀援遮盖着的门。这两句已于不觉中转换了视角,读者已分不清是真实的场景,还是一时的幻觉?第五句写面对的是碧波荡漾的水塘,这里

---

① [唐]杜牧《李长吉歌诗叙》,《李贺诗歌集注》,上海:上海人民出版社1977年版,第3页。

② 钱锺书《谈艺录》,北京:中华书局1996年版,第46页。

有风而过，吹动花簇。于是起伏动荡中，光也消逝了，黑暗掩住了水中的倒影，笼罩了一切。在诗中，诗人只是在描写景物，既有现实的景物，也有幻想中的场景，但都是他主观体验的景物。我们无从知晓他要传达一种什么思想意思，他似乎只是为了写体验而写景。读者只是随着其诗笔，梦幻般地脱离了现实世界，迷失在他所创造的美好的意象群中，感受四月落花和它消逝的奇异感觉。

诗人进行艺术创作时，随着灵感的触发，脑海中往往意象奔腾飞驰，因此不同的诗人有不同的构思和表达方式。而李贺，当其沉浸在创作的激情和冲动中时，对于脑海中纷沓而至的意象常常选择感觉中最清晰，印象上最深刻的某一片段反复描写，有时这一描写甚至充斥整个画面，造成总体结构的失衡，而诗意则淹没其中。如《秦王饮酒》、《公莫舞歌》等诗作。《公莫舞歌》如其小序中所写是"咏项伯翼蔽刘沛公也"，诗意是明白示人的。但读者看后脑海中却只有"方花古础排九楹，刺豹淋血盛银罂"与"横楣粗锦生红纬，日炙锦嫣王未醉。"这样鲜明的意象，至于诗意则退居其次。

与此相类似，李贺诗中另有一些诗作，从题目上来看，诗意已经很明确，但读者从清晰可见的意象群中却难以看到诗人要表达的意思。如《罗浮山人与葛篇》，从题目中我们看出作者要表达对罗浮山人赠葛制衣的感激之情。但他只是在诗中描绘了一系列的意象：

> 依依宜织江雨空，雨中六月兰台风。博罗老仙时出洞，千岁石床啼鬼工。蛇毒浓凝洞堂湿，江鱼不食喣沙立。欲剪湘中一尺天，吴娥莫道吴刀涩。

首句便将读者带入笼罩天地的濛濛细雨中。在盛夏的暑热中，有惜葛而啼的鬼工，有飘然欲仙的隐者。然而使人印象最深刻的却是因湿闷熏蒸而毒气不散的蛇洞中的毒蛇和因水沸而不能忍受以至唧沙而立的江鱼形象。这两句借最不易受暑气侵扰的蛇洞与溪水的热渲染了酷暑。这景象，读者很难在现实生活中见到，但基于知识积淀，则很容易可以在脑海中浮现。而且，还可以唤起另外的感觉。毒蛇是攻击性很强极易给人造成伤害的动物，而唧沙而立的江鱼更引起人"含沙射影"的恐怖。作者本意只是想说明酷暑难耐，葛衣必要，以表达对送葛人的感谢之意。然而，若非题目提示，仅凭其诗中意象，我们将不知所云。《李凭箜篌引》《杨生青花紫石砚歌》等诗作，都是这一类作品。

从以上的分析可以看出，李贺诗中意象明晰而诗意朦胧的特点，有时令诗歌含蓄隽永，对诗意的理解也趋于深入。但有时又有句无篇，缺乏圆融意境，影响了读者对诗意的把握。然而，如果我们不以诗意的理解为旨归，而把李贺的诗作为美的对象来欣赏，便能够在诗人创造的优美的意象和出人意表的想象世界中得到审美的愉悦和满足。

四、艺术特质二：诗歌的突兀空性跳跃结构

在结构上，李贺诗歌最大的特点是突兀性跳跃结构。诗歌一般要求在凝练简约中表现出较大幅度的跳跃性。李贺因其丰富的想象力和强烈的主观性，这一点尤为突出。他的许多诗句之间似乎消失了解释性与联系性，而有更多的空白需要读者发挥想象，充分利用自身的知识积淀去填充和解释，更多地将读者拖进接受创造的光圈之中。其跳跃结构主要表现在两个方面：

一是章法上的突兀性陡转，二是句法上的矛盾错综。

在篇章结构的布局上，李贺往往采用错综交织的时空变幻手法来实现这种突兀性陡转，在这一点上，《苏小小墓》颇为典型：

> 幽兰露，如啼眼。无物结同心，烟花不堪剪。草如茵。松如盖。风为裳，水为珮，油壁车，夕相待。冷翠烛，劳光彩。西陵下，风吹雨。

"第一、二句，诗人就眼前所见（或想象中所见）描绘了凄凉的墓地景象。三、四句是女鬼自白：回忆往昔，钱塘笙歌，巷陌烟花，同心罗带，红绡酒污，而今却只有烟雨轻寒，土花惨碧，罗带不见，同心难结。第三句回到眼前实景，第四句又跳到女鬼身上。第五句忽然楔入女鬼生前的景象：香车宝马，夕夕相待。第六句又回到墓前，鬼火熠熠，冷落不堪。末二句写诗人置身于西陵风雨之中，幻想女鬼满怀凄苦，渐渐隐去。"[①]在这里，主人公的生前和死后融为一体。时空的界限已经泯灭。现实与幻境、现在和过去都呈现在同一平面之上，于时空的变幻中体现了结构的转折。《李夫人》《安乐宫》《梁台古意》《拂舞歌辞》等诗都采用了这种相类似的时空变幻手法实现结构上的转折，消弭今古的界限，没有地域的界定，昔日繁荣的盛况与今天凄凉的场景置于同一平面之上，于强烈的对比中引发读者的思考，拓展了诗的意境。

另外，当诗人沉浸在创作冲动中时，往往想落天外，情感忽而高涨，忽而低落，不再遵循现实生活中的逻辑；而随着其情感

---

① 王樨、史双元《"鬼才"自有"神仙格"——谈李贺诗歌艺术中强烈的主观色彩》，《南京师院学报》社科版，1981年第3期。

的波动,其诗中意象的组织也常常打破常规,令作品在结构上发
生转折跳跃,《铜驼悲》一诗最能代表这一特色:

> "落魄三月罢,寻花去东家。谁作送春曲?洛岸悲铜
> 驼。桥南多马客,北山饶古人。客饮杯中酒,驼悲千万春。
> 生世莫徒劳,风吹盘上烛。厌见桃林笑,铜驼夜来哭。"

李贺因为自幼性格孤僻,体质孱弱,所以生与死的问题常常困扰
着他,在追求生命永恒的过程中,他敏感地意识到个体生命的短
暂与宇宙时间永无止休的强烈对比,他曾多次在诗中表达了这
种意绪,这首诗便是典型的一例。把握诗人这种思想感情,便不
再难理解诗中的跳跃结构:前面是灯红酒绿,丝管繁弦,这一边
却是铜驼隐隐悲声;桥南是骅骝驰骋的寻春游客,北邙却是前贤
古人的萧萧陵墓;桃花盛开热烈如人之笑,而铜驼久经世事,知
其不久将萎于泥质,不禁悲其命运。这首诗的情感,一波三折,
喜而至忧,忧而至喜,中间没有任何过渡,只是以鲜明意象间的
强烈对比给读者留下深刻的印象。这里既是意象的叠加,勾勒
出历史的痕迹和生命的沧桑;又是复调的音乐,充满了盲目的希
望和希望破灭的悲哀。类似的诗句结构在李贺诗中比比皆是:
"今朝菖蒲花,明朝枫树老"(《大堤曲》),"曲花飘香去不归,梨花
落尽成秋苑。"(《河南府试十二月乐词·三月》),"今朝桂花落,
明朝枫树秋"(《芙蓉曲》),在对比的转折结构中表现作者因日月
飞驰,盛年不驻,于朝暮之间而容华已谢的思绪。

李贺诗中,也有许多矛盾句法,即在同一个句子中,将互相
矛盾的事物和感受集中在一个短短的句子中。如"芙蓉泣露香
兰笑"(《李凭箜篌引》),"玉碗盛残露,银灯点旧纱"(《过华清
宫》)"缸花夜笑凝幽明"(《河南府试十二月乐词·十月》)等诗

句,于矛盾中表现了"诗人情绪在瞬息间的跌宕,引起读者诗思抑扬。欲流又止,欲滞又畅的感受,体现了复杂的人生意绪"①。

这种诗歌结构上的转折跳跃突破了传统诗歌立意单纯,语言畅朗的模式,较充分地表现了情绪的多面性、复杂性、瞬息性和意象的同时并置性,从而拓展了诗的意境。

五、艺术特质三:修辞设色

钱锺书先生指出:"长吉诗穿幽入仄,惨淡经营,都在修辞设色。"修辞设色乃是李贺诗歌语言上的重要特点。在修辞方面,他运用了通感、拟人、比喻等多种手法;而他的设色之奇在于其诗中大量缤纷的色彩词使全诗笼罩着一层冷艳的气氛。

通感是指人们把不同的感觉范畴所得到的印象拿来挪移借用的方法。这种艺术手法并非李贺首创,也并非他的专利。然而,若论通感手法使用频率之高,使用形式之复杂多变,灵活多样,当首推李贺。这一点在第一部有详细解读,此处不再赘述。

拟人也是李贺经常使用的修辞手法,多细腻曲折而有新意。有的是诗人的某些感觉情绪转移到事物身上,使事物也带有人的感情色彩。"星低云渚冷,露低盘中圆"(《河南府试十二月乐词·七月》),夏天深夜时分,诗人也许感到了些许的凉意。仰观众星,发现它们都在天河里,当是感到凉意,所以才把身子靠拢过去的吧?这些都是借物象来表达人的感觉,或说将人的感觉移注到物象之上。其诗中也有一些借景物来拟写人的情绪的。如

---

① 程亚林《拓展诗境的语言结构——为李贺、谭元春一辩》,《江汉论坛》1987年第8期。

《秋凉诗寄正字十二兄》一诗写自己秋凉时分客居异乡，满心的凄凉与无奈。于是，"露光泣残蕙"，衰败的兰花上滚动着的露珠，在诗人眼里变成兰草哭泣的眼泪。"惊石坠猿哀，竹云愁半岭"（《蜀国弦》），"兰脸别春啼脉脉"（《梁台古意》）"露压烟啼千万枝"（《昌谷北园新笋四首》之二）等都是这种写法。

比喻作为一种修辞手法，在具体运用中，根据喻体、本体、比喻词和喻体本体的共同特性四要素存在与否可分为明喻、暗喻、借代等不同类型。李贺诗中比喻运用很多。不仅明喻、暗喻、借代、博喻交替使用，形式多样灵活，而且有自己的独特之点：

其一，李贺诗中的比喻，许多并未遵从比喻的一般规律：以具体易懂的事物为喻体，使抽象的事物变得易于接受。而常常是喻体比本体更为晦涩难懂。这样的结果是难以对本体有更清晰的认识和感性理解。如《李凭箜篌引》中，运用一系列比喻来描摹乐声，但这些比喻只是唤起读者的视觉形象，沉浸于其中的美感体验中，至于乐声则依旧模糊。

其二，在一般比喻中，本体和喻体的区分是明显的，且不可互换。李贺诗中却打破这个规律。在他的比喻中，何为本体，何为喻体，区分并不明确，有时甚至是可逆的。如："秋肌稍觉玉衣寒，空光帖妥水如天。"（《贝宫夫人》）表面上是明喻，水是本体，天为喻体。但细味诗意，实在又有以水比天之意。这是因为水的透明特点，光在水里面和在空中一样，能透过来。这种可逆转性，使诗歌呈现多义性倾向。令人耳目一新，引发联想。

其三，比喻幽深曲折，于其中体现诗人的思想感情。如"草细堪梳，柳长如线"。前一句"草细堪梳"，草是本体，细为共同特性，喻体未出现。但一"梳"字已经令读者明了隐含的喻体乃是"发"。"歌声春草露"（《恼公》）也是这类比喻的典型。"露"是易逝之物,在太阳的照耀下,很快就会消失。歌声代表欢乐,代表实在的人生,而人生不如意者多,欢乐和露珠一样易逝,此一意;另外,时空漫漫与短暂人生相比,是诗人心中永难解开的心结,以露珠比喻则体现了作者人生苦短的郁闷。

近人罗根泽先生曾以"冷如秋霜,艳如桃李"来评价李贺诗。的确,李贺的诗作中姑且不论那些境界凄清本身便有冷艳之意的作品,即使是渲染热烈场面,用浓墨重彩泼洒而成的诗句,也有冷艳的特色。如《将进酒》:

> 玻璃钟,琥珀浓。小槽酒滴真珠红。烹龙炮凤玉脂泣,罗帏绣幕围香风。吹龙笛,击鼍鼓,皓齿歌,细腰舞。况是青春日将暮。桃花乱落如红雨。劝君终日酩酊醉,酒不到刘伶坟上土。

昔日盛开的桃花开始凋谢,飞舞于暮春时分的风中,漫天是鲜艳的红色。在这样的背景中是欢宴的人群,作者极力铺陈渲染的是宴会的热烈与豪华。然而通读全篇,细味诗意,其中透露的却是人生失意的悲愤和及时行乐于醉乡寻求暂时解脱的无奈,甚至有死亡的哀音。这样,其诗中用以渲染热烈气氛的瑰丽色彩便有了冷艳的意味。

另外,大红大绿一类颜色本是鲜艳的充满活力的,但李贺诗中,特定的结构往往使这些颜色词不仅在视觉上给人以刺激,更在触觉上、感觉上给人以冷的感觉。如"冷红泣露娇啼色","细绿及愁红,当路杂啼笑","绿云愁堕地"等诗句。

当然,李贺更爱用一些素色词,如白、青等表现凄清冷寂的意境。如"雄鸡一声天下白"(《致酒行》),"吟诗一夜东方白"。(《长歌续短歌》)另有许多如玉、银等表示白色的词汇,"玉"字,不仅表示颜色上的白，更有触觉上冰凉和坚硬的感觉。"山瀑无声玉虹垂"(《北中寒》)，飞动喧嚣的瀑布已经凝结为冰而悬于半空，"玉虹"，既有无声的寂静，又有北方冬日中彻骨寒意。

可见李贺诗歌中的色彩表现不仅能在读者眼前和心中唤起强烈的视觉感受，更能唤起视觉感受之外的诸如听觉、触觉等感受，进而激发读者的想象和联想，并把他们带到其诗所呈现的意境中去。

以上，我们对李贺诗歌的艺术特质进行了概括分析。可以看出，这三方面的艺术特质，无论是意象明晰而诗意朦胧，还是结构上的跳跃，或者在修辞设色方面的独特成就，都源于诗人在创作时与众不同的艺术视角：诗人形象往往与诗中人物形象融为一体，反映人、物、事时带有强烈的主观色彩，而且总是将想象中的人物状况当作真实的存在来体验。这种强烈的主观色彩和丰富的想象力，使他的感觉极为敏锐，构思也极为奇特，这使他的诗歌注重表现内心的情绪、感觉以至幻觉，忽视客观事物的固有特征和客观世界的理性逻辑，表现诗人对世界的独特感受和看法。这样的艺术特质源于其独特的艺术思维方式原始思维。

原始思维是原始人通过他们的神秘的、充满情感体验的"集体表像"，在"互渗律"支配下的思维，后世的思维方式都是由此发展演化来的。作为一种思维方式，它并不仅仅存在于原始社会，面是在任何时代、任何社会形态中都留有印迹和影子，对社会中的个体也有或大或小的影响。李贺生活在巫觋之风盛行且崇仙尚道、幻想仙境的中唐社会，身为拜鬼迎神、赞导祭祀亡灵的奉礼郎，而且个性内向忧郁，体格羸弱多病，经常在独处中沉浸在心生之幻像中，对他来讲，自然万物和自然现象不仅是客观存在物,更是一种神秘的存在。在现实世界之外有更本质、更真实的灵在的世界。在这种情况下,诗人在思考问题,寻求答案时,其思维的某些特征和原始思维的特征暗合了。他正是以这种思维方式,驰骋超现实的想象力,发挥高度的创造性,描绘了超自然的意象和画面,消弭了现实和幻想之间的理性界墙,抒写了他独特的心灵世界,使诗歌呈现出不同寻常的艺术风貌。尽管有时会使诗意晦涩难懂,但它可以使读者在诗人所营造的幽深浩渺的异态世界中领略到新奇独特的审美感受。

（原载于《中国石油大学学报（社会科学版）》2005 年第 2 期,收录时有较大幅度的修改）

欧阳修琴学思想述论

内容提要：欧阳修是古琴发展史中文人琴传统不可或缺的一个环节，也是"江西琴派"的代表人物。其音乐观念以儒家音乐思想为主，认为音由心生，礼乐一体，具有经世致用之功能。其琴学思想是其音乐思想的有机组成部分，也认为至和之琴乐既可以讽喻载道，安邦治国，又可以道其湮郁，治心理身。同时，还认为古琴艺术具有丰富的审美意趣。

关键词：欧阳修　音乐观念　琴学思想　经世致用　审美情趣

在古琴发展的历史中，自然形成了艺人琴与文人琴两种传统，并在明代后逐步合流①，欧阳修是北宋时期的文坛盟主，他喜琴、弹琴、藏琴、咏琴，并和当时琴人如孙道滋、道士李景仙、上清宫潘道士及琴僧知白等唱和往还，是文人琴传统中不可或缺的一个环节。其音乐观念与琴学思想主要体现在《国学试策三道并问目二》（天圣七年1029）、《书梅圣俞稿后》（明道元年1033）、

---

① 详见刘承华《文人琴与艺人琴的关系演变》，《中国音乐》2005年第2期。

《江上弹琴》(明道二年 1033)、《送琴僧知白》(宝元二年 1039
年)、《听平戎操》(宝元二年 1039 年)、卷一二四《崇文总目叙释
·乐类》《礼类》(庆历元年 1041)、《武成王庙问进士策二首》(庆
历二年 1042 年)、《问进士策三首》(庆历二年 1042 年)、《送杨寘
序》(庆历七年 1047)、《赠无为军李道士二首》(庆历七年 1047)
《弹琴效贾岛体》(庆历七年 1047)《三琴记》(嘉祐 1062 年)、《书
琴阮记后》(熙宁二年 1069)等诸篇诗文之中,关于欧阳修的音乐
修养与琴学成就,当代学者颇有论及[①],本文在前贤时哲人研究
成果的基础之上,通过详细的文本解读从音乐观念、琴乐的功能
价值及审美情趣等诸方面来探讨欧阳修的琴学思想,以就正于

---

　　① 陈四海、俞柳妃《论欧阳修的音乐思想》(《宁夏大学学报》2007 年第 9 期)认
为欧阳修深受历代儒家音乐思想的影响,极为重视音乐的社会功能以及音乐在政治
和教育中的教化作用。他崇尚古雅,排斥新声,讲求中和,以平心正体,修身养性,
实现君子以成,天下以宁,但他又对民间音乐持学习包容态度。任超平《欧阳修音乐
美学思想的形成与嬗变》(《中国音乐》2010 年第 1 期)认为欧阳修作为文人音乐家,
其音乐美学思想出现了三个阶段性的变化:早期主要是对儒家的礼乐思想进行阐
发,中期时转向古琴音乐审美理论,推崇"淡和"的风格,晚年时又由"心理"向"身体"
拓展,衍生出音乐自然观和养生观,开音乐治疗论的先河。许健《天上曲调人间
音——六一琴论初探》(《琴史新编》第 193—201 页。中华书局 2012 年版)中谈到欧
阳修的琴学理论。吕肖奂《中有万古无穷音——欧阳修之琴意与琴趣》(《焦作大学
学报》2007.1)主要探讨欧阳修音乐方面尤其是古琴方面的成就;吕肖奂《从琴曲到
词调——一宋代词调创制流变示例》(《中国韵文学刊》2008.9)重点在于探讨词调
《醉翁操》的创制与流变。《韩愈琴诗公案研究—兼及诗歌与器乐关系》(吕肖奂《社
科战线》2011.3),以韩愈《听颖师弹琴》一诗摹写的是琴声还是琵琶声这一公案入
笔,欧阳修、苏轼为代表的嘲韩派认为韩愈所写是听琵琶诗,以义海、"善琴者"及其
支持者为代表的挺韩派则认为韩愈所写就是琴诗。双方争论涉及到琴的正声与别
调、琴与琵琶等弹弦乐器的共性与个性、琴诗与琴声琴技关系等话题,进而上升到诗
歌与器乐、音乐关系问题,由此可见欧阳修的琴学理论。而王河虞文霞《宋代"江西
琴派"考论》(《江西社会科学》2008.2)认为欧阳修是江西琴派的灵魂人物,在其周围
自然形成以他为主的,有刘敞、苏轼、杨置、孙道滋、沈遵等一班文人参加的琴艺流
派。

方家学人。

一、音乐观念:音由中出　治民之具

欧阳修的琴学思想是其音乐思想的有机组成部分,欧阳修的音乐思想集中体现在《国学试策三道并问目二》(天圣七年、1029)一文,这一年欧阳修23岁,春天参加了国子监的考试,获得第一,补广文馆生。秋天,赴国学解试,又得第一。这篇文章便是国学试策的第三道题目,文中通篇以《礼记·乐论》中的儒家音乐思想立论,以古琴音乐为例问既然音乐可以"感畅神灵"、沟通天人,但为何有些曲子可以导志,有些却不足以感动人心,欧阳修从"先王立乐之方,君子审音之旨"的角度来回答这一问题,并述及音乐的起源、本质及功能。

欧阳修在对策中首先谈及音乐的起源生发与音声分类:"人肖天地之貌,故有血气仁智之灵;生禀阴阳之和,故形喜怒哀乐之变。物所以感乎目,情所以动乎心,合之为大中,发之为至和。诱以非物,则邪僻之将入;感以非理,则流荡而忘归。"[①] 音乐是人心感外物而萌动,因之生发。在天人合一的观念之下,人与天地自然万物之间有神秘的对应关系,天地间之气亦有大中至和之气与非物邪僻之气,为人所感再通过金石等乐器表达出来也会有不同的音乐,或中正平和,或流离佚荡。这种理论在《礼记·乐记》中即有相关论述:"凡音之起,由人心生也。人心之动,物使之然也。"[②]音乐由人心感于外物而生发,人心有感于外

---

① 《国学试策》,《欧阳修全集》第三册,北京:中华书局2001年版,第1032页。下文同篇引用皆出此处,不复一一注出。

② 王文锦《礼记译解》,北京:中华书局2001年版,第525页。

界事物而活动就表现成为声音,声音互相应和产生了变化,变化形成了一定的方式就叫做音。排比音节而用乐器演奏,又用盾牌、斧钺、雉尾、旄牛尾进行舞蹈就叫做乐。音乐产生的根源在于心感外物而萌动,而人有喜怒哀乐、七情六欲,这样感受到的又表达出的音乐便各有不同。去除"非物"、"非理"而不去感受就可以避免产生这一类流离佚荡的音乐。去除的方法即是以乐节之、和之:"盖七情不能自节,待乐而节之;至性不能自和,待乐而和之。"(《国学试策》)这里的乐当是指至和之气感召之下而产生的音乐,也是圣人所立之乐,通过节制七情六欲而使个体心性平和,不佚荡邪流而归于正思。

以此为基础再论圣人立乐的原则:"圣人由是照天命以穷根,哀生民之多欲,顺导其性,大为之防。为播金石之音以畅其律,为制羽毛之采以饰其容,发焉为德华,听焉达天理。此六乐之所以作,三王之所由用。人物以是感畅,心术于焉惨舒也。"(《国学试策》)圣人制乐要深察人欲,顺导民性,通过乐器表达这种至和之气感召而产生的音乐,比如六乐(六代乐舞的简称,黄帝时的《云门》、唐尧时的《感池》、虞舜时的《萧韶》、夏禹时的《大夏》、商汤时的《大濩》和周朝的《大武》又称六歌、六舞)来规范人心,再由个体而至群体,以达到沟通人神万物、治身理国之目的。"君子审音之旨"亦出自《礼乐·乐记》:"是故审声以知音,审音以知乐,审乐以知政,而治道备矣。①《左传》中所记的季札观乐以知各国政治得失、风俗盛衰,及孔子对《萧韶》尽善尽美、对《大武》尽美非尽善的评价可见君子审音之旨。最后总结音乐的社会教化功能:"夫顺天地,调阴阳,感人以和,适物之性,则乐

---

① 王文锦《礼记译解》,北京:中华书局 2001 年版,第 528 页。

之导志将由是乎；本治乱，形哀乐，歌政之本，动民之心，则音之移人其在兹矣。"（《国学试策》）从人性民欲出发，节情导志，和性移情。

从创作时间来看，这些理论代表了欧阳修早年的音乐思想，且因为是科考对策，所以有所限制。结合欧阳修中后期诗文可见其音乐观念变化不大。如在《书梅圣俞稿后》（1033）："凡乐，达天地之和而与人之气相接。"[①]《崇文总目叙释·乐类》及《礼类》（1041）也有关于音乐性质与功能的描述："夫乐，所以达天地之和而饬化万物，要之感格人神，象见功德。"[②]音乐是天地之间的和气，可以沟通神人，象见功德，整饬万物，治身理国。这些关于音乐起源、性质及功能的论述都与国学策论中的观点一脉相承。

值得一提的是欧阳修对于礼乐一体原则的认同，并尝试解释为何礼乐合一。《崇文总目叙释·乐类》及《礼类》（1041）体现欧阳修关于音乐传承历史的认知。认为"礼、乐之制，盛于三代，而大备于周"[③]。西周时期是礼之大盛时期，但幽厉之后的春秋时期，礼还勉强有维系社会制度的作用，战国之后"礼、乐殆绝"。汉兴之后的诸代儒生，补缀完整，三郑及王肃都是精于礼学的学者，但门派森严，传承各异。"自汉以来，沿革之制，有司之传，著于书者，可以览焉。"先秦以来，六经中之"礼"亡佚最甚，而《乐》因为为声音传承，更易损坏。汉代以后考求典籍，"乐"的资料最

---

① 《书梅圣俞稿后》，《欧阳修全集》第三册，北京：中华书局 2001 年版，第 1048 页。

② 《崇文总目叙释·乐类》，《崇文总目叙释礼类》李逸安点校《欧阳修全集》第五册，北京：中华书局 2001 年版，第 1881－1882 页。

③ 《欧阳修全集》第五册，北京：中华书局 2001 年版，第 1881－1882 页。

少，甚至不能独立成书，于是"学者不能自立，遂并其说于《礼》家书。"自此后礼乐并举，所以汉代成书的《礼记》中的《乐记》便是从礼乐并举的角度来阐释音乐理论。而音乐制度在上古时期便是"五帝殊时，不相沿乐"，所以不必为没有承袭沿革而遗憾，况且乐器、乐技及基本音乐理论却可以考见于典籍而传承至今。而自汉代以来音乐的沿革情形多见于史官之志，但并不完备，《崇文总目》著录了隋唐时期现存的音乐材料。

在欧阳修看来，礼乐并举，为"治民之具"[①]，礼在于"防民之欲"、乐在于"成民之俗"。而儒生之学习礼乐，"不徒颂其文，必能通其用；不独学于古，必可施于今"（《武成庙问进士策》）。这里最重要的是对礼乐一体原则的认同，音乐在中国传统的艺术门类中一直处于独尊的地位，便是因为其实际功能等同于礼、刑等。《乐记》有一段材料言及三王圣君为何注重乐："是故先王慎所以感之者。故礼以道其志，乐以和其声，政以一其行，刑以防其奸。礼乐政刑，其极一也；所以同民心而出治道也。"[②]这里把乐与礼、刑、政并等列举，认为此四者是圣君以礼引导心志，乐调和歌声，政治统一行动，刑法防止奸邪。四者终极目标是为了和同人心，走向国家大治。对于这一点，欧阳修深以为然，他在《问进士策三首》中明确指出用礼乐之道来教化民众，并提出具体措施："至于礼乐行政，颁其大法而使守之，则其大体盖简如此。诸侯大小国盖数千，必各立都邑，建宗庙。卿士大夫朝聘祭祀，训农练卒，居民度土，自一夫以上皆有法制，则其于众务，何其繁也！……夫礼以治民，而乐以和之，德义仁恩，长养涵泽，此三代

---

① 《武成庙问进士策》，《欧阳修全集》第五册，北京：中华书局 2001 年版，第672 页。

② 王文锦《礼记译解》，北京：中华书局 2001 年版，第 526 页。

之所以深于民者也。政以一民，刑以防之，此特浅者尔。"①在这里欧阳修认为，礼乐行政必须用颁布法典的形式予以保护和执行，上至卿士大夫，下至 农、卒、民等都应该遵守这种礼乐制度。这样礼乐就可以达到"不勉而中、不思而得"的治理效果。通过礼乐而致天下太平是最理想的统治策略，是圣人制乐的根本原因，对于欧阳修而言，在这种音乐理论的基础之上形成治国先治民，治民先治心，治心先治乐，治乐必先有礼法的政治思想，而其关于琴论的基本理论也在于治心移人。

要而言之，欧阳修的音乐思想以儒家音乐思想为主，认为外物感动，音由心生，因个体之心境与精神不同而有不同种类的音乐，天地至和之气与人气相交接产生的音乐便可以节情和性，感化士心，达到自我道德的完善，再由个体至群体，通过化民而达到治国安邦之目的。同时强调礼乐一体同构，可为"治民之具"，二者相结合更具有教化民众、安邦治国之功。这些观念既是其琴学思想形成的基础，亦是琴学思想的组成部分。

二、琴乐功能：讽喻载道　安邦治国

欧阳修曾自言"余自少不喜郑卫，独爱琴声，尤爱《小流水曲》。"②在音乐发展史上，郑声与雅乐的名称与内涵是一个动态的变化过程。先秦时期，郑卫之音乐是新兴的民间音乐，相对于当时的正统雅乐而言，它们绮管繁弦，音色动人，违背了儒家音乐发乎情而止乎礼仪的原则，但随着时代的发展，昔日的郑卫之

---

① 《问进士策三首》，《欧阳修全集》第五册，北京：中华书局 2001 年版，第 673 页。

② 《三琴记》，《欧阳修全集》第五册，北京：中华书局 2001 年版，第 943 页。

音也变为当世雅乐,如嵇康在《琴赋》中把东汉蔡邕之《蔡氏五弄》(包括《游春》、《渌水》、《幽思》、《坐愁》、《秋思》)视为淫艳新曲、郑卫之音,但数百年后隋炀帝时期却把《蔡氏五弄》与嵇康所作之《嵇氏四弄》(《长清》《短清》《长侧》《短侧》)作为取士的基本条件,成为雅乐的象征。是以苏轼在《杂书琴事》之"琴非雅声"中说:"世以琴为雅声,过矣。琴正古之郑、卫耳。今世所谓郑、卫者,乃皆胡部,非复中华之声。自天宝中坐立部与胡部合,自尔莫能辨者。"①隋代建立了从汉以来的胡乐与中国固有的俗乐相并存的典制。至唐代宗年间形成十部乐:西凉伎、清商伎、扶南、高丽伎、龟兹伎、安国伎、燕乐伎、高昌伎、疏勒伎、康国伎,除清商、礼毕与燕乐之外,其余诸部都是外来音乐。唐玄宗天宝年间,宫廷音乐根据表演方式分为"坐部伎"六部和"立部伎"八部,伴奏乐器多有龟兹与西凉等少数民族乐器,可见此时胡部音乐与汉族音乐已经自然融合,宫廷音乐也只分雅乐与俗乐之别,而无胡乐之说了②。苏轼是从这一角度而言说琴非雅声。

　　事实上,相对于其他乐器而言,古琴历史悠久,周代无柱的丝弦类乐器统称为"琴",现代所能见到最早的琴是曾侯乙墓出土的一张五弦琴与一张十弦琴,1993年湖北荆门郭店出土一件七弦琴,木质,琴身由面板和底板组成。琴尾下有一足,既平衡琴体,又可以缚弦,是现今最早的七弦琴实物。汉代马王堆三号墓出土的琴也是七弦,一足,虽无琴徽,但六七弦约在八、九徽处有左指滑奏的痕迹,说明其演奏方式与当下相同。两汉三国的文献资料中多次提到琴徽,可见汉代时古琴七弦十三徽的形制

---

① 孔凡礼点校《苏轼文集》,北京:中华书局1986年版,第1230页。
② 以上观点参见杨荫浏《中国古代音乐史稿》,北京:人民音乐出版社1981年版。

基本确定下来。而琴曲自汉代以来虽代有创新，但基本上是以中国传统乐曲为主。总之，相对于别的乐器，琴乐虽有变化，但从乐器形制及乐曲演变而言更多地保持了中国传统音乐的特色，更因其声音中正平和，自来被视为雅正之音的代表和儒家礼乐的象征。如桓谭《新论·琴道》"琴之言禁也，君子守以自禁也"①，东汉许慎《说文解字》对琴的解释也是："琴者，禁也。"所禁者何？佚荡之流思也，发乎情而止乎礼也。而且，《琴道篇》又强调"八音广博，琴德最优，古者圣贤玩琴以养心"。② 嵇康《琴赋序》也有："众器之中，琴德最优。③"而蔡邕《琴操》中又以琴的形制尺寸等对天地四时人情物理相对应，"长三尺六寸六分，象三百六十日也；广六寸，象六合也。文上曰池，下曰岩。池，水也，言其平。下曰滨，滨，宾也，言其服也。前广后狭，象尊卑也。上圆下方，法天地也。五弦宫也，象五行也。大弦者，君也，宽和而温。小弦者，臣也，清廉而不乱。文王武王加二弦，合君臣恩也。宫为君，商为臣，角为民，徵为事，羽为物。"④正因为如此，琴声才可以沟通神人天地万物，《琴道篇》才会说"琴七丝足以通万物而考治乱也"⑤。

欧阳修受传统儒家思想的教育，喜琴、弹琴，自言独爱琴声，

① ［东汉］桓谭《新论·琴道》，严可均辑《全上古三代秦汉三国六朝文》之《全后汉文》卷十五，北京：中华书局 1958 年版，第 552 页。

② ［东汉］桓谭《新论·琴道》，严可均辑《全上古三代秦汉三国六朝文》之《全后汉文》卷十五，北京：中华书局 1958 年版，第 552 页。

③ ［魏］嵇康《琴赋》，严可均辑《全上古三代秦汉三国六朝文》之《全三国文》卷四十七，北京：中华书局 1958 年版，第 1319 页。

④ 《琴操》卷上《续修四库全书·子部·艺术类》。

⑤ ［东汉］桓谭《新论·琴道》，严可均辑《全上古三代秦汉三国六朝文》之《全后汉文》卷十五，北京：中华书局 1958 年版，第 552 页。

更是认同以上所言的古琴理论,把古琴及琴乐当作可以载道之工具,认为其不仅可以陶冶情操、怡心养性,更具有经世致用之功能。如《江上弹琴》中强调琴为"有道器",其音乐可以寄托讽喻之旨,有补于政教民心。那么,如何探究体会琴乐中的这一内涵呢?那便需要以琴音为媒介考察曲子的内涵与弹奏者的心态。即以意逆志,沿波溯源,通过琴乐的节奏文理音声高低去分析推断感受曲子所要表达的思想内涵,"若夫流水一奏而子期赏音,杀声外形则伯喈兴叹,"如钟子期能从俞伯牙的琴声中听出高山之志与流水之情,蔡邕能从琴音里听出弹奏者内心的杀机,这些是对琴意的探知。如《江上弹琴》中"经纬文章合,谐和雌雄鸣。飒飒骤风雨,隆隆隐雷霆。无射变凛冽。黄钟催发生"数句是对琴声的描绘,"咏歌文王《雅》,怨刺《离骚经》。二《典》意澹薄,三《盘》语丁宁。"则是对琴意的探究。琴声中节奏与音节相结合,铿锵相应,雌雄和鸣,可以描摹传达自然界的种种声音。这里可以感觉到《大雅·文王之什》中对文王的歌咏,可以感受到《离骚》中的幽怨美刺,《舜典》、《尧典》中超脱冲淡及《盘庚》上中下三篇的殷殷叮咛之意。对欧阳修而言,琴乐之美并不仅仅在于艺术方面的节奏与韵律,更在于作为有道器的古琴所传达的"道",结合其经世致用的文学理论可知此道并非空言性理道德之道,而是切于现实、有助教化的百工之事。如《赠杜默》便对杜默诗歌脱离现实给予批评,并对其努力的方向提出中肯的建议:"京东聚群盗,河北点新兵。饥荒与愁苦,道路日以盈。子盍引其吭,发声通下情。……子诗何时作,我耳久已倾。愿以白玉琴,写之朱丝绳。"《送杨寘序》最后也说:"喜怒哀乐,动人必深。而纯古淡泊,与夫尧舜三代之言语、孔子之文章、《易》之忧患、《诗》之怨刺无以异。"可见欧阳修重视诗歌的现实讽喻功能,其理论大体与《毛诗序》同,希望琴歌具有相应的现实内涵与政教功能。

《江上弹琴》有"琴声虽可状,琴意谁可听",《弹琴效贾岛体》有"琴声虽可听,琴意谁能论。""琴意"典故出自王通《文中子·中说·礼乐》:"子游汾亭,坐鼓琴,有舟而钓者过曰:'美哉琴意,伤而和,怨而静,在山泽而有廊庙之志。'"可见琴意即是指琴乐所蕴含的意义。通过对于声音节奏的分析探索就可以明了乐曲所要表达的内涵。可知,琴意的探知是沿波溯源的过程,与上文所述之"君子审音之旨"相通,出自《礼乐·乐记》:"乐者,通伦理者也。是故知声而不知音者,禽兽是也。知音而不知乐者,众庶是也。唯君子为能知乐。是故审声以知音,审音以知乐,审乐以知政,而治道备矣。"[①] 音乐通于人情事理。禽兽只懂得声,而不懂有节奏文理的音,民众只懂得音,而不懂得反映社会风俗、人情物理的乐。只有君子才能懂乐,并借审察乐进而了解国政民风,所谓观风而知政,同时对于治国之方法途径也有所了解。欧阳修在《书梅圣俞稿后》也表达了类似的意思:"凡乐,达天地之和,而与人之气相接,故其疾徐奋动可以感于心,欢欣恻怆可以察于声。"这篇文章以乐喻诗,认为诗乐同构,这句话便是理解全文的一把钥匙。人心感于天地之和气,再以乐声表现出来;这样沿波溯源,通过乐声自然可以了解音乐内涵如欢欣恻怆等各种情感,诗歌亦复如是。所以在《弹琴效贾岛体》中才有"古人不可见,古人琴可弹。弹为古曲声,如与古人言。"古人虽不可见,但弹奏古曲,就如同与古人进行对话与交流,产生精神上的共鸣。

在《弹琴效贾岛体》欧阳修叙述自己的白日梦,午睡作梦见

---

① 王文锦《礼记译解》,北京:中华书局2001年版,第528页。

到一古衣冠冕的人来为他弹奏《南风》之曲："横琴置床头,当午曝背眠。梦见一丈夫,严严古衣冠。登床取之坐,调作南风弦。一奏风雨来,再鼓变云烟。鸟兽尽嘤鸣,草木亦滋蕃。乃知太古时,未远可追还。方彼梦中乐,心知口难传。"考之琴史,明清以来一直有《南风歌》(见谢琳《太古遗音》、《风宣玄品》、《东皋琴谱》)和《南风畅》(《西麓堂琴统》、《太音补遗》、《玉梧琴谱》、《藏春坞琴谱》)两首琴曲,从诸谱解题可知《南风歌》为琴歌而《南风畅》为纯器乐曲,但其表达的内涵却大致相同,可参考朱长文《琴史》所记:"舜有天下,弹五弦之琴以歌南风,而天下治。其辞曰:'南风之熏兮,可以解吾民之愠兮;南风之时兮,可以阜民之财兮!'当是时,至和之气充塞上下,覆被动植。"《史记·乐书》中也有:"舜歌南风而天下治。""南风者,生长之音也,舜乐好之,乐与天地同意,得万国之欢心,故天下治也。"①可见《南风歌》为传说中的大舜所作,表达的是南风微熏,解民之忧,抚育万物,从而天下大治之的情景,这里作者想表达的依旧是琴乐的社会教化功能。

欧阳修的琴学思想以其音乐观念为基础,他认为音乐最重要的功能是教化民众以达到天下大治的理想状态,是以琴乐在他看来也应具教化之功。范仲淹《与唐处士书》:"盖闻圣人之作琴也,鼓天下之和而和天下,琴之道大乎哉。"这句话也可以算作欧阳修琴道观念的总起。除此之外,琴乐还有感化士情,治心理身之功效。

---

① 关于《南风歌》与《南风畅》的相关资料详见查阜西编《存见古琴曲谱辑览》,北京:人民音乐出版社1958年版,第125－126、176、235－236页。

三、琴乐功能:道其湮郁 治心理身

在《赠无为李道士二首》其二中欧阳修写到了琴乐的养生保健功能:"我怪李师年七十,面目明秀光如霞。问胡以然笑语我,慎勿辛苦求丹砂。惟当养其根,自然烨其华。又云理身如理琴,正声不可干以邪。"擅长弹琴的道士李景仙已经七十岁了,但身体康健,满面红光,问其养生之诀窍时说虽然身为道士,但炼丹养生的方法是不可取的。根盛自然树茂花盛。理身和理琴是一个道理:"正声不可干邪。"传统哲学以元气论和阴阳五行观念为核心,以为这是构成宇宙万物的基础要素,传统生命观念也认为人体是阳阳二所合和而成,气聚则生,气散则死,人体中阴阳二气达到平衡状态,则身体康健,百病不侵。琴乐的最高水平是至和之气感应而产生的正声,而非物非理的邪僻之气与人心相应和则会产生郑卫之音。所以理身与理琴是同样的道理,都是保持中正平和之气。

在《国学策问》中欧阳修曾提出音乐的导志功能:"夫顺天地,调阴阳,感人以和,适物之性,则乐之导志将由是乎。"只要顺应自然万物之理,音乐疏导情志,涵养人格。音乐如何导志移情的心理机制在《礼记·乐记》中有详细论述:"君子曰:礼乐不可斯须去身。致乐以治心,则易、直、子、谅之心油然生矣。易、直、子、谅之心生则乐,乐则安,安则久,久则天,天则神。天则不言而信,神则不怒而威。"此段极言礼乐为君子安身立命之本。乐主内,礼主外。通过致力于音乐来调理心灵,那么平易、正直、慈爱和宽恕的心态就自然而然地产生了,这此心态产生了,就能心情和乐,心情和乐,就可以安定舒畅,心里安定舒畅了,性命就可以长久。性命长久即是合乎天道，这样就可以通乎神明。合乎天道就可以不言而信，通乎神明就可以不怒而威。强调礼乐一体，注重音乐（包括琴乐）教化民众功能，通过音乐而怡情养性、感化士心具体化到古琴音乐，欧阳修明确认为其有治心理身的功效。一是对于疾病的针对性治疗，包括身体与心灵；二是中医所言的"治未病"，使身体与心灵都处于阴阳平衡的完美状态，身心康泰。如《试笔琴枕说》："余家石晖琴得之二十年，昨因患两手中指拘挛，医者言唯数运动，以导其气之滞者，谓唯弹琴为可。亦寻理得十余年已忘诸曲。"因气脉凝滞，手指痉挛，医嘱多运动以疏导郁滞之气，所以通过弹琴来运动手指，促进血脉畅通。除机械运动之外，"八音、五声、六代之曲"这些优秀的音乐作品还可以"动荡血脉，流通精神"（《书梅圣俞稿后》）。音乐能够使人体气血流通。这一理论早在《史记·乐书》中便有描述："故音乐者，所以动荡血脉，通流精神而和正心也。"明确指出音乐具有通达血脉、振奋精神、防治身心疾病的作用。

如果说这种物理运动并不具备唯一性，只要是引导手指的乐器演奏如琵琶、箜篌或其他运动都可以起到同样的效果。那么对于心理与精神方面的疾病琴乐则具有得天独厚的治疗效果。如《送杨寘序》中就提到自己的"幽忧"之疾，这种病症应该是类似于现代的抑郁症，就是通过学琴弹琴的方式而痊愈的："既而学琴于友人孙道滋，受宫声数引，久而乐之，不知其疾之在体也。"明言向友人孙道滋学习鼓琴，经常弹奏，不药而愈，"引"为琴曲的名称之一，"宫声引"指宫调的曲目。在琴学理论中，五弦与五音相对应，五音又和五行及人体之五脏都有神秘的对应关系："五声之感人，皆有所合于中也。宫正脾，脾正则好信，故闻宫声者,温润而宽悦……"①温润宽悦的宫声琴如何使"幽忧"之症痊愈呢?"夫疾,生乎忧者也。药之毒者,能攻其疾之聚,不若声之至者,能和其心之所不平。心而平,不和者和,则疾之忘也宜哉。"药之疗效,仅针对于肉体的病痛,心理的疾病当然需要精神疏导。传统中医养生理论也强调"乐治",即音乐的治疗之功。中医学特别强调精神因素对健康的影响,以调神安心为养生第一要义。"盖雅琴之音,以导养神气、调和情志、摅发幽愤、感动善心,而人之听之者,亦皆然也。"②这种理念对于文人来讲也是一种共识,欧阳修以为古琴曲"其能听之以耳,应之以手,取其和者,道其湮郁,写其幽思"(《送杨寘序》)。达到疏导情志,心态平和的效果。苏轼在《听僧昭素琴》中也曾明确表示至和至平的微妙琴乐可以"散我不平气,洗我不和心。"琴乐可以宣泄内心的抑郁不平之气,排遣幽愤焦躁之心,使心境保持淡定平和,这是养生的关键所在。

四、琴乐审美:中有万古无穷音

对欧阳修而言,琴乐是其日常生活的一部分,"六一"之一为"琴一张",《于役志》中多次谈到听琴、鼓琴、雅集、送别、宴请、遣情、娱兴,可谓处处有琴:"挥手稽琴空堕睫,开樽鲁酒不忘忧。"(《舟中望京邑》)"安得白玉琴,写以朱丝绳。"(《幽谷晚饮》)"兴尽即言返,重来期抱琴。"(《竹间亭》)"湿尽青衫司马泪,琵琶还似雍门琴。"《琵琶亭上作》"琴书自是千金产,日月闲销百刻香

① 朱长文《琴史》,北京:中华书局 2010 年版,第 118 页。
② 朱长文《琴史》,北京:中华书局 2010 年版,第 139 页。

（《答端明王尚书见寄兼简景仁文裕二侍郎二首》）"寄语弹琴潘道士，雨中寻得越江吟。"（《赠潘道士》）"爱酒少师花落去，弹琴道士月明来。"（《叔平少师去后会老堂独坐偶成》）从现存资料来看，欧阳修认为琴乐除了有讽喻载道、安邦治国的社会价值与治心理身、寄意娱情作为的现实功效之外，还具有丰富的审美意趣，如演奏技法、欣赏方式、艺术效果等。谈及此处时，须关注其身份变迁带来的视角变化。在其关于琴乐的诗文，欧阳修有三个身份：一是欣赏者，一是弹奏者，一是欣赏者兼弹奏者。第一类如《送琴僧知白》、《听平戎操》、《赠无为军李道士二首》、《国学试策三道并问目二》第二类《送杨寘序》、《三琴记》、《书琴阮记后》第三类如《书梅圣俞稿后》、《江上弹琴》、《弹琴效贾岛体》等。

琴乐作为一种艺术门类，具有丰富的表演功能。欧阳修关于古琴音乐的诗文中，多处提到了古琴变化多端的演奏技法："及其至也，大者为宫，细者为羽，操弦骤作，忽然变之，急者凄然以促，缓者舒然以和。"（《送杨寘序》）在演奏之时按弦操声，从最低之宫声到最高之羽声，五音相间往返，音声调配有多种变化方式，音韵宽广，音色丰富，乐曲的表现内容也丰富多彩，既可以表现或清静优美或波澜壮阔的自然景观，如欧阳修的挚爱《小流水》，还有《越江吟》、《醉翁吟》："如崩崖裂石、高山出泉，而风雨夜至也。"也有或典雅雍容或幽怨愤懑或平和淡泊平和的丰富的人文情怀："如怨夫寡妇之叹息，雌雄雍雍之相鸣也。其忧深思远，则舜与文王、孔子之遗音也；悲愁感愤，则伯奇孤子、屈原忠臣之所叹也。"（《送杨寘序》）"咏歌文王雅，怨刺离骚经。二典意澹薄，三盘语丁宁。"（《江上弹琴》）。《南风歌》、《文王操》、《离骚》、《平戎操》等皆属此类。

同时通过按、泛、滑、滚弗等弹奏技法可以模拟自然界的各种声音,使听者产生身临其境的代入感。如《赠沈遵》中:"有如风轻日暖好鸟语,夜静山响春泉鸣。"《赠无为军李道士》:"音如石上泄流水","飒飒骤风雨,隆隆隐雷霆。"(《江上弹琴》)"李师一弹凤凰声,空山百鸟停呕哑"(《赠无为军李道士》),以凤鸣比拟琴声,凤凰为传统中的百鸟之王,想象中禽类最为美好的声音,是以在音乐诗中多为人所用,如韩愈《听颖师弹琴》:"喧啾百鸟群,忽见孤凤凰。"凤鸣一出,群鸟哑音。李贺《李凭箜篌引》中也以"昆山玉碎凤凰叫,芙蓉泣露香兰笑"来比喻音乐的美妙。欧阳修自言最爱的《小流水》,指琴曲《流水》,宋代流传的《流水》共分八段,没有当下海内琴家所叹称的"七十二滚拂流水",但应该也多有以琴音模拟水声的因素。

既然有丰富的声音变化及表演功能,那么演出效果如何呢?欧阳修在多处通过典故夸张地表达了琴乐出人意表、动人心魄的艺术效果。如《赠无为军李道士》:"五音商羽主肃杀,飒飒坐上风吹沙。忽然黄钟回暖律,当冬草木皆萌芽。"宫、商、角、徵、羽与天地四时五辰及阴阳五行相对应,商、羽对应五行中的金与水,而金对应四时中的秋,而水对应四时中的冬,是以说商、羽之音在人内心引起万物凋零的肃杀之感,这里所描绘的秋冬的场景。黄钟是六律之一,而暖律典故出自《列子·汤问》:"邹衍之吹律。"注:北方有地美而寒,不生五谷。邹子吹律暖之,而禾黍滋也。音乐与天地自然物候相通,是以音律与天时物候有相互影响的可能性。这个典故在《新营小宅凿地炉辄成五言三十七韵》也有运用:"霜降百工休,居者皆入室。墐户畏初寒,开炉代温律。"

《弹琴效贾岛体》描述梦中《南风歌》的艺术效果也是相似的表达:"一奏风雨来,再鼓变云烟。鸟兽尽嘤鸣,草木亦滋蕃。"鼓琴感动自然物候和天地神明,风调雨顺,鸟兽繁衍,草木滋蕃。是与暖律典相类似的艺术效果。此典故当与师旷有关。师旷是春秋时期的晋国的音乐家,精通乐理,鼓琴甚至可以感通神明。《韩非子·十过》与朱长文《琴史·师旷》都曾记其奏黄帝以大合鬼神的《清角》而感通神明之状:"一奏而有玄云从西北方起;再奏之,大风至,大雨随之……晋国大旱,赤地三年。①"同文还有师旷鼓琴引玄鹤的故事:"师旷不得已,援琴而鼓。一奏之,有玄鹤二八,道南方来,集于廊门之垝;再奏之而列;三奏之,延颈而鸣,舒翼而舞,音中宫商之声,声闻于天。"②《夜坐弹琴二首呈圣俞》中也用到了这两个典故"瓠巴鱼自跃,此事见於书。师旷尝一鼓,群鹤舞空虚。"对这种夸张明显带有艺术虚构色彩的故事持怀疑态度。瓠巴是春秋时期有名的音乐家,《荀子·劝学》:"昔者瓠巴鼓瑟,而沉鱼出听。"《列子·汤问》也有"瓠巴鼓琴而鸟舞鱼跃"。也是用夸张的手法描述艺人高超的琴艺。

这些对于琴乐演奏技法和艺术表演效果的描绘都是站在一个纯粹的欣赏者的角度而言。

琴乐良好的艺术效果需要相对安静的欣赏环境,《江上弹琴》:"江水深无声,江云夜不明。抱琴舟上弹,栖鸟林中惊。"如《赠沈遵》:"群动夜息浮云阴,沈夫子弹《醉翁吟》》"都是在寂静甚至幽暗的环境中来听琴,如佛教之禅修,如道家之坐忘,封闭除琴音之外的所有对外界感知的通道,注意力高度集中,心境易为琴音所感,乐与意会,境与神通,对琴意有更为精微深入的感受与把握。如"宫声三叠何泠泠,酒行暂止四坐倾。有如风轻日暖

---

①　王先慎《韩非子集解》,上海:上海书店出版社 1986 年版,第 44－45 页。

②　王先慎《韩非子集解》,上海:上海书店出版社 1986 年版,第 44－45 页。

好鸟语,夜静山响春泉鸣。坐思千岩万壑醉眠处,写君三尺膝上横。"《醉翁吟》三叠、宫声,余韵悠长,宽广和悦。泠泠琴音里模拟鸟语泉鸣,引发听者回忆昔日"千岩万壑醉眠处","翁欢不待丝与竹,把酒终日听泉声。有时醉倒枕溪石,青山白云为枕屏。花间百鸟唤不觉,日落山风吹自醒"。这里所描述的是昔日真实的场景,又是在当下琴声引导下浮现于脑海目前的画面,又似乎是三尺琴音里所勾勒的情景。过去与现在,真实与虚幻,彼处与此间恍然叠加,不知身处何处,今夕何夕。

《送琴僧知白》和《听僧知白〈平戎操〉》这里需要说明一下,从北宋琴史派别来看,虽然有"江西琴派"之说,琴谱后世也有江西谱,但这些文人之间并没有明显的传承关系,也没有相应的社团应和活动,只是后世以籍贯命名的以文人为主的比较松散的琴人群体。而北宋的琴僧系统则有所不同。"贯穿着北宋一百多年有一个琴僧系统。他们师徒相传、人才辈出,始终在琴界有着重要的地位。……除为首的朱文济是宫廷琴师之外,以后各代都是和尚。①朱元济传慧日夷中大师,夷中传知白与义海。义海传则全和尚,则全则传钱塘僧照旷。这一点是理解这两首诗的背景材料。这两首琴诗都盛赞琴僧知白的琴技,在艺术表达上,依旧运用启发与联想的方式探寻曲意。细味琴意可知是在酒酣耳热的宴席之上弹琴,但听者被琴音打动之后,"心肃然",即感官从热闹的现场脱离开来,虚而待物,才能感受到音乐的魅力:"孤禽晓警秋野露,空涧夜落春岩泉。二年迁谪寓三峡,江流无底山侵天。登临探赏久不厌,每欲图画存於前。岂知山高水深意,久以写此朱丝弦。"昔日贬谪夷陵,夜宿三峡,空寂而壮美

---

① 许健《〈琴史新编〉,北京:中华书局 2012 年版,第 153 页。

之景色给自己留下了深刻的印象,却一直不能描摹出来,没想到今天在琴音的触发之下,昔日之景如在目前。这两首都是对景物的描述与感受,而《听〈平戎操〉》则是对琴意的回溯与理解,并引发自我的身世之感。顾名思义,《平戎操》应该是征伐四夷的英雄主义主旋律,由琴乐感受到伐猃狁、征匈奴,建功立业的英雄情怀,再联想到自己力弱不材、有策不献的窘迫现实,不禁心生怅然。

以上所论关于琴乐的演奏技艺、欣赏方式、艺术效果等诸方面皆是站在欣赏者的角度而言,演奏者多专事琴道,技艺高超。而欧阳修作为一个弹奏者来谈相似的问题时,观点便有所变化。如"其他不过数小调弄,足以自娱。琴曲不必多学,要于自适"。(《书琴阮记后》)忽略曲目,不重技法,甚至无关教化,重在"自娱""自适",即是琴乐遣情寄兴的娱乐功能,这种观念可算是文人琴的典型特征。白居易的琴学观念与此类似,他的《夜琴》:"入耳澹无味,惬心潜有情。自弄还自罢,亦不要人听。"便是此意。范仲淹又被称为"范履霜",就是因为:"范文正公喜弹琴,然平日止弹《履霜》一操。"(陆游《老学庵笔记》)。

当欧阳修既作为弹奏者又作为欣赏者之时,恰如《弹琴效贾岛体》中所言:"古人不可见,古人琴可弹。弹为古曲声,如与古人言。"揣摩古琴曲之意,再通过弹奏表达出来,以此来探知琴意,把弹奏古曲当作与古人作深层次的对话与交流,这种审美方式以言(声、象)意的辩证关系为基础。

从先秦儒道哲学到诗学理论,言意关系一向是讨论较多的理论问题。相对于古琴艺术而论,这里的"言"是指乐声和因为乐声而在欣赏者心中引发的"象",而意则是指琴曲内涵。自先秦时的道家学说与儒家学说再到魏晋玄学的言意之辨,大都强调得意忘言，言不尽意，诗论中更是强调言外之意。欧阳修在《书梅圣俞稿后》中便谈到了言意关系问题："乐之道深矣！故工之善者，必得于心应于手而不可述之言也。听之善，亦必得于心而会以意，不可得而言也。"擅长演奏者，如轮扁斫轮"得之于手而应于心，口不能言，有数存焉于其间。臣不能以喻臣之子，臣之子亦不能受之于臣……！"一样得之于心而应之手，却不可通过语言来表达其意；善于欣赏者，亦得之于心而会之以意，也不可通过语言来表达。而对于这种情形的描述，亦是不可述之于口："余尝问诗于圣俞，其声律之高下，文语之疵病，可以指而告余也。至其心之得者，不可以言而告也。余亦将以心得意会，而未能至之者也。"

揣摩古曲之内涵，再通过琴乐表达出来，这时候决定琴乐艺术效果的是弹奏者的心境，关于这一点，欧阳修在《书琴阮记后》述之甚详："余为夷陵令时，得琴一张于河南刘几，盖常琴也。后做舍人，又得琴一张，乃张越琴也。后做学士，又得琴一张，则雷琴也。官愈高，琴愈贵，而意愈不乐。在夷陵时，青山绿水，日在目前，无复俗累，琴虽不佳，意则萧然自释。及做舍人、学士，日奔走于尘土中，声利扰扰盈前，无复清思，琴虽佳，意则昏杂，何由有乐？乃知在人不在器，若有以自适，无弦可也。"琴为有道之器，但更重要的在于弹琴之人的心境。心无俗累之时琴意可萧然自释，而无复清思时琴虽佳意亦昏杂，是以一乐一不乐，所以才说弹琴在人不在器，心境清明，甚至"无弦可也。"

"无弦"之典，出自《宋书·隐逸·陶渊明传》："潜不解音声，而畜素琴一张，无弦，每有酒适，辄抚弄以寄其意。"陶渊明抚无弦琴以寄意，不待于五音，更不在意琴弦之有无，只是在抚琴的过程中寄托所感所悟。这一行为正是玄学得意忘言，寄言出意之体现。欧阳修熟知此典故，且深以为然，多处都提到这一点："吾爱陶靖节，有琴常自随。无弦人莫听，此乐有谁知。"（《夜坐弹琴有感二首呈圣俞》）在弹琴中达到悠然玄远，物我两忘的境界。这里其实对于二人的精神的共鸣，真正的合拍，甚至不需要琴乐的声音为媒介。

为何无弦可弹琴？老子曾云："大音希声，大象无形。"①以为真正完美的声音是五音所无法表达的，只有个体心灵与宇宙自然的精神息息相通，领略"道"的幽微无形，才能体味到美妙绝伦的"大音"，也就是庄子所说的"天籁"，它"听之不闻其声，视之不见其形，充满天地，苞裹六极"②，成玄英疏注称之为"至乐"："是故体兹至乐，理趣幽微，心无分别，事同愚惑也。"③在这种精神的指导之下，后世文人一般都认为音乐是自然之和。阮籍《乐论》云："夫乐者，天地之体，万物之性也。合其体，得其性，则和；离其体，失其性，则乖"④，所以欣赏音乐，便要"聚精会神地领略声音的本体"⑤，这个本体则是宇宙自然之本性，即"道"。他在《清思赋》中又说："余以为形之可见，非色之美，音之可闻，非声之善……是以微妙无形，寂寞无听，然后乃可以睹窈窕之淑清"⑥，认为实际生活中的形声音色都是不完美的，只有与空漠无边的宇宙本质相融合，才能在想象中领略到最完美的形象和声音。这

---

①　朱谦之《老子校释》第四十一章，北京：中华书局 1984 年版，第 171 页。

②　[清]郭庆藩《庄子集释》卷五《天运》，北京：中华书局 1961 年版，第 508 页。

③　[清]郭庆藩《庄子集释》卷五《天运》，北京：中华书局 1961 年版，第 510 页。

④　[魏]阮籍《乐论》，严可均辑《全上古三代秦汉三国六朝文》之《全三国文》卷四十六，北京：中华书局 1958 年版，第 1313 页。

⑤　钱锺书《管锥编》，北京：中华书局 1979 年版，第 1087 页。

⑥　[魏]阮籍《清思赋》，严可均辑《全上古三代秦汉三国六朝文》之《全三国文》卷四十四，北京：中华书局 1958 年版，第 1304 页。

些都是强调不拘五音繁弦的外在形式而直接与"道"冥合。既然能从繁弦促节中领略平常的声音，又何妨于无声处体会天籁之妙音。

欧阳修的琴学审美观念在此基础之上颇有发展，如："无为道士三尺琴，中有万古无穷音。音如石上泻流水，泻之不竭由源深。弹虽在指声在意，听不以耳而以心。心意既得形骸忘，不觉天地白日愁云阴。"(《赠无为李道士二首》)真正完美的音乐蕴含于三尺古琴之中，五音相继，便有无数种音声的可能性。相比于老子所言的大音希声，与陶渊明的无弦琴音，欧阳修更相信现实的琴声。正是站在这一角度，他并不完全认同言不尽意之说，他在《试笔·系辞说》中强调："书不尽言，言不尽意。然自古圣贤之意，万古得以推而求之者，岂非言之传欤？圣人之意所以存者，得非书乎？然则书不尽言之烦，而尽其要；言不尽意之委曲，而尽其理。"认为圣人之意，万古以来得言与止而传，只不过文字传承表达了言的主旨，而语言表达了意之要理。充分肯定了言与书的津梁作用。而听琴重在知琴之意，所以要"若一志。无听之以耳而听之以心，无听之以心而听之以气。耳止於听，心止於符。气也者，虚而待物者也。唯道集虚。虚者，心斋也"(《庄子·大宗师》)。苟有得，外物竟何为。得其意而忘其言，得其音而忘其形，不知身处何处，今夕何夕，外部的情形都不重要。

可见欧阳修在古琴欣赏方面，部分认同道家关于得意忘言的理论，但更多地是对这个理论的发展和独到的认知。欧阳修的琴学思想是其音乐理念的有机组成部分，以儒家音乐思想为本，但又有明显的道家音乐思想影响的痕迹。

小　结

综上所述,可知欧阳修是古琴发展史中文人琴传统不可或缺的一个环节,也是"江西琴派"的代表人物。其音乐观念以儒家音乐思想为主,认为音由心生,礼乐一体,具有经世致用之功能。其琴学思想是其音乐思想的有机组成部分,也认为至和之琴乐既可以讽喻载道,安邦治国,又可以道其湮郁,治心理身。同时,还认为古琴艺术有丰富的审美意趣,具体表现在演奏技法、表达方式、表演效果等诸方面。

（原载于《浙江工业大学学报》人文社科版 2018 年第 2 期,收录时曾做修改）

民俗文化篇

礼俗之辨——中古时期招魂葬的文化考察

内容提要：招魂葬自汉代初现，魏晋禁断，南北朝到唐代逐渐被社会各阶层接受，成为普遍存在的特殊葬仪。在这一历史进程中，礼法学术与人情风俗博弈互动，以儒家知识分子为代表的知识阶层对此多有否定，但从习俗层面来看，招魂葬自汉代以来一直存在于社会之中，大小传统互相影响，南北朝至唐代社会上层的实践及诏令、律法制度的相关规定，使招魂葬这种习俗逐步符合礼法制度。

关键词：招魂葬 礼法 习俗 制度

从古至今，学者们对招魂葬多有关注。如唐杜佑在《通典》卷一百三《招魂葬议》、清赵翼《廿二史札记》第 251 条《祔葬变礼》、清徐乾学《读礼通考》卷八十六之《招魂葬》等。自二十世九十年代以来,关于招魂葬不断有专题研究①,因为招魂葬以招魂为核心,也有某些文章在谈及丧礼之复礼及《楚辞·招魂》时也涉及招魂葬②,本文希望在前贤时哲研究的基础之上,从礼法学术、风俗人情及国家制度之间的博弈互动对中古时期(魏晋南北朝唐)的招魂葬加以探讨。正文之前,先对关系密切的几个概念稍加辨析。

---

① 方亚光《论东晋初年的招魂葬俗》(《学海》1992年4月30日)中关于招魂葬产生的社会原因分析较为中肯,但文中把招魂葬看作是昙花一现的社会现象,因元帝禁断而消失,而且把招魂葬与丧礼中的复礼混为一谈,描述与论断多有舛误。朱松林《试论中古时期的招魂葬俗》(上海师范大学学报2002年第2期)材料翔实丰富,论证严谨,但行文之时把复礼、楚地的招魂和招魂葬混为一谈,是为遗憾。马格侠《唐代招魂葬习俗及其原因解析》(《燕山大学学报》2012年第3期)列述唐代招魂葬的相关材料及产生原因部分较为平实,第二部分详论唐代招魂葬的三种形式,殊多新意。孙军辉《浅析唐代民间社会招魂葬》(《黑龙江史志》2012年8月8日)相对清浅。张焕君《从中古时期招魂葬的废兴看儒家经典与社会的互动》(《清华大学学报》2012年第3期)重在探讨"经典文本一旦形成,如何对社会产生影响?而随着社会形势的变迁,经典又是如何主动调适,从而在基本观念不变的前提下,保证自身的社会影响力?"何先成《从长时段看中国传统社会的招魂葬》(《西部学刊》2016.4.20)相对于前期论文,何文增加了唐之后的招魂葬情形。

② 刘昭瑞《"承负说"缘起》谈到招魂葬时说其是"以禁锢死者魂神为目的"(世界宗教研究》1995年第4期),潘啸龙《招魂研究商榷》(《文学评论》1994年7.15)《关于招魂研究的几个问题》(《文学遗产》2003.3)前篇言《招魂》为宋玉所作,所招之魂是顷襄王的生魂,是因顷襄王射兕受惊,魂魄不安,是以招魂以安之。并举民俗学经典中的事例来说明各地初民皆有招生魂之风俗。《关于招魂研究的几个问题》则针对金式武《招魂研究》的观点提出反驳。金文结合后代的家祭、墓祭以及招魂幡的功能,认为中国人也是认为灵魂应该藏于墓中,坟墓是灵魂的安居所。"招死者之魂是为了使灵魂与尸体一同置之棺内,埋于地下,即把神与形"皆幽闭于墓中"。(《历史研究》1996年第6期)潘文再一次征引反映先秦礼俗的典籍证明,"复"礼乃在于望其"复生"郑玄对《礼记·丧大记》的注释绝非出于杜撰。而且从外证与内证两方面言及《招魂》当为狩猎惊兕、卧病郢都的顷襄王而作,当时屈原已死。

一、招魂、复礼、祔祭、招魂葬辨析

从民俗学经典著作中我们可以看到"招魂"这种习俗普遍存在于初民生活中[①]。在肉体与灵魂二元存在生命观的影响之下，做梦、生病、睡眠和死亡都是灵魂离开了肉体，但前三者都是灵魂暂时离开肉体，后者则是灵魂永远地离开了肉体。在灵魂暂时离开肉体的情形之下，可以通过招魂的方式使其恢复健康，从现在文献资料来看，这种风俗在先秦时确实存在，《楚辞·招魂》所记录的正是这种习俗，潘啸龙在《招魂研究商榷》中列举了一系列材料来证明魂魄在特定情形下可以离开肉体，以为"从先秦到汉晋，都有以疾病、凶祸为灵魂离体的迷信，并相信通过觇视、占卜和厌胜之法，可以使人失魂归体、复苏。"[②]这种情形与民俗学经典著作中记录的世界各地的招魂习俗基本相同。如《荆楚岁时记》中引用《韩诗》"唯溱与洧，方涣涣兮，唯士与女，方秉蕑兮"之注："谓今三月桃花水下，以招魂续魄，祓除不祥。"唐代尚将三月三日称为"招魂节"："谁念招魂节，翻为御魅囚"（沈佺期《三日独坐驩州思忆旧游》)唐代杜甫的诗句中多有招魂之语，如"暖汤濯我足，剪纸招我魂"（《彭衙行》)、"呜呼五歌兮歌正长，魂招不来归故乡"（《乾元中寓居同谷县作歌七首》之五)也有"老魂招不得，归路恐长迷"（《散愁二首》其二)此处所言皆为招生魂，而剪纸招魂亦是民间传统，宋人刘辰翁有"谁剪招魂纸"（《念奴娇·先生自寿》)之语，当前民间在生病或小儿受到惊吓之时亦

---

① 参看英弗雷泽《金枝》第十八章第一节及法列维布留尔《原始思维》第八章的相关招魂材料。

② 详见潘啸龙在《招魂研究商榷》《文学评论》1994 年第 7 期，第 43 页。

有剪纸或取衣招魂之俗。此习俗与先秦以来"招魂续魄"以望病愈、健康之俗相同，所招之魂亦是生魂。如果列举在典籍与民俗中所存在的招魂仪式，会发现招生魂的行为自古至今存在于各族人民的生活之中。①

丧礼中"复礼"亦被称为"招魂礼"，与传统招魂习俗有相通之处，但又不尽相同。据《仪礼》与《礼记》的相关资料可知"复礼"是士丧礼的首要环节。"复者一人，以爵弁服，簪裳于衣，左何之，扱领于带。升自前东荣，中屋北面招以衣，曰：'皋，某复！'三，降衣于前。受用箧，升自阼阶，以衣尸。复者降自后，西荣。"郑注："复者，有司招魂复魄也。②"在死者刚刚去世之时由有司拿其平时所穿之衣北面而招之。《丧大记》中也有复者朝服的说法，为何要用平时之衣，贾疏言"朝服平生所服，冀精神识之而来反衣，……云招魂复魄者，出入之气谓之魂，耳目聪明谓之魄，死者魂神去，离于魄，今欲招取魂来，复归于魄，故云"招魂复魄"也。"③贾公彦为唐朝时人，其观点可以看作是两汉魏晋以来经师看法的总结。因为朝服为死者所熟悉，更易辨别附着，后世平民的复礼发展为拿平时所穿之衣为招魂所用，后世招魂葬亦有以衣招魂而葬之礼及民间以衣招魂之俗，当由此发展而来。魂为出入之气，而魄指肉体，复礼可以使离开形魄的魂神复归。

复礼所招之魂为生魂还是死魂？比较《原始思维》中所记载

---

① 详见刘刚《"招生魂与招死魂"学案的文化考辨——〈宋玉招魂〉的礼俗文化解读》一文详细列举了出现在典籍文献与民众生活中的招魂现象。《社会科学辑刊》2013 年第 6 期，第 178 页。

② ［汉］郑玄注、［唐］贾公彦疏《仪礼注疏·士丧礼第十二》，上海，上海古籍出版社 2008 年版，第 1045－1046 页。

③ ［汉］郑玄注、［唐］贾公彦疏《仪礼注疏·士丧礼第十二》，上海，上海古籍出版社 2008 年版，第 1045－1046 页。

的葬礼,最初亦是呼喊死者希其复归:"正因为不知道死是不是肯定无疑了,灵魂会不会回到身体来,像它在梦、昏厥等等以后所作的那样,所以出殡和埋葬往往不是在死后立即就举行。因此,在死后要等待一会儿,同时采取一切可能的办法使离去的灵魂返回。由此产生了大声喊死人,请求它、恳求它不要离开爱它的人们的一个流行极广的风俗。"①后文中举例加勒比人(Caribs)和非洲西海岸的土人都有此习俗,一般是等待尸体开始腐烂,亲属们确定灵魂不再复返时再进行埋葬。并言及"在中国,'喊回死人'的风俗自远古即已存在,而且至今仍很盛行。"②这里所说的至 20 世纪依旧存在的中国'喊回死人'风俗应该指丧礼中的复礼。在原始部族的观念之中,所招只有生魂,招死魂会给生者带来灾厄,这种观念可能也直接影响形成后世"死生异路,两不相妨"的观念,从出土的一些考古数据如地券、镇墓文及竹简日书等材料,我们看到这在汉代是一个普遍的共识。

由此可见,"复"礼中所招之魂并非死魂,而是离体之生魂,人初亡之时,并不能确定其是做梦、昏厥失魂还是真正死亡,所以这时要先举行复礼,冀其灵魂返体。《礼记·丧大记》中有"唯哭先复,复而后行死事。"③也表明复礼之前并不确定的人死亡,而三日而敛其实也是等待期:"或问曰:'死三日而后敛者何也?'曰:'孝子亲死,悲哀志懑,故匍匐而哭之,若将复生然,安可得夺而敛之也!'故曰,三日而后敛者,以俟其生也。三日而不生,亦

---

① [法]列维·布留尔著、丁由译《原始思维》,北京:商务印书馆 1995 年版,第302 页。

② [法]列维·布留尔著、丁由译《原始思维》,北京:商务印书馆 1995 年版,第302－303 页。

③ 王文锦《礼记译解·丧大记》,北京:中华书局 2001 年版,第 631 页。

不生矣。"①与上文原始部族的葬礼相似。复礼过后,确定人真的亡故时才"行死事。"正因为如此,无论是代表国君出使他国,于公馆或私馆亡故,还是游行于路上于客栈、马车上亡故,复礼都要在第一时间进行,只有这样才有可能招回离开不远的魂神,《仪礼》与《礼记》中对于各种情形下的复礼都有严格规定。

招魂葬是在尸骸不存的情形之下不忍亲人魂神流落于外,对生者与死者都产生不好影响,于是招魂而葬,祔于宗庙的仪式。这样可以使死者魂灵享受后世子孙的香火,有所归附,是在特殊情形下产生的葬仪。招魂葬中祔祭很重要,何为祔祭? 祔祭为祭礼的一种。《仪礼·既夕礼》:"三虞,卒哭,明日,以其班祔。"②祔祭之前为虞礼和卒哭礼,虞礼为安魂礼,卒哭礼结束后要说"成事",自此后的祭祀由凶礼转为吉礼,由哀至则泣转为朝夕哭。在卒哭祭的第二天举行祔祭郑注:"班,次也。卒哭之明日祭名。祔,犹属也祭昭穆之次而属之。"贾疏:"以其孙祔于祖,孙与祖昭穆同,故以孙连属于祖,而就祖而祭之也。"③《礼记·檀弓》也说:"明日祔于祖父。其变而之吉祭也,比至于祔,必是日也接,不忍一日末有所归也。"④即在第二天举行祔祭之礼,孝子捧着死者的神主到祖父之庙,使死者的神灵归附于家族。时间紧凑,是因为不忍心亲人魂神流落于外,无所依归。直到此时,丧礼告一段落,死者的魂神依附于木主,在祖庙里与祖先们一起安顿下来。祔祭的时间各时代有所不同,比如商朝是一周

---

① 王文锦《礼记译解·问丧》,北京:中华书局 2001 年版,第 852 页。

② [汉]郑玄注、[唐]贾公彦疏《仪礼注疏·士丧礼第十二》,上海:上海古籍出版社 2008 年版,第 1216—1217 页。

③ [汉]郑玄注、[唐]贾公彦疏《仪礼注疏·士丧礼第十二》,上海:上海古籍出版社 2008 年版,第 1216—1217 页。

④ 王文锦《礼记译解·问丧》,北京:中华书局 2001 年版,第 120 页。

年后祔祭,而周朝则是卒哭祭之后实行祔祭。可见,祔祭最终的目的是使亲人的魂神安顿于祖庙,其从本义来讲是处理魂神的,与形魄无关,但后招魂葬多招魂而葬,入土为安,既所谓"祔葬",是对祔祭的扭曲。

由此我们就可以看到复礼、祔祭与招魂葬的本质不同,前二者是儒家丧礼的重要环节,属丧礼中对魂气的安顿仪式,招魂葬是在尸骸不存的情形之下招魂而葬,祔于宗庙。同样是招魂,复礼所招为生魂,而招魂葬中所招之魂为确定已死或以为已死之魂;复礼是在死亡后的第一时间进行,而招魂葬往往距离死亡已经过了一段时间,归葬、合葬的情形下甚至有数十年之久。招魂葬中有时用旧衣招魂埋葬,即后世所谓的衣冠冢,这一点也与复礼的基本精神相违背。郑玄就曾强调过招魂所用衣物不能在小敛时穿在死者身上,因为即使没有复魄成功,所用衣物也有可能附着了死者魂灵,所以不能埋葬于墓中,这与儒家丧礼仪式中所依据魂神观念有关。天地间飘扬的魂气须有所依凭附着才能安定,复礼之时招魂所用之礼服,受命于庙之时的币帛皮圭,葬礼之初所设之重木,虞礼中之尸以及祔祭后供于宗庙的木主,都可以做为魂气依附存在的对象,而这些载体当然不能幽闭于棺木之中,深埋于后土之下,从这一点来看,招魂葬有悖于丧礼的基本内涵,儒家礼法之士多以此为据对招魂葬持反对意见。下文详而述之。

二、招魂葬在礼法学术层面的讨论

远溯其源,招魂葬在西汉时便已出现,但彼时偶一为之,并未引起学术界的争议。魏晋之时蜀地大儒谯周在《招魂葬论》中曾谈到这个问题："或曰:'有人死而亡其尸者,为招魂葬,何如?'曰:'夫葬所以藏尸柩也。若魂气则无不之焉,得与藏诸?'"[①]有人问谯周招魂葬可行否? 他的回答是否定的,因为传统观念是形魄魂神分离,各有归属。东晋初年,一个特定的历史事件引爆了招魂葬在礼法学术层面的大讨论,这便是裴妃为东海王司马越招魂而葬之事。

司马越是晋末大乱中的枭雄人物,他在征讨石勒途中薨逝,被石勒焚棺以告天地,尸骨无存,其妻"裴妃……太兴中,得渡江,欲招魂葬越。元帝诏有司详议。"[②]这次议礼的社会文化背景是在晋末战乱及晋室南渡时,大量民众死去,尸骨无存,社会中招魂葬流行,元帝下令臣子们集体讨论。参与者讨论者大都为朝中精于礼学的儒家知识分子,如司徒荀组、太常贺循、太子中庶子孔衍、领国史的干宝、治中王裳、荀组之子荀奕,还有博士袁环、傅纯、阮放、张亮、江渊以及李玮、公沙歆、陈舒、张凭等。这些争论中,除李玮、公沙歆力主招魂葬的合理性之外,其余学者都认为此举违礼任情,应予禁断。这场辩论表面看来只有正反两方,事实却有三种观点,反对派的立论依据基本相同,而李玮与公沙歆的观念却有本质不同。这些论辩主旨涉及丧礼中的三个关键点:一是人死之后形魄魂神的归属问题;二是墓祭问题;三是民众内心的情感问题。

春秋之前的人们普遍相信人死为鬼,有灵魂存在。春秋时代很多观念发生了变化,人们对一些传统思想发生怀疑,在此基础之上也出现了些新观念。如《左传鲁昭公七年》子产与赵景子

---

① ［清］严可均辑《全上古三代秦汉三国六朝文》之《全晋文》卷七十,北京:中华书局1958年版,第1862页。

② ［唐］房玄龄等《晋书》卷五九,北京:中华书局1974年版,第1626页。

关于鬼神魂魄的问答便体现了对传统生命观念的怀疑,而子产的理论也成为后世儒家关于魂魄观念的渊源。孔颖达《正义》在此处言及:"圣王缘生事死,制其祭祀。存亡既异,别为立名。改生之魂曰神,改生之魄曰鬼。"[1]可见魂魄即鬼神,但是人生前称为魂魄,而死后称为鬼神。传统儒家思想认为生命体是由魂、魄和合而成,魂为带有情识精神之体,即后世所谓灵魂、魂神、魂气、知气、精神、精气,而魄则是指肉体,耳聪目明的身体机能从属于魄,又称为体魄、骨肉、骸骨,形魄等。人死之后,魂魄分离,魄归于地,魂升于天。"故天望而地藏也。体魄则降,知气在上"[2],望天招魂,入地埋藏,人死了后肉体埋入地里,灵魂升往天空。《礼记·檀弓》还言及:"延陵季子适齐,于其反也,葬于嬴、博之间。……既封,左袒,右还其封且号者三,曰:'骨肉归复于土,命也。若魂气则无不之也,无不之也。'"孔颖达之《礼记正义》对这一段注疏:"骨肉归复于土,自然之性当归复于土,言归复者,言人之骨肉由食土物而生,今还入土,故云归复。若神魂之气,则游于地上,故云则无不之适也。言无所不之适,上或适于天,旁适四方"[3]这种生命观念自春秋以来被普遍接受,西汉杨王孙死时遗嘱:"精神者,天之有也;形骸者,地之有也。精神离形,各归其真,故谓之鬼,鬼之为言,归也。"[4]儒家丧礼诸环节多以此为理论依据。

《仪礼》之《士丧礼》、《既夕礼》和《士虞礼》详细记载了诸侯

---

[1] [唐]房玄龄等《晋书》卷五九,北京:中华书局1974年版,第01626页。

[2] 王文锦《礼记译解·礼运》,北京:中华书局2001年版,第289页。

[3] 《十三经注疏·礼记正义》卷一〇《檀弓下》,杭州:浙江古籍出版社1998年版,第1314页。

[4] [清]严可均辑《全上古三代秦汉三国六朝文》之《全汉文》卷二十二,北京:中华书局1958年版,第249页。

之士为父母、妻子与长子所行丧祭礼的全过程，主要仪式有复礼、设重、报丧、设奠、沐浴、饭含、袭尸、小殓、大殓、朝夕哭、筮宅、卜葬日、殡葬、舍奠墓左、三虞、卒哭、祔祭、小祥、大祥、禫祭等诸环节，从逝者新亡、卜择葬日、迎精而返到最后宗庙祭祀，死者由人鬼变成佑护后人的祖先神。其中复礼、设重、三虞、祔祭都是处理死者魂神的仪式，从最初的招魂，设重木供魂灵栖息，到下葬后迎精而返家，三虞以安魂，最后祔祭。沐浴、饭含、袭尸、小殓、大殓、殡葬等都是处理肉体的仪式，葬礼结束之后，肉体归葬土中，魂神栖于宗庙。"圣人制殡葬之意，本以藏形而已，不以安魂为事，故既葬之日，迎神而返，不忍一日离也。"[①]"宝以为人死神浮归天，形沉归地，故为宗庙以宾其神，衣衾以表其形，棺周于衣，椁周于棺。"[②]"设冢椁以藏形，而事之以凶。立庙祧以安神，而奉之以吉。送形而往，迎精而还，此墓庙之大分，形神之异制也。"[③]（傅纯）都是依据儒家丧礼之仪式而立言，形魄藏于土中，魂神栖于神主。"迎神（精）而反"指下葬当日所举行的虞祭之礼。虞祭礼即安魂礼，《仪礼注疏·士虞礼第十四》言及："虞，犹安也。士既葬其父母，迎精而反，日中而祭之于殡宫以安之礼。"[④]《既夕礼第十三》："三虞。郑注：虞，丧祭名，虞，安也。骨肉归于土，精气无所不之，孝子为其彷徨，三祭以安之。朝葬日

---

① 孔衍《禁招魂葬议》，[清]严可均辑《全上古三代秦汉三国六朝文》之《全晋文》卷一百二十四，北京：中华书局1958年版，第2172页。

② 干宝《驳招魂葬议》，[清]严可均辑《全上古三代秦汉三国六朝文》之《全晋文》卷一百二十七，北京：中华书局1958年版，第2190页。

③ [唐]房玄龄等《晋书》卷五九，北京：中华书局1974年版，第1626页。

④ [汉]郑玄注、[唐]贾公彦疏《仪礼注疏·士丧礼第十二》，上海：上海古籍出版社2008年版，第1271页。

中而虞,不忍一日离。[①]"送形而往,迎精而返"[②]将形魄送至墓地安葬,而迎接精魂归来,虞祭就是惟恐迎接回来的死者魂神不安而举行的仪式。之所以当日举行虞祭,是因为生者不忍心与亲人的魂神分离哪怕一天。在虞祭礼举行的第二天就举行祔祭,使亲人的魂神依附于祖先,安顿下来。在上述丧礼的过程当中,去世亲人的魂神一直与生者相依,也就是说当送葬者离开墓地之时,亲人的精魂亦随之离去,而墓中则无魂神。在这种观念之下,幽闭魂神于棺木之中便成了不可思议之事:"若乃钉魂于棺,闭神于椁,居浮精于沉魄之域,匪游气于壅塞之室,岂顺鬼神之性而合圣人之意乎!则葬魂之名,亦几于逆矣。"[③]"盖魂气归于天,体魄归于地,招魂而葬,是欲以归天之魂使之入地,理难强通。即葬衣冠,而必先招魂于衣冠,然后葬之,是仍欲使魂入地也。"[①]

墓中既无魂神,墓祭则毫无意义,古礼确实以祭墓为非礼,因为祭为吉礼,祭礼必庙。但事实上,自秦汉以来一直有墓祭之风习。究其源当为《周礼·春官·冢人》所言:"凡祭墓,为尸。"郑玄注:"祭墓为尸,或祈祷焉。"[⑤]即冢人为尸,但祭祀的对象是土地神而非死者,时间是在成墓之后,与《礼记·檀弓》所言设奠

①　[汉]郑玄注、[唐]贾公彦疏《仪礼注疏·士丧礼第十二》,上海:上海古籍出版社 2008 年版,第 1216 页。

②　王文锦《礼记译解·问丧》,北京:中华书局 2001 年版,第 850 页。

③　干宝《驳招魂葬议》,[清]严可均辑《全上古三代秦汉三国六朝文》之《全晋文》卷一百二十七,北京:中华书局 1958 年版,第 2190 页。

①　王树民《廿二史札记校证·251 祔葬变礼》,北京:中华书局 2013 年版,第 406 页。

⑤　[汉]郑玄注、[唐]贾公彦疏《周礼注疏》上海:上海古籍出版社 2010 年版,第 822 页。

于墓左相符,这是下葬后虞祭之前,有关神职人员在墓地祭奠土地神。可见此处虽有墓祭之名,但祭祀对象却与后世有根本不同。祭墓起源,"汉初之书,鲁人上孔子冢,亦在秦汉之间。疑当其时世卿宗法既亡,大夫不皆有庙,乃渐移庙祭为墓祭"①,此处推衍颇有道理,据《礼记》所记:"天子七庙,……诸侯五庙,……大夫三庙……士一庙。庶人祭于寝。"②随着时代变迁,宗法制度消亡,无庙的庶人逐步祭于墓。但这并不能证明墓祭合礼,儒家学者在理论上多依旧强调墓祭非礼。如曹丕《终制》:"骨无痛痒之知,冢非栖神之宅,礼不墓祭,欲存亡之不黩也。"③三国时期的杨泉亦有云:"古不墓祭,葬于中原,而庙在大门里,不敢外其亲。平明出葬,日中反虞,不敢一日使神无依也。"④

但在风俗层面,墓祭的情形自秦汉时期已经存在。除上文所言鲁人上孔子冢之外,杨树达先生在《汉代婚丧礼俗考》中言:"古人重高庙祭,汉人则重墓祀。行之者,上自天子,下及臣民。"⑤其源起则是秦代,《后汉书·明帝纪》注引《汉官仪》云:"古不墓祭,秦始皇起寝于墓侧,汉因而不改。诸陵寝皆以晦望、二十四气、三伏、社腊及四时上饭。"⑥汉袭秦俗,"汉氏正月上陵,神座在西序东向,百辟计吏前告郡之谷价,人之疾苦,欲先帝魂灵

---

① [清]皮锡瑞《皮锡瑞集·经学通论·论古礼多不近人情,后儒以俗情疑古礼,皆谬》,长沙:岳麓书社 2012 年版,第 1458 页。

② 王文锦《礼记译解·问丧》,北京:中华书局 2001 年版,第 172 页。

③ [西晋]陈寿《三国志》卷二《文帝纪》,北京:中华书局 1959 年版,第 81 页。

④ [清]严可均辑《全上古三代秦汉三国六朝文》之《全三国文》卷二十七,北京中华书局 1958 年版,第 1454 页。

⑤ 杨树达《汉代婚丧礼俗考》,上海:上海古籍出版社 2000 年版,第 180 页。

⑥ [南朝宋]范晔《后汉书》卷二《显宗孝明帝纪》,北京:中华书局 1965 年版,第 99 页。

闻知。"①《日知录》云:"汉人以宗庙之礼移于陵墓。"三国时期的杨泉在《请辞》中概述了自上而下流行于全社会的墓祭风俗:"迨周衰礼废,立寝于墓,汉兴而不改,以先帝衣冠,四时与水进果实,而禘祫祭祀,皆于宗庙。及其末,因寝之在墓,咸往祭焉。盖由京师三辅,强豪大姓,力强财富,妇女赡侈,车两相追,宿止墓下。连日厌饫,遂以成俗,迄于今日。"②李玮在《宜招魂葬论难孔衍》也谈到民间在下葬三日之后有祭于墓中的习俗。从以上材料可以看出,古礼庙墓殊途,魂魄各有归属,只有庙祭而无墓祭,(西周虽有墓祭,但祭祀的对象非去世的亲人,而是土地神)。秦始皇起寝宫于墓侧,汉代诸帝沿袭不改,于是形成在特定的节令时日祭礼于墓的习俗。而祭祀的对象也由土地神变成亲人的魂神,于是魂神依墓而居也顺理成章地被大家所接受。依墓而居的魂灵在特定的日子,即子孙后代祭祀祖先的日子里才会回到祠堂,享受祭品,如《幽明录》中记载一则材料:"晋升平元年,剡县陈素家富,娶妇十年,无儿。夫欲娶妾,妇祷祠神明,突然有身。邻家小人妇亦同有,因货邻妇云:'我生若男,天愿也;若是女,汝是男者,当交易之。'便共将许。邻人生男,此妇后三日生女,便交取之。素忻喜,养至十三。当祠祀,家有老婢,素见鬼,云:'见府君家先人,来到门首便住。但见一群小人,来座所食噉此祭。'父甚疑怪,便迎见鬼人至。祠时转令看,言语皆同。素便入问妇,妇惧,且说言此事。还男本家,唤女归。"这里所体现的观念恰是祖先们的魂灵平时依于墓所,以此为居,在子孙祠祀的日子里再回家享受祭品。汉代及魏晋南北朝出土的镇墓文和买

---

① [唐]杜佑《通典》卷七九,北京:中华书局1988年版。
② [清]严可均辑《全上古三代秦汉三国六朝文》之《全三国文》卷七十五,北京:中华书局1958年版,第1454页。

地券中也有一些内容体现了死者魂灵以墓为居,以棺木中的肉体为依归,时时出入往还于地下与人间。如《元嘉二十七年龚韬买地券》(2004 年出土于广州市区的一座南朝古墓之中)"韬尸丧,魂魄自得还此冢庐,随地下死人之俗,五腊吉日月晦十五日休假,上下往来,不得留难"。《云笈七签》卷三七:"正月一日名天腊,五月五日名地腊,七月七日名道德腊,十月一日名民岁腊,十二月八日名侯王腊。此五腊日并宜修斋并祭祀先祖。"初一与十五也是平时祭祖的时间,这条材料可与上条相对照而读,可知在时人观念中,死后埋葬,即是魂灵永归地下,地下的世界自有其规则,依此行事,希望墓地诸神给予方便,使其能够在阳界冥界自由往来,在五腊吉日月中月末后代祭祀的日子能够回祠堂授受供奉。

这种观念是招魂葬流行的理论基础,也在发展过程中影响了儒家知识分子的思想。如李玮在这场礼仪辩论中力主招魂葬,其依据便在于此。"且宗庙是烝尝之常宇,非为先灵常止此庙也;犹圆丘是郊祀之常处,非为天神常居此丘也。诗曰'祖考来格',知自外至也。又曰'神保聿归',归其幽冥也。"[1]即认为祖先之灵平时居于幽冥之地,依于墓地,只是在特定的享受祭祀的时间才来到宗庙,并举诗经中的祭祖诗为例来说明。当时,这种观念普遍存在,如曹丕在《终制》虽然明言"骨无痛痒之知,冢非栖神之宅",而且"自古及今,未有不亡之国,亦无不堀之墓也"。掘墓带来的直接后果是尸骨无存,魂灵难安。这里矛盾同样难以开解,既然"冢非栖神之宅",为何掘墓与尸骨受损会使魂灵不

---

① [晋]李玮《宜招魂葬论难孔衍》,[清]严可均辑《全上古三代秦汉三国六朝文》之《全晋文》卷一百二十八,北京:中华书局 1958 年版,第 2195 页。

安？同样的表述在陶侃《上温峤遗书请停移葬表》中，当时温峤去世之后葬于豫章，朝廷后来追封其功德，想移其墓于帝陵之侧，陶侃上书反对："愿陛下慈恩，停其移葬，使峤棺枢无风波之危，魂灵安于后土。"①同样认为移坟动墓会影响魂灵，使其不能安于后土，并明确指出魂灵是生活于坟墓之中，六朝志怪小说中很多条都有鬼魂依墓而居，动墓则使其魂灵难安。

这次论礼之辩中，同样主张招魂葬的北海公沙歆却提出另外一种观点，他的《宜招魂论》并没有从招魂葬之是否应该存在入手，而是假设了几种情形，一是"神灵止则依形，出则依主，墓中之座，庙中之主，皆所缀意髣髴耳。若俱归形于地，归神于天，则上古之法是而招魂之事非也。"②其实公沙歆在此处提出的是一个全新的概念，即招魂，而非招魂葬。他前面的两个"若"表明自己对于当前理论的冲突难以判别：形归于地而神归于天是传统之观念，但在此时却已有如上文李玮所言魂神既依于神主，又居于墓所的观念，即灵座与神主皆是魂神依附之物，宗庙与坟墓皆为魂神所居之所，他对这种争论未置可否。第二个"若吉凶皆质，宫不重仞，墓不封树，则中古之制得而招魂之事失也"。事实上并非如此，秦汉以来，上行下效，厚葬成俗，其依据应该是灵魂依墓而居，从这一点来看他似乎更倾向于灵魂可能依存于墓。第三"若五服有章，龙旗重旒，事存送终，班秩百品，即生以推亡，依情以处礼，则近代之数密，招魂之理通矣。"最后所得之结论为"招魂者何必葬乎，盖孝子竭心尽哀耳。"他所明确提出的观点是

---

① ［唐］房玄龄等《晋书》卷六七，北京：中华书局 1974 年版，第 1795 页。

② ［晋］公沙歆《宜招魂论》，［清］严可均辑《全上古三代秦汉三国六朝文》之《全晋文》卷一百二十八，北京：中华书局 1958 年版，第 2196 页。以下引文出自同篇，不复一一注出。

招魂祔祭,使其安之于宗庙,并非一定要葬魂于墓穴之中。其主张折衷了禁断之论与力主之说,招魂而祔而非葬,符合传统儒家观念中对于魂神的理解与认知,即传统丧礼最终以死者魂灵祔于安于宗庙为目的,亦是禁断派的理论依据,如干宝《驳招魂葬议》则是批驳东海国学官令鲁国周生力主招魂葬之语,"未若之遭祸之地,备迎神之礼,宗庙以安之,哀敬以尽之"。但其招魂的形式又与招魂葬的形式类似。其实后世有不少儒家学者都是这种主张,即招魂而祔,他们的理论主张对现实的招魂葬仪起到了指导作用,明代儒学大家李濂《招魂葬答问》中记载嘉靖十六年(1537)冬天,一位马姓儒生渡河溺死,求尸不得,家属请求实行招魂葬,李濂给出指导性意见:"阖宅眷属宜于遭溺之地,备迎神之礼,括发徒跣号呼于涂,而迎之以归祠庙,以妥之木主,以依之祝辞,以告之牲醴,俎豆以享之,哭泣擗踊以哀之,三年而除其服,岁时举祀如常仪。"①这种观念,与公沙歆、干宝的理论主张一脉相承,异代回响,清赵翼在《廿二史札记·251祔葬变礼》中亦表达了类似的看法:"既莫知瘗所,似不必复设祔葬之虚礼,但奉主祔庙可耳。"②

这次议礼辩论之中,无论正方亦或是反方,都关注到这种葬仪的实质在于"人情",公沙歆主张招魂葬,持论之立足点便在于"人之情",孝子不忍心亲人沦落为孤魂野鬼,才用这种"变礼"的方式表达"竭心尽哀"之意。关于这一点,禁断派亦是承认,如陈舒《武陵王招魂葬议》"时人往往有招魂葬者,皆由孝子哀情迷

---

① 徐乾学《读礼通考·招魂葬》卷八十五,《景印文渊阁四库全书》,台北:台湾商务印书馆1986年版。

② 王树民《廿二史札记·251祔葬变礼》,北京:中华书局2013年版,第406页。

惑。宜以礼裁,不应听遂。"①孔衍《禁招魂葬议》亦是从人情出发:"吾以为出于鄙陋之心,委巷之礼,非圣人之制,而为愚浅所安,遂行于时,王者所宜禁也。"②看似对立的观点其实都承认了招魂葬的存在根源于人情,圣人制礼,以事缘情,因情处礼,既是人情,便无所谓低陋与高贵,招魂葬在后世社会普遍存在的社会现实恰说明民众情感的韧性与生命力,这也是招魂葬长期普遍存在的内在推动力。这次议礼之后,官方阶层统一了思想,晋元帝在当年(太兴元年(318)夏四月)亲自下《禁招魂葬诏》:"夫冢以藏形,庙以安神。今世招魂葬,是埋神也。其禁之。"③

魏晋之后,礼法之士从理论上讨论这一问题时,依旧会持反对态度,其论据则不出东晋初年诸臣所议之范畴。南北朝时期的庾蔚之是刘宋礼学大家,他的《招魂葬论》曰:"葬以藏形,庙以飨神。季子所云'魂气无不之',宁可得招而葬乎!"④其理论与东晋初年反对招魂葬的理论依据一样,严守庙墓之别,反对招魂葬。这一观念流行于后世。如北宋司马光认为尸骨不存,不能举行招魂葬,南宋理学家朱熹也认为招魂葬不合于礼,朱熹的《文公家礼》是流传极广的民间礼仪指导用书,其中关于丧礼部分极其完备,但不设招魂葬。明代李濂认为:"圣人制为殡葬之礼,本以掩厥形骸,不以安魂为事,既葬之日迎神而返于家,盖孝

---

① [清]严可均辑《全上古三代秦汉三国六朝文》之《全晋文》卷一百四十,北京:中华书局1958年版,第2271页。

② 孔衍《禁招魂葬议》,[清]严可均辑《全上古三代秦汉三国六朝文》之《全晋文》卷一百二十四,北京:中华书局1958年版,第2172页。

③ [清]严可均辑《全上古三代秦汉三国六朝文》之《全晋文》卷八,北京:中华书局1958年版,第1507页。

④ [清]严可均辑《全上古三代秦汉三国六朝文》之《全宋文》卷五三,北京:中华书局1958年版,第2723页。

子之心,不忍一日离也。若闭灵爽于沉魄之域,是为不仁,岂孝子事其亲之心?"①其理论与三国时期的杨泉及东晋初年之禁断派言论几无二致。其所据不过是传统魂魄观念,即魂气归天,形魄入地,魂神最终依于神主,栖息于宗庙。墓穴之中埋藏肉体形魄,无知无识。

虽礼法之士在理论上一直对招魂葬仪持否定态度,但习俗的力量坚韧顽强,自东汉初现至当代社会,招魂葬在社会各阶层中逐步普遍化、公开化,成为一种被民众接受践行的特殊葬仪。

三、作为习俗与制度而存在的招魂葬

招魂葬到底起自何时?赵翼在其《廿二史札记》第 251 条《祔葬变礼》时认为:"招魂而葬,本起于东汉。光武姊元,为邓晨妻,起兵时元被害,后晨封侯,卒,帝追尊姊为公主,招其魂与晨合葬,此招魂葬之始也。"②此条材料出自《后汉书》卷十五《邓晨传》:"晨初娶光武姊元。汉兵败于长安……元及三女皆遇害,光武即位,追封谥元为新野节长公主。展卒,诏遣中谒者备公主官属礼仪招迎新野主魂。与展合葬于北芒。"③清徐乾学在《读礼通考》卷八五《招魂葬》引《陈留风俗传》言及刘邦为母亲招魂之事:"沛公起兵野战,丧皇妣于黄乡。天下平定,乃使使者以梓宫招魂幽野,于是丹蛇在水,自洒濯之,入于紫宫,其浴处有遗发,故

---

① 徐乾学《读礼通考·招魂葬》卷八十五,《景印文渊阁四库全书》,台北:台湾商务印书馆 1986 年版。

② 王树民《廿二史札记校证·251 祔葬变礼》,北京:中华书局 2013 年版,第 406 页。

③ 刘宋,范晔《后汉书》卷一五《李通传》,北京:中华书局 1965 年版,第 583 页。

谥曰昭灵夫人。《水经注·黄沟县》：故阳武之东黄乡，沛公起兵野战，丧皇妣于黄乡，天下平定，乃使使者以梓宫招魂幽野，因作寝以宁神也。"[1]杨树达先生在《汉代婚丧礼俗考》中也引用了这两条材料。可见招魂葬俗西汉即有，东汉也偶尔一见，但毕竟不是普遍的行为。《后汉书》卷八十一《独行传·张武传》记张武之父行役途中与强盗战死，亡失骸骨，张武"每节，常持父遗剑，至亡处祭酹，泣而还。……遭母丧过毁，伤父魂灵不返，因哀恸绝命"[2]。张武因为父亲骸骨不见，无以寄托哀思，甚至纠结哀恸至死也没有想到可以招魂而葬，也从一个侧面反映了当时招魂葬并不流行。但又实际存在，南朝刘宋时期的雷次宗在《豫章记》中记载了这样一条材料："许子将墓，在郡南四里。昔子将以中国大乱，远来渡江，随刘繇而卒，葬于阎门里，于时汉兴平二年也。吴天纪中，太守吴兴沈季，白日于厅事上坐，忽然如梦，见一人着黄单衣、黄巾，称汝南平舆许子将，求改葬，因忽不见。即求其丧，不知处所，遂招魂葬之，命文学施遝为招魂文。"[3]这条材料如果属实，可见彼时民间存在招魂葬俗。三国时期有人问蜀地大儒谯周说："或曰，有人死而亡其尸者，而招魂葬，何如？"[4]虽谯周出言驳斥，但是此习俗存在的明证。

西晋末年，八王之乱与五胡乱华的战争把人口密集的中原

①　徐乾学《读礼通考·招魂葬》卷八十五，《景印文渊阁四库全书》，台北：台湾商务印书馆1986年版。

②　[南朝宋]范晔《后汉书》卷八一《独行传·张武传》，北京：中华书局1965年版，第2681页。

③　徐乾学《读礼通考·招魂葬》卷八十五，《景印文渊阁四库全书》，台北：台湾商务印书馆1986年版。

④　[清]严可均辑《全上古三代秦汉三国六朝文》之《全晋文》卷七十，北京：中华书局1958年版，第1862页。

大地变成了白骨累累的战场。晋室南渡，大量北方民众随之南下，他们的亲人多有死于战乱且尸骨无存者，舒解生者之情，安抚死者之魂的招魂葬在这一时期大量出现。上文所言及的晋元帝组织群臣关于招魂葬的讨论便是以这样的社会现实为背景，从礼法之士反对的言论之中我们可以上自王公贵族，下至平民百姓间招魂葬的流行程度。袁环《上禁招魂葬表》中便谈到三例："故尚书仆射曹馥殁于寇乱，嫡孙胤不得葬尸，招魂殡葬。……监军王崇、太傅司马刘洽皆招魂葬。请台下禁断。"①陈舒《武陵王招魂葬议》云："先太保生没虏场，求依太傅故事招魂葬。按礼无招魂葬文，时人往往有招魂葬者，皆由孝子哀情迷惑。宜以礼裁，不应听遂。"②张凭《新蔡王招魂葬议》云："新蔡王所继先王，昔永嘉之难，覆殁寇虏，灵柩未返，今求招魂灵安厝。谨按礼典，无招灵之文。"③此处武陵王指司马澹及其子喆，二人并为石勒所杀。新蔡王则指司马腾，公师藩、汲桑攻邺，腾为李丰所杀，其三子又为丰余党所害，"于时盛夏，尸烂坏不可复识，腾及三子骸骨不获。"④另东晋初年议礼之后朝廷下旨禁断招魂葬，但"裴妃不奉诏，遂葬越于广陵"⑤。此诏令对裴妃未起作用，对于当时逐渐流行的招魂葬俗亦未有禁断之效。

---

① ［清］严可均辑《全上古三代秦汉三国六朝文》之《全晋文》卷五六，北京：中华书局1958年版，第1781页。

② ［清］严可均辑《全上古三代秦汉三国六朝文》之《全晋文》卷一百四十，北京：中华书局1958年版，第2271页。

③ ［清］严可均辑《全上古三代秦汉三国六朝文》之《全晋文》卷一百三二，北京：中华书局1958年版，第2218页。

④ ［唐］房玄龄等《晋书》卷 三八《宣五王传·琅邪王附子澹》，第1122－1123页；卷三七《高密文献王泰传附子腾》，第1096－1097页。

⑤ ［唐］房玄龄等《晋书》卷五九，北京：中华书局1974年版，第1626页。

如果说东晋之时招魂葬这种葬仪虽然在社会中广为流行，但儒家知识分子所代表的官方阶层尚持反对态度，时至南北朝时期，官方对招魂葬则不仅默许，而且在现实中亦公开实行。《南史》卷五四《梁简文帝诸子传》："时河东王为湘州刺史，不受令。方等求征之，……及至麻溪，军败溺死，求尸不得。元帝闻之心喜，不以为戚。后追思其才，赠侍中、中军将军、扬州刺史，谥忠壮世子，并招魂以葬之。"[①]萧方等为梁元帝萧绎长子，作战英勇，但因为种种原因受到父亲的猜忌，后来在征讨河东王萧誉的过程中战死，尸骸不存，其父为其举行了招魂葬。彼时虽尚未登基为帝，（萧方等死于公元 549 年，萧绎登基为公元 552 年），但已是权倾天下的司徒，都督全国军事，影响力非同一般。

除南朝之外，招魂葬在北方也逐渐被民众接受。如《晋书·慕容儁载记》记娴于礼制刑法的宿德硕儒延尉监常炜对沿袭魏、晋以来的丧制提出异议："自顷中州丧乱，连兵积年，或遇倾城之败，覆军之祸，坑师沈卒，往往而然，孤孙茕子，十室而九。兼三方岳峙，父子异邦，存亡吉凶，杳成天外。或便假一时，或依嬴博之制，孝子糜身无补，顺孙心丧靡及，虽招魂虚葬以叙罔极之情，又礼无招葬之文，令不此载。"[②]引经据典，无外乎想说明时变俗异，在当时的社会情形之下，谨守丧礼规制已不利用国家稳定、社会发展，招魂葬虽然不符合儒家礼制，但却合于社会现实与世俗人情，可以鼓励推广，丧服制度也要有所变通，以国家人材需要为首要任务。由此可见儒家知识分子根据情势改革礼制的努

---

① ［唐］李延寿《南史》卷五四《梁简文帝诸子传》，北京：中华书局 1975 年版，第 1345 页。

② ［唐］房玄龄等《晋书》卷一一〇《慕容儁载记》，北京：中华书局 1974 年版，第 2838 页。

力，虽然建议被驳，但这种观念已经深入人心，二三十年之后，以帝王为代表的官方却是已经实行这种做法："时慕容暐及诸宗室为苻坚所害者，并招魂葬之。"[①]慕容暐及诸宗室都被苻坚所杀，慕容垂即位后以一国之君的身份为他们举行了招魂葬。这种情形并不孤立，《魏书》卷四五《韦阆传》中也有相关记载，裴宣上书："自迁都已来，凡战陈之处，及军罢兵还之道，所有骸胳无人覆藏者，请悉令州郡戍逻检行埋掩。并符出兵之乡：其家有死于戎役者，使皆招魂复魄，祔祭先灵，复其年租调。身被伤痍者，免其兵役。"[②]此条材料可注意者有三，一是由地方政府出面收葬战死的士兵，使他们入土为安；二是此处为疑似招魂葬，虽是政府规定的群体性招魂事件，即家中有亲人参战但尸骨无存者的招魂复魄，但并没有强调是招魂葬，而是招魂复魄，祔祭先灵。似乎与公沙歆的主张相同。其三，对于免除死者家中的租调，有伤者免兵役，既是国家层面对参与战争的补偿，前者又未尝不是对死者的安抚，使其有所归而不为厉。这材料可与《新唐书》卷二〇三《文艺传下·李华传附翰传》互文见义："今巡子亚夫虽得官，不免饥寒，江淮既巡所保，户口充完，宜割百户俾食其子。且强死为厉，有所归则不为灾。巡身首分裂，将士骸骼不掩，宜于睢阳相择高原，起大冢，招魂而葬，旌善之义也。"[③]扬州大都督张巡在"安史之乱"中坚守睢阳，与众多将士一样奋身死节，尸骨无存，李翰的建议一方面封赏其子，使其衣食无忧，同时与众多将

---

① ［唐］房玄龄等《晋书》卷一二三《慕容垂载记》，北京：中华书局1974年版，第3087页。

② ［北齐］魏收《魏书》卷四五《韦阆传》，北京：中华书局1974年版，第1023页。

③ ［宋］欧阳修、宋祁《新唐书》卷二〇三《文艺传下·李华传》，北京：中华书局1975年版，第5775页。

士一起招魂而葬,得享祭祀。原因则出于畏惧:"强死为厉,有所归则不为灾。"面对群体性死亡事件,且尸骨无存,很容易转为厉鬼,作祟人间,这种观念起源于《左传》:"或梦伯有介而行,曰:'壬子,余将杀带也。明年壬寅,余又将杀段也。'及壬子,驷带卒,国人益惧。齐、燕平之月壬寅,公孙段卒。国人愈惧。其明月,子产立公孙泄及良止以抚之,乃止。子大叔问其故,子产曰:'鬼有所归,乃不为厉,吾为之归也。'"①伯有死后化为厉鬼而杀人,后子产为其立后嗣奉祭而消弭,招魂葬在这里所起的作用与此同意,除了抒生者之怀外,更重要的是对死者的抚慰。张说在《为魏元忠作祭石岭战亡兵士文》:"嗟尔战夫,烈烈忠勇。奋不顾命,志无旋踵。身没名扬,生轻义重。……痛兹壮士,鬋为国殇。盍诉天帝,降厉鬼方?助气金鼓,复怨沙场。胾血尔醉,房醢尔尝。封尸死所,招魂故乡。"②赞颂牺牲士兵的为国捐躯的英雄主义情怀,希望他们来享用祭品,尸骸虽然永远地留在了战场之上,但魂灵则回到家乡接受奉祭。战死沙场的将士尸骨无存,通过招魂葬这种特殊的葬仪,可以使其回归家乡,安享后人祭祀,既可以达生者之情,亦可以抒死者之怀。这在唐代是为民众普遍接受的观念,如李益《从军夜次六胡北饮马磨剑石为祝殇辞》:"又闻招魂有美酒。为我浇酒祝东流。殇为魂兮,可以归故乡些。沙场地无人兮。尔独不可以久留。"③张籍《征妇怨》里说:"万里无人收白骨,家家城下招魂葬。"因战争而导致的尸骨无存,一直是招魂葬盛行的主要原因。

从史书、墓志、笔记小说及诗文中可知招魂葬在唐代社会普

① 杨伯峻《春秋左传注》,北京:中华书局1981年版,第1297—1292页。
② [清]董诰等编《全唐文》卷二百三十三。
③ [清]彭定求等编《全唐诗》卷二百八十二。

271

遍存在。如初唐之时张说在《赠陈州刺史义阳王神道碑》记录孝子豫州刺史杨行休寻找父亲尸骸之事,因父亲昔日遇害之时"殡殓无主,封树缺如。岁月茫茫,尽为野草。"找到骸骨的可能性极低,所以"议者以为不可复得,宜招魂而葬"。虽然杨行休在梦境与占卜的帮助之下找到父亲的骨骸,但由此亦可见在当时招魂葬已经成为一种普遍接受的特殊葬仪。唐代笔记小说中也有相关的事例,人远行数年不归时家人常为其举行招魂葬,如李玫之《纂异记》中的《嵩岳嫁女》记田璆与邓韶中秋夜遇仙之事,"及还家,已岁余,室人招魂葬于北邙之原,坟草宿矣"①。《王可交》记渔夫王可交遇仙,家人招魂而葬之"具言三月三日,可交乘渔舟入江不归,家人寻得渔舫,谓堕江死,漉之无迹,妻子以招魂葬讫"②。在周绍良先生所编的《唐代墓志汇编》中所见实施招魂葬法的就有数十条之多③。《旧唐书》卷一九三《列女传》:"杨绍宗妻王氏,华州华阴人也。初年二岁,所生母亡,为继母鞠养。至年十五,父又征辽而殁。继母寻亦卒。王乃收所生及继母尸柩,并立父形像,招魂迁葬讫,庐于墓侧,陪其祖父母及父母坟。"④而这种行为受到朝廷的嘉奖,"宜标其门闾,用旌敏德,赐物三十段。粟五十石"⑤。除汉族之外,少数民族亦实行招魂葬,如史思

---

①　《唐五代笔记小说大观》,上海:上海古籍出版社 2000 年版,第 500 页。

②　[宋]李昉等《太平广记》卷二十,北京:中华书局 1961 年版,第 138 页。

③　朱松林《试论中古时期的招魂葬俗》(上海师范大学学报 2002 年第 2 期),马格侠《唐代招魂葬习俗及其原因解析》(《燕山大学学报》2012 年第 3 期)列举了大量唐代招魂葬材料,可参考。

④　[五代]刘昫《旧唐书》卷一九三《列女传》,北京:中华书局 1975 年版,第 5144 页。

⑤　[五代]刘昫《旧唐书》卷一九三《列女传》,北京:中华书局 1975 年版,第 5144 页。

明就曾为安禄山实行招魂葬,安禄山死后,"思明复称大燕,……而禄山不得其尸,与妻康氏并招魂而葬,所谓哀后者也"①。

以上所列多为平民或士子中的招魂葬俗,事实上死于政治斗争或战乱的王公贵族与皇族在尸骨无存的情形之下亦是招魂而葬。如唐中宗的和思赵皇后及睿宗刘皇后、窦皇后皆死于宫廷斗争,平反后招魂而葬,代宗沈后死于战乱,最后亦是招魂而葬,在这些事例中,朝臣所讨论的并非应不应该招魂葬,而是如何招魂葬,即完善相关葬仪。如关于和思赵皇后的招魂葬,太常博士彭景直上言:"古无招魂葬之礼,不可备棺椁,置辒辌。宜据《汉书·郊祀志》葬黄帝衣冠于桥山故事,以皇后祎衣于陵所寝宫招魂,置衣于魂舆,以太牢告祭,迁衣于寝宫,舒于御榻之右,覆以夷衾而祔葬焉。"②在招魂、埋葬的方法及祭祀规格与方式等方面予以规定,后世的刘皇后、窦皇后葬制皆以此为依据。

从唐代现在的几条诏令和律法材料能够看到朝廷已经在官方的制度层面承认了招魂葬的合法性。《唐大诏令集》中有两篇诏令言及招魂葬,一是《干元元年册太上皇尊号赦》中对于没于战乱中的"公主并郡王嗣王郡主县主及皇五等已上亲、被逆贼杀害"的人"失骸骨者,令招魂葬"③。一是卷四十《收葬遇害王妃诏》:"其失骸骨者,亦令招魂,神而有感,庶从改卜之安。魂兮来归,将就新营之吉。"④

---

① [五代]刘昫《旧唐书》卷五一《后妃传》,北京:中华书局1975年版,第2171页。

② [五代]《旧唐书》卷五一《后妃传上中宗和思皇后赵氏传》,北京:中华书局1975年版,第2171页。

③ [宋]宋敏求编《唐大诏令集》卷九,北京:商务印书馆1959年版,第56页。

④ [宋]宋敏求编《唐大诏令集》卷四十,北京:商务印书馆1959年版,第189页。

《唐律疏议》中亦有几条相关材料，《唐律疏议》又称《永徽律疏》，是唐高宗永徽年间完成的一部极为重要的法典，其中有两条关于盗墓如何处置的法律条文涉及招魂葬。一是卷十八《贼盗穿地得死人》："诸穿地得死人不更理，及于冢墓熏狐狸而烧棺椁者，徒二年；烧尸者，徒三年。"这是律法的正文，在疏注中并没有提到招魂葬，但在后面的问中有人提到："问曰：下条'发冢者，加役流'，注云'招魂而葬亦是'。此文烧尸者徒三年，未知招魂而葬亦同以否？答曰：准律，招魂而葬，发冢者与有尸同罪。律有'烧棺椁'之文，复着'烧尸'之罪；招魂而葬，棺内无尸，止得从'烧棺椁'之法，不可同'烧尸'之罪。"明确规定烧了招魂葬的棺椁，等同于烧棺椁之罪，而非烧尸之罪。卷十九"诸发冢者，加役流；发彻即坐。招魂而葬，亦是。已开棺椁者，绞；发而未彻者，徒三年。"发彻即挖掘至棺椁，这个时候罪不至死，但一旦打开了棺椁，则处以绞刑，招魂葬与普通土葬相同。这两条关于盗墓的律法材料都提到了招魂葬，盗墓本身是一种并不常见的犯罪行为，而盗了招魂葬的墓更是小概率事件，但律法却在注疏解释中予以规定，说明当时招魂葬应该是一个普遍的社会现象。经过唐代的发展，招魂葬作为一种特殊的葬仪被民众普遍接受，官方也予以承认，如南宋时期的史载材料中有大量为国捐躯者举行招魂葬，费用甚至可以由国家支出，而明清时期招魂葬的情形在社会中更为普遍。①

从东晋时期官方禁断到南北朝时期朝廷默认许可甚至带头实行再到唐代制度化，招魂葬作为一种特殊的葬仪，逐渐被社会

---

① 详见何先成《从长时段看中国传统社会的招魂葬》，《西部学刊》2016 年 4 月 20 日。

上自王公贵族下到平民百姓所普遍接受，相关的礼仪也由知识分子一点点补充完备。如东晋初年张凭和陈舒还在感叹"礼无招魂葬之文"，刘宋时期雷次宗所记已有招灵文，唐代文献中保存了数篇许多专为战场殇者举行招魂葬的祭文，如张说的《为魏元忠作祭石岭战亡兵士文》等，而敦煌遗存中的《孟姜女变文》中甚至出现了《招魂祭文》的通用文书格式。上文所述彭景直的建议确立了后妃招魂葬的仪礼，宋明理学盛行时期，因招魂葬不符合儒家丧祭之义，是以并无相关理论，直到明清之际，一些实践礼学家看到招魂葬这种变礼存在的现实及意义，调整相关理论给予相应的指导，影响最大的当属清初孙奇逢和许三礼，孙奇逢《家礼酌》中则添加了招魂葬祭之礼，他既是完善理论的礼学家，又是现实礼学的践行者，他在《家礼酌》的序跋之中明确表示要以礼之精义为准衡，以中节为目的，做出能指导实践在民众运用的礼制规范。之所以关注招魂葬祭礼与服制，是因为现实中招魂葬已成普遍流行的特殊葬仪，但相关礼制规定尚不完善，是有此作。而其学生许三礼有《读礼偶见》两卷，其中有《增定招魂葬服说》，四库馆臣评价"颇有考据"。至此，招魂葬相关礼仪已基本完善，这一发展过程恰恰体现了礼学与习俗的博弈互动。

余　论

明末清初的儒家学者颜元曾说过："丧礼中惟国家制度更定者，宜遵行而不返古。……一人行之为礼法，数人从之为学术，众人习之即成风俗矣。"①招魂葬不合儒家之理,但这种特殊的葬仪自汉代至唐却一直顽强地存在于社会之中,其从东汉初存,魏晋禁断,南北朝时期直到唐代的合法化,宋元明清时成为特殊情形下的普遍葬仪,并获得从民众到官方等社会各阶层的认可,确是"遵行而不返古"。其原因有内因与外因两类,外因即学者多曾言及的社会动荡,战乱频发以及唐代以来的异地任官制度及归葬、合葬习俗②,内因则在于灵魂信仰与民众情感。灵魂信仰即东汉以来人们关于魂灵的观念,人死后有知与否? 魂灵居于何处? 死后又是怎样的世界? 招魂葬在南北朝至唐代普遍为人接受,与这一时期内人们对于魂神观念的转变有关,上文墓祭部分曾言及东汉以来人们从理性的层面依旧坚持形魄归地,魂神归天,附于神主,依于宗庙,但自汉代到魏晋南北朝时期民间也早已有魂灵依墓为永久之居所,只是在特定的时间回宗庙接受后世子孙的奉祀与香火。汉代至六朝民间传统的观念是死生异路,即使是亲人善意的鬼魂与生人接触也会带来意想不到的灾难,这一观念从原始时代至秦汉魏晋一直存在于民间社会,在汉魏六朝志怪小说及买地券、镇墓文中多有体现,但事实中在六朝志怪小说中又有大量人鬼交接的内容,似乎人与死者的魂灵生活于一个有交叉的时空之中,因种种原因生者与死者时时接触,也有如祭祀、托梦、直接对话等多种交流方式。唐代之后人们观

---

① [清]颜元《颜元集·习斋记余》卷一〇《明吊奠礼》,北京:中华书局1987年版,第574—575页。

② 朱松林在《试述中古时期的招魂葬俗》(《上海师范大学学报》2002年第3期)中将其原因归结为归葬、合葬习俗、战乱及唐代的异地任官制度。马格侠在《唐代招魂葬习俗及其流行原因解析》(《燕山大学学报》2012年第3期)中将其归结为三个原因,一是动荡的社会现实,二是"鬼有所归,而不为厉"的信仰,三是归葬、合葬习俗。

念中对于死者的忌讳似乎逐渐消除，接受这样人鬼杂糅的生活方式，如《玄怪录》卷四《叶氏妇》中所言："叶诚者，中牟县梁城乡染人也。妇耿氏，有洞晦之目，常言：'天下之居者、行者、耕者、桑者、交货者、歌舞者之中，人鬼各半；鬼则自知非人，而人则不识也。'"①这种情形之下，招魂而葬便也成为顺理成章的事了。

上文已述，东晋初年的议礼之辩中，公沙歆、李玮、干宝、孔衍、陈舒等人立场不同，主张不同，但其立论中都关注到"人之情"，力主派如公沙歆、李玮认为孝子不忍心亲人沦落为孤魂野鬼，才用这种"变礼"的方式表达"竭心尽哀"之意。禁断派亦是承认招魂葬是因为孝子哀情迷惑，愚浅所安而流行于时。看似对立的观点其实都承认了招魂葬的存在根源于人情，圣人制礼，以事缘情，因情处礼，既是人情，便无所谓低陋与高贵，招魂葬在后世普遍存在的社会现实恰说明民众情感的韧性与生命力，这也是招魂葬流行的内在推动力。儒家知识分子作为官员的代表、国家制度的制定者，虽然从理论上因"非礼"而否定招魂葬存在的合理性，但现实中对其态度不仅有从禁断到从俗的转变，甚至在制度层面予以认可并补充完善相关礼仪，亦是源于招魂葬可以达生者之情之故，而"承天之道，治人之情"本是礼的实质。

这一历史进程中，礼法学术与人情风俗博弈互动：在礼法学术层面知识分子多立足于儒家关于丧礼、祭义等理论探讨招魂葬合理与否；而从风俗层面来看，因为特殊的社会现实，招魂葬仪自南北朝以后极为普遍，后来儒家部分学者也逐渐接受了这种"委巷之礼"，并从礼法制度诸方面对的补充完善方面对现实

---

① ［唐］牛僧孺《玄怪录》，北京：中华书局1982年版，第106页。

习俗给予指导。一种习俗的发展,除民间力量之外,上层统治者的引导与促进也是决定性因素,南北朝与唐代国家从帝王将相公然实行招魂葬,并在诏令、律法等国家制度层面予以规定,在礼制层面给予完善,促进了招魂葬这种习俗的发展,使其更符合礼的规范化。可见,国家制度体现了礼法与习俗的交叉融合,而因情制礼则是招魂葬逐步合法化的内在立足点与推动力。

(第四届佛教文献与文学会议论文)

民俗信仰视域中的陶渊明生死观再议

内容提要:陶渊明的生死观一向是陶学研究的热点所在,本文在六朝民俗信仰之灵魂观念的背景之下对此加以阐释,证明其生死观念源出多途。第一部分"气聚则生,随物赋形"探讨陶渊明关于生命起源的认知;第二部分"人生若寄,与化推迁"则是陶渊明关于生命存在的价值与意义的思考;第三部分"形归后土,游魂何之"则探讨了陶渊明关于死亡的基本观念。这些观念既有传统儒道思想的影响,更多地受到社会群体关于灵魂、生死观念的浸润。

关键词:陶渊明　生死观念　形神关系　灵魂观念

引　　论

陶渊明思想一向是陶学研究热点所在,争议也最多①。生死观念是个体思想的重要组成部分,相关研究成果非常丰富,基本

---

① 详见吴云《"陶学"百年》,《文学遗产》2000 年第 3 期。

认为陶渊明既不同意佛教十二因缘、六道轮回之说,亦认为道教长生久视、白日飞升为虚妄,委运任化,旷达超脱才是其生死观的基本内涵①。笔者以为,这些观点基本符合陶渊明的思想实际,但又忽略了具有特定文化氛围的生存环境里人人所具有的"日用而不自知"②的知识与思想,对个体而言,这些知识与思想由生活中自然习得,后天学习与理性思考皆以此为基础,陶渊明亦不例外。本文试图以文本为基础,从魏晋南北朝时期社会群体关于生死、灵魂问题的认知这一角度来阐释陶渊明的生死观念,以期从一个侧面更深入地解读陶渊明的思想。

在正文开始之前,先对灵魂观念稍加阐释。日月星辰、山川河流,飞禽走兽、百花树木,在初民的感知世界里,这一切都另有主宰。人类学家把相信人、生物与非生物有一个可以与形体分开的"第二个我"(即灵魂体)存在的观念称为灵魂信仰。灵魂信仰的基本观念是万物有灵,灵肉相依与相离,两个世界的观念,灵魂变形等。具体到人类自身,当他们开始思考生命的神秘,追问人自何处来?又去向何方?肉体死亡是彻底地终结还是走向另一世界的开端时,灵魂永存,死而复生一类的观念便产生了。

梳理先秦以来人们关于生死问题的思考追索,我们发现主

① 相关的研究文章颇多,兹举几篇有代表性的文章:1.陈寅恪先生《陶渊明思想与清谈之关系》(《金明馆丛稿初编》上海古籍出版社 1980 年版)、2.逯钦立《〈形影神〉诗与东晋佛道之关系》(收入《汉魏六朝文学论集》,西安:陕西人民出版社 1984 年版)、3.钟优民《陶渊明的世界观》(《学术月刊》1980 年第 4 期)、4.赵治中《陶渊明生死观剖视》(《江西社会科学》1995 年第 6 期)、5.钱志熙《唐前生命观与生命主题》(东方出版社 1997 年版 314—320 页)、6.郑晓江《论陶渊明生死观》(《中国哲学史》2002 年第 2 期)。笔者在数年前亦同意这种观点,在拙著《趣闲而思远——文化视野中的陶渊明谢灵运诗境研究》(浙江大学出版社 2006 年)中论及陶渊明的生死观时亦认为他受道家生死观的影响。

② 详见葛兆光《中国思想史导论》,上海:复旦大学出版社 2001 年版。

要有两条思路，最初人们相信人是精神与肉体的双重存在，生而依存，但在某些特定的情境之下，如生病或睡眠做梦时是灵魂离开肉体独自活动，而死亡是灵魂永远地离开肉体，离开肉体的灵魂却是永远存在的①，"灵魂不死的先决条件，是'未来世界'的存在，一个远较现实世界为圆满的第二世界，人死后，灵魂将在那里永恒地生存着、享乐着"②。另一条思路是在灵魂不死的理念发展过程中，强调灵魂以肉体为依归，认为通过恰当的保养技术可以使肉体与灵魂永远共存。如先秦开始流行且汉代后被道教收编整合的神仙家理论。值得注意的是，即使是后者已经成熟的时代，灵魂离开死亡的肉体而永生也一直为人们所信奉，从汉代的文字材料及考古文物如汉代画"灵魂不死"几乎成为民俗信仰的基本内容之一，由此衍生出一整套的神灵崇拜观念及仪式制度，进而对每个人的思想和行为都产生了影响。

时至六朝，原始灵魂信仰虽然在知识分子的理性思考中并不彰显，但在民间传说和礼仪风俗中以集体表象③的方式传承下来，在诗文作品及志怪小说中也多有体现。志怪小说多记载当时的传闻逸事，《搜神记》、《搜神后记》、《幽冥录》、《冥验记》中多

---

① 在爱德华·泰勒（Edward Teller）的《原始文化》、列维·布留尔（Lucien Lévy-Bruhl）《原始思维》和詹姆斯.G.弗雷泽（James George Frazer）的《金枝》中都有相关论述。

② 闻一多《神话与诗》中的《神仙考》，上海：上海人民出版社2006年版，第131页。

③ 埃米尔·涂尔干（Emile Durkheim）最先提出，列维·布留尔在《原始思维》中清晰定义并充分运用这一概念，"这些表象在该集体中是世代相传；它们在集体中的每个成员身上留下深刻的烙印，同时根据不同情况，引起该集体中每个成员对有关客体产生尊敬、恐惧、崇拜等情感"。（丁由译《原始思维》，北京：商务印书馆1981年版，第1页。）可见集体表象实际上是一种社会性的信仰与思维方式，它由群体产生，并作用于个体。

有人死而有知,或为鬼或为地方神灵而游荡人间及灵魂不灭,异物化人的故事。《六朝事迹类编》卷九之《灵异门》"新洲""感龙产鲤",卷十二《庙宇门》之"蒋帝庙""晋阴山庙""荆将军庙""茅司徒庙"及《后汉书·祭祀志》、《五行志》、《晋书·礼志》,《宋书·符瑞志》、《五行志》、《南齐书·五行志》和《魏书·灵征志》、《释老志》等也有相关的记载①。这些成于当代或后世文人之手的材料,体现的是彼时民众的思想观念。陶渊明关于形神生死问题的思考不仅受到传统儒道佛诸种思想理论的影响,也是浸润在这样的社会文化氛围中。人来自何处? 又去向何方? 人生存的价值与意义何在? 陶渊明关于这些问题的思考具有明显的时代特色。下文详而论之。

一、气聚则生,随物赋形

传统思想中的气一元论是关于宇宙万物构成的基本理论,主张气是世界的本原,是阴阳的矛盾统一体,气的胜复作用即阴阳矛盾运动是物质世界运动变化的根源,气聚而成形,散而为气,形(有形)与气(无形)及其相互转化是物质世界存在和运动的基本形式。人是天地自然之气合乎规律的产物。"人以天地之气生,四时之法成"(《黄帝内经》)。人的死生只是气之聚散而已,《庄子·知北游》:"人之生,气之聚也;聚则为生,散则为死。"②而气之聚散恰如日夜交错一般的自然规律,所以郭注说

---

① 关于这一点,储晓军《魏晋南北朝民间信仰研究》(2009 年,西北大学博士学位论文)第三章《魏晋南北朝民间神祇信仰》和第四章《魏晋南北朝民众生死观》有丰富的材料和论证,可参考。

② [清]郭庆藩《庄子集解》,北京:中华书局 1961 年版,第 733 页。

"知变化之道者，不以死生为异。"①"人未生，在元气之中；既死，复归元气。元气荒忽，人气在其中。人未生无所知，其死归无知之本，何能有知乎？"②"夫昭昭生于冥冥，有伦生于无形，精神生于道，形本生于精，而万物以形相生，故九窍者胎生，八窍者卵生。"③精神是先于形体而出现，是元气聚合而成的生命体最有特色之处。但《庄子·至乐》所言与此有所不同，言先有形体，再有精神："杂乎芒芴之间，变而有气，气变而有形，形变而有生。"陶渊明关于生命起源及生命本身的论述不多，仅在《感士不遇赋》中有言："咨大块之受气，何斯人之独灵。禀神智以藏照，秉三五而垂名。"大块指自然造化，气聚而有形，形而藏照，即精神，人是精神与肉体的二元存在，《神释》篇亦有"人为三才中，岂不以我故！与君虽异物，生而相依附"，可见陶渊明是接受这种生命起源论的。

而庄子以为死亡是"以天地为大炉，以造化为大冶"的重新转化过程。在精神不灭的情形之下，外在形体可以自由转化。《庄子·至乐》篇的最后一部分说明了万物演化的过程："种有几？得水则为继，得水土之际则为蛙蠙之衣，生于陵屯则为陵舄，陵舄得郁栖则为乌足，乌足之根为蛴螬，其叶为蝴蝶。蝴蝶胥也化而为虫，生于灶下，其状若脱，其名为鸲掇。鸲掇千日为鸟，其名为干余骨。干余骨之沫为斯弥，斯弥为食醯。颐辂生乎食醯，黄軦生乎九猷，瞀芮生乎腐蠸，羊奚比乎不笋，久竹生青宁，青宁生程，程生马，马生人，人又反入于机。万物皆出于机，

---

① ［清］郭庆藩《庄子集解》，北京：中华书局 1961 年版，第 733 页。
② 黄晖《论衡校释》，中华书局 1990 年版，第 875 页。
③ ［清］郭庆藩《庄子集解》，北京：中华书局 1961 年版，第 741 页。

皆入于机。"①疏:"机者发动,所谓造化也。造化者,无物也。人既从无生有,又反入归无也。岂唯在人,万物皆尔。或无识变成有识,或有识变为无识,或无识变为无识,千变万化,未始有极也。而出入机变,谓之死生。既知变化无穷,宁复欣生恶死!体斯趣旨,谓之至乐。"②

这种观念在当时几乎成为一种共识,如《论衡·论死》便把它当作知识背景来运用:"六畜能变化象人之形者,其形尚生,精气尚在也。如死,其形腐朽,虽虎兕勇猂,不能复化。鲁公牛哀病化为虎,亦以未死也。世有以生形转为生类者矣,未有以死身化为生象者也。"③但这里又和庄子的观念有所不同,庄子认为这种转化在肉体死亡或存在的状态皆可进行,但王充却认为在精神依附形体而存在,所以生而可化而死不可化。他们都认为在这种转化过程中,化的只是"形",而"神"是延续生存的,注意精神修养,性合乎道的真人"故形有摩而神未尝化,以不化应化,千变万转,而未始有极。化者复归于无形也,不化者与天地俱生也"④。《淮南子》卷七《精神训》继承《文子》的理论:"夫癫者趋不变,狂者形不亏,神将有所远徙,孰暇知其所为! 故形有摩而神未尝化者,以不化应化,千变万抮,而未始有极。化者,复归于无形也;不化者,与天地俱生也。"⑤灵魂不死,精神永恒。但在民俗信仰中,不同生命形态,包括人类与非人类之间,动物与植物之间。

① [清]郭庆藩《庄子集解》,北京:中华书局1961年版,第625页。
② [清]郭庆藩《庄子集解》,北京:中华书局1961年版,第629页。
③ 黄晖《论衡校释》,北京:中华书局1990年版,第873页。
④ 王利器《文子疏义》,北京:中华书局2000年版,第168页。
⑤ 何宁《淮南子集释》,北京:中华书局1998年版,第529—530页。

对于这样的生命观念，陶渊明在诗文中并没有过多的探讨，但在个别之处有流露。《读〈山海经〉十三首》其十："精卫衔微木，将以填沧海。刑天舞干戚，猛志故常在。同物既无虑，化去不复悔。徒没在昔心，良辰讵可待！"[①]《庄子·大宗师》："假于异物，托以同体。"郭象注：今死生聚散，变化无方，皆异物也。无异而不假，故所假虽异而共成一体也。"女娲化为精卫鸟，刑天被砍头，他们的外形都与以前迥异，然精神不变。

正是在这种生命起源观念的影响之下，陶渊明认为人与万物皆禀气而生，是自然的一部分，"是生万物，余得为人"（《自祭文》）；而且，物我平等不二，"善万物之得时，感吾生之将休"（《归去来兮辞》），化除物我之间的区别，人、我、物是在平等的层面上交互沟通，具体创作中，他运用了移情、拟人、象征等手法赋树木禾苗，孤云飞鸟以人的知觉与情感："鸟欢弄新节，泠风送余善……平畴交远风，良苗亦怀新"（《癸卯岁始春怀古田舍二首》），"东园之树，枝条载荣，竞用新好，以招余情"（《停云》），心物冥合，形成主客交融、物我泯一之境，这是诗人与宇宙自然息息相通的同物之境。

《读〈山海经〉十三首》其十一："巨猾肆威暴，钦䲸违帝旨。窫窳强能变，祖江遂独死。明明上天鉴，为恶不可履。长枯固已剧，鵕鹗岂足恃！"此诗主旨言上帝警示恶人，最可注意的是陶渊明选取的《山海经》中的几个神话都和形化有关：钦䲸："又西北四百二十里，曰钟山，其子曰鼓，其状如人面而龙身，是与钦䲸杀葆江于昆仑之阳，帝乃戮之钟山之东曰瑶崖，钦䲸化为大鹗，其

状如雕而黑文白首,赤喙而虎爪,其音如晨鹄,见则有大兵;鼓亦化为骏鸟,其状如鸱,赤足而直喙,黄文而白首,其音如鹄,见则其邑大旱。"窦窳本是蛇身人面的天神,被杀死后变为怪物,《山海经·北山经》:"又北二百里,曰少咸之山,无草木,多青碧。有兽焉,其状如牛,而赤身、人面、马足,名曰窦窳,其音如婴儿,是食人。敦水出焉,东流注于雁门之水,其中多鳛鳛之鱼,食之杀人。"

人化为异物,异物化为人的情形在志怪小说中多有记述,陶渊明的《搜神后记》也不例外,如卷六之《虎卜》、《鹿女》、《丁零王猕猴》,卷七之《蛟子》、《宋士宗母》等,皆体现了陶渊明对这些观念的认同。尤其《宋士宗母》:"魏清河宋士宗母,以黄初中夏天于浴室里浴,遣家中子女尽出户,独在室中。良久,家人不解其意,于壁穿中窥,正见木盆水中有一大鼋。遂开户,大小悉入,了不与人相承。尝先著银钗,犹在头上。相与守之啼泣,无可奈何。意欲求去,永不可留。视之积日转懈,遂自捉出户外。其去甚驶,逐之不可及,遂便入水。复数日忽还,巡行宅舍如平生,了无所言而去。时人谓士宗应行丧治服,士宗以母形虽变而生理尚存,竟不治丧。与江夏黄母相似。"①两百字的小文写得跌宕起伏,人竟然在洗澡时化而为异物,然后离家,情节一转折也,离开后竟然又数日归来,巡视宅舍,令人感觉形变而神不变,情节又一转折,最后终于不再回来,余韵悠然。最后的两句又通过另外的例证来强调故事的真实性,说明时人对于这种形变之事似乎颇为相信。同时代的志怪小说中类似的民间故事颇多。

这些关于生命出现,形化神移的观念并不是某一派的学说,

---

① 李剑国《新辑搜神后记》,北京:中华书局 2007 年版,第 546 页。

他们只是在历史流传过程中成为民众的知识，影响了社会民众关于生命的基本意识，是民俗信仰的重要内容，浸润着生活在这种文化传统中的每一个人，陶渊明亦不例外，这些是他在有意无意间所传承的观念，没有过多的理性思考。如《搜神后记》中他记载了一些相关的故事，并不能由此简单地判断他信或不信，只能表明他对这类故事有一定的兴趣，如果考虑到六朝时期小说观念（归入史部），那陶渊明应该在某种程度是接受了这种气化生人、灵魂不死观念的。但这不是他有意识关注的，他所思考的是个体生命在现实社会中生存的价值与意义。

二、人生若寄 与化推迁

既然生命的出现是一种偶然，那么人生存的价值与意义何在呢？对于这一问题，《形》《影》《神》组诗从理论上做出了清晰肯定的回答，这也是陶渊明经过严谨理性思考的结果。组诗代表了陶渊明人生观念的诸个方面。历代研究者关于这一问题论述颇多，关于此诗的写作背景，逯钦立先生认为是作于晋义熙九年（413），针对慧远在元兴三年（404）作"形尽神不灭论"及义熙八年（412）作《万佛影铭》提出了截然不同的看法。

慧远作《形尽神不灭论》《佛影铭》《明报应论》《三报论》中所宣扬的"神不灭"论及"法性论"思想都是建立在般若实相思想的基础之上，他主张"形尽神不灭"论，主要是为了解决轮回报应的主体和众生成佛的依据问题。"在慧远看来，'不灭之神'是报应轮回的主体，因为众生之所以陷入生死轮回而不得解脱，主要因为众生顺化以求宗，结果'以情累其生'、'以生累其神'，从而陷入'以生生为大而未能令生者不死'之方生方死的生死轮回境地。若'不以情累其生，则生可灭；不以生累其神，则神可冥。冥神绝境，故谓之泥洹。'也就是说，只有返本求宗，使'神'超落尘封，不受生死情累，就会进入'不变为性'的涅槃境界。从此意义上讲，'神不灭'之'神'与'不变为性'之'法性'，实际上都是众生超脱轮回、成佛成圣的依据。"（蒋九愚《慧远大师"形尽神不灭"思想探析》）他以"火薪之喻"发挥了"形死神不灭"思想："火之传于薪，犹神之传于形。火之传异薪，犹神之传异形。"这种形死神不灭，神魂可以在新的形体转生的思想，梁武帝在《立神明成佛义记》中继续沿用发挥。可见慧远对于"形尽神不灭"的阐释也与《牟子理惑论》一样借助了传统的灵魂不死观念。陶渊明与慧远为方外之交，虽然终不入莲社，但在佛理倡炽的文化氛围之中也或多或少地受到佛教理论的影响，如冥报观念，人生似幻观念等。① 但不同于佛教人生理论更多地关注死后灵魂轮回及来世报应，他更多地关注现实人生的诸多问题。

组诗小序言："贵贱贤愚，莫不营营以惜生，故极陈形影之苦，言神辨自然以释之。"惜生之含义："形累于养而欲饮；影役于名而求善，皆惜生之弊也。"②组诗中他并没有对形影的关系做理论上的探讨，而是以此为象征探讨现实人生的价值和意义。

具体而言，陶诗陶文虽然以恬淡自然，旷达超逸为特征，但焦虑还是无处不在，这是关乎生命本身的思考，人生如寄，年命衰颓，时光流逝，功业未成。功业并非完全是现实的事功，亦包

---

① 如"人生似幻化，终当归空无"（《归园田居》其四）；"吾生梦幻间，何事绁尘羁"（《饮酒》其八）；"衔戢知何谢，冥报以相贻"；（《乞食》）等；这一点到底是受佛教影响抑或是传统思想的影响也许很难说清了。

② ［宋］叶梦得《玉涧杂书》，龚斌《陶渊明集校笺》，上海：上海古籍出版社1996年版，第61页。

括道德情操的完善，在许多诗文中陶渊明都表达了对于身前身后之名即影之主张的热衷与肯定。如作于义熙四年（408）的《荣木》，小序中言："念将老也。日月推迁，已复九夏。总角闻道，白首无成。"以晨开夕谢的花木喻生命流逝之速。"脂我名车，策我名骥。千里虽遥，孰敢不至。"大有席不暇暖的急迫和热情。〈杂诗〉十二首中多有这种关于生命流逝，志不得伸的焦虑。如其五"忆我少壮时"："壑舟无须臾，引我不得住。前途当几许，未知止泊处。古人惜寸阴，念此使人惧。""壑舟"喻时光之流逝及生命之变化，典出《庄子·大宗师》："夫藏舟于壑，藏山于泽，谓之固矣。然而夜半有力者负之而走，昧者不知也。"郭注：言生死变化不可逃也。另如《杂诗》其二"日月掷人去，有志不获骋。"等，与《影答形》"此同既难常，黯尔俱时灭。身没名亦尽，念之五情热"同意。如何化解这种焦虑，完善的理论在《神释》中提出，但现实中形、影、神所主张的观念对陶渊明都有影响。

"立善常所欣，谁当为汝誉"（《神释》），言外之意是当有人为之延誉之时，立善留名是一种值得肯定与实践的生活方式。《饮酒》其二"积善云有报，夷叔在西山。善恶苟不应，何事空立言！九十行带索，饥寒况当年。不赖固穷节，百世当谁传。"伯夷叔齐与荣启期因固穷守节而名传百世。在其他地主亦有相似的论述，如《拟古》其二"辞家夙严驾""闻有田子泰，节义为士雄。斯人久已死，乡里习其风。生有高世名，即没传无穷。"对于节义之士立善留名的行为充满了赞叹与欣赏，最后两句则对于"身没名亦尽"的营营于今生现世的人做了讽刺，对比之下，高下立现。《咏荆轲》"公知去不归，且有后世名。……其人虽已没，千载有余情。"亦有此意。〈饮酒〉其十六"少年罕人事"用东汉刘龚为隐士张仲蔚延誉的典故表达了对固穷守节者的赞颂："竟抱固穷节,饥寒饱所更。……孟公不在兹,终以翳吾情。"这里似乎是对影的主张立善留名的张目,但又有"谁当为汝誉"的担心。

在这种矛盾的心态之下,陶诗文中常有即时行乐以消解功名意识带来的焦虑感,即形的主张,最为典型的是《饮酒》其三:"道丧向千载,人人惜其情。有酒不肯饮,但顾世间名。所以贵我身,岂不在一生。一生复能几,倏如流电惊。鼎鼎百年内,持此欲何成。"生命稍纵即逝,所以要及时行乐。《杂诗》十二首中多有论及于此。如其一:"得欢当作乐,斗酒聚比邻。盛年不重来,一日难再晨。及时当勉励,岁月不待人。"天地万物无时不任大化而推移,人之形亦与化俱往,盛年不再,时不我待,唯及时行乐才能感觉到生命的意义。其六"求我盛年欢,一毫无复意。去去转欲速,此生岂再值。倾家持作乐,竟此岁月驶。有子不留金,何用身后置!"亦表达同样的意思,唯以增加生命的密度来化解生命转瞬即逝的悲哀与焦虑。陶渊明虽然在诗文中多处否定了道的长生不老之说,但在某些特定的情境之下,他对于神仙世界还表达了一些象往之情,如《读〈山海经〉十三首》的其五与其八等,另外,在《杂诗》其三中也有"日月有环周,我去不再阳"的遗憾及《杂诗》其四"丈夫志四海,我愿不知老"的渴慕。

当然,被其理论上推崇且现实中实践的还是纵浪大化,与时推迁的人生态度。《饮酒》其十一:"颜生称为仁,荣公言有道。屡空不获年,长饥至于老。虽留身后名,一生亦枯槁。死去何所知,称心固为好。客养千金躯,临化消其宝。裸葬何足恶,人当解意表。"本诗可与形影神三首对读。前半段否定影之立善留名,中四句似乎是为及时行乐张目,还是否定了道教的求长生。汤汉注《陶靖节先生诗》卷三:"……或曰:'前八句言名不足赖,后四句言身不足惜,渊明解处,正在身名之外也。'"此处之身名之外当是指神释自然,与时推迁。《归去来兮辞》中也有"聊乘化而归尽,乐夫天命复奚疑"。"勤靡余劳,心有常闲。乐天委分,以至百年。"(《自祭文》)这一点在其诗文中多有表述,不复一一列举。

　　需要说明的是他的委运任化并不是超脱现实,如当时的佛教徒或道教徒一样离群索居,为来世汲汲于身体或心灵的修炼,而是如《饮酒》其五中所说的"心远地自偏",类似于后世禅宗的即世修行永恒,处世而无用事之心,灵府常闲,顺其自然地享受现实中的一切。如与陶渊明并称"浔阳三隐"的刘遗民为慧远弟子,弃官归隐,在庐山脚下结庐修行,亦是结白莲社往生西方的中坚分子。他曾多次招陶渊明同入莲社,陶渊明因信仰不同而婉拒,从《和刘柴桑》可见其委运任化,顺其自然的人生态度:"山泽久见招,胡事乃踌躇? 直为亲旧故,未忍言索居。良辰入奇怀,挈杖还西庐。荒涂无归人,时时见废墟。茅茨已就治,新畴复应畲。谷风转凄薄,春醪解饥劬。弱女虽非男,慰情良胜无。栖栖世中事,岁月共相疏。耕织称其用,过此奚所须。去去百年外,身名同翳如。"亲情慰怀,耕织度日,无矫饰平凡的生活自有其打动人心的美好。而《戊申岁六月中遇火》亦体现了神释自然,与化推迁的内涵:"……形迹凭化往,灵府长独闲。贞刚自有质,玉石乃非坚。仰想东户时,余粮宿中田。鼓腹无所思,朝起暮归眠。既已不遇兹,且遂灌我园。""形迹"二句用《庄子·大宗师》郭象注:"故无所避就,而与化俱往也。"而灵府指心神,语出《庄子·德充符》:不可以入于灵府。成玄英疏:"灵府者,精神之宅,所谓心也。"与自祭文之"心有常闲"之义同。在这种朝起暮归,鼓腹而游的田园生活中形迹外与物化,而内不失自得之情。〈杂诗〉其四:"丈夫志四海,我愿不知老。……百年归丘垄,用此空名道!"空名是当世士们追逐的目标,追逐空名的人生,终是丧失自我的人生，"我"所追求的独立自由、真实不虚的人生："亲戚共一处，子孙还相保。觞弦肆朝日，樽中酒不燥。缓带尽欢娱，起晚眠常早。"否定当生之名利，享受现实之美好，这也是陶渊明委运任化生活态度的具体内涵。

总之，在人生如寄的认知理念下，陶渊明生命价值观念并非"神释自然"那样简单，而是多元化的，他虽然认为"得酒莫苟辞"类的及时行乐增加生命的密度不可取；"立善有遗爱"类的留名青史使生命不朽亦不可取，人生最有价值的存在方式便是"纵浪大化中，不喜亦不惧。应尽便须尽，无复独多虑"。然而，理论上的肯定并不代表现实的生存态度，细绎先生诗文，会发现其中处处存在的人生观中的矛盾：他否定及时行乐，但诗中却常常出现纵酒任性、且醉今朝的快意；他否定立善留名，但生命流逝、功业未就的焦虑使他追求后世之名的精神不朽。服食养生，求得生命永恒的方式他并不认可，但在一些诗文我们可以看到他对于长生不老神仙世界的向往。当然，人生若寄、与化推迁的观念也是他理性思索后用以自我排解的理论，陶渊明旷达超脱的人格特征多由此体现。

三、形归后土，游魂何之

人生如寄，当与化推迁，那么死后的世界又是怎样呢？遍检陶渊明诗文，直接论述死后的情形，探讨死后世界的理论几乎没有，但有不少诗文及《搜神后记》中所记的一些故事中可以看出陶渊明关于灵魂、肉体的关系及灵魂归宿的基本观念。

《挽歌诗》三首作于陶渊明将逝之夕，"首篇乍死而殓，次篇奠而出殡，三篇送而葬之，次第秩然"①。

其一

有生必有死，早终非命促。昨暮同为人，今旦在鬼录。
魂气散何之？枯形寄空木。娇儿索父啼，良友抚我哭。得
失不复知，是非安能觉！千秋万岁后，谁知荣与辱。但恨在
世时，饮酒不得足。

其二

昔在无酒饮，今但湛空觞。春醪生浮蚁，何时更能尝。
肴案盈我前，亲旧哭我傍。欲语口无音，欲视眼无光。昔在
高堂寝，今宿荒草乡。一朝出门去，归来夜未央。

其三

荒草何茫茫，白杨亦萧萧。严霜九月中，送我出远郊。
四面无人居，高坟正嶕峣。马为仰天鸣，风为自萧条。幽室
一已闭，千年不复朝。千年不复朝，贤达无奈何！向来相送
人，各自还其家。亲戚或余悲，他人亦已歌。死去何所道，托
体同山阿。

这些情形都是在灵魂视角的关注之下进行，可见在他的基本观
念中，死亡的是肉体，而灵魂却是飘荡于天地之间，这些并不仅
仅是一种艺术手法的运用，而是特定观念下的产物。灵魂不死
的观念早在先秦时期就已经被民众普遍接受，《礼记》《周易》、
《左传》、《楚辞》等典籍记载及考古出土的材料都多有记录体现。
最典型的如《礼记》中的两条材料：

"延陵季子适齐，於其反也，其长子死，葬于嬴、博之间。孔

---

① ［清］邱嘉惠《东山草堂陶诗笺》，龚斌《陶渊明集校笺》，上海：上海古籍出版
社 1996 年版 360 页。

子曰：'延陵季子，吴之习于礼者也。'往而观其葬焉。往吊之。其坎深不至於泉，以生恕死。其敛以时服，以时行之服，不改制节。既葬而封，广轮揜坎，其高可隐也。既封，左袒，右还其封且号者三。曰：'骨肉归复于土，命也。若魂气则无不之也，无不之也。'而遂行。孔子曰：'延陵季子之于礼也，其合矣乎。'"①

宰我曰："吾闻鬼神之名，不知其所谓。"子曰："气也者，神之盛也；魂也者，鬼之盛也；合鬼与神，教之至也。众生必死，死必归土，此之谓鬼。骨肉毙于下，阴为野土。其气发扬于上，为昭明，焄蒿，凄怆，此百物之精也，神之著也。"②

第一条材料虽不乏怅惘感伤的依依惜别之情，但季札还是能以旷达超脱的态度来面对生死离别，正义引郑注《觐礼》云："凡以礼事者左袒，若请罪待刑则右袒。""今季子长子之丧而左袒者，季子达死生之命，云骨肉归复于土，不须哀戚，以自宽慰，故从吉礼也。"季札面对死亡的坦然达观来自于灵魂不死的信念，他认为人生而有死，归葬形体于大地，而神魂之气游走于天地四方。从孔子的赞叹也能看到他对这种观念的认同。

第二条材料主要观念与第一条同，即人有肉体与精神之分，人死后肉体化为野土，灵魂游荡于天地之间，依旧可以对现实生活产生作用。人们通过祭祀的方式与鬼魂交流，使其保佑生者。而死者的灵魂有强弱之分，《左传》赵景子与子产的对答中认为灵魂强弱与生前取精用物之多少有关。强悍之灵死而有知，能作祸福，要通过祭祀与它们交流沟通，他们作为祖先神可以佑护子孙后代，收族保宗，《礼记·大传》："尊祖故敬宗，敬宗故收族，

---

① 《礼记》所引皆出自《礼记集解》，北京：中华书局1989年版。
② 《礼记·祭义》，卷四十六，北京：中华书局1989年版，第1219页。

收族故宗庙严,宗庙严故重社稷,重社稷故爱百姓。"《礼记·祭统》:"崇事宗庙社稷,则子孙顺孝。尽其道,端其义,而教生焉。"换言之,祭祀死者的目的实际上是为了活着的人的生活秩序。甚至可以祐护一方,成为地方性的神灵①。

陶渊明虽然在理论上没有谈到灵魂不死,但在表述中可以看出对他也具有类似的观念。"魂气散何之? 枯形寄空木","死去何所道,托体同山阿",对于这两句的解释,学者基本认为是形尽神灭之意,但结合时人关于"灵魂"的基本观念,可知并不如此。前引季札所言之"魂气则无不之也",即是指灵魂在死亡后与肉体分离,肉体归于土,而灵魂则无所不之,这种观念自先秦以来为人所普遍接受,如前引《庄子》:"人之生,气之聚也。聚则为生,散则为死。"郭象则注曰:"所之散,无不之。"《西京杂记》:"骨肉归于后土,气魂无所不之。"陶渊明在《祭从弟敬远文》中有"从弟敬远,卜辰云窆,永宁后土。感平生之游处,悲一往之不返。"《自祭文》中也有"陶子将辞逆旅之馆,永归于本宅。"这里用的是《汉书》卷六七《杨王孙传》的典故,"精神者天之有也,形骸者地之有也。精神离形,各归其真,故谓之鬼,鬼之为言归也。其尸块然独处,岂有知哉? 裹以币帛,隔以棺椁,支体络束,口含玉石,欲化不得,郁为枯腊,千载之后,棺椁朽腐,乃得归土,就其真宅。"②引用俗语说明精神离形后归于天,肉体归于地,陶渊明常有"人生如寄"之感,现实的居所对肉体如逆旅之舍,大地才是肉体的真正的归宿。陶渊明对死亡旷达超脱从某种程度上也在于他相信埋葬的仅是肉体,灵魂是离开肉体存在的。

---

① 详见储晓军《魏晋南北朝民间信仰研究》(2009 年,西北大学博士学位论文)第三章《魏晋南北朝民间神祇信仰》。

② [汉]班固《汉书》卷六七《杨王孙传》,北京:中华书局 1962 年版,第 2908 页。

　　那么,灵魂又归于何处呢? 上文已述,先秦时期灵魂不死观念已经盛行,但灵魂最后多回故乡,家庙里的灵位与灵堂是他们的栖息之地,由祖先神管理,接受子孙的祭祀。灵魂没有形体,但需要供奉祭祀,一般人物去世后由子孙后代祭祀。而实力更强者则会成为阴间地方官吏,受到国家或普通民众的供养。如果无子孙或子孙断绝,则灵魂无所依,成为孤魂野鬼,"藐藐孤女,曷依曷恃? 茕茕游魂,谁主谁祀?"(《祭程氏妹文》),有孤女而无子,所以担心无人祭祀游魂,别如《杂诗》其四"松柏为人伐,高坟互低昂。颓基无遗主,游魂在何方? "在死亡面前,现实的富贵荣华如过眼云烟一般不足恃,不足荣,松柏为人所伐,坟墓破败无人修复看顾,连灵魂都没有依托之所,所以只好游走四方。这里从另一角度理解似乎有坟墓是灵魂的依托之所,发展到后来变成灵魂复归于肉体而重新获得生命。这种观念在先秦时的招魂仪式中可以看出。

　　招魂是先秦时期流传各地的礼仪形式。《礼记》檀弓言"尽爱之道"为"复"。孔颖达疏云:"招魂者是六国以来之言,故《楚辞》有《招魂》之篇。《礼》则云复,冀精气反复于身形。"精气反复于身形是相对后起的观念。《庄子》与骷髅的对话:"吾使司命复生子形,为子骨肉肌肤,反子父母、妻子、闾里、知识,子欲之乎? "在当时信仰中有司命之神,可以令人死而复生[①]。但先秦以至六朝的招魂的意义在大部分时候并非令其复归于已埋于地下的肉体,而是令其不要游荡到险恶荒芜之地,在自己所熟悉的空间中可以自由来去。但也有一些精气灵魂复归于肉体,如六朝志怪

---

　　① 详见焦海燕《先秦两汉时期司命神的文化考察》一文,《温州大学学报》2010年第1期。

小说中多次提到的人鬼相交,这些形态各异,性格多样的鬼便是精气复归于形者。如"有忠有灵,来就此庭,归汝先父,勿为妖形。"(《晋书·载纪·苻坚传》)似乎是招魂时的言辞,令其复归于父之肉体。而魏晋以至南北朝时期的颇为流行的招魂葬,便是对一些已死却没有尸体的人通过仪式招其灵魂以葬之。这种做法在南北朝时期颇为流行,但争论很大,以反对者居多,孔衍《禁招魂葬议》对此有详细地论述:"时有殁在寇贼,失亡尸丧,皆招魂而葬。……何则?圣人制殡葬之意,本以藏形而已,不以安魂为事,故既葬之日,迎神而返,不忍一日离也。况乃招其魂而葬之,反于人情而失其理,虚造斯事以乱圣典,宜可禁也。(《通典》一百三十)可理解拟挽歌的中宵来归何意了。在这一点上,陶渊明的想法有些矛盾,他一方面认为葬以藏形,神魂则无所不之,所以"昔在高堂寝,今宿荒草乡。一朝出门去,归来夜未央。"当是在灵魂的视角,葬礼结束后灵魂又在近半夜时分被迎回家,似乎是以墓为家。《自祭文》中也有"葬之中野,以安其魂。窅窅我行,萧萧墓门",似乎是以墓为家之意。公沙歆《宜招魂葬论》所言"神灵止则依形,出则依主,墓中之座,庙中之主,皆所缀意仿佛耳"。我们可以知道时人的观念中灵魂既依宗庙之灵位,又依凭于墓中之肉体。《搜神后记》卷八和卷九中所记的诸多鬼故事,也多言其宿于墓地之意。如卷九之《鲁肃墓》因墓地被人占用而作祟活人,从其所言"身是鲁子敬,安家在此二百许年矣。君何敢遽毁坏身冢",可见他的灵魂是住于此处,依旧有手下相依附。卷八之《干宝父妾》中已变成鬼的干宝之父也是以墓为家。同卷之《李仲文女》和《徐玄文女》都是人鬼相恋,最后灵魂复其形。可见当时关于灵魂的归宿问题并没严密的理论论述,灵魂或归于天,无远不至,或在墓中,以肉体为依归,或依家庙灵位佑护子孙后代。但从杨泉的《请辞》中可知灵魂依墓而住是周代后起的观念,"古不墓祭,葬于中原,而庙在大门里,不敢外其亲。平明出葬,日中反虞,不敢一日使神无依也。迨周衰礼废,立寝于墓,汉兴而不改,……及其末,因寝之在墓,咸往祭焉。……夫死者骨肉归乎土,神而有灵,岂肯守夫败坏而在草莽哉!"(《太平御览》二百五十六)

杨怡先生在《楚式镇墓兽的式微和汉俑的兴起—解析秦汉灵魂观的转变》(《考古与文物》2004年第1期)一文中"通过比较楚式镇墓兽和汉俑存在的不同社会意识形态的背景,认为自先秦至汉代民众的灵魂观念有所变化,先秦时期认为灵魂随形骸入土,但最终离开棺墓,升入仙界,而镇墓兽则是重要的媒介和象征。汉代时墓葬则被认为是灵魂的永远居所,虽然还有游仙界的需要,但仙界安于精心设计的墓室之中。墓室成为深埋封闭(以隔绝阳室)但内部开通,提供兼具生人和神仙生活方式的复合体,灵魂也得以在此千秋万岁。"千秋万岁,长乐未央"是汉墓瓦当上的常用吉祥用语,当指灵魂在墓中的生活。陶诗中有多处提到死亡是入幽冥之地,永无返回之日。"幽室一已闭,千年不复朝。"(《挽歌诗》其三)这在当时也是流行的观念:潘岳《哀逝文》:"户阖兮灯灭,夜何时兮复晓。"李善注:"司马彪续汉书:张奂遗令:地底冥冥,长无晓期。""适见在世中,奄去靡归期"(《形赠影》),"如何一往,终天不返"(《祭程氏妹文》),一去而不返,永归幽冥,当受汉代以来这一观念的影响。

幽冥之中的情形又是如何呢?《挽歌诗》其一有"昨暮同为人,今旦在鬼录"之语,鬼录意指死亡,这个词表达了作者关于死后世界组织形式的想象。即有另一个世界的人在管理生死问题。至迟在西汉时期,在民众的信仰体系中已出现了亡灵生活的地下世界，或称"黄泉"(《左传》"隐公元年"载郑庄公语)，或名"幽都"(宋玉《招魂》)。马王堆、凤凰山等处汉墓出土的西汉早期简牍中，已把亡灵所去的地下设想为一种有官僚组织管理的世界了。而这一世界的主宰最初可能是主管大地的后土，但至迟到西汉之时便有了泰山神专主阴间的观念。如《博物志》卷一引《孝经援神契》曰："泰山，天帝孙也，主召人魂。东方，万物始，故知人生命短长。"汉代镇墓文中也有："生人属西长安，死人属东太山。"(《辽居杂著丙篇》)，《乐府诗集》卷四一《相和歌辞十六》有《泰山吟》二首，题解写道："《乐府解题》曰：'《泰山吟》，言人死精魄归于泰山。'"晋代干宝《搜神记》、张华《博物志》均言泰山掌管生死，书中还有不少托梦做阴间泰山官职而应验的故事。[①] 与魏晋时期与灵魂依墓而居同时存在的观念是民众普遍认为"蒿里"为灵魂长住之地，这一观念西汉时已经出现，《汉书·武五子传》载广陵厉王刘胥死前自歌即云："蒿里召兮郭门阅，死不得取代庸，身自逝。"[②]此蒿里当即源自泰山下的蒿里山，汉武帝曾于太初元年(前104)东巡泰山时"亲禅高里，祠后土"。唐代学者颜师古注曰："此高字自作高下之高，而死人之里谓之蒿里，或呼为下里者也，字则为蓬蒿之蒿。或者既见太山神灵之府，高里山又在其旁，即误以高里为蒿里。混同一事，文学之士共有此谬，陆士衡尚不免，况其余乎？今流俗书本此高字有作蒿者，妄加增耳。"[③]而汉乐府中有"蒿里谁家地？聚敛魂魄无贤

---

① 关于泰山司命与泰山治鬼的研究请参见《泰山主生死信仰观念溯源》(尚鸿2008第四届"东岳论坛"国际学术研讨会)、何伟《泰山司命信仰研究》(2009年山东大学硕士学位论文)。

② [汉]班固《汉书》卷六三《武五子传》，北京：中华书局1962年版，第2762页。

③ [汉]班固《汉书》卷六《武帝纪》，北京：中华书局1962年版，第199页。

愚。鬼伯一何相催促？人命不得少踟蹰。"蒿里成为灵魂聚集的
幽冥之地，一旦入内，永不复返。陶渊明在有意无意间也接受了
这种观念，诗文中还有多处出现人死归于蒿里之语，如"长归蒿
里，邈无还期。"（《祭从弟敬远文》）"如何一往，终天不返。……
死如有知，相见蒿里。呜呼哀哉！……"（《祭程氏妹文》）。

从以上分析可以看出，对于死亡以后的问题陶渊明并没有
严密的论证与深入的思索，但从其作品中我们又可以他确实是
接受了民间信仰中关于灵魂信仰的一些观念：如形神相依相存，
死亡迫使形神分离，大地是形体真正的归宿，而神却不会幽闭于
狭小的空间内，而是游荡于天地之间，或以宗庙为依，或以墓所
为处，或以泰山或蒿里是魂魄的聚集之地等。这些流行的观念
对他都有影响。

结 论

从以上的论述可知，在生命的起源、归宿及生存的价值等形
神生死问题方面，陶渊明经过了严肃的理性思考，但又不可避免
地受到了传统民俗信仰中灵魂观念的影响，这使他的生死观念
显得比较复杂，甚至有些矛盾。他反对道教长生久视之、白日飞
升之说，对佛教轮回报应或往生西方净土世界的理论与实践也
不感兴趣，他所关注的是个体生命的现实人生价值与意义，这是
他理性思考的产物，形影神所主张的三类生命价值观念：即时行
乐、立善留名、顺其自然和委运任化对他的人生态度都有影响。
而诸如气化生人，形神相依，死亡后形神分离，形体归于大地，魂
魄无所不之，或以泰山或蒿里为聚集之地等观念则多来源于浸
润于灵魂不灭的社会文化氛围之中自然习得，其本身的思考并

不深入，甚至与理性思考的结论有所矛盾，这使他对灵魂学说半信半疑。这种矛盾在当时的文人身上甚至是一个普遍的现象，如三国时期被称为唯物主义思想家的杨泉，在《物理论》中明确提出："人死之后，无遗魂矣。"但在《请辞》中却有："古不墓祭，葬于中原，而庙在大门里，不敢外其亲。平明出葬，日中反虞，不敢一日使神无依也。"

东晋的名士与道术

——许迈与鲍靓交游考论

内容提要：丹阳句容许氏是典型的江南土著氏族，许迈"总角好道，潜志幽契"，"本属事帛家之道，血食生民"，少年时曾受到郭璞的启发和引导，后转而师从鲍靓，"受中部之法及《三皇天文》"，还曾从天师道吉阳治左领神祭酒李东受《六甲阴阳符》，又于临海赤山师事王世龙，后得道为地仙。本文重点考察许迈与鲍靓的交游关系，并由此探讨东晋中期道教各个派别之间错综复杂的关系。

关键词：许迈　鲍靓　帛家道　葛氏道　天师道

许迈（公元 300—348 年?），字叔玄，小名映，后更名为玄，字远游，东晋时期著名的道士，据《真诰》所载："于时世人多告先生（许迈）服食入山得道。"①可知他的事迹在当时多为人所知，关于其生平的基本史料现存于《真诰》、《晋书·王羲之传附许迈传》、

---

① ［梁］陶弘景《真诰》卷十九《真诰叙录》，《道藏要籍选刊》第 4 册，上海：上海古籍出版社 1989 年版，第 681 页。

《历代真仙体道通鉴》、《云笈七签》、《洞霄图志》、《玄品录》等史书道籍之中，内容互有补充，时有矛盾。

综而观之，其生平基本事迹大致如下：丹阳句容人，出身于士族之家，"世为胄族，冠冕相承"①，而且"总角好道，潜志幽契"②，后师从鲍靓，"受中部之法及《三皇天文》"③，入余杭悬溜山，因父母尚在，所以于"朔望时节，还家定省"④，父母过世后，于永和四年（公元348年）⑤绝迹于临安西山，此时改名为玄，字远游，写书与妇绝，并有论神仙诗十二首。《晋书》所记于此结束，而另外几部道籍则记录了许迈此后的修道历程：在西山时有定录茅君"授其上法"⑥，后入临海赤山，师王世龙，"受解束之道，修反行之法，服玉液朝脑精。"⑦后于此地得道为地仙，得道后又曾隐于盖竹山（又名竹叶山），并与其族人时有往来。

本文因篇幅所限，只是对他和鲍靓的交游关系加以考察，一方面探讨许迈本人的宗教信仰，同时对东晋时期道教各个派别

---

① 《历代真仙体道通鉴》卷二十一，《道藏要籍选刊》第6册，上海：上海古籍出版社1989年版，第126页。另《玄品录》记载相同。

② 《历代真仙体道通鉴》卷二十一，《道藏要籍选刊》第6册，上海：上海古籍出版社1989年版，第126页。另《玄品录》记载相同。

③ ［宋］张君房《云笈七签》卷一百六《道藏要籍选刊》第1册，上海：上海古籍出版社1989年版，第730页。《历代真仙体道通鉴》《晋书·王羲之传附许迈传》及《真诰》皆有类似的记载。

④ 《晋书·王羲之传附许迈传》及《真诰》、《玄品录》皆有，但《云笈七签》（卷一百六）和《历代真仙体道通鉴》中皆记作"一旦辞家，往而不返"。

⑤ 入西山之年各家所记有出入，《真诰》《玄品录》记为永和四年，而《历代真仙体道通鉴》记为永和三年，《晋书·王羲之传附许迈传》和《洞霄图志》皆记为永和二年，今从《真诰》之说。

⑥ ［元］赵道一《历代真仙体道通鉴》卷二十一，《道藏要籍选刊》第6册，上海：上海古籍出版社1989年版，第127页。

⑦ 《真诰》卷四《运象篇》《道藏要籍选刊》第4册，上海：上海古籍出版社1989年版，第589页。《仙鉴》《玄品录》都有类似记载。

之间错综复杂的关系加以梳理，以就正于方家学人。

　　《晋书》云："时南海太守鲍靓隐迹潜遁，人莫知之。迈乃往候之，探其至要。"①

　　《真诰》卷十四《稽神枢》第四有云："鲍靓因吾属长史，鼠子辈既尔，可语郡守令得反。映亦属吾：'其家比衰，欲非可奈何，可写存之耶'。小注云：鼠子恐是鲍靓小名，鲍为南海郡仍解化，儿辈未得归都，所以属之。鲍即许先生（迈）之师也。②"

　　《云笈七签》《历代真仙体道通鉴》、《洞霄图志》、《玄品录》中都提到："初师鲍靓，受中部之法及《三皇天文》。③"

　　《云笈七签》在《鲍靓真人传》中又说鲍靓"师左元放受中部法及三皇五岳刻召之要。行之神验，能役使鬼神，封山制魔④"。

　　由这些材料可知许迈曾师事鲍靓，学习"中部之法"与"三皇天文"。那么，许迈师事鲍靓是在什么时候？中部之法"与"三皇天文"具体为何？许迈之信仰又属何种道教派别呢？

一、师事鲍靓的时间考证

　　据《晋书》本传所记，许迈"未弱冠，尝造郭璞，璞为之筮，遇

---

　　①　[唐]房玄龄等《晋书》卷八十《王羲之传附许迈传》，北京：中华书局 1974 年版，第 2106 页。

　　②　[梁]陶弘景《真诰》卷十四《稽神枢》第四《道藏要籍选刊》第 4 册，上海：上海古籍出版社 1989 年版，第 650 页。

　　③　[宋]张君房《云笈七签》卷一百六，《道藏要籍选刊》第 1 册，上海：上海古籍出版社 1989 年版，第 731 页。

　　④　[宋]张君房《云笈七签》卷一百六，《道藏要籍选刊》第 1 册，上海：上海古籍出版社 1989 年版，第 731 页。

《泰》之大畜,其上六爻发,璞谓曰:'君元吉自天,宜学升遐之道',时南海太守鲍靓隐迹潜遁,人莫知之,迈乃往候之,探其至要。"①据语意似他拜访过郭璞后便听从劝告学习"升遐"之道,选择的老师便是鲍靓,弱冠之年一般为二十岁,所以当他师事鲍靓时当不足二十岁。而《真诰》记"永昌元年(322),先生(许迈)年二十三"②,那么他当是生于晋惠帝永康元年(公元 300 年)。

而当时鲍靓为"南海太守",考《广东通志》卷五十六所记:鲍靓为南海太守之时是晋怀帝司马炽永嘉年间,即公元 307—313 年,下届太守为王运,任职于晋愍帝建兴中(313—316),具体时间不确定。又据《晋书》卷九十五《鲍靓传》中记"王机时为广州刺史,入厕忽见二人着乌衣与机相捍良久,擒之得二物似乌鸭,靓曰:'此物不祥。'机焚之,径飞上天,机寻诛死"③。《广州通志》云王机为王矩,是原广州刺史王毅之子,而王矩于永嘉元年(公元 307 年)至永嘉五年(公元 311 年)为广州刺史,后"永嘉六年壬申(公元 312 年)叛民迎王机据广州,愍帝建兴三年乙亥秋(公元 315 年)七月徙陶侃为广州刺史,八月广州刺史陶侃讨王机平之"④。鲍靓曾为王机预测吉凶,并见证他被陶侃诛灭之事,而陶侃诛王机事发生在建兴三年即公元 315 年,可知直到此时鲍靓还在南海附近。事实上,离开南海太守任后,鲍靓便在这一带炼丹传道,并于公元 319 年在越秀山南麓建立了越岗院。

① [唐]房玄龄等《晋书》卷八十《王羲之传附许迈传》,北京:中华书局 1974 年版,第 2106 页。
② 《真诰》卷十三《稽神枢》,《道藏要籍选刊》第 4 册,上海:上海古籍出版社 1989 年版,第 642 页。
③ [唐]房玄龄等《晋书》卷九十五,北京:中华书局 1974 年版,第 2482 页。
④ 《广州通志》卷五十六,《景印文渊阁四库全书》,台北:台湾商务印书馆 1986 年版。

据上文所推断许迈生于晋惠帝永康元年（公元 300 年），至永嘉元年（公元 307 年）时 8 岁，至永嘉七年（公元 313 年）时 14 岁，据常理推测，师从鲍靓的时间最早也应该是 12 岁以后，即永嘉五年（公元 311 年）以后，在这以后的几年之内在许迈当是在南海附近跟随鲍靓学习，而所学的内容是"中部法及《三皇天文》"。

二、《三皇天文》和中部法

关于《三皇经》的来源，《云笈七签》卷六："《玉经隐注》云：《三皇天文》、或云《洞神》、或云《洞仙》、或云《太上玉策》。洞仙者，明此教法能通行者登太清仙，故曰洞仙也。玉策者，是策进之名，亦是扶持之目，谓策勤行者，扶持使仙也。《三皇文》者，《洞神》第十四云：第一《天皇文内字》。字者，志也。明天使人仰观上文，心识觉悟，内志习勤，外不炫耀。第二《地皇内记书文》。文者，明也。内学志明，记正无惑，舒以广济，缘明至极也。第三《人皇文》。文者，明也。人能俯察地理，法地则天，定内安外，普度无穷，同归玄门，由学所得。此并经释也。又称《三皇经》者，谓三皇各受，隔世禀行。"①

这里说明《三皇经》的是上古三皇时代流传而来，虽不可信，但可以看出其他在道教典籍中的地位。《三皇经》在流传过程中又有不同体系，《云笈七签》卷六《三洞经教部》中说，《三皇文》有两种，一为帛和所传之《小有三皇文》，一为鲍靓所授之《大有三

---

① ［宋］张君房《云笈七签》卷六《三洞经教部》，《道藏要籍选刊》第 1 册，上海：上海古籍出版社 1989 年版，第 36 页。

皇文》，都说是得之于山中，后均传葛洪①。《三洞经教部一序目》说："《小有三皇文》本出《大有》，皆上古三皇所受之书也。《天皇》一卷，《地皇》一卷，《人皇》一卷，凡三卷，……作字似符文，又似篆文，又似古书。各有字数。"②《大有三皇文》亦称《大有经》，《小有三皇文》亦称《小有经》。葛洪《神仙传》中也有关于二经来源的传说。今天看来，《大有》、《小有》可能是当时《三皇文》的两种传本。

《三皇文》的内容，《路史》中提到："观三皇经文，虽号三坟，多是符架等事。"③而三皇文的在现实中的确有苟召鬼神以协同治理天下之功用："《命召咒文》云：三皇治世，各受一卷以理天下。有急，皆召天地鬼神敕使之，号曰《三坟》。"④《真诰》卷五《甄命授》中亦有云："仙道有三皇内文以召天地神灵。"⑤此可以大体了解古《三皇内文》的主要内容是劾召鬼神，符图及存思之术。

《三皇文》在当时便是很受重视的一部道典，葛洪在《抱朴子一遐览篇》说："家有《三皇文》，辟邪恶鬼、瘟疫气、横殃飞祸。

---

① ［宋］张君房《云笈七签》卷六《三洞经教部》："又鲍靓于晋惠帝永康年中，于嵩山刘君石室，清斋思道，忽有刻石《三皇天文》出于石壁。靓以绢四尺告玄而受，后授葛洪。"《道藏要籍选刊》第 1 册，上海：上海古籍出版社 1989 年版，第 35 页。葛洪《神仙传》卷七记帛和师王方平，平令其视石壁"和视之一年，了无所见，二年似有文字，三年了然，见《太清中经神丹方》《三皇文》《五岳图》"（见《景印文渊阁四库全书》，台北：台湾商务印书馆 1986 年版。）

② ［宋］张君房《云笈七签》卷六《三洞经教部》：《道藏要籍选刊》第一册，上海：上海古籍出版社 1989 年版，第 36 页。

③ ［宋］罗泌撰《路史》卷三十二，《文渊阁四库全书》之史部四别史类。

④ ［宋］张君房《云笈七签》卷六《三洞经教部》：《道藏要籍选刊》第一册，上海：上海古籍出版社 1989 年版，第 37 页。

⑤ ［梁］陶弘景《真诰》卷五《甄命授》，《道藏要籍选刊》第四册，上海：上海古籍出版社 1989 年版，第 593 页。

若有困病垂死，其信道心至者，以此书与持之，必不死也……又此文先洁斋百日，乃可以召天神司命及太岁，日游五岳四渎，社庙之神，皆见形如人，可问以吉凶安危，及病者之祸祟所由也。"①正因为如此，所以传承亦严格："余闻郑君言道书之重者莫过于《三皇文》、《五岳真形图》也，古人仙官至人，尊秘此道，非有仙名者不可授也。受之四十年一传，传之歃血而盟，委质为约②"。

由此可见，许迈就鲍靓所学《三皇天文》多是劾召鬼神，符图及存思之术。从内容到传承方式上都有明显的民间道术的色彩。中部法其实是后世对灵宝派的称呼，虽然《真诰叙录》称："葛巢甫造构《灵宝》，风教大行。"灵宝派的出现与上清派同时或略晚，但古《灵宝经》汉末便已出现，传承过程也是不断增益繁衍的过程，它比较重视符箓科教和斋戒仪轨，《云笈七签》说鲍靓师事左慈"受中部法及三皇五岳刻召之要。行之神验，能役使鬼神，封山制魔"，可见和三皇文一样也重视法术。《晋书》本传中云王羲之为许迈作传时"述灵异之迹多不可详记"，可知当时许迈也是以方术知名于世的，《太平御览》引《许迈别传》："有鼠啮映衣，乃作符召鼠，莫不毕至于中庭。映曰：'啮衣者留，不啮衣者去'群鼠并去，唯一鼠独住，伏于中庭而不敢动。"③《艺文类聚》中也提到许迈"有道术，烧香皆五色，烟出后莫知所在"④。道术之外，当亦有服食养气之法。这些当是许迈初期所修习之内容。

---

① 王明《抱朴子内篇校释》(增订本)，北京：中华书局1985年版，第336页。
② 王明《抱朴子内篇校释》(增订本)，北京：中华书局1985年版，第336页。
③ [宋]李昉等《太平御览》卷六百九，《景印文渊阁四库全书》，台北：台湾商务印书馆1986年版。
④ [唐]欧阳询等《艺文类聚》卷八十，《景印文渊阁四库全书》，台北：台湾商务印书馆1986年版。

三、许迈早期的宗教信仰

丹阳许氏家族为吴地士族，自其六世祖许光"惧祸过江"①后，一直居住于丹阳句容，从六世祖许光仕吴为光禄勋起，家族代有人于朝中为官②，丹阳许氏家族也成为当地望族。从种种情形来看，许氏家族应是修道世家，但所修何道，史载不详。当时在吴地一带流行的道教派别中主要有帛家道、葛氏道和天师道。而以许氏家族为中心而传授的上清派是自东晋中期即兴宁二年（公元 364 年）前后，主要是许氏家族中的许穆和其子许玉斧，此时许迈或已于山中得道③，所以他所受影响最大的道教派别当是帛家道、葛氏道和天师道。

_____

① ［梁］陶弘景《真诰》卷二十《翼真检》第二，《道藏要籍选刊》第 4 册，上海：上海古籍出版社 1989 年版，第 684 页。

② 据《真诰》卷二十《翼真检》第二中所记，五世祖许阙为晋尚书郎，祖父许尚为晋中书郎，父亲许副和叔父许朝为武官，其父先为晋元帝安东参军，以功封西城县侯，后拜迈奉车都尉并鲍靓，叔父许朝历任襄阳、新野、南阳和浔阳太守。

③ ［宋］张君房《云笈七签》卷六之《三洞经教部》在追溯上清经出现与流播之时说"汉平帝时西城王君所传上清宝经三十一卷，晋成帝时汲郡传南岳魏夫人。夫人之子传杨羲，羲传许迈，迈复师南海太守鲍靓，受上清诸经。"（《道藏要籍选刊》第 1 册，上海：上海古籍出版社 1989 年版，第 34 页。）此言不知何据，当不符合实际情形。从许迈与其弟许联所写之信中提到："闻弟远造上法（上清诸道也，真诰所注），偶真重幽。心观灵无，陶太素。登七关之巍峨，味三辰以积迁。虚登霄表，映朗九玄。此道高妙，非吾徒所闻也。"（《真诰》）可见他所修习与许穆不同，有欣羡之意，但各人福分天资之限定，"亦由下挺禀浅，未由望也"（同上），而所说恰是上清派之修炼方法。上清派最重存思通神，他们认为人的经络关窍都有神灵主持，通过存思炼想，可以使天地之神与体内之神混融一体，飞登上清而长生久视。具体修炼中要除淫上欲，固精存神，服气咽津。要做到精神内守，神不外驰，是上清经法的根本。而许迈所修习不同。他所修习者为服气养生，胎息内观，以及房中术。尤其后者是上清派所竭力反对的。

（一）许迈与帛家道、葛氏道

许迈得道之时有"三官出丹简罪簿，各执一通而问映"，所诘之语中有"又汝本属事帛家之道，血食生民，遘衍宿责，列在三官。而越幸网脱，奉隶真气"①。可见许迈所事原为帛家道，后来才"奉隶真气"。

帛家道流行于魏晋时期。以尊奉仙人帛和为祖师而得名。据葛洪《神仙传》所载，帛和，字仲理，辽东（治今辽宁辽阳市）人。入地肺山事董奉（三国吴孙权时人），教以行气、服术法；再去西城山事王君（王方平），命其于石室中熟视石壁，视壁三年，见古人所刻《太清中经神丹方》、《三皇天文大字》及《五岳真形图》。义有所不解，方平乃授之诀。后入林虑山为地仙。大约在西晋时，即有一批尊信帛和者所组成的道团，活动于中国北方②。东晋南北朝时，帛家道传至江南，有许多士族信奉。除许迈外，又有"华侨者，晋陵寇族，世事俗祷。侨初颇通鬼，常梦（与鬼）共同飨"③。俗祷即俗神祷，为世俗对帛家道的称呼。陶弘景《周氏冥通记》卷一：陶弘景弟子周子良，寓居丹阳建康，后又迁会稽余杭，世为胄族。其注："周家本事俗神祷，俗称是帛家道。"子良"素履帛家之事"，后得病，其姨舅"咸恐是俗神所假"。可见在东晋南北朝时，丹阳许氏、周氏，晋陵华氏等江南士族都曾信奉帛

---

① ［梁］陶弘景《真诰》卷四《运象篇》，《道藏要籍选刊》第 4 册，上海：上海古籍出版社 1989 年版，第 589 页。

② ［晋］葛洪《抱朴子内篇·祛惑》："有一人于河北自称为白和（即帛和），于是远近竞往奉事之，大得致遗financial为富，而白和子弟闻和再出，大喜，故往见之，乃定非也。此人因亡走矣。"

③ ［梁］陶弘景《真诰》卷二十《翼真检第二》，《道藏要籍选刊》第 4 册，上海：上海古籍出版社 1989 年版，第 686 页。

家道。而晋陵华氏与丹阳许氏家族，世为姻亲，而且华侨曾在杨羲之前做过许家的灵媒，后因故被废黜。

帛家道祷祀俗神，有较浓厚的民间信仰特色。它在创立和传播过程中，与太平道有密切关系①。另一方面，帛家道又与天师道有广泛联系，两派别之信徒常有兼信与人员交参之时，如上文提到许迈师事天师祭酒李东，华侨"背俗入道"，诣祭酒丹阳许治受道，周子良的外氏徐家为天师道祭酒，后化其一家入道等②。帛家道与葛氏道③亦有联系，如据葛洪《抱朴子内篇》、《晋书·葛洪传》及《鲍靓传》载，葛洪之师郑隐及其岳父鲍靓都曾以《神丹经》及《三皇文》《五岳真形图》传授葛洪，并十分重视这批经典。葛洪曾谓："余闻郑君言，道书之重者，莫过于《三皇内文》《五岳真形图》也。"④而帛家道信奉的经书，主要是帛和所传的《太清中经神丹书》、《三皇文》、《五岳真形图》等，其所习方术为行气、炼丹、召劾厌胜等。这表明郑隐、鲍靓、葛洪可能也曾信奉帛家道⑤。许迈就鲍靓学习之道术基本上也是在此范围之中。

这里许迈所师之鲍靓为葛洪岳父，曾师事左慈学习中部法及三皇五岳刻召之要（见上文）。一生神异之事很多，"入海遇

---

① 可参见卿希泰主编《中国道教》第一卷，上海：知识出版社 1994 年版，第 95—96 页。

② （周）子良祖母姓杜，为大师巫，故相染逮。外氏徐家，旧道祭酒，姨母化其父一房入道。"旧道"指天师道。表明帛家道与天师道信徒之间互相渗透。

③ "葛氏道"一词自 1953 年日本学者福井康顺《葛氏道研究》（津田左右吉编的《东洋思想研究第五》中所收）最早使用。指以葛氏家族为中心的道派，其传承关系为：左慈—葛玄—郑隐—葛洪。

④ 王明《抱朴子内篇校释》（增订本）第 336 页，北京：中华书局 1985 年。

⑤ 以上观点参见卿希泰主编的《中国道教》第一卷。

风,饥甚,乃煮白石食之"①,又"东海徐宁师之,宁夜闻静室有琴声,怪其妙而问焉,靓曰:'嵇叔夜'②,又"相传南海太守鲍靓尝夜访葛洪,与语达旦乃去,人讶其往来之频而不见车使人往,密伺之,但见双燕飞至,网之得双履"③《江西通志》卷一百三记净明道创始者吴猛曾"师南海太守鲍靓得秘法云符④"。由这些记载中也可以感受到明显的民间巫术成分,鲍靓可能是帛家道与巫道的信仰者。

(二)许迈与天师道

据现有资料来看,许氏家族曾奉行天师道。例证有三:

在《真诰》卷二十《翼真检第二》有云:"有云李东者,许家所常使祭酒,先生亦师之。家在曲阿东,受天师吉阳治左领神祭酒。"⑤

而说到华侨背俗神入道,寄身于许家时说:"于是背俗入道,诣祭酒丹阳许治,受奉道之法。"(《紫阳真人内传》之《周裴二真叙》十八b)这里所载,言许家为天师道祭酒。不管是否正确,起码可知丹阳许氏曾为天师道教徒。

在许迈得道之时有"三官出丹简罪簿,各执一通而问映",所

---

① [明]董斯张《广博物志》卷十二,《景印文渊阁四库全书》,台北:台湾商务印书馆 1986 年版。

② [宋]潘自牧《记纂渊海》卷八十六,《景印文渊阁四库全书》,台北:台湾商务印书馆 1986 年版。

③ [宋]王钦若等编《册府元龟》卷九百五十,《景印文渊阁四库全书》,台北:台湾商务印书馆 1986 年版。

④ 《江西通志》卷一百三,《景印文渊阁四库全书》,台北:台湾商务印书馆 1986 年版。

⑤ [梁]陶弘景《真诰》卷二十《翼真检篇》,《道藏要籍选刊》第 4 册,上海:上海古籍出版社 1989 年版,第 686 页。

诘之语中有"父子一家,各事师主;同生乖戾,不共祭酒"之语,亦可证其家族的天师道信仰。

可知丹阳许氏家族为奉天师道世家,而五斗米道初创时,张陵曾设立了二十四治,作为教民组织和传教点。其后,张鲁统治汉中时,实行政教合一的祭酒制度,祭酒既是宗教首领,又是政权首领,汉中政权被消灭后,五斗米道北迁,祭酒制度日益松弛而难以继续维持,而江南地区天师道的宗教活动,是以西晋末八王之乱后北方贵族与流民南渡,而江南出身的豪族中天师道的信奉者,大都是东晋后之归信者。① 东晋时期,天师道教团组织瓦解,内部秩序混乱,基本上是个人或家族式地结合保持信仰,一个个的信徒跟从亲近的祭酒,作为教徒而从事宗教活动,在当时多有自称祭酒者,而教徒与祭酒的联系也是据自之身之兴趣与利害关系而选②,据以上资料可知,许迈及其父兄当都是天师道教徒,但他们"父子一家,各事师主;同生乖戾,不共祭酒",各人根据各自的情况而选择祭酒,许迈选择李东便是这种情形。那么,他为什么会选择李东呢?

现存有关李东的资料仅在《真诰》中有两则,一是上文所引云其为吉阳治左领神祭酒,家在曲阿东,为许家之祭酒,许迈曾

---

① 请参见唐长孺《魏晋期间北方天师道的传播》,《魏晋南北朝史论拾遗》,北京:中华书局 1983 年版,第 218—224 页。

② 据刘宋陆修静《陆先生道门科略》:"今人奉道鑫不赴会,或以道远为辞,或以此门不往,舍背本师,越诣他治"。东晋时期的情形大略与此相近。《大道家令戒》(《正一法师教戒科经》)所收:"诸职男女官,昔所拜署,今在无几。自从太和五年以画,诸职者各各自置,置不复由吾气、真气、领神选举。或听决气,信内人影梦,或以所奏,或迫不得已,不按旧仪,承信特说。或一治重官,或职治空决。受职者皆滥对天地气候、理三官文书,事身厚食。"可见当时祭酒等官职的设置与任命大都没有了正式的手续,情形非常混乱,而这种情形自魏太和五年(231)以后便是如此。

师事之。另一则云：

> 地下主者复有三等……李东等今在第一等中。下注
> 云：李东，曲阿人，乃领户为祭酒，今犹有其章本，亦承用鲍
> 南海法。东才乃凡劣而心行清直，故得为最下主者使，是许
> 家常所使。永昌元年，先生年二十三，就其受六甲阴阳行
> 厨符。①

具体说明许迈就其受学时为永昌元年（322），第一部分考证
许迈师鲍靓"受中部法及《三皇天文》"的时间为15岁左右，当时
应该是帛家道信仰对他影响较大，后来师事天师道当是"越幸网
脱，奉隶真气"之时，但所学内容与前期并无太大不同，因为李
东"亦承用鲍南海法"。当许迈在临安西山"太元真人定录茅君
降授上法，遂善于胎息内观，步斗隐逸，第一感通，将超越云
汉"②，在临海赤山"因师世龙，受解束反行之道，服玉液，朝脑精，
三年之中，面有童颜"之时，所修习内容方有了较大改变。

要而言之，许迈早期曾信奉帛家道，与葛氏道之信徒来往密
切，后转向天师道，所习之内容大多是劾召鬼神，符图及存思之
术。这里需要说明的是，所谓"帛家道"、"葛氏道"、"天师道"之
名称都是后世研究者所加，当时的各派别只是师徒相传，或是家
族式的父子相传，没有明确的教派归属意识。正因为如此，作为
天师道祭酒的李东可以行"鲍靓南海之法"（见上文），而鲍靓也

---

① ［梁］陶弘景《真诰》卷十三《稽神枢》，《道藏要籍选刊》第 4 册，上海：上海古
籍出版社 1989 年版，第 642 页。

② ［宋］张君房《云笈七签》卷一百六，《道藏要籍选刊》第 1 册，上海：上海古籍
出版社 1989 年版，第 730 页。

可以师事葛氏道开创者左慈"受中部法及三皇五岳刻召之要"①。而许迈就李东所学之"六甲阴阳行厨符",其实也是源自左慈,在宋人曾慥所编类书《类说》中有:"左慈召六甲,能役使鬼神坐致行厨"②,可见此法术是由左慈所传。由此可知当时各教派人员互有渗透,信徒可以兼信,亦可以互学。

(原载于《西南民族大学学报》(人文社科版),2007 年第 4 期)

---

① [宋]张君房《云笈七签》卷一百六,《道藏要籍选刊》第 1 册,上海:上海古籍出版社 1989 年版,第 731 页。

② [宋]曾慥《类说》,《景印文渊阁四库全书》,台北:台湾商务印书馆 1986 年版。

道士许迈的世俗情怀

　　白日飞升、位列仙班是每一个修道者的终极愿望,相对于世俗社会而言他们是出世者,生活方式和价值观念与世俗中人大有不同,在漫漫修道途中他们牺牲了现实生活的许多东西,包括世俗的功名利禄,世俗的享乐和和世俗的情感,或许功名利禄和世俗享乐在其价值体系中仅仅是一种又一种的负累,但基于人自然天性的情感是无论如何也难以抛却的,这使他们对社会人生不禁又多了几许留恋之意。从东晋道士许迈的修道历程中我们可以看到他难以忘却的种种世俗情怀。

　　许迈(公元 300—348 年),字叔玄,小名映,后更名为玄,字远游,东晋时期著名的道士,据《真诰》所载:"于时世人多知先生(许迈)服食入山得道。"①可知他的事迹在当时多为人所知,关于其生平的基本史料现存于《真诰》、《晋书·王羲之传附许迈传》、《历代真仙体道通鉴》、《云笈七签》、《洞霄图志》、《玄品録》等史书道籍之中,内容互有补充,时有矛盾。

---

　　①　[梁]陶弘景《真诰》卷十九《真诰叙录》,《道藏要籍选刊》第 4 册,上海:上海古籍出版社 1989 年版,第 681 页。

综而观之,其生平基本事迹大致如下:丹阳句容人,出身于士族之家,"世为胄族,冠冕相承"①,而且"总角好道,潜志幽契"②,后师从鲍靓,"受中部之法及《三皇天文》"③,入余杭悬溜山,因父母尚在,所以于"朔望时节还家定省而已"④,父母过世后,于永和四年(公元348年)⑤绝迹于临安西山,此时改名为玄,字远游,写书与妇绝,并有论神仙诗十二首。《晋书》所记于此结束,而在另外几部道籍中则记录了许迈此后的修道历程:在西山时有定录茅君"降授上法"⑥,后入临海赤山,师王世龙,"授解束之道,修反行之法,服玉液朝脑精"⑦。后于此地得道为地仙,得道后又曾隐于盖竹山(又名竹叶山),并与其族人时有往来。

由上文所描述的修道历程来看,许迈少年时期便企仙慕道,四处择良师而学,并没有半点心思花在世俗生活之中,他对现实社会的价值体系根本不屑一顾,所以从没有要在社会中谋求发

---

① [元]赵道一《历代真仙体道通鉴》卷二十一《道藏要籍选刊》第6册,上海:上海古籍出版社1989年版,第126页。另《玄品录》记载相同。

② [元]赵道一《历代真仙体道通鉴》卷二十一《道藏要籍选刊》第6册,上海:上海古籍出版社1989年版,第126页。另《玄品录》记载相同。

③ [宋]张君房《云笈七签》卷一百六《道藏要籍选刊》第1册,上海古籍出版社1989年版,第730页。《历代真仙体道通鉴》《晋书·王羲之传附许迈传》及《真诰》皆有类似的记载。

④ [唐]房玄龄《晋书》卷八十《王羲之传附许迈传》,中华书局1974年版,第2107页,《真诰》《玄品录》皆有,但《云笈七签》(卷一百六,第730页)和《历代真仙体道通鉴》中皆记作"一旦辞家,往而不返"。

⑤ 入西山之年各家所记有出入,《真诰》《玄品录》记为永和四年,而《历代真仙体道通鉴》记为永和三年,《晋书·王羲之传附许迈传》和《洞霄图志》皆记为永和二年,今从《真诰》之说。

⑥ [元]赵道一《历代真仙体道通鉴》卷二十一,《道藏要籍选刊》第6册,上海:上海古籍出版社1989年版,第127页。

⑦ [梁]陶弘景《真诰》卷四《运象篇》,《道藏要籍选刊》第4册,上海:上海古籍出版社1989年版,第589页。《仙鉴》《玄品录》都有类似记载。

展以光耀门楣,通过修齐治平来体现自我人生价值与社会价值的想法,但从现存资料中我们可以看到他对父母兄弟和妻子朋友基于自然天性而难以抛却的世俗情感。

许迈之妻为孙氏,据《姑苏志》所载是散骑常侍孙宏之女,《洞霄图志》卷五之人物门中记其妻后亦入山得道,父母去世之后"乃遣妇孙氏还家,遂携其同志遍游名山焉"①。这时许迈或对世俗生活尚有几许留恋之意,所以虽遣妇还家但还没有写休书完全断绝来往,后来到临安西山之后才有"终焉之志",所以与"妇书告别",②这里当有永别之意,许迈与孙氏之来往酬答之书在《姑苏志》卷五十七、《太平御览》卷六百六十六(只有许迈之书而无孙氏答书)、《吴都文粹续编》补遗卷上和明贺复征《文章辨体汇选》中都有收录,文字小有异同,由其中我们可以看到夫妇之间微妙的情感变化。

许迈的书信写得很短,也很理性:"欲闻悬溜之响,山鸟之鸣,以为箫韶九成不能胜也。寓景青葱之下,栖息岩岫之室,以为殿堂广厦不能过也。情听所终,志绝于此,吾其长别离矣。"前面只是说明自己喜欢山林隐居修道的生活,决定终老于此不再返还人世,只是最后"吾其长别离矣",一句中两个语气词的使用在决绝中又透露出些许怅惘留恋之意。而孙氏无辜被弃,一腔愤懑之情尽发于回信之中:"愚下不才,侍执巾栉,荣华福禄相与共之,如何君子驾(笃)其大义,轻见斥逐。若以此处遐旷,非妇人所便,昔梁生陟岭,孟光是携,萧史登台,秦女不舍;卫人修义,

---

① 〔唐〕房玄龄等《晋书》卷八十《王羲之传附许迈传》,北京:中华书局 1974 年版,第 2107 页。

② 〔唐〕房玄龄等《晋书》卷八十《王羲之传附许迈传》,北京:中华书局 1974 年版,第 2107 页。

夫妻同行；老莱逃名，伉俪俱逝，岂非古人嘉遯之举者，许君乖离矣。"信中历数古人携妻共同隐居修道之事例，明确指责许迈所作所为"乖离"古意，不合道义。气盛则言宜，相比较许迈的书信，孙氏回信更富有激情，有无奈与激愤，也有谴责和质问。我们现在已经无从得知许迈读信后的感觉，或许他会有一些感动，心中也会在刹那间闪过愧疚之意；也或许他志存高远，对此只是一笑而过，啸咏入山，但从中我们毕竟可以见到夫妇之间微妙的情感变化，可以感觉到修道这件事对家庭的影响，也可以看出孙氏性格中刚烈的一面，她最终也弃绝世事，入山修道而仙化，或也有这件事刺激的因素。

虽然许迈在夫妻之情方面似乎比较淡漠，但他对父母兄弟与朋友则表现出不异于世俗人的热情。

许迈与王羲之的友情是人所共知的，他们有共同的兴趣爱好，常常在一起采药服食，登临山水，《晋书·王羲之传》中记载："羲之造之，未尝不弥日忘归，相与为世外之交"，[①]"（羲之）又与道士许迈共修服食，采药石不远千里，遍游东中诸郡，穷诸名山，泛沧海，叹曰：'我卒当以乐死。'"[②]他们在这一过程中都获得极大的乐趣，当许迈隐居于桐庐之桓山之时，为了摒弃外人打扰以专心修道，把住处"四面藩之"，但依旧阻挡不住与人交往的热情："好道之徒欲相见者，登楼与语，以此为乐"[③]，竟然能与志同道合者登楼相会而谈并以此为乐，可见在其心目中修道固然重要，朋

① ［唐］房玄龄等《晋书》卷八十《王羲之传附许迈传》，北京：中华书局 1974 年版，第 2107 页。

② ［唐］房玄龄等《晋书》卷八十《王羲之传附许迈传》，北京：中华书局 1974 年版，第 2101 页。

③ ［唐］房玄龄等《晋书》卷八十《王羲之传附许迈传》，北京：中华书局 1974 年版，第 2107 页。

侪之乐同样大有乐趣。

许迈的世俗情感更多地体现在他的孝悌之情方面。许迈少年时期曾拜访郭璞，郭璞为他算了一卦后说："君元吉自天，宜学升遐之道。"于是许迈四处求仙问道，不再关注现实人生，但对于"父母在，不远游，游必有方"的古训却是严格遵守，《晋书》本传中记其师从鲍靓学习后本想入山修炼，但因为"父母尚存，未忍违亲"，所以就在余杭悬溜山精舍，"而往来茅岭之洞室，放绝世务，以寻仙馆"，但他还谨记在"朔望时节还家定省"，虽然不能晨昏问安于父母，但依旧恪守孝道，记着每一个初一和十五回家向父母请安。而且遣妻之举也是在父母过世后所为，这时候他不仅自己定期回家承欢于父母膝下，而且有妻子在家中代尽孝道。直到父母去世之后才真正入山修道，往而不归。

许迈的家族意识不仅体现在尽孝于父母，还体现在他在出世修道过程与得道后都与家族兄弟子侄多有来往。《云笈七签》卷一百六的《许迈真人传》中保存了一篇许迈与许谧（穆）的一封信，就信中有"吾得道之状"之语，可知这封信写于许迈得道之后，开篇便谈到自己在山林修道时难以抑制的思乡之情："吾自寄神焉，收景东林，沐浴明丘，乖我同生。每东瞻沧流，叹逝之迅。西盼云崖，哀兴内发。仿佛故乡，郁何垒垒！将欲返身归途，但矫足自抑尔！"[①]时光飞逝而修道无成，心中充满对故乡亲人的思念。接着又谈到自己修道情形与得道的艰辛情状，同时对许穆的修道状况表示嘉许："闻弟远造上法，偶真重幽。心观灵无，焉陶太素。登七关之巍峨，味三辰以积迁。虚落霄表，映

---

① 《云笈七签》卷一百六，《道藏要籍选刊》第 1 册，上海：上海古籍出版社 1989年版，第 730—731 页。

朗九玄。此道高妙,非吾徒所闻也。"①但又以过来人的经验对许穆谆谆告诫:"然高行者常戒在危殆,得趣者常险乎将失。祸福之萌于斯,而用道亲于勤,神归精感,丹心待真,招之须臾。若念虑百端,协以营道,虽骋百年,亦无冀也。"②希望一定要注意修行的方法,不要功亏一篑。书信的后半部分纯粹是闲话家常,谈到其他优秀的家族子侄,尤其谈到许玉斧,据《云笈七签》所载,许玉斧是许穆第三子,二十八岁就已经位列仙班,所以有许迈有"斧子萧萧,其可羡也"之语,可见他虽然隐居于山林之中修道其实对家族还是多有关注的。而且信之末尾又说到写这封信的缘由,是要履行昔日的诺言,"昔约道成当还",现在已经得道,所以要返乡祭奠父母,同时希望兄弟能够借机相聚:"亦欲暂偃洞野,看望坟茔,不期而往,冀暂见弟。"③缱绻兄弟之意,溢于言表。

不仅与兄弟来往,与家族子侄也多有来往,成道后隐于盖竹山(竹叶山),还曾经回家乡,家里子侄也多有至竹叶山拜访。"亦欲暂还乡里山之近处,令其家兄弟见之者也,临时自当令其弟知之所在,乃又寄谢令弟子勤之,若欲至竹叶山索映,亦即得相见。"①

为什么许迈能够轻易舍去夫妇之情,而却表现出明显的家族意识呢?我们在其他地方或可以看到他当时的心态。在与妻

① [宋]张君房《云笈七签》卷一百六,《道藏要籍选刊》第 1 册,上海:上海古籍出版社 1989 年版,第 731 页。

② [宋]张君房《云笈七签》卷一百六,《道藏要籍选刊》第 1 册,上海:上海古籍出版社 1989 年版,第 731 页。

③ [宋]张君房《云笈七签》卷一百六,《道藏要籍选刊》第 1 册,上海:上海古籍出版社 1989 年版,第 731 页。

① 陶宏景《真诰》卷四《运象篇》,《道藏要籍选刊》第 4 册,上海:上海古籍出版社 1989 年版,第 590 页。

相别的书信后,许迈还写了论神仙诗十二首,这十二首诗现在已邈不可求,但《云笈七签》卷一百六中有马明生真人白日飞升时所做的神仙诗三首,当与许迈论神仙诗之意趣相近,诗中无外乎感念现实的无奈与繁琐而企羡神仙世界的自由与美好,所谓:"浊涂谅为叹,世乐岂足预","太和何久长,人命将不永"。希望能通过修道,达到"真官戏玄津,与物无凝滞。神冲紫霄内,形栖山水际"的境界,这也应当是许迈彼时的心境,修道成仙的愿望压倒一切,对于他认为是负累的夫妻情感也就可以舍弃。

然而,家族却不是修道的障碍,而是一种助力,许迈的家族意识一方面是受到传统儒家思想的影响,另一方面也因为道教根植于传统文化的土壤之中,善恶报应观念也深受《周易》中所说的"积善之家必有余庆,积不善之家必有余殃"的影响,许迈也认为自己之成道得益于其七世祖许子阿(许敬字鸿卿)赈济灾民,活命四百零八人的阴德,这一阴德使许家应得度世者五人,登仙者三人,许迈位列其中,正是在这种观念的影响之下,许迈才具有明显的家族意识,表现出强烈的孝悌之情。

(原载于《上海道教》2006 年第 1 期)

宋元小说话本中的民俗信仰论略

内容提要：宋元小说话本展现了一幅幅立体生动的民俗生活画卷，由此我们可以看到流行于当时民众中的诸多民俗事象，本文重点探讨在民众精神生活中占重要地位的民俗信仰。宋元小说话本中所体现的民俗信仰主要有以下几方面的内容：灵魂信仰；善恶有报和因果报应观念；万物有灵观念等。这些观念或者是普通甚至庸俗的，但真实自然地展现了当时民众的精神面貌，有助于我们全面立体地了解当时的民众与社会。

关键词：宋元小说话本　民俗信仰　灵魂信仰　善恶有报　因果报应　万物有灵

打开宋元小说话本①，如同展阅一幅幅生动的民俗生活画卷，细民生活，市井百态，纷纷呈于目前，浓郁的生活气息扑面而

---

① 据 1979 年西安市文物管理会清理出的元刻本《新编红白蜘蛛小说》残页最后一行尾题作"新编红白蜘蛛小说"，表明这种短篇话本的通名是"小说"。本文所考察的对象是宋元时代的这种短篇话本。关于话本小说的断代，本文参照胡士莹《话本小说概论》(中华书局 1980 年版)，程毅中《宋元小说研究》(江苏古籍出版社 1998年版)和陈桂声《话本叙录》(珠海出版社 2001 年版)。

来。从这里我们可以看到流行于当时民众中的诸多民俗事项，本文重点探讨在民众精神生活中占重要地位的民俗信仰。综观宋元小说话本，所体现的民俗信仰主要有以下几方面内容：灵魂信仰；善恶有报和因果报应观念；万物有灵观念等。本文拟分而论之，以就正于方家学人。

一、灵魂信仰

从现存的宋元小说话本来看，灵魂信仰是当时民众信仰世界的主要内容之一，认为人是肉体与精神的二元存在，人生于世有生老病死，死亡便是灵魂离开了肉体而不再回来。那么，魂归于何处呢？在民众的信仰空间里，世界是二元或三元的存在，除我们所生活的阳间外，还有一个有鬼域和仙界之别的灵界，灵魂离开肉体后便归于此处。一旦脱离了肉体，灵魂便具有了超自然的神力，尤其生前较有作为之人，灵魂也将会有更大的威力，一般来讲，灵魂离开肉体后便不再回到阳世，但由于种种原因，有些灵魂还会在人间频频出现，而民众对这些灵魂的态度也是相当复杂的。

对于那些具有超常神力的灵魂，民众往往有钦敬以至畏惧的心理，他们为这些灵魂建庙立祠，上香火施以祭拜以禳灾祈福。在民众心目中，生前有能力有权威或死得轰轰烈烈之人，死后也不会平庸无为，他们往往具有更强的超自然神力，如诸葛亮、荆轲、西楚霸王、孝子王珪等。民众在阳间为这些人建庙立祠，有的是因为对其生前所作所为颇为崇敬，如《夔关姚卞吊诸葛》中，诸葛亮在白帝城与夔关都有祭祀之庙，香火不断，姚卞初始对庙祝之言："风雨之夜，闻庙中人语马嘶"①的话不以为然，后神遇诸葛亮，一席清谈终于承认灵魂的存在，这里更多体现世人对诸葛亮的仰慕与钦敬：一方面诸葛亮谋略超群，运兵如神，在刘备兵微将寡的情形之下助其据蜀三分天下；另一方面诸葛亮德行可嘉，创业未半而刘备中道崩殂后，他对继主忠心耿耿，为国事鞠躬尽瘁，死而后已。宋元话本中的"说三分"中便有以刘备为天下正统的思想，诸葛亮作为一个完美的贤相形象，自然会引起民众的崇敬之意。

另一种灵魂信仰则表现出明显的功利性目的，之所以崇敬是因为有所求，而这种请求又可以得到现实的满足，如《羊角哀死战荆轲》中，荆轲死而显灵："葬于此地，每每显灵。土人建庙于此，四时享祭，以求福利。"②而荆轲欺凌伯桃，羊角哀以死助战，阴灵之间展开大战，最后在人间见到的是："荆轲庙中忽然起火，烧做白地。乡老大惊，都往羊左二墓前焚香展拜。……至今香火不断。荆轲之灵，自此绝矣。土人四时祭祀，所祷甚灵。"③这里无论是对荆轲的祭拜还是对伯桃和羊角哀的祭拜都不是完全出于崇敬，而是因为其"所祷甚灵"，所以人们在荆轲庙被毁之后不再重建而转而祭拜伯桃与羊角哀。体现了民俗信仰的功利化色彩。

在民众的信仰中灵魂虽然具有超自然的神力，但也有人性化的一面，比如荆轲刺秦王既是为天下之大义，也是为燕太子丹的知交小义，但他的灵魂依旧难以免俗，与伯桃挑起争端竟然是

---

① ［明］洪楩编《清平山堂话本》，上海：上海古籍出版社 1992 年版，第 160 页。

② ［明］洪楩编《清平山堂话本》，上海：上海古籍出版社 1992 年版，第 140 页。

③ ［明］冯梦龙编《喻世明言》卷七《羊角哀舍命全交》，北京：人民文学出版社 1958 年版，第 127 页。

因为风水之争，"汝是冻死饿杀之人，安敢建坟居吾上肩，夺吾风水？"①，这也是时人对灵魂世界的想象之辞。《醒世恒言》卷十四《闹樊楼多情周胜仙》中有托梦一段，樊胜仙两次生死都为了范二郎，毫无怨言，死去之后灵魂还在梦中与范二郎做了三天的夫妻。这也是以人之常情度灵魂之情怀，使灵魂具有明显的人性化色彩。《崔待诏生死冤家》（《警世通言》卷八）璩秀秀因为追求自由的爱情而被郡王用私刑打死，但她舍不下人间的眷侣，对人世的生活有无限的留恋，所以变成鬼魂也要与崔宁做人间夫妻，当别人都已知她为鬼魂，人间再也不能待下去时，她便扯着崔宁做了一对鬼夫妻。而她留连人间的另一个原因便是报仇，因为她与崔宁平静幸福的生活是被郭排军的"闲嗑牙"打破的，所以设计让郡王打了郭排军"五十背花棒"，相对于她的生命代价来讲，这样的惩罚也显出她人性中善良的一面，并不是人们想象中的厉鬼。

在人们在信仰空间里，灵魂不仅具有明显的人性色彩，而且灵界行事所遵循的基本法则与人间也并无二致，基于此，虽然灵魂有超强的神力，但人与灵魂之间的冲突有时也会以人的胜利而告终。如《雪川萧琛贬霸王》西楚霸王本为弁山山神，在当地屡屡显灵，颇为神异，南齐箫猷为吴兴太守之时重修霸王祠，而且在太守蜀设置神像祭拜，也曾在关键时刻得到其帮助，后来因为继任的两个太守不祭祀，西楚霸王又显灵杀死太守，使人人自危，淫祠盛行。后萧琛为太守时，面对弁山山神的淫威，义正辞严，据理而论，令其之灵惭愧遁去，不敢再为所欲为，索祭乡里。他之所以能够取得这种胜利，是因为人神行事都遵循同样的原

---

① ［明］洪楩编《清平山堂话本》，上海：上海古籍出版社 1992 年版，第 140 页。

则，这些原则在萧琛对项籍的斥责中表现非常明显：

> 神曰："吾奉玉帝敕命，为卞山神。"琛曰："令汝守卞山，自合守分，润国利民，今却来理论王事，占据诸侯公厅，其罪一也。前来辄杀太守二员，其罪二也。要求祭祀，损害良民，其罪三也。牛乃国家有用之物，汝有何功，辄取太牢之祭？其罪四也。生不能与汉高祖争天下，死后妄逞神威，大无廉耻，其罪五也。据此五罪，当处极刑。尚自提剑而来，何不奋神力于垓下乎？"神乃顿首伏罪，曰："君至言责项籍，曲尽其理，望以祭之，以图后报！"琛曰，"吾一毫之私不敢取于人，安得曲从，以图报效？汝当退去，来日听吾发落！"其神惶恐，化阵清风，飘然不见。①

他用来斥责山神的理论都是人间所要遵循的法则，比如遵守王法，应有廉耻之心，祭祀应有一定规格等，但这同时也是神灵应当遵循的，这时神灵虽然有神力可以杀死萧琛，但面对这些原则也只好俯首谢罪。可见在民众的信仰世界里，价值观念与现实生活中并无二致。而后来山神虽然伏罪，但还希望通过报恩之说以谋私利，但萧琛断然拒绝，体现出无欲则刚的浩然正气。

一般灵魂在离开后便不再回来，而宋元小说话本中常有鬼魂不安于死亡的命运而重回人间的描述，他们或直接出现在不知其已死的相关人面前，如生人一样生活；或灵魂附体，代死者而言；或半夜托梦，表达自己的愿望；或直接显灵，在关键人物面前道出真相。这些人常常是非命而死的冤魂，在时人信仰中，这些灵魂在生前有未竟之心愿，所以对人世有强烈的留恋之意，不

---

① ［明］洪楩编《清平山堂话本》，上海：上海古籍出版社 1992 年版，第 167 页。

肯安于阴间生活却常常在阳世显灵甚至作祟。对于这些灵魂，便要进行妥善处理，有的为他们申冤报仇，再施以宗教祭祀，便可以使其安心，重新投胎。

《小夫人金钱赠年少》中小夫人上吊自杀，死于非命，依旧心系生前喜欢的张胜，所以变成生前模样追求他，直到被前夫大张员外识破才被迫离开，为了安抚小夫人的鬼魂，大张员外"仍请天庆观道士做醮，追荐小夫人"，因为他们相信这样做可能使灵魂得以安宁。《新桥市韩五卖春情》中，男主人公吴山只因大病初愈后贪色寻欢，致有脱阳之症，危在旦夕，频频梦到一黄衫和尚索命，因为这个和尚也是在同一地方贪色而死于非命，后来吴山之父请僧人做道场超度了和尚，这才不作祟于人间，吴山之病才得以痊愈。《三现身包龙图断冤》中大孙司被妻子与小孙司合谋害死，为了申冤他的鬼魂三次现身于仆人迎儿面前，终于得以申冤，鬼魂也因此安心。《万秀娘仇报山亭儿》（《警世通言》卷三十七）中也出现了灵魂附体与显灵的情节，最后还是尹宗灵魂出现才帮助公人捉住了杀死自己的坏人苗忠。

而对于作祟于人间的厉鬼，往往要施以厌胜等宗教法术予以驱除。《杨思温燕山逢故人》（《喻世明言》卷二十四）中韩思厚违背昔日誓言重新娶妻，郑意娘的鬼魂屡屡显灵，附体于新夫人身上指责韩厚背信弃义，请来道士作法，道士先劝谕郑意娘，许以"做功德追荐超生"，不从后又施以厌胜法术："若要除根好时，须将燕山坟发掘，取其骨匣，弃于长江，方可无事。"果然，"自此刘氏安然"[①]。

---

① ［明］冯梦龙编《喻世明言》第二十四卷《杨思温燕山逢故人》，北京：人民文学出版社1958年版408页。

在民众的信仰世界中,灵魂最终归于何处呢?他们来到阴间,这里的主宰者是阎王,他手下有众多判官,会根据灵魂生前所为善恶做出评判,来决定灵魂该去的方向,或入地狱,或升天堂,当然大部分是喝了孟婆的迷魂汤而忘却前生,重新投胎做人。而判官评判的标准与善恶有报和因果报应观念息息相关。

二、善恶有报和因果报应观念

善恶有报和因果报应是两种既有区别又有联系的观念,区别在于其思想来源不同,受报的主体也不同。善恶有报观念来源于《周易》之"积善之家,必有余庆,积不善之家,必有余殃",是中国传统的思想,受报的主体有的是个人,有时是延续的家族子孙;而因果报应之说则来自佛教的观点,与佛教的十二因缘与六道轮回说紧密相联,受报应的主体不是家族子孙,而是在六道中轮回的个体,强调自作自受。当时的宋元小说话本中有一些是明显的佛教劝世小说,如《花灯莲女成佛记》,体现的报应观念是佛教的自作自受,但大部分民众信仰中的善恶有报和因果报应观念对此似乎并没有明确区分,他们只是笼统地认为"报应本无私,作了还自受",并以此来劝诫世人行善积福,不可欺心妄为。

《阴骘积善》中言及林善甫赴京科考途中在客栈拾得大珠百颗,后来完璧归赵,还给失主,在科举考试中一举及第,正是因为"暗施阴德天神助",不仅自己位至三公,而且福及子孙,"养子长成,历任显官"。小说后来总结之语:"积善有善报,作恶有恶报。积善之家,必有余庆;积不善之家,必有余殃。"①《李元吴江救朱

---

① [明]洪楩编《清平山堂话本》,上海:上海古籍出版社1992年版,第67页。

蛇》中李元发善心救了朱蛇,后来不仅身得功名,官至尚书,而且得娶龙女为妻,荣华富贵,一朝俱至。文后也有类似总结之语:"积善逢善,积恶逢恶。古人有云:'积金以遗子孙,子孙未必能守;积书以遗子孙,子孙未必能读;不如积阴骘于冥冥之中,以为子孙长久之计。'"①《错斩崔宁》中也有"冥冥之中,积了阴德,远在儿孙近在身"②。都是传统易经中"积善之家,必有余庆,积不善之家,必有余殃"朴素的报应观念。

《拗相公饮恨半山堂》重在于行不善的报应,这里不是报于己身,而是报在子孙身上,叙王安石因为一意孤行,推广新法,使民不聊生,怨声载道,儿子王方英年早逝后,王安石在恍惚中见儿子"荷巨枷约重百斤,力殊不胜,蓬首垢面,流血满体,立于门外,对我哭诉其苦,道:'阴司以儿父久居高位,不思行善,专一任性执拗,行青苗等新法,蠹国害民,怨气腾天,儿不幸阳禄先尽,受罪极重,非斋醮可解"③。这里传达的信息有三:一是行恶事者冥冥中自有报应;二是父债子还,不一定报应到本人身上,也可能是子孙后代身上。三是一般可能通过大做佛道法会,如斋醮之类来使灵魂得到救赎,但如果罪业深重者则不可以。

时人信仰中本来有俗信化的宗教信仰倾向,佛教和道教在当时都有影响,尤其道教成仙之说更为流行。宋元小说话本中多有因种种因缘而位列仙班,有时白日飞升,有时尸解而去。《张孝基陈留认舅》(《醒世恒言》卷十七)中,张孝基把诺大的一

---

① [明]洪楩编《清平山堂话本》,上海:上海古籍出版社1992年版,第169页。

② [明]冯梦龙编《醒世恒言》第三十三卷《十五贯戏言成巧祸》,北京:人民文学出版社1956年版,第691页。

③ [明]冯梦龙编《警世通言》第四卷《拗相公饮恨半山堂》,北京:人民文学出版社1956年版,第41页。

个家业赠给了妻弟,所以"孝基年五十外,忽梦上帝膺召,夫妇遂双双得疾"①,尸解成仙,为嵩山山神。《喻世明言》卷三十八《任孝子烈性为神》中任珪因死得壮烈,死后得为牛皮街土地神。《张古老种瓜娶文女》(《喻世明言》卷三十三),典型的仙话小说,仙人混迹于凡间,娶凡间女子为妻,只是女子并非普通之人,也是谪仙人,前世为天上玉女,因思凡而被贬下世,只在人间一世而又被点化成仙。这里对仙人世界的想象,比如韦义方只在张公仙府桃花庄里一天,但人间弹指已过二十年。而韦义方"本合为仙,不合杀心太重,止可受扬州城隍都土地"。可见在民众的信仰世界里,上界仙人的等级更高,土地山神之类为低级神阶,受仙人管辖。而韦义方本应位列仙班,因杀心太重受到报应,只能降级而为土地神。《花灯莲女成佛记》(清平山堂话本)中张待诏夫妻因供奉无眼婆婆,看经念佛最终坐化而去,修成正果。

因果报应观念在宋元小说话本中几乎无处不在,贪财恋色,不行善事,种种不良行为都可能招致恶报:如《新桥市韩五卖春情》(《警世通言》第三卷)中吴山因为贪花恋色,差一点送命,后引以为戒,"人生在世,切莫为昧己勾当。真个明有人非,幽有鬼责,险些儿丢了一条性命"②。《杨思温燕山逢故人》(喻世明言卷二十四)中韩思厚也因为不遵守自己的誓言重新娶妻而受到报应,葬身于滚滚长江之中。《西湖三塔记》、《洛阳三怪》等都是因贪恋美色招致精怪缠身;而重义轻财,念经敬佛,种种善事也会带来好的果报,前文已举种种,不复赘述。

① [明]冯梦龙编《醒世恒言》第十七卷《张孝基陈留认舅》,北京:人民文学出版社 1956 年版,第 354 页。

② [明]冯梦龙编《喻世明言》第三卷《新桥市韩五卖春情》,北京:人民文学出版社 1958 年版,第 84 页。

善恶有报观念有一定的劝世效果，令人对结果心存畏惧，如《错斩崔宁》中的小偷后来的静山大王因为无故杀死刘贵，冤死二姐及崔宁，心内常常不安："我虽是做了一世强人，只有这两桩人命，是天理人心打不过去的。早晚还要超度他，也是该的。"①而他的妻子正好是刘贵的大娘子，后来到官府出首现任的丈夫，也是因为"是我不合当初执证他两人偿命，料他两人阴司中，也须放我不过。②"因为她曾眼见着静山大王杀死家人老王，也知道他曾打家劫舍，但还是一心一意地和他过日子，一旦知道他是杀夫的真正凶手后才去官府揭发，可能还是有害怕因果报应的因素在里面。

宋元小说话本也有与因果报应观念相对立的宿命论思想，也就是不管今生所作所为，人的命运已然确定，人所做的只是照既定的轨迹走下去而已。所谓万事皆由命，半点不由人。比如郑信在未发达之前，张员外在东峰岱岳亭子里休息时梦中见到东岳神仙炳灵公确定他会有五等诸侯之贵，连郑信与日霞仙子的婚姻也是"夙缘"，一旦三年期满，便会"仙凡路隔"，永无相见之期。所有的一切都是命中注定，人力在这里是不起什么作用的。《蓝桥记》亦是如此，裴航仰慕同船的樊夫人，以诗求达，樊夫人拒绝，但说明以后二人会有小小姻缘，并赋诗一首预示了裴航以后的情感命运："一饮琼浆百感生，玄霜捣尽见云英。蓝桥便是神仙宅，何必崎岖上玉京？"后果然在蓝桥驿因为讨水而遇神女云英，因为玉杵臼捣仙药的机缘结为夫妻，而妻姐便是昔日

---

① ［明］冯梦龙编《醒世恒言》第三十三卷《十五贯戏言成巧祸》，北京：人民文学出版社 1956 年版，第 705 页。

② ［明］冯梦龙编《醒世恒言》第三十三卷《十五贯戏言成巧祸》，北京：人民文学出版社 1956 年版，第 705 页。

同舟的樊夫人,也是前生命定。

《陈巡检梅岭失妻记》中陈氏之妻被梅岭之猢狲精掠去,也有仙人预言:"争奈他妻有千日之灾。"虽百般防范,亦防不胜防,妻子如春还是被妖精掳去,满了千日之灾的预言后才由仙人施法救回,其间陈辛自己也曾百般努力,只是不能成功。人命算不过天命。这里善恶有报的观念似乎不明显,其实缺省的话语背景是有前世因果在其中。作为佛教劝世小说,《陈可常端阳仙化》(《警世通言》卷七)比较明显。陈可常科举落第,愤而出家,道行坚定,承郡王爱赏,连续两年到王府走动,被诬陷与王府歌女新荷有奸情,在真相大白之日安然坐化,留诗一首,说明所有一切都是"前世宿债"所致,而自己是五百罗汉之一。《花轿莲女成佛记》中莲女在花轿中坐化成佛也因为前世因缘,是无眼婆婆后身而已。所以宋元小说话本中的宿命论思想其实与因果报应观念也是一脉相承的。

三、万物有灵观念

宋元小说话本中有一类精怪小说,集中体现了时人的万物有灵观念。在这里,山精水怪,狐魅蛇妖都可以幻化为人形,出人言行人事,如河鳗可以开口说话而且预示人的吉凶祸福(《计押番金鳗产祸》《警世通言》卷二十),仙鹤可以化为人形与人作夫妻,黄鹿可以作祟阳世之人,(《福禄寿三星度世》《警世通言》卷三十九)野狐可以变化人形,作弄世人(《小水湾天狐诒书》《醒世恒言》卷六),但这些精怪远远不如《聊斋志异》中的精灵可亲可爱,他们往往具有较明显的妖性而缺乏人性之美。

在时人的想象中,这些精怪身为异类,大都贪淫好色,残酷无情,《西湖三塔记》和《洛阳三怪记》中的女妖一为白蛇精,一为白猫精,她们变化为美妇人的形象,待客彬彬有礼,给男主人公以雍容典雅,美丽大方,主动大胆地追求幸福生活的感觉。

> 婆婆引着奚宣赞到里面,只见里面一个着白的妇人,出来迎着宣赞。宣赞着眼看那妇人,真个生得:

> 绿云堆发,白雪凝肤。眼横秋水之波,眉插春山之黛。桃萼淡妆红脸,樱珠轻点绛唇。步鞋衬小小金莲,玉指露纤纤春笋。"①(西湖三塔记)

其实喜新厌旧,反脸无情,当奚宣赞刚到之时爱若珍宝,而半月之后已经弃若敝屣:

> 只见一人向前道:"娘娘,今日新人到此,可换旧人?"妇人道:"也是,快安排来与宣赞作按酒。"只见两个力士捉一个后生,去了巾带,解开头发,缚在将军柱上,面前一个银盆,一把尖刀。霎时间把刀破开肚皮,取出心肝,呈上娘娘。惊得宣赞魂不附体。娘娘斟热酒,把心肝请宣赞吃。
>
> ……
>
> 说犹未了,只见一人来禀覆:"娘娘,今有新人到了,可换旧人?"娘娘道:"请来!"……娘娘请那人共座饮酒,交取宣赞心肝。②

对于宣赞的苦苦哀求根本无动于衷,尽显无情本色。古本小说《红白蜘蛛》中只存一页,在《郑节使立功神臂弓》(《醒世恒言》卷

---

① [明]洪楩编《清平山堂话本》卷一《西湖三塔记》,上海:上海古籍出版社1992年版,第16页。

② [明]洪楩编《清平山堂话本》卷一《西湖三塔记》,上海:上海古籍出版社1992年版,第16页。

三十一）中有全本，应该是经过修订的，这里的精怪是红白两个蜘蛛精，它们是在一种恐怖气氛中出现的：井中有黑气源源不断地冒出来，放人下去探看，再拉起来时竟然是累累白骨。两个蜘蛛精一个为日霞仙子，一个为月霞仙子，情同姐妹，竟然会为了一个男人反目成仇，以性命相拼，这些都显示了精怪残忍冷酷、寡情少义的非人性化特征。

但个别篇章中也赋予精怪一定的人性，上文所提到的《红白蜘蛛》中日霞仙子对郑信的确情有独钟，对一对子女也尽显母亲的温情。临别之时，将两个孩子托付给郑信，并说："看妾今日之面，切勿嗔骂。"只一句，母爱的包容与温情跃然纸上，但这些描写在宋元小说话本中比例不大。

在世人的信仰空间中这些精怪大部分都是令人恐怖的，所以话本小说在叙述时也烘托了一种神秘诡异、阴森可怖的氛围：

> "见柱子上缚着一人，婆子把刀劈开了那人胸，取出心肝来。……婆子将那心肝，两个斟下酒，那婆子吃了自去，娘娘觉得醉了，便上床去睡着。"[①]

半夜同床的妇人会悄悄起身，取人心肝下酒来吃，吃完后再若无其事地继续睡觉。在时人的想象中，精怪把人剖腹取心肝下酒似乎是天经地义的事，上文所引的《西湖三塔记》中也有吃昔日爱人心肝的描写，而《定州三怪》中千年骷髅精因为被崔衙内打弹子到眼睛里，所以恨恨地说："我若捉得这厮，将来背剪缚在将军柱上，劈廖取心。左手把起酒来，右手把着他心肝；吃一杯酒，

---

① ［明］洪楩编《清平山堂话本》卷一《洛阳三怪记》，上海：上海古籍出版社1992年版，第 44 页。

嚼一块心肝,以报冤仇。"①

如果这种可怖的描绘尚在人的想象之中的话,有些场景则超出人的想象之外,充满了神秘诡异的气息:正在与人同行,伸手想捉矮墙上的一只小鸟,刚抬起手,竟然被人掀入墙里面,而且正好是前次遇到妖怪之处;好好在道观钓鱼,没想到会有一个婆子口衔鱼钩破水而出;射中一只乌鸦,掉在地上竟然变成一个老婆婆;本想喝酒,因为酒色偏红,所以在酒缸前竟然看到了血水浸浮米;半夜到河边竟有怪人向己哭诉,倏忽不见,想象丰富,考验人的精神承受能力,真是匪夷所思,令人毛骨悚然。

宋元小说话本的这些描写与后世《聊斋志异》中精怪世界多温馨美好大不相同,这是因为当时说话人与听话者的立足点是人类的社会,以此观照异类之生活,所以不仅虚幻不实,而且多有恐怖之事,在作者(民众群体)看来,现实即是理想,自己所生活的世界才是最美好的,而在聊斋中,因为作者对现实已经失望,所以便把自己的理想社会建构在虚幻的世界之中,在这个世界中的精怪神灵便也有理想化的色彩,他们处处以污浊黑暗现实的对立面而存在。这也表明当时的民俗信仰有明显的世俗化倾向,想象的立足点是人世间而非另外的异度空间。

因为精怪时时显灵,显示出某种超自然的力量,所以民众在想象中对他们有较强的畏惧心理,有时会建庙祭拜以祈福禳祸,如《洛阳三怪记》中所记:

> 只见庙中黄罗帐内,泥金塑就,五彩妆成,中间里坐着
> 赤土大王,上首玉蕊娘娘,下首坐着白圣母,都是夜来见的

---

① [明]冯梦龙编《警世通言》第十九卷《崔衙内白鹞招妖》,北京:人民文学出版社 1956 年版,第 268—269 页。

三个人。惊得小员外手足无措。问众人时，原来是清明节，当地人春赛，在这庙中烧纸酹献。①

《皂角林大王假形》(《警世通言》卷三十六)可见淫祠盛行，供奉精怪不仅民间主持，而且也征得官方同意，竟然每年春秋祭以童男童女，县官赵再理后遭到报复，失去功名家庭，几乎一无所有，最后还是在九子母娘娘的帮助之下才制服了皂角林大王，原来只是一个阴鼠精，此事还惊动皇帝，专门下诏书曰："广州一境不许供养神道"，可见类似神道不少，但后来因为九子娘娘之功，又下令"逢州遇县，都盖九子母娘娘神庙"，又何尝不是淫祠呢？

一般来讲在信仰世界中人们相信万物有灵，对他们保持了一定的敬畏之情，互不打扰，两两相安，但一旦精怪作祟人间，人们一般会通过佛道法术加以驱除惩治，如《洛阳三怪记》和《西湖三塔记》中最后都是道士出面，烧符念咒，作法惩治了精怪妖孽。而《西山一窟鬼》,(《警世通言》卷十四《一窟鬼癞道人除怪》)中，也是一个化身为庙祝的道教甘真人，焚符作法请来神将，清除群鬼，换来太平人间。《定州三怪》中也是罗真人出面，作法请来两个道童"一个把着一条缚魔索，一个把着一条黑柱杖"，把三怪捉来，令现原形。

灵魂信仰、善恶有报观念、万物有灵观念都是民俗信仰的重要内容，本文虽然在叙述中将其分而论之，事实上在话本小说中它们并没有明确的区分，有时是互相渗透，如水乳交融般一起

---

① ［明］洪楩编《清平山堂话本》卷一《洛阳三怪记》，上海：上海古籍出版社1992年版，第42页。

的,如《小水湾天狐诒书》①(《醒世恒言》卷六)之入话便是黄雀衔双玉环报恩的故事,而话本小说的主要内容则是王臣赴京师途中在树林中见两只野狐相对看书谈笑,便以弹弓击中二狐,拾得它们所看古书一部,后野狐屡次来索要都不肯奉还,结果被两只野狐设计作弄令家产损失大半。民众的态度在小说中有所表露,当王臣叙述完被作弄的过程后,妖狐所化的王宰说:

> 这却是你自取,非干野狐之罪。那狐自在林中看书,你是官道行路,两不妨碍,如何却去打他,又夺其书?及至客店中,他忍着疼痛,来赚你书,想是万不得已而然。你不还他罢了,怎地又起恶念,拔剑斩逐?及至夜间好言苦求,你又执意不肯,况且不识这字,终于无用,要他则甚!今反吃他捉弄得这般光景,都是自取其祸。②

这些应是当时民众能够接受的一种说法,相信善恶有报,万物皆有灵性,人应当谨慎自己的言行,做到不欺人不欺心不欺天,这样才能活得心安理得,无论在阳间在阴世还是对于子孙后代,总有好报。由此也可以看到民俗信仰具有明显的功利化色彩,常做善事有时也有求善报之意,不做恶也因为心中有强烈的畏惧心理,相信举头三尺有神明,相信因果报应,相信异物有灵。

综而论之,宋元小说话本中的民俗信仰展现了时人的精神世界,客观而言,其精神境界并不高尚,有时甚至有些卑微和庸

---

① 胡士莹认为是元话本,见《话本小说概论》第九章《元代的说书与话本》第四节《元代的话本》——《流传者》,第二百九十五页。

② [明]冯梦龙编《醒世恒言》第六卷《小水湾天狐诒书》,北京:人民文学出版社1956年版,第125页。

俗,比如对施恩图报、偷窃试题、考试作弊、转嫁灾祸等津津乐道,但它是自然而且真实的,有助于我们全面立体地了解当时的民众与社会。

（原载于《浙江学刊》2006 年第 3 期）

后　记

　　文集为二十余篇论文结集，所录大部分是这些年在学术刊物上公开发表的文章，也有几篇会议论文，收录时部分有修改，修改时主要做了格式体例的统一，注释多依原始情形，每篇论文后有简要注明。

　　中国文学史上的中古期指魏晋至明中叶（3 世纪至 16 世纪），论文集所涉及的时间跨度以魏晋至唐宋为主，内容较为广泛，按主题可分为三部分：一是思想心态篇；二是文学与文学理论篇；三是民俗文化篇。

　　思想心态篇中既有魏晋士人关于理想人格的建构与实现、晋宋易代之际士人审慎素退以保家门这样关于群体心理的讨论，亦有陶渊明、谢灵运、柳宗元等个体思想与心态的研究；文学与文学理论篇以陈郡谢氏和琅琊王氏的家族文化传统及刘勰、李贺、欧阳修等个体诗文和文学艺术理论研究为主；民俗文化篇关注这一时期民众的生活方式与民间信仰，如对此时期招魂葬仪的研究、文人思想中的民俗信仰成分以及宋元小说中所反映出的民众信仰简述等。

　　文章多为一己之见，敝帚自珍，俾有助于学林一二，是所愿也。

马晓坤
壬寅秋于杭州

图书在版编目(CIP)数据

中古文学散论 / 马晓坤著．—杭州：浙江大学出版社，2022.12

ISBN 978-7-308-23489-4

Ⅰ.①中⋯ Ⅱ.①马⋯ Ⅲ.①中国文学—古典文学研究—文集 Ⅳ.①I206.2-53

中国国家版本馆 CIP 数据核字(2023)第 005772 号

中古文学散论

马晓坤 著

责任编辑	王荣鑫
责任校对	韦丽娟
封面设计	项梦怡
出版发行	浙江大学出版社
	(杭州市天目山路 148 号 邮政编码 310007)
	(网址：http://www.zjupress.com)
排 版	浙江时代出版服务有限公司
印 刷	杭州钱江彩色印务有限公司
开 本	880mm×1230mm 1/32
印 张	10.75
字 数	260 千
版 印 次	2022 年 12 月第 1 版 2022 年 12 月第 1 次印刷
书 号	ISBN 978-7-308-23489-4
定 价	68.00 元